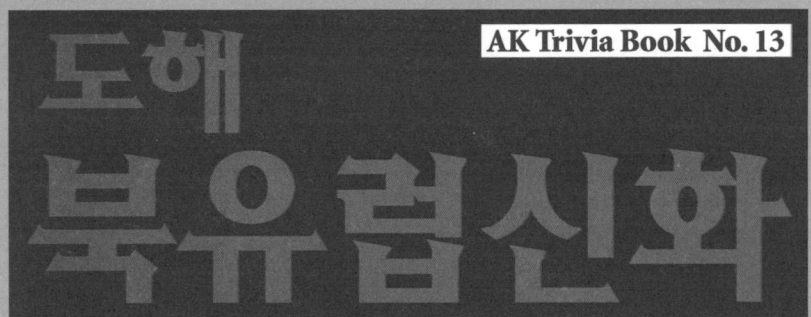

AK Trivia Book No. 13

# 도해
# 북유럽신화

이케가미 료타 저

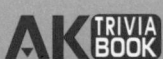

## [미니 지식]

### 아이슬란드인의 명명법

아이슬란드에서는, 이름 뒤에 성(Family name)이 붙지 않는다. 그 대신 누구누구의 아이인가 하는 의미의 말이 붙는다. 아들이면 「~손」, 딸이면 「~도튀르」라는 식으로, 「~」 부분에는 통상 아버지의 이름이 들어간다. 하지만 그 애칭인 경우나, 아버지가 없는 아이일 경우 어머니의 이름이 붙는 경우도 있다.

예를 들어 10세기의 아이슬란드의 영웅 에기르 스칼라그림손(Egill Skallagrímsson)이라면, 「대머리 그림의 아들, 에기르」라는 의미가 된다.

한편 10세기 경의 아이슬란드에서는 특징적인 명명 형식이 등장한다. 토르를 본뜬 이름이 매우 많은 것이다. 토르발드(소르발드), 토르드(소르드), 토롤프(소롤프), 토르키르(소르케르) 등등 헤아릴 수 없다. 이것은 당시 아이슬란드에서 뇌신 토르가 가장 신봉되었기 때문으로 추정된다. 또한 태어난 아이에게 최근에 죽은 친족의 이름을 붙이는 일도 성행했다. 고대 아이슬란드 사람들은 영혼이 환생한다고 믿었기에, 자식에게 그 친족의 혼이 이어진다고 믿었다. 그래서인지 사가(Saga) 등의 문학에는 같은 이름이 많이 등장한다.

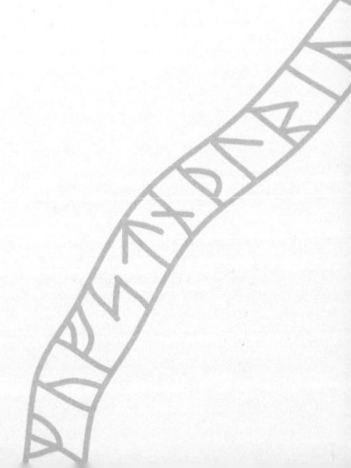

1900년대 초반까지 북유럽 신화는 일본에 그다지 알려져 있지 않았다. 일본에 처음 북유럽 신화를 상세히 소개한 것은 1878년에 출판된 『북유럽 귀신지(北歐鬼神誌)』이다. 하지만 그리스 신화처럼 일본인의 마음을 사로잡지는 못했는지 그 후로도 몇몇 전문서적에 부분적으로 모습을 드러낼 뿐, 일반 대중의 눈에 띄는 일은 없었다. 그러다가 1970년대에 들어 상황이 일변한다. 북유럽 문화에 대한 관심이 급격히 높아짐에 따라 많은 명저가 탄생되었고, 그로 인해 북유럽의 신들도 일본에 널리 알려지게 되었다.

그러나 현재 북유럽의 신들은 많은 픽션 작품에 사용되면서 그 원형이 점차 사라져 가고 있다. 오딘(Oðinn)이나 토르(Þórr), 북유럽의 운명의 여신 노른(Norn) 등의 이름을 알고 있어도 그 신들이 본래 어떤 성격이고, 어떤 추앙을 받았는지 제대로 알지 못하는 사람도 많을 것이다.

본서의 주요 타깃은 그러한 사람들이다. 본서는 추후 언급하게 될 북유럽 신화의 주요 자료를 토대로, 북유럽 신화의 우주관과 등장하는 신들, 그들의 라이벌인 거인족의 특성과 에피소드, 그들과 관련된 여러 마법에 대한 해설에 중점을 두고 있다. 또한 북유럽 신화에 대한 이해를 깊게 하기 위해 그 배경이 된 문화에 대한 해설도 일부 다루고 있다. 다만 지면의 한계가 있어, 북유럽 문화에 관심을 갖고 여러 서적과 씨름하며 연구에 몰두하고 있는 이들이 보기에는 다소 지루한 내용이 될 수 있으니, 그 점에 대해서는 미리 양해를 구하는 바이다.

한편 본서의 고유명사는 가능한 한 고(古)노른어에 가까운 것을 채용했다. 그러나 오딘이나 토르 등의 신들, 오딘의 궁전인 발할라 등에 대해서는 혼란을 피하기 위해 독자분들에게 친숙한 표기를 채용하고 있다. 또한 본서에 수록된 그림은 어디까지나 해석의 일례이며, 그 외의 해석도 존재한다는 점을 미리 말해둔다.

이케가미 료타

# 목 차

# 제 1 장
# 북유럽 신화의 세계관

# 북유럽 신화의 정의

소설, 게임, 만화 등의 소재로 인기가 높은 북유럽 신화, 실제로 북유럽 신화란 어떤 것일까.

## ● 북유럽에서 성장한 신들

북유럽 신화란, 말 그대로 북유럽에 전해 내려오는 일련의 신화를 말한다. 같은 기원을 가진 게르만 신화와 혼동하기 쉽지만, 북유럽에 남은 신화들은 9~10세기 북유럽의 문화를 짙게 반영한 것이니 둘은 분리해서 생각하는 편이 옳을 것이다.

4세기경 기독교의 전파가 시작된 이래, 게르만 문화권에 존재했던 독자적인 수많은 신화들이 사라져갔다. 신들은 요정이나 요괴의 모습으로 바뀌어 이야기 속에 그 자취만을 남긴 채 사라졌고, 그들의 영광은 모두 기독교의 성인들과 기사도 이야기의 주인공에게 흡수되어 버렸다. 그런 탓에 게르만 전체에 있어 신화적 자료는 현재 거의 남아 있지 않다.

이러한 흐름 속에서 북유럽 신화가 오늘날까지 보존될 수 있었던 데에는 한 명의 시인의 역할이 매우 컸다고 할 수 있는데, 그가 바로 13세기 아이슬란드의 시인 스노리 **스투를루손** (Snorri Sturluson, 1178~1241)이다. 그는 당시 시를 창작하기 위해 필요한 기초 교양이었던 신화와, 민화, 고시들을 모아 시의 입문서 『에다 Edda』를 편찬해 냈다.

17세기 북유럽에서 고대 북유럽 문학에 대한 관심이 높아지면서, 많은 고대 사본이 수집된 것도 행운이었다고 할 수 있다. 그 사본들 안에서 스노리가 인용한 것으로 추정되는 고시를 다수 수록한 『왕의 사본 Konungsbók』 이라 불리는 책이 발견되었다. 『왕의 사본』은 당시 사람들이 스노리 편찬서의 원본으로 간주했기 때문에, 스노리의 저작과 마찬가지로 『에다 Edda』라는 이름이 붙게 된다. 현재는 『왕의 사본』에 몇 가지 고시를 추가한 것을 『시詩 에다 Ljóðaedda』, 스노리의 것을 『스노리 에다 Snorra Edda』라 부르고 있다. 현재 잘 알려져 있는 북유럽 신화는 이들 두 개의 『에다』를 근거로 하고 있다. 하지만 어디까지나 『에다』의 내용이 후세에 만들어진 창작임을 들어, 이들 신화를 『에다 신화』라 부르는 연구자도 있다는 것을 염두에 두어야 할 것이다.

## 북유럽 신화의 위치

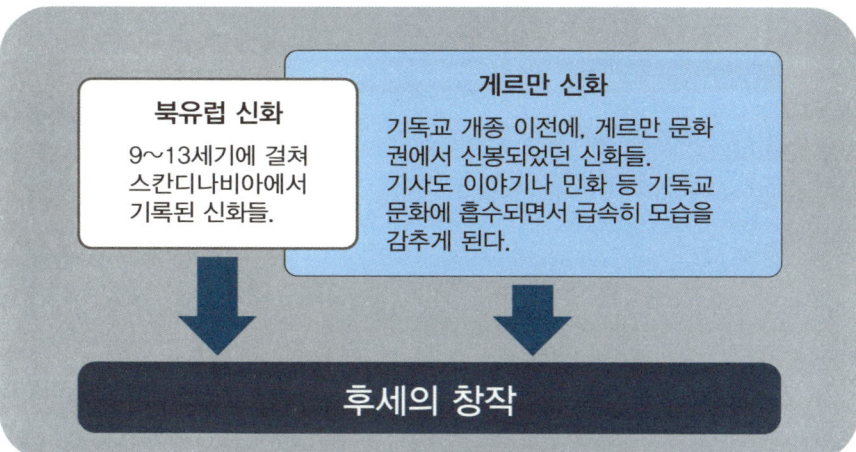

**북유럽 신화**

9~13세기에 걸쳐 스칸디나비아에서 기록된 신화들.

**게르만 신화**

기독교 개종 이전에, 게르만 문화권에서 신봉되었던 신화들.
기사도 이야기나 민화 등 기독교 문화에 흡수되면서 급속히 모습을 감추게 된다.

**후세의 창작**

## 북유럽 신화를 구성하는 요소

**북유럽 신화**

**근간자료**

**『시(詩) 에다』**

17세기에 발견된 고시의 사본과, 유사한 내용의 고시들
→ No.107

**『스노리 에다』**

13세기에 아이슬란드의 시인 스노리가 쓴 시의 입문서
→No.107

**주요 보충자료**

**북유럽 고시**

**『덴마크인의 사적』**
→No.109

**『헤임스크링라』**
→No.1t09

관련항목

● 스노리 스투를루손 → No.110

● 북유럽 신화를 전하는 주요 자료1 → No.107

# 초기 북유럽의 신앙

원시종교에서는 공경하는 자연에 제물을 바치고 가호를 구했다. 초기 북유럽의 신앙도 그러한 피 냄새 풍기는 제사에서 시작되었다.

## ● 고대의 신앙

북유럽을 포함한 게르만 민족의 신앙에 대해 기록된 가장 오래 된 저작물은 AD 100년경 로마인 타키투스(Publius Cornelius Tacitus, 56~117)가 쓴 『게르마니아GERMANIA』일 것이다. 이에 의하면, 당시 게르만 민족은 세 명의 신, 메르쿠리우스, 마르스, 헤르크레스를 신봉했다. 로마인은 사물을 기록할 때에 대상을 자신들의 주변과 가까운 것으로 바꾸곤 했는데, 그래서 이들 세 신은 각각 주신 **오딘**Oðinn, **전신 튀르**Týr, 뇌신 **토르**Þórr 였으리라 추정되고 있다.

이 중에서 가장 큰 신앙을 받았던 대상은 오딘으로, 그의 제삿날에는 인신공양이 행해졌다고 한다. 실제로 덴마크를 비롯한 북유럽 나라들에서는 고대의 성지인 연못 터에서 살해된 사람들의 시신이 수 없이 발견되고 있는데, 이러한 인신공양이 널리 행해졌던 것을 뒷받침해 주고 있다. 그보다 더 오랜 고대에는 튀르Týr와 동일시되는 투이스코Tuisco라 불리는 신이 인류의 시조로서 추앙을 받았던 것으로 보인다. 『게르마니아』에는 이들 신들을 제사지내기 위한 신상과 신전은 없었다고 기록되어 있지만, 실제로는 야담한 신상이 여럿 발견된 바 있다.

한편, 『게르마니아』에는 이들 세 명의 신 외에, 이시스Isis, 혹은 네르투스Nerthus라 불리는 여신에 대해서도 언급하고 있다. 네르투스는 당시 북유럽 지역에 거주하던 일곱 부족의 신봉을 받았던 풍요의 여신인데, 언어적인 유사성에서 반Vanr 신족의 **뇨르드**Njọrðr와 연결지어 생각하는 경우가 많다. 네르투스의 제사는 매년 봄, 그녀의 성지인 작은 섬에서 신상을 실은 수레를 천천히 끌며 행진하는 것이었다. 이러한 제사 형식은 뇨르드의 아들인 풍요신 **프레이르**Freyr의 예에서도 볼 수 있는데, 네르투스와 반 신족의 관계가 깊음을 보여주는 예일 것이다.

## 『게르마니아』에 나타난 초기 신앙

『게르마니아』
1세기의 로마의 역사가 타키투스가 쓴 게르만 민족 문화사. 신들의 이름은 로마인의 양식에 따라 로마의 신들로 바뀌어 있다.

### 1세기 전후에 게르만 문화권에서 신봉되었던 신들

| 메르쿠리우스<br>(오딘) | 마르스<br>(튀르) | 헤르크레스<br>(토르) |
|---|---|---|

최고 신앙의 대상. 인간을 희생으로 바친다.

동물을 희생물로 바친다.

이시스
(네르투스?)

동물을 희생물로 바친다.
상기 3신과는 다른 계통

## 네르투스 종족의 특수한 신앙

네르투스 족

지금의 유틀란트 반도 남부에 있던 일곱 부족으로 네르투스 여신을 추앙했다. 『게르마니아』에 기록이 있다.

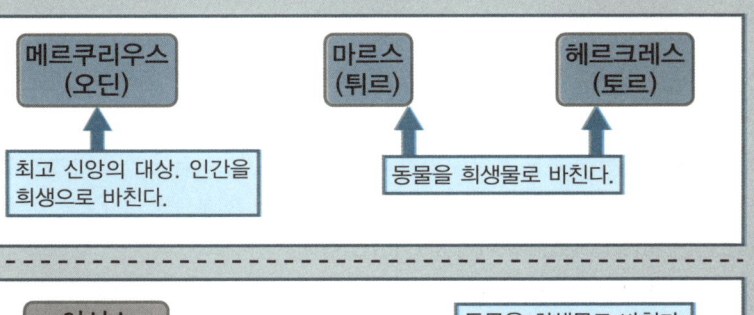

암소가 끄는 여신상을 태운 수레와 사제가 각지를 방문. 제사가 치러진다.

각 신앙지

네르투스의 작은 섬

역할을 마친 수레를 노예들이 청소. 그 후 노예들은 호수에 수장된다.

네르투스는, 반 신족의 뇨르드와 관계가 깊은 것으로 추정되는 대지의 여신. 하지만 이것은 타키투스의 착각으로 본래는 남신이라는 설도 있다.

관련항목

● 오딘 → No.017
● 토르 → No.023
● 튀르 → No.025
● 뇨르드 → No.041
● 프레이르 → No.042

# 이교 신앙과 기독교의 유입

북유럽 사람들의 생활에 뿌리내린 신들. 하지만 그들은 기독교의 도래와 함께 모습을 감추게 된다.

## ● 이교 신앙과 신들의 영락

이교 시대(기독교 개종 이전 시대)의 북유럽의 신앙을 이해하기 위해서는, 다른 문화권에서 본 기록과 후세에 아이슬란드에서 쓰인 사가[Saga] 문학에 의지할 수밖에 없다. 당시 사람들은 문장으로 된 기록을 거의 남기지 않았기 때문이다. 이러한 자료 속에서 특히 주목할 만한 것이, 11세기 브레멘의 사제 아담[Adam]이 기록한 『함부르크 대사교구의 사적(Gesta Hammaburgensis ecclesiae pontificum, 1076)』이다.

『함부르크 대사교구의 사적』 및 사가[Saga]의 기록에 의하면, 당시 사람들의 추앙을 받았던 것은 주신 **오딘**[Óðinn], 뇌신 **토르**[Þórr], 풍요신 **프레이르**[Freyr], 이 세 신이었다. 겨울의 시작과 끝, 그리고 수확기 등에 제사를 올렸으며, 한 해의 시작에 해당하는 동지[冬至]에는 율[Jól]의 대제가 치러졌는데, 당시 이것을 매우 중요시했던 것으로 보인다. 이러한 제사에는 구시대와 마찬가지로 제물을 바치는 공희[供犠]가 행해졌다. 사람들은 신전을 제물의 피로 정결케 하고, 신들에게 술을 바치고 제물을 나누어 먹었다고 한다.

당시 신앙의 중심지였던 곳이 스웨덴의 웁살라[Uppsala]이다. 거목과 수원지 주변에 신전을 짓고 전쟁이 있을 때는 오딘, 역병이나 기근이 찾아오면 토르, 결혼을 할 때는 프레이르에게 각각 기도를 바쳤다.

북유럽의 종교세계에 기독교가 서서히 세력을 펼치기 시작한 것은 9세기 중엽의 일이다. 서유럽의 문화나 경제에 대한 관심이 높아지면서 그것들을 흡수하기 위한 수단으로 개종이 성행하기 시작했다. 하랄드 블루투스(Haraldr blát·nn Gormsson, ?~986)나 올라프 트뤼그바손(Óláfr Tryggvason, 960~1000) 등 권력을 강화하고자 한 집권자들의 강제적인 기독교 개종도 이에 박차를 가했다. 그 결과 북유럽은 10세기를 경계로 기독교 세계로 변모해 간다. 이로 인해 이교의 신들은 서서히 영락을 시작해 끝내 이야기나 예술에서만 그 모습을 남기는 존재로 흩어져 갔다.

## 이교시대 북유럽에서의 신앙의 형태

> **『함부르크 대사교구의 사적』**
> 11세기, 브레멘의 사제 아담이 쓴 기록. 제4권에 북유럽의
> 신앙 등에 관한 상세한 기술이 있는데, 후반에는 개의 얼굴을
> 가진 인간이 등장하는 등 신용할 수 없는 부분도 있다.

### 『함부르크 대사교구의 사적』 등에 나타난 신앙

| 오딘 | 프레이르 | 토르 |
|---|---|---|
| 전쟁의 신. 전쟁 때 제물을 바친다. | 평화와 쾌락을 사람들에게 부여하는 신. 결혼 때 제물을 바친다. | 날씨의 신. 역병, 기근 때에 제물을 바친다. |

**치러진 의식**

- 공양(사람, 동물 등의 교살체를 신성한 나무에 매단다. 신성한 늪에 가라앉힌다)
- 공양대상의 피를 뿌림으로써 신전을 정화
- 풍요를 기원하는 외설적인 가무극

제사는 겨울의 시작과 끝, 수확기 등에 치러졌으며, 한 해의 시작에 맞춰 치러진 율 대제가 특히 유명. 율(Jøl) 대제는 지금도 크리스마스로써 남아있다.

## 기독교의 유입과 북유럽 신들의 쇠퇴

| | |
|---|---|
| 826년 | 사도 안스가르(Ansgar)가 북유럽에 전도 시작. |
| 945년~1000년 | 하콘 선왕 등의 활동으로 노르웨이에 기독교가 정착. |
| 960년경 | 덴마크의 하랄드 블루투스 개종. 덴마크, 기독교국이 됨. |
| 1000년 | 아이슬란드와 그린란드, 기독교로 개종. |
| 1100년 이후 | 스웨덴 도시부에서 기독교 확산. |

- 권력 확대와 교역을 노린 권력자의 개종
- 현지 신앙을 교묘히 흡수한 기독교의 포교

**신앙의 쇠퇴**

유명무실한 존재로

요괴, 요정화 되는 신들

---

**관련항목**

- **오딘** → No.017
- **토르** → No.023
- **프레이르** → No.042

# 북유럽 신화 줄거리1 세계의 창조

열과 추위가 회오리치는 불모의 세계에 태어난 한 명의 거인. 용기와 비장함으로 가득한 북유럽 신화는 이 한 명의 거인의 탄생과 함께 시작된다.

## ● 원초 거인의 탄생

신들이 존재하기 훨씬 이전. 그곳에는 긴눙가가프Ginnungagap 라 불리는 심연과, 뜨거운 극열의 세계 **무스펠헤임**Muspellzheimr, 극한의 세계 **니플헤임**Niflheimr 밖에 존재하지 않았다. 어느 날 열풍이 서리를 녹이며 거기에서 두 개의 생명이 탄생했다. 원초 거인 **위미르**Ymir 와 암소 아우드홈라Auðhumla 이다. 위미르는 아우드홈라의 젖을 먹으며 살았고, 그로부터 서리 거인이라 불리는 일족이 생겨났다. 아우드홈라는 소금 맛이 나는 얼음 덩어리를 핥아 먹으며 살았는데, 그가 핥아 녹은 얼음에서 부리Búri 라는 남자가 태어났다. 그 후, 부리는 보르Borr 라는 아들을 얻고, 보르는 서리 거인의 딸 베스틀라Bestla 와 혼인해, 주신 **오딘**Óðinn 을 비롯한 세 명의 신을 얻는다. 오딘을 비롯한 세 형제는 서리 거인을 싫어해서, 어느 날 원초의 거인 위미르를 습격해 살해한다. 위미르의 몸에서 흘러나온 피는 홍수가 되었고, 서리 거인들 대부분은 여기에 휘말려 멸망한다. 이 부도덕한 행위로 인해 살아남은 거인들은 신들을 원망하게 되었다.

## ● 세계의 창조

오딘 형제는 죽은 위미르의 몸으로 세계를 창조하기로 했다. 먼저 그들은 긴눙가가프Ginnungagap를 위미르의 피로 채우고 그 위에 위미르의 살로 만든 대지를 띄웠다. 그리고 머리카락과 뼈와 뇌로 나무와 암석, 구름을 만들어 대지를 장식한다. 또한 위미르의 두개골로는 하늘을 만들고, 거기에 무스펠헤임Muspellzheimr의 불로 만든 태양과 달과 별들을 두었다. 다음에, 오딘 형제는 해변에서 주운 유목으로 아스크Ask와 엠블라Embla 라 불리는 인간의 남녀를 만들어낸다. 그리고 땅을 위미르의 눈썹으로 구분하고, 인간의 세계 미드가르드Miðgarðr와 거인의 세계 **요툰헤임**Jotunheimr 을 만들었다. 그리고 그 세계의 중심에 성을 쌓았는데, 그것이 바로 신들의 세계 **아스가르드**Ásgarðr 였다.

## 신들의 탄생

원초의 거인 위미르와 암소 아우드훔라 탄생.

↓

위미르에서 서리 거인이라 불리는 일족이 발생.

↓

아우드훔라가 핥은 얼음덩어리에서 부리라는 남자가 탄생.

↓

부리의 아들 보르, 서리 거인의 딸과 혼인해 세 신을 얻는다.

↓

보르의 아들인 오딘 삼형제가 위미르를 살해.

## 세계의 창조

오딘 형제, 위미르의 몸으로 세계를 창조.

↓

태양과 달이 만들어지고 계절이 정해진다.

↓

유목에서 인간 남녀 탄생.

↓

요툰헤임과 미드가르드의 경계에 울타리 설치.

↓

신들의 세계 아스가르드 완성.

---

**관련항목**

- 아스가르드 → No.010
- 요툰헤임 → No.011
- 니플헤임과 니플헬 → No.012
- 무스펠헤임 → No.013
- 오딘 → No.017
- 위미르 → No.046

# 북유럽 신화 줄거리2 반 전쟁과 아스가르드의 성벽

신들의 황금시대는 세 명의 거인의 딸이 나타나면서 사라지고, 악덕이 서서히 그들을 침식해간다.

## ● 반 전쟁

아스가르드<sup>Asgarðr</sup>가 만들어졌을 당시, **아스 신족**들은 풍부한 황금에 둘러싸여 그 생활에 만족하고 있었다. 그러나 세 명의 거인의 딸과 마녀 굴베이그<sup>Gullveig</sup>가 나타나면서 아스가르드에 악덕이 퍼지기 시작했다. 아스<sup>As</sup> 신족은 굴베이그를 몇 번이고 죽이려고 했지만 그녀는 세 번이나 되살아나 신들의 마음에 재를 뿌렸다.

이렇게 해서 황금에 대한 욕망에 사로잡히게 된 아스 신족은, **반<sup>Vanr</sup> 신족**과 전쟁을 시작한다. 싸움은 길어졌고 아스가르드의 성벽은 파괴되었다. 싸움에 지친 신들은 서로 볼모를 교환하며 전쟁을 끝낸다.

## ● 아스가르드의 성벽

오랜 전쟁으로 인해 성채가 파괴되어 어찌할 바를 모르고 있던 신들 앞에 어느 날 한 대장장이가 말을 끌고 찾아온다. 그는 여신 **프레이야**<sup>Freyja</sup>와 태양, 달을 주면 견고한 성채를 지어주겠노라고 했다. 마침 아스가르드의 방어의 핵심인 뇌신 **토르**<sup>Þorr</sup>가 **거인족**과 싸우기 위해 동방으로 떠나 있던 시기였다. 신들은 여차하면 그를 교묘한 꾀로 속이면 되리라는 악신 **로키**<sup>Loki</sup>의 말에 설득되어, 반년이라는 조건을 붙여 대장장이의 요구를 받아들인다. 그러나 그는 말의 활약에 힘입어 경이적인 속도로 일을 해치워나갔다. 위기감을 느낀 신들은 로키에게 책임을 지라고 몰아붙인다.

궁지에 몰린 로키는 암말로 둔갑해 대장장이의 말을 유혹했고, 그로 인해 일은 차질이 생기게 되었다. 속고 있다는 것을 눈치 챈 대장장이는 거인의 본모습을 드러내고 신들을 공격했다. 그러나 마침 귀환한 토르의 손에 죽고 만다. 이렇게 해서 아스가르드는 견고한 성채를 얻게 되었지만, 그 대가로 신들은 계약 위반이라는 악덕을 짊어지게 되었다.

## 반 전쟁

마녀 굴베이그의 등장으로 아스가르드에 악덕이 만연.

⬇

아스 신족, 굴베이그를 죽이고자 하지만 실패.

⬇

여러 이유로 인해 반 신족과 항쟁 발발.

⬇

볼모를 교환함으로써 화해 성립.

⬇

반 신족, 볼모인 미미르를 살해해 목을 돌려보냄.

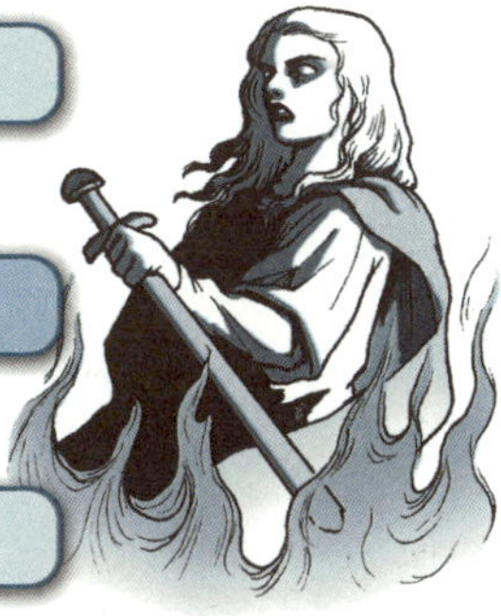

## 아스가르드의 성벽

신들, 대장장이와 아스가르드의 성채 복구를 계약.

⬇

대장장이와 그 애마의 활약으로 성벽이 거의 완성.

⬇

로키, 암말로 둔갑해 작업을 방해.

⬇

거인(대장장이), 배신에 분노하지만 토르의 손에 퇴치.

⬇

신들, 계약 위반이라는 악덕을 짊어지게 됨.

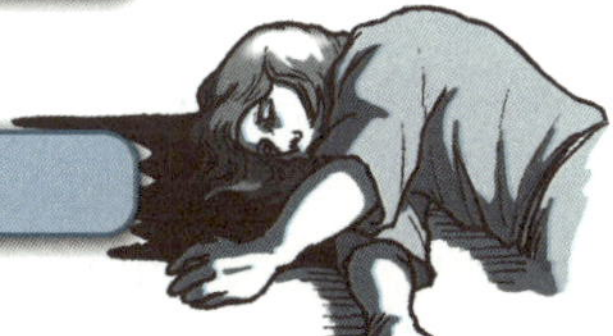

관련항목

- **아스 신족** → No.016
- **토르** → No.023
- **반 신족** → No.040
- 프레이야 → No.044
- 거인족 → No.045
- 로키 → No.057

# 북유럽 신화 줄거리3 오딘의 여행

거인족과 싸우는 데에 유리한 지식을 얻고자 시작된 오딘의 방랑. 하지만 지식을 얻으면 얻을수록 불안과 갈증은 늘어만 갔다.

## ● 똑똑해서 생기는 불안

아스가르드를 만든 후, 주신 **오딘**<sup>Óðinn</sup>은 새로운 지식을 찾아 자주 세상을 유랑하고 다녔다. 지식에 대한 오딘의 집착은 상상을 초월해서, 지식을 얻기 위해서라면 자신의 몸을 희생하는 것도 마다하지 않았다. 지식의 샘물을 딱 한 모금 마시기 위해 샘을 지키는 거인 미미르<sup>Mímir</sup>에게 한쪽 눈을 내주기도 했다. 또한 **룬 문자**의 비밀을 알아내기 위해 자신의 몸에 창을 찌르고 세계수 위그드라실<sup>Yggdrasil</sup>에 아흐레 동안 목을 매단 적도 있었다. 그렇게 지식을 찾는 데에 너무 빠져 아스가르드를 돌보지 않게 되자, 형제인 빌리<sup>Vili</sup>와 베<sup>Vé</sup>에게 나라와 아내 프리그<sup>Frigg</sup>를 빼앗기기까지 했다.

오딘이 지식을 찾아 헤매기 시작한 데엔 **거인족**과의 알력이 컸지만 당초의 목적은 어디까지나 순수한 탐구심에 의한 것이었다. 그러던 어느 날 신들의 파멸에 대한 예언을 듣게 된 후로 그의 탐구심은 심상치 않은 집착으로 돌변했다. 파멸에 대한 불안이 그의 마음을 좀먹어 들어간 것이다. 그는 매일 갈가마귀 후긴<sup>Huginn</sup>과 무닌<sup>Muninn</sup>을 전 세계에 보내 정보를 모았고, 자신도 세계를 한 눈에 살펴볼 수 있는 옥좌에 앉아 세계를 감시했다. 신들에게 재앙을 가져올 것이라는 악신 **로키**의 세 자식들을 추방했고, 또 로키가 많은 보물을 얻게 해주었지만 어느 것도 그의 마음을 평온하게 해주지 못했다.

뇌신 토르<sup>Þórr</sup>가 묵묵히 거인족과의 싸움에 전념하고 있을 때, 오딘은 더 많은 지식을 얻기 위해 방랑을 계속했다. 한편으로, 최종전쟁 라그나로크<sup>Ragnarök</sup>에 대비해 병력으로 사용할 전사자의 영혼 **에인헤리아르**<sup>Einherjar</sup>를 모으기 위해 인간의 세계에 마구 분란을 일으켰다. 아들 **발드르**<sup>Baldr</sup>의 죽음을 계기로 그의 행위는 한층 격해져, 지식을 얻기 위해서라면 거인의 딸을 농락하고, 목적을 위해 여성을 범하는 일조차 주저하지 않았다. 오딘은 자신의 행위가 세계의 파멸을 앞당기고 있다는 것조차 깨닫지 못하게 되어 있었던 것이다.

## 오딘의 방랑(발드르의 죽음 이전)

### 지식을 찾아

한쪽 눈을 희생해 지식의 샘물을 한 모금 얻어 마신다.

9일간 단식하며 목을 매단 끝에 룬 문자를 발명.

### 각지를 방랑

거인들을 찾아다니며, 지식과 마법 도구를 얻는다.

흐레이드마르의 아들 오트르를 죽이고, 황금으로 배상.

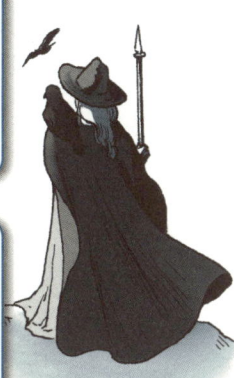

니플헬의 무녀에게서 발드르의 죽음의 예언을 듣는다.

## 오딘의 방랑(발드르의 죽음 이후)

발드르의 복수를 위해 아들 발리를 얻는다.

거인 바프트루드니르와 지혜 싸움.

거인족의 딸 군로드를 꼬드겨 시인의 봉밀주를 입수.

인간 세계의 분란을 조장해 에인헤리아르를 집병.

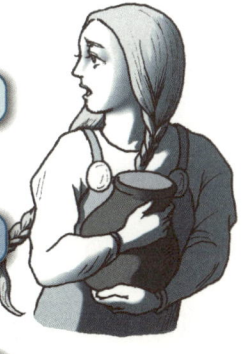

**관련항목**

- **오딘** → No.017
- **에인헤리아르** → No.020
- **발드르** → No.026
- **거인족** → No.045
- **로키** → No.057
- **룬 문자** → No.073

# 북유럽 신화 줄거리4 발드르의 죽음과 로키의 포박

거인족이면서 오딘의 의형제가 되어 신들 틈에 끼게 된 악신 로키. 그의 존재는 신들에게 수많은 재앙을 초래하였다.

## ● 발드르의 죽음

주신 **오딘**<sup>Óðinn</sup>의 아들 **발드르**<sup>Baldr</sup>는 매우 총명한 신으로 많은 이들의 사랑을 받았다. 그러던 어느 날 발드르의 꿈 얘기를 듣고 불길한 느낌을 받은 오딘은, 몰래 명계<sup>冥界</sup>를 찾아가 죽은 무녀에게 예언을 부탁한다. 그녀는 오딘에게 아들 발드르가 죽게 될 것임을 알려준다. 이야기를 전해 들은 발드르의 어머니 **프리그**<sup>Frigg</sup>는, 전 세계를 돌며 모든 존재에게 발드르를 해치지 않겠다는 약속을 받아낸다. 악신 **로키**는 그런 프리그의 행위가 눈에 거슬렸다. 그래서 여자로 둔갑하고 프리그에게 접근해 발드르의 약점을 캐물은 결과, 프리그가 너무도 약해 보이는 작은 겨우살이 묘목한테만은 약속을 받지 않았다는 사실을 알게 된다.

그 때 신들은 불사신이 된 발드르에게 물건을 던지는 놀이를 즐기고 있었다. 로키는 여기에 끼어들어 장님 신 호드<sup>Höðr</sup>에게 겨우살이 묘목을 던지게 했다. 이것을 맞고 발드르는 죽고 만다. 신들은 발드르를 되살리기 위해 명계의 여왕 헬<sup>Hel</sup>에게 사신을 보내지만, 로키의 방해로 또 다시 모든 것은 물거품이 된다.

발드르의 장례식은 성대하게 치러졌으며 신들의 적인 거인족에서도 조문사절이 왔을 정도였다. 그는 막대한 보물과, 그를 잃은 슬픔을 견디지 못하고 죽은 아내 난나<sup>Nanna</sup>와 함께 배에 실려 화장되었다.

## ● 로키의 포박

그 후로도 한동안 로키는 신들의 거처에 머물렀다. 그러나 해신 **에기르**<sup>Ægir</sup>가 베푼 잔치에서 신들을 비난하고는 모습을 감춘다. 더이상 로키를 용서할 수 없게 된 오딘은, 그가 숨어있는 은신처를 찾아낸 후 신들에게 그와 그 아들 발리<sup>Váli</sup>와 나리<sup>Nari</sup>를 잡아오도록 명령했다.

신들은 발리를 늑대로 둔갑시켜 나리<sup>Nari</sup>를 물어죽이게 한다. 그리고 로키를 나리의 창자로 만든 사슬로 틀어 묶고는 얼굴에 뱀독이 끝없이 떨어지는 고문을 가했다. 이렇게 해서 로키는 세계의 종말이 찾아올 때까지 지하에 갇혀 있게 되는 것이다.

## 발드르의 죽음

발드르가 꾼 꿈이 불길해 신들이 불안을 느낀다.

어머니 프리그의 노력으로 발드르는 거의 불사신이 된다.

아니꼽게 생각한 로키가 발드르의 약점을 알아낸다.

로키에게 속은 호드가 발드르를 죽인다.

신들이 발드르의 부활을 시도하지만, 로키의 방해로 실패.

발드르의 장례가 성대히 치러지고, 호드는 죽임을 당한다.

## 로키의 포박

로키, 에기르의 잔치를 계기로 신들과 갈라선다.

오딘, 도망친 로키를 발견하고 신들을 파견.

도주에 실패한 로키가 잡혀 온다.

로키, 지하에 갇혀 끝없는 고문에 처해진다.

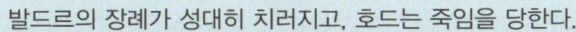

관련항목
- 오딘 → No.017
- 발드르 → No.026
- 프리그 → No.033
- 에기르 → No.056
- 로키 → No.057
- 헬 → No.060

# 북유럽 신화 줄거리5 라그나로크와 세계의 재생

북유럽 신화의 최종장 라그나로크. 오랫동안 쌓인 알력과 갈등이 한 순간 터지면서 세계는 시뻘건 종말의 불꽃에 휩싸이게 된다.

## ● 신들의 황혼

**발드르**<sup>Baldr</sup>의 죽음을 계기로 갈라지기 시작한 세계는 단번에 터져나가기 시작했다. 주신 **오딘**<sup>Óðinn</sup>이 뿌린 불씨들은 끝없는 전란을 일으켰고, 그로 인해 인간 세상은 수습할 여지가 없을 정도로 황폐화되었다. 게다가 태양과 달의 사신 **솔**<sup>Sól</sup>과 **마니**<sup>Máni</sup>가 늑대들에게 잡아먹히는 바람에 지상은 유래 없는 천재지변에 휩싸여버린다.

이 혼란을 틈타 거인들은 **무스펠**<sup>Múspell</sup>과 니플헬<sup>Niflhel</sup>의 망자들을 이끌고 신들에 대한 침공을 개시했다. 그들은 비그리드<sup>Vígríðr</sup>라 불리는 전쟁터에서 격돌했고 차례로 쓰러져갔다. 오딘은 거대한 늑대 펜리르<sup>Fenrir</sup>에 잡아먹히고, 그 펜리르는 비다르<sup>Víðarr</sup>의 손에 쓰러졌다. 뇌신 토르는 요르문간드<sup>Jörmungandr</sup>와, 전신 튀르<sup>Týr</sup>는 가름<sup>Garm</sup>과, 신들의 파수꾼 헤임달<sup>Heimdallr</sup>은 악신 로키<sup>Loki</sup>와 싸우다 함께 최후를 맞았다. 풍요신 프레이르<sup>Freyr</sup>는 무스펠의 수장 수르트<sup>Surt</sup>에게 패해 쓰러졌고, 대지는 수르트가 쏜 화염에 맞고 불타 바다 속 깊이 가라앉는다.

## ● 세계의 재생

그러나 이걸로 모든 것이 멸망한 것은 아니었다. 불에 타 바다 속에 잠겨버렸던 대지가 다시 떠오른 것이다. 새로운 땅은 풍요로운 숲으로 뒤덮여 있으며 씨앗을 뿌리지 않아도 곡물이 자라는 축복받은 터전이었다. 또한 태양의 마부 솔<sup>Sól</sup>의 외동딸이 어머니의 뒤를 이어 대지를 비추어 주었다.

인류는 호드미미르의 숲<sup>Hoddmímis holt</sup>에 숨어있던 남녀를 시조로 하여 다시 대지에 퍼져갔다. 그들이 만드는 새로운 세계에는 아무런 걱정도 고통도 사악함도 없었으며, 오직 기쁨과 결백만이 충만했다.

그리고 이야기는 최종전쟁에서 살아남은 신들과 죄가 없음이 증명되어 다시 명계에서 돌아올 수 있었던 발드르<sup>Baldr</sup>와 호드<sup>Höðr</sup> 등이 합류하여, 아스가르드의 유적지에서 과거의 추억을 회상하는 장면에서 막을 내리는 것이다.

## 라그나로크

천재지변이 일어나, 인간의 세계가 황폐화 된다.

⬇

수탉이 때를 알리자, 거인과 무스펠, 망자들이 침공을 개시.

⬇

헤임달의 신호로 신들 전투준비.

⬇

비그리드 벌판에서 양군이 격돌.

⬇

무스펠의 수장 수르트의 손에 대지가 불타며 바다로 가라앉는다.

## 세계의 재생

바다 속에 가라앉았던 대지가 다시 떠오름.

⬇

태양의 마부의 딸이 어머니를 대신해 대지를 비춘다.

⬇

살아남은 인간들이 다시 활동을 시작.

⬇

살아남은 신들과 부활한 신들이 합류.

⬇

신들은 아스가르드의 유적지에서 과거를 추억한다.

---

관련항목

● 오딘 → No.017
● 발드르 → No.026
● 솔과 마니, 다그와 놋트 → No.039
● 무스펠 → No.065

# 북유럽 신화의 우주관

북유럽 신화의 우주는, 각기 다른 종족이 사는 아홉 개의 세계로 구성되어 있었다.

## ● 신들과 거인들이 사는 세계

『시詩 에다』의 『무녀의 예언Völuspá』 등에 의하면, 북유럽의 우주는 아홉 개의 세계와 한 그루의 세계수로 구성되어 있다고 한다.

아홉 세계 중 가장 북쪽에 있는 것은 극한의 세계 **니플헤임**Niflheimr 으로, 그 지하에는 명계의 여왕 헬Hel 이 지배하는 **니플헬**(Niflhel, 헬)이 있다. 그 반대 측인 남쪽에는 타오르는 불의 나라 **무스펠헤임**Muspellzheimr 이 위치하고 있으며, 최종전쟁 라그나로크Ragnarök 때 신들과 싸웠던 무스펠Múspell 이 살고 있다. 이 두 세계의 가운데에는 깊은 바다가 있으며, 그 위에 신들이 원초의 거인 위미르Ymir 의 몸으로 만든 대지가 떠 있다. 신들은 이 대지를 세 개의 구획으로 나누었다. 한 가운데에 구축된 토대는 **아스가르드**Ásgarðr 라 하여 아스As 신족이 살고, 그 바깥쪽에는 인간들이 사는 미드가르드Miðgarðr 가 있으며, 이 둘 사이를 무지개다리 비프로스트Bifröst 가 이어주고 있다.

미드가르드는 위미르의 눈썹으로 만든 울타리로 둘러싸여 있고, 그 담 바깥의 북쪽 또는 동쪽 해안선에 거인들이 사는 세계 **요툰헤임**Jötunheimr 이 펼쳐져 있다.

이 외에 반Vanr 신족이 사는 바나헤임Vanaheimr 과, 료스알프(Ljósálfr, 빛의 요정)가 사는 알프헤임Álfheimr, 도크알프(dökkálfr, 어둠의 요정)가 사는 스바르트알프헤임Svartálfaheimr 이 있는데, 『시詩 에다』나 『스노리 에다』에 정확한 위치 등은 나와 있지 않다.

이들 아홉 세계에 그늘을 드리우고 전 세계에 뿌리를 뻗고 있는 것이 세계수 **위그드라실**Yggdrasil 이다. 일설에는 전 세계가 이 세계수에 의해 지배되고 있다고 한다. 이들 세계 위에는 위미르의 두개골로 만든 하늘이 겹겹이 얹혀 있고, 동서남북 네 끝을 네 명의 드베르그(Dvergr, 드워프)가 받치고 있다. 하늘에는 태양과 달을 끄는 마차가 늑대에게 쫓기면서 달리고 있다. 또한 하늘 북쪽에는 독수리 모습을 한 거인 흐레스벨그Hresvelgr 가 있어서, 그가 날개를 펄럭일 때마다 일어난 바람이 전 세계를 휩쓸고 다닌다고 한다.

## 북유럽 신화의 세계 구성

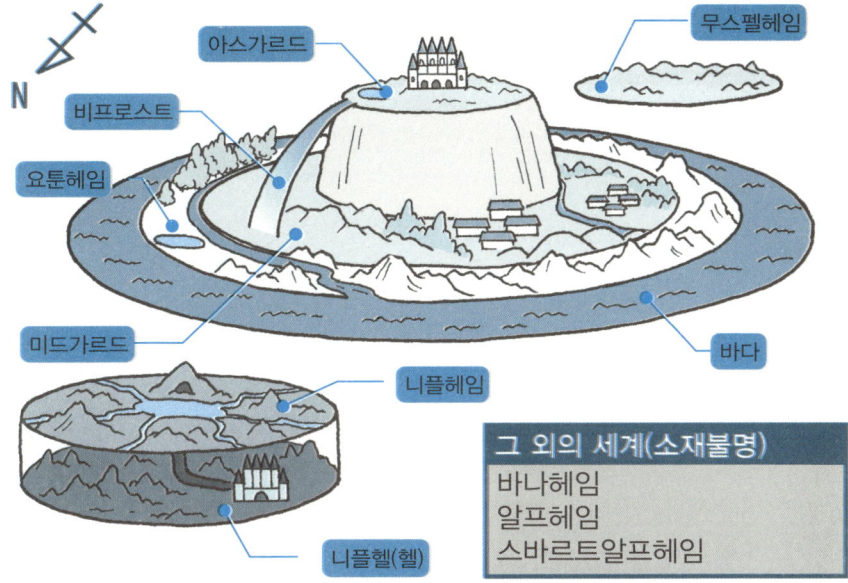

N

무스펠헤임

아스가르드

비프로스트

요툰헤임

미드가르드

바다

니플헤임

니플헬(헬)

### 그 외의 세계(소재불명)

바나헤임
알프헤임
스바르트알프헤임

## 북유럽 신화의 우주관

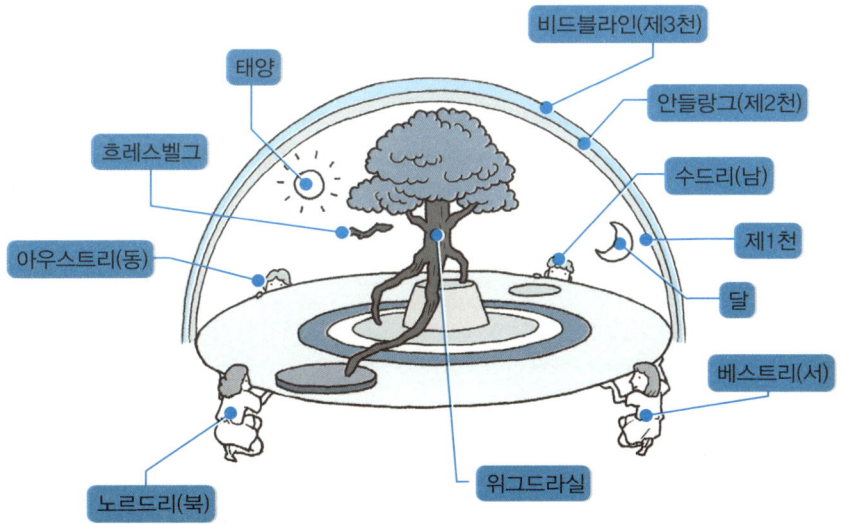

비드블라인(제3천)

태양

안들랑그(제2천)

흐레스벨그

수드리(남)

아우스트리(동)

제1천

달

베스트리(서)

노르드리(북)

위그드라실

# 아스가르드

Ásgarðr

북유럽의 신들이 사는 세계 아스가르드. 그곳은 황금으로 번쩍이는 찬란한 세계였다.

## ● 신들이 사는 장엄한 세계

아스가르드Ásgarðr는 **아스**Ás **신족**이 사는 세계이다. 『스노리 에다Snorra Edda』의 「길피의 속임수 Gylfaginning」에서 「트로이Trója」라고도 불리는 이 세계는, 인간이 사는 대지의 중앙에 위치하며 땅과 하늘에서 일어나는 대부분의 일들이 이곳에서 결정된다고 한다. 높은 성벽으로 둘러싸인 일종의 성채로, 그 성벽은 일찍이 거인족의 대장장이를 속여 만들게 한 것이다. 아스가르드가 하늘에 떠 있는지 지상에 있는지에 대한 명확한 답은 없다. 그런 부분은 사람들의 상상에 맡겼을 것이다. 어쨌든 다른 세계에서 아스가르드로 들어가려면 무지개다리 비프로스트 Bifröst를 건너거나 하늘을 날아 넘어갈 수밖에 없다.

아스가르드 중앙에는 이다볼르Iðavöllr라 불리는 광장이 있다. 거기에는 남성신들이 모이는 글라스헤임Glaðsheimr이라는 황금 신전이 있고 그 안에는 주신 **오딘**의 옥좌와 다른 신들이 앉는 12개의 자리가 놓여 있다. 한편 여신들이 모이는 신전은 빙골프Vingólf라 불리며 이것도 매우 아름다운 건물이었다고 한다. 아스가르드가 처음 만들어졌을 때 신들은 많은 황금을 갖고 있었기에 저택과 가구 등을 모두 황금으로 만들었던 것이다.

그 외에도 아스가르드에는 오딘이 가진 발할라(Valhöll, 발홀)를 비롯해 각 신들이 가진 여러 성이 존재했다. 그 중에서도 발할라는 오딘과 프레이야가 나눠 가진 전사자의 영혼 중 오딘의 몫이 된 용사들이 다가올 최종전쟁 라그나로크Ragnarök에 대비해 훈련을 하던 중요한 건물이었다. 세계수 **위그드라실**의 뿌리가 뻗어 있는 우르드Urðr의 숲가에 있는 신들의 집회장도 중요한 장소로 여겼다. 신들은 이곳에서 세상에서 일어나는 다양한 사건들에 대한 판결을 내렸다. 또한 우르드의 샘가에는 운명의 여신 **노른**norn들이 사는 사당도 있다고 한다.

## 아스가르드의 구조

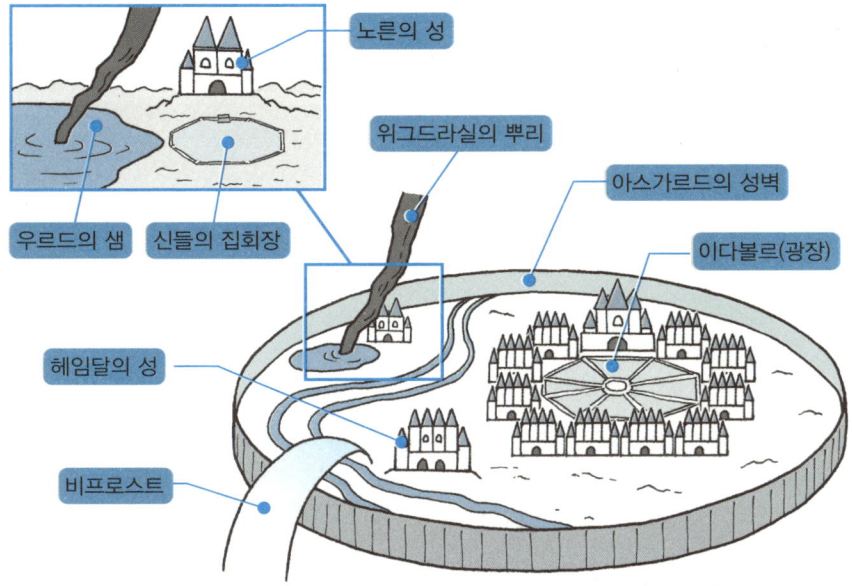

노른의 성

위그드라실의 뿌리

아스가르드의 성벽

이다볼르(광장)

우르드의 샘    신들의 집회장

헤임달의 성

비프로스트

## 주요 신들의 저택과 그 외의 시설

| 그 외의 주요 시설 | |
|---|---|
| 글라스헤임 | 12개의 고좌를 가진, 황금으로 만들어진 남성신들의 신전. 영내에는 오딘의 궁전인 발할라가 있다. |
| 빙골프 | 글라스헤임과 쌍을 이루는 여신들의 신전. 정의로운 사람들의 마지막 거처로, 제3천에 있는 성 김레와 동일시된다. |
| 발라스칼프 | 신들이 수작을 부려 손에 넣었다고 하는, 은으로 뒤덮인 오딘의 성. 흘리드스칼프가 놓여 있다. |
| 빌스키르니르 | 540개의 방을 가진 토르의 성으로, 세계에서 가장 큰 건물. |
| 헤임달의 성 | 무지개다리 비프로스트 기슭에 있는 헤임달의 성지 히민뵤르그에 지어진 성. 크고 살기 좋은 저택이라고 한다. |
| 발할라 | 오딘의 궁전. 오딘의 소유가 된 전사자의 영혼들이 먹고 훈련하며 산다. |
| 폴크방 | 프레이야의 성. 세스림니르라는 거실이 있으며 프레이야의 소유가 된 전사자들의 영혼이 머문다. |

관련항목

● 위그드라실 → No.015
● 아스신족 → No.016
● 오딘 → No.017
● 노른 → No.037

# 요툰헤임

## Jötunheimr

거인들의 세계 요툰헤임. 미드가르드의 동쪽이나 북쪽에 있다고 하는 그 세계는, 인간들의 상식이 미치지 못하는 불가사의한 땅이었다.

## ● 신들을 노리는 거인들이 사는 세계

요툰헤임Jötunheimr 은 거인들의 나라로, 인간들이 사는 미드가르드Miðgarðr 를 둘러싼 울타리 바깥쪽에 위치하고 있다. 우트가르드(Útgarðar, 울타리 바깥)라 불리기도 하는데, 이것은 뇌신 토르를 괴롭혔던 거인 **우트가르다 로키**Útgarða Loki 의 영지 우트가르드와 반드시 일치하지는 않는다. 그 위치에 대해서는 여러 설이 있으며, 『시詩 에다』나 『스노리 에다』의 내용을 토대로 미드가르드 북쪽에서 동쪽에 걸쳐있는 해안선 부근으로 추정되고 있다. 『스노리 에다Snorra Edda』의 「길피의 속임수Gylfaginning」에 의하면, 신들이 세계를 창조했을 때 그들의 거처를 그곳으로 정해주었다고 한다.

요툰헤임에는 거인 미미르Mímir 가 관리하는 미미르의 샘이 있으며, 세계수 **위그드라실**의 뿌리가 그 샘까지 이어져 있었다. 남쪽에는 독毒 이 흐르는 강 엘리바가르Élivágar 가 흐르고 있는데, 『스노리 에다』의 「시어법(詩語法, Skáldskaparmál)」에 북방 원정을 끝내고 귀환하는 뇌신 **토르**Þórr 가 이 강을 건넜다는 기록이 있다. 또한 미드가르드 동쪽에 있는 야른비드Járnviðr 의 숲도 요툰헤임에 속해 있었던 모양이다. 늑대의 모습을 한 거인과 그를 낳은 노파가 살던 이 숲은, 일설에 의하면 미드가르드와 요툰헤임의 경계를 나타내고 있는 것이라 한다. 실제로 「시어법」에는 **아스가르드**와의 사이에 그료투나가르다르Grjóttúnagarðar 라 불리는 국경이 존재했다는 기록도 있다. 하지만 직접적인 접점이 없는 두 세계가 어디에 국경이 설치돼 있었는지에 대해서는 아무런 언급이 없다.

한편, 『덴마크인의 사적Gesta Danorum』에는, 덴마크의 왕 고름Gorm 이 거인 게르트(「시어법」에서는 거인 **게이로드**)를 찾아가는 에피소드가 등장한다. 그에 의하면 거인의 나라는 영원한 추위가 지배하는 원초의 숲으로, 작물이 적은 반면 다른 곳에서는 볼 수 없는 생물들이 넘치고 있었다. 그리고 마을에 사는 주민들은 유령처럼 음산한 모습에 추악한 냄새를 풍기고 있었다고 한다.

## 요툰헤임의 구조

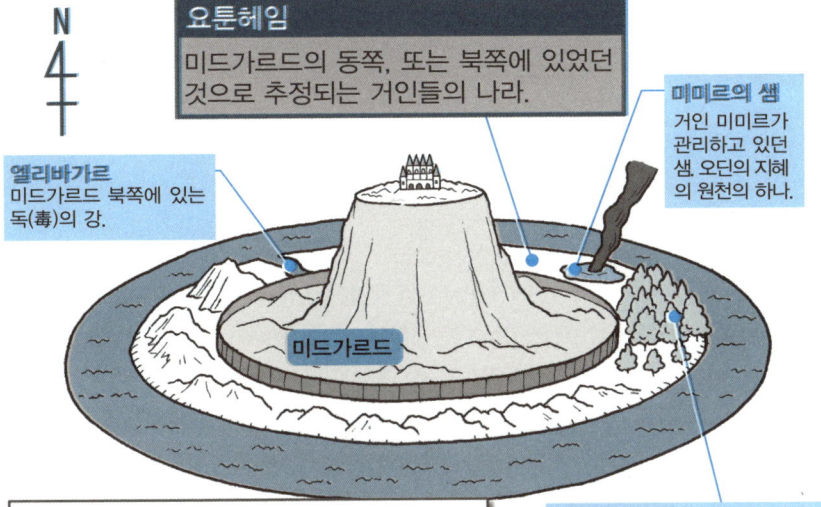

**요툰헤임**
미드가르드의 동쪽, 또는 북쪽에 있었던
것으로 추정되는 거인들의 나라.

**미미르의 샘**
거인 미미르가
관리하고 있던
샘. 오딘의 지혜
의 원천의 하나.

**엘리바가르**
미드가르드 북쪽에 있는
독(毒)의 강.

미드가르드

인간의 수호자인 토르는 자주 동쪽이나 북쪽으로 원
정을 다녔다고 한다. 아이슬란드 등지에서는 지금도
북쪽을 불길한 방향으로 여기고 있다고 한다.

**야른베드의 숲**
미드가르드의 동쪽에 있는 숲. 늑대의
모습을 한 거인 일족이 산다.

## ❖ 덴마크 왕 고름의 모험

『덴마크인의 사적(Gesta Danorum)』에 의하면, 사람들이 혐오하는 거인국을 스스로 찾아가려고
생각한 괴짜인물이 있었다고 한다. 덴마크 왕 고름1세이다. 그는 싸움보다 자연탐구에 흥미를
가졌던 인물로, 아이슬란드 사람들 사이에 소문이 자자했던 게이로드(덴마크 표기로는 게루트)의
성에 심상치 않은 호기심을 품고 있었다. 그 여정이 몹시 위험한 것으로 알려져 있었지만,
젊었던 왕은 끝내 정열을 억누르지 못하고 300명의 부하와 게이로드의 소문을 퍼뜨린 장본인
토루킬을 데리고, 3척의 배로 거인국을 향해 원정을 떠났다.

왕이 향한 곳은 할로갈란드(Hálogaland)의 끝, 뱌르말란드(Bjarmaland)였다. 이 나라에
사는 게이로드의 형제 구트문드는 오랜 여정 끝에 당도한 고름 왕 일행을 환영한다. 하지만
그가 끝없이 고름 왕 일행을 함정에 빠뜨리고자 수작을 부렸기 때문에 결국 목적을
달성하고 무사히 고향으로 돌아갈 수 있었던 것은 고름 왕을 포함한 몇 명의 수하들
뿐이었다.

---

**관련항목**
- 아스가르드 → No.010
- 위그드라실 → No.015
- 게이로드 → No.052
- 우트가르다 로키 → No.054

# 니플헤임과 니플헬

## Niflheimr & Niflhel

극한의 세계 니플헤임. 그 지하에는 죽은 자들의 여왕 헬이 사는 니플헬이 있었다.

## ● 극한의 세계와 망자의 세계

니플헤임Niflheimr 은 북쪽 끝에 존재하는 극한의 세계이다. 원초의 세계 중 하나인 이 세계는, 대극에 위치한 **무스펠헤임**Muspellzheimr 보다는 짧지만 다른 세계들이 생겨나기 훨씬 이전부터 존재했다고 한다. 『스노리 에다』의 「길피의 속임수」에 의하면, 니플헤임은 추위와 세상에 만연한 모든 불길함의 원천이었다. 흐베르겔미르Hvergelmir 라는 이름의 샘에서 넘쳐난 물은 여러 줄기의 강이 되어 전 세계로 흘러나갔다. 이 흐베르겔미르 샘에는 날개 달린 흑룡 니드호그Niðhöggr 와 그의 부하인 뱀이 무수히 살고 있었는데, 그들은 샘에 뿌리를 드리운 세계수 **위그드라실**을 씹거나 샘에 던져진 인간의 시체를 뜯어먹으며 하루하루를 보냈다고 한다.

니플헤임 지하에는 명계의 지배자 **헬**Hel 의 영토인 니플헬Niflhel , 또는 헬이라 불리는 세계가 있다. 질병이나 노쇠 등으로 죽은 자들은 이곳에 있는 헬의 성 엘루드니르Éljúðnir로 초대받았다. 하지만 니플헬로 가는 길이 워낙 험해서 망자들의 여정이 몹시 고생스러웠던 듯하다.

헬의 성으로 들어가려면 먼저 북쪽으로 이어진 험한 길을 거쳐 꼴Gjöll강을 건너야 한다. 거기에는 황금으로 된 갸랄 다리Gjallarbrú 가 걸려 있는데, 이를 모드구드Móðguðr 라는 소녀가 지키고 있었다. 그녀의 마음에 들어 무사히 다리를 건넜다 해도 고난은 끝나지 않았다. 니플헬로 들어가는 동굴 그니파헬리르Gnipahellir 의 입구를 흉폭한 파수견 가름Garm 이 지키고 있어서, 망자들은 그 날카로운 이빨도 피하지 않으면 안 되었다. 그렇게 해서 겨우겨우 성에 당도했다고 해도 망자들의 생활은 편안함과는 거리가 멀었다. 그들은 「병상」이라 불리는 침대에 눕고 「공복」의 접시와 「굶주림」의 칼로 식사를 하지 않으면 안되었던 것이다. 한편 이 헬의 성 동쪽에는 주신 **오딘**에게 자주 지혜를 나누어주던 무녀들의 무덤이 있다.

## 니플헤임의 구조

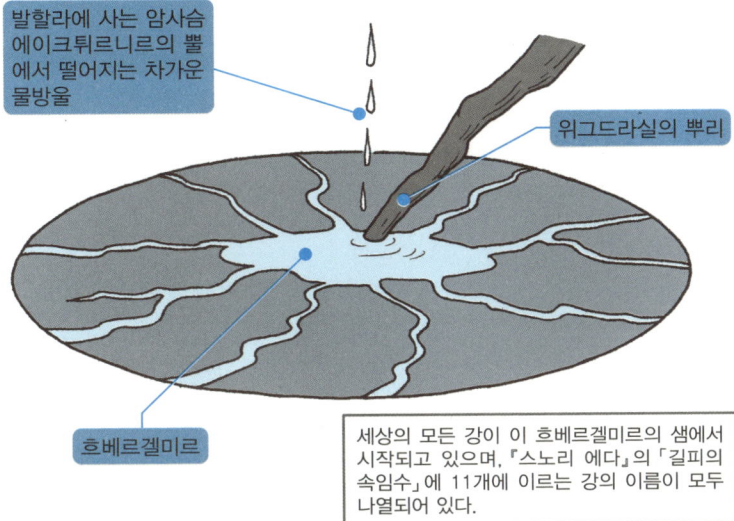

발할라에 사는 암사슴 에이크튀르니르의 뿔에서 떨어지는 차가운 물방울

위그드라실의 뿌리

흐베르겔미르

세상의 모든 강이 이 흐베르겔미르의 샘에서 시작되고 있으며, 『스노리 에다』의 「길피의 속임수」에 11개에 이르는 강의 이름이 모두 나열되어 있다.

## 니플헬(헬)의 입구

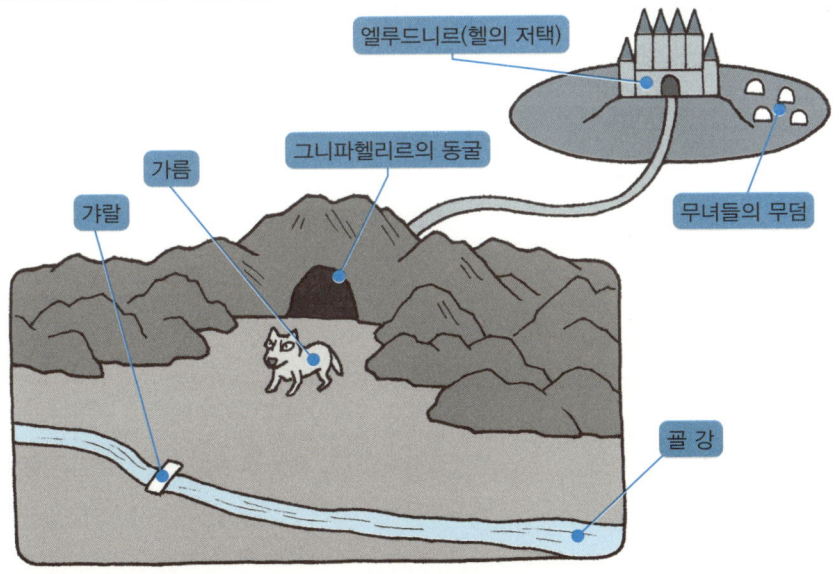

엘루드니르(헬의 저택)

그니파헬리르의 동굴

가름

갸랄

무녀들의 무덤

골 강

**관련항목**
- 무스펠헤임 → No.013
- 위그드라실 → No.015
- 오딘 → No.017
- 헬 → No.060

# 무스펠헤임

Muspellzheimr

최종전쟁 라그나로크에서 신들과 싸운 수수께끼의 민족 무스펠. 그들이 사는 곳은 뜨거운 열과 화염이 지배하는 원초의 세계였다.

## ● 불타는 화염의 나라

무스펠헤임Muspellzheimr은, 최초의 생명인 거인 **위미르**Ymir가 태어나기 이전부터 존재했던 가장 오래된 세계이다. 그 대지는 작열하는 불꽃에 휩싸여 있어 본래부터 그곳에서 태어난 자가 아니면 생활은 고사하고 들어설 수조차 없다. 세계의 중심에 있는 심연 긴눙가가프Ginnungagap의 남쪽에 위치하며, 안개와 서리의 세계 **니플헤임**Niflheimr과 위치적으로 대극을 이루고 있다. 그래서 신들의 손에 새로운 세계가 창조되기 이전에는, 두 세계의 공기가 섞이는 긴눙가가프의 중심부만이 온화한 기후를 이루고 있었다고 한다.

이 세계를 다스리고 있는 것은 **무스펠**Múspell이라 불리는 종족의 수장인 수르트Surt로, 그는 세계의 경계에 서서 늘 불의 검을 들고 감시하고 있다고 한다. 무스펠헤임에 관한 기록은 『시詩 에다』나 『스노리 에다』에는 더 이상 찾아볼 수 없다. 과연 이 세계에 무스펠 이외에 또 어떤 생물이 살았는지, 그곳에 어떤 문화가 존재했었는지 등 자세한 내용은 전혀 알려진 바가 없다.

## ● 다양한 혜택을 주는 토지

늘 불길에 휩싸여 있어 풀 한 포기 없을 듯한 수수께끼의 나라 무스펠헤임이지만, 실제로는 다양한 혜택을 북유럽 신화의 세계에 부여하고 있었다. 우선 세상에 태초의 생명이 탄생한 것도 무스펠헤임과 니플헤임의 공기가 섞인 덕분이었다. 즉 무스펠헤임의 열熱이라는 요소가 없었으면 신들도 탄생할 수 없었던 것이다.

또한 무스펠헤임에서 튀어 나오는 빛과 불씨도 신들이 유효하게 이용하고 있었다. 세계를 창조할 때 하늘과 땅을 비추기 위해 만들어낸 태양과 달, 별 등의 천체도 모두 이들 재료로 만들어진 것이다.

## 무스펠헤임의 구조

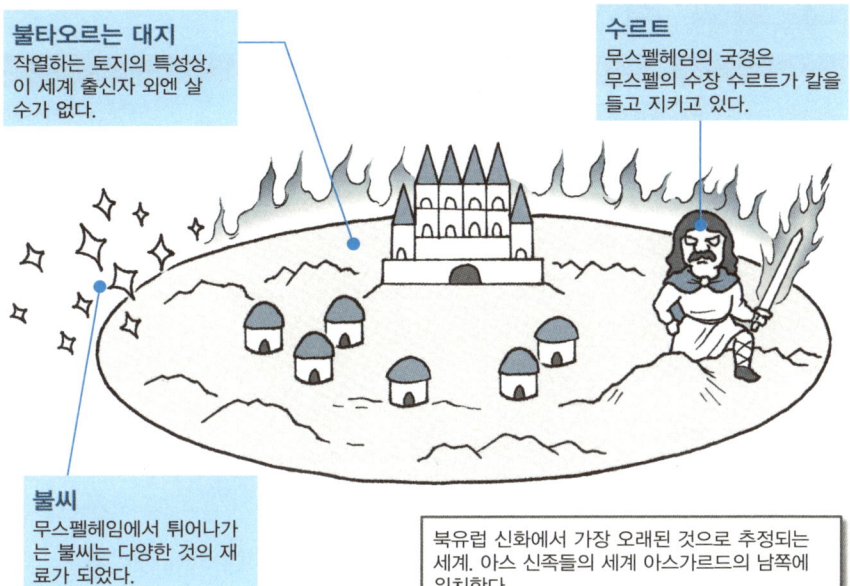

**불타오르는 대지**
작열하는 토지의 특성상. 이 세계 출신자 외엔 살 수가 없다.

**수르트**
무스펠헤임의 국경은 무스펠의 수장 수르트가 칼을 들고 지키고 있다.

**불씨**
무스펠헤임에서 튀어나가는 불씨는 다양한 것의 재료가 되었다.

북유럽 신화에서 가장 오래된 것으로 추정되는 세계. 아스 신족들의 세계 아스가르드의 남쪽에 위치한다.

## 무스펠헤임에서 태어난 것들

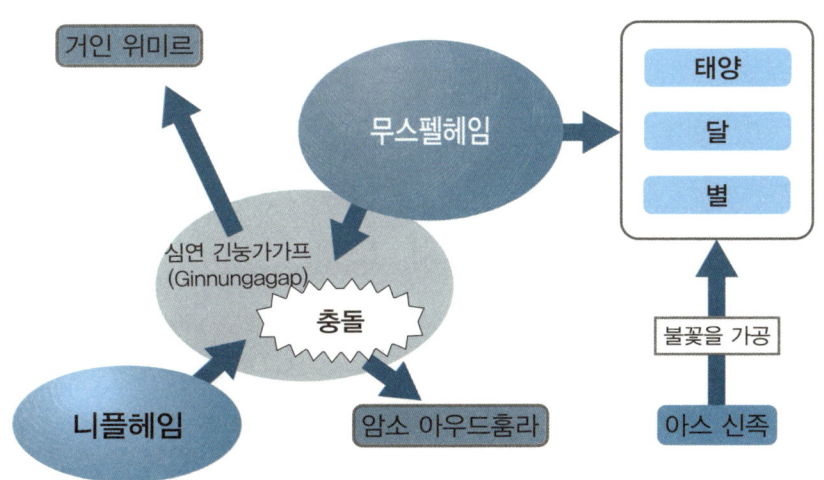

거인 위미르 / 무스펠헤임 / 태양 / 달 / 별 / 심연 긴눙가가프 (Ginnungagap) / 충돌 / 니플헤임 / 암소 아우드훔라 / 불꽃을 가공 / 아스 신족

관련항목
● 니플헤임과 니플헬 → No.012
● 위미르 → No.046
● 무스펠 → No.065

# 그 외의 세계

북유럽 신화에는 아홉 개의 세계가 존재하는데, 기록이 적어 내용을 알 수 없는 것도 많다. 그 나머지 세계에 대해서 알아보자.

## ● 인간의 세계, 요정의 세계

인간이 사는 세계 미드가르드Miðgarðr는 신들이 원초의 거인 **위미르**의 육체로 만든 원형 대륙에 위치하고 있다. 이 땅은 세 개의 구역으로 나뉘어 있는데 가운데에 신들이 사는 **아스가르드**Ásgarðr가 있고, 그 바깥쪽에 미드가르드Miðgarðr, 그리고 그 바깥의 북쪽, 또는 동쪽 해안선에 거인들이 사는 **요툰헤임**Jötunheimr이 있다. 인간에게 있어 같은 대지에 사는 거인들은 매우 위험한 존재였다. 신들은 그런 인간들을 보다 못해 원초의 거인 위미르의 눈썹으로, 인간의 세계를 지키는 울타리 미드가르드를 만들어주었다. 이것이 그대로 인간 세계의 이름이 된 것이다. 하지만 미드가르드는 신들이 바라는 평화로운 세계는 되지 못했다. 자신의 병사로 쓸 용감한 전사자의 영혼 **에인헤리아르**Einherjar를 얻기 위해 주신 오딘Óðinn이 불화의 씨앗을 뿌려 전란을 일으켜댔기 때문이다.

료스알프(Ljósálfr, 빛의 요정)가 사는 세계 알프헤임Álfheimr은, 풍요신 프레이르Freyr에게 이빨이 난 기념으로 그에게 선물한 세계라고 한다. 이 세계의 실상에 대해서는 거의 알려져 있지 않다. 다만 료스알프들이 제3천의 하늘 비드블라인Viðblainn에 있는 성 김레Gimlé에 사는 것으로 알려져 있기 때문에, 아마도 천계에 위치하고 있을 것으로 추정된다.

한편 『스노리 에다』에는, 프레이르의 하인 스키르니르Skírnir가 도크알프(dökkálfr, 어둠의 요정)가 사는 스바르트알프헤임Svartálfaheimr을 찾아가는 내용이 실려 있다. 그곳에 드베르그(Dvergr, 소인족)가 산다는 대목이 나오는 것을 보면, 스바르트알프헤임은 아마도 그들이 살기에 적합한 지하세계였을 것이다.

**반**Vanr **신족**이 사는 바나헤임Vanaheimr에 관해서는 그야말로 어떤 세계였는지 유추하기조차 어렵다. 단편적인 기록을 통해 라그나로크Ragnarök 이후에도 존속했을 것으로 추정되는데, 적어도 세계의 파멸이 미치지 않는 곳이었던 것만은 확실하다.

## 미드가르드의 구조

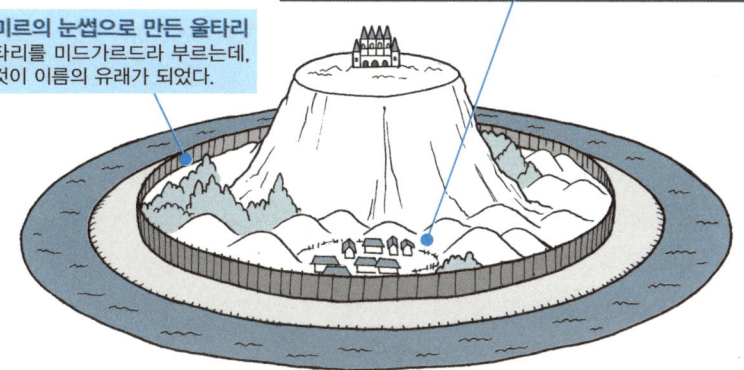

**미드가르드 / Miðgarðr**

인간에게 주어진 땅. 거인의 침입을 막기 위해 울타리로 둘러싸여 있다.

**위미르의 눈썹으로 만든 울타리**
울타리를 미드가르드라 부르는데, 이것이 이름의 유래가 되었다.

미드가르드의 나라들은, 4~10세기경의 게르만문화권 나라들이 모델. 『시(詩) 에다』의 「무녀의 예언」 편에는, 미드가르드가 있는 이 대륙을 신들이 바다 속에서 끌어 올린 것으로 되어 있다.

## 그 외의 주요 세계

### 알프헤임 / Álfheimr

풍요신 프레이르의 유치가 자란 기념으로(당시 사회에서는 유아에게 축하선물을 하는 습관이 있었다) 선물한 세계. 료스알프(백요정)들의 거처로, 천계에 존재하는 것으로 추정된다.

### 스바르트알프헤임 / Svartálfaheimr

드베르그(소인족)와 동일시되는 도크알프(흑요정)들이 사는 세계. 『스노리 에다』 등의 기록으로 보아 일반적으로 지하에 존재하는 것으로 여겨진다.

### 바나헤임 / Vanaheimr

반 신족이 사는 세계. 일부 기록으로 보아, 최종전쟁 라그나로크의 영향을 받지 않는 위치에 있는 것으로 추정된다. 또한, 『헤임스크링라(Heimskringla)』에 의하면, 러시아 남단의 돈 강 유역에 있다고 한다.

# 위그드라실

## Yggdrasill

아홉 세계에 그 가지가 닿아 있는 세계수 위그드라실. 이 거대한 물푸레나무 밑에는 다양한 생물들이 둥지를 틀고 있었다.

## ● 아홉 개의 세계를 관통하는 세계수

호드미미르의 숲, 레라드<sup>Leraðr</sup>의 나무 등과 동일시되기도 하는 위그드라실<sup>Yggdrasill</sup>은, 북유럽 신화의 무대인 아홉 세계에 모두 가지를 뻗고 있는 거대한 나무이다. 「위그(**오딘**)의 말馬」을 의미하는 이 물푸레나무는, 『스노리 에다』의 「길피의 속임수」에서, '세계의 모든 나무 가운데에서 가장 크고 가장 좋은 것'이라 말하고 있다. 생명의 상징으로도 여겨져서, 고시古詩 『피욜스비드의 노래<sup>Fj·Isvinnsmál</sup>』에는 임산부가 출산할 때 그 열매를 삶아 먹으면 좋다고 언급하고 있다. 이 위그드라실을 지탱하는 것은 3줄기(『시詩 에다』의 「무녀의 예언」에서는 9줄기)의 큰 뿌리로, 그 중 하나는 **아스가르드**, 두 번째는 **요툰헤임**, 마지막 뿌리는 **니플헤임**으로 뻗어 있다(『시詩 에다』의 「그림니르의 말<sup>Grímnismál</sup>」에는, 헬, 요툰헤임, 미드가르드.) 또한 그 끝에는 각각 샘이 존재하는데, 아스가르드의 것은 우르드의 샘<sup>Urðarbrunnr</sup>, 요툰헤임의 것은 미미르의 샘<sup>Mímisbrunnr</sup>, 니플헤임의 것은 흐베르겔미르<sup>Hvergelmir</sup>라 부른다.

너무 거대하다보니 위그드라실에는 다양한 생물이 둥지를 틀고 있다. 다만 그 중에는 새싹을 훑어먹는 네 마리의 수사슴과, 흐베르겔미르의 샘가에서 뿌리를 씹어 먹는 시커먼 익룡 니드호그<sup>Niðhöggr</sup>처럼 해를 끼치는 것도 적지 않았기 때문에, 위그드라실의 몸체는 날로 쇠약해져 갔다. 그래서 우르드의 샘가에 살던 **노른**<sup>Norn</sup>들은 위그드라실이 고사하지 않도록 뿌리에 신성한 우르드의 샘물과 하얀 진흙을 뿌려 지켰다고 한다. 그 덕분인지 위그드라실은 항상 푸르게 우거져 있다.

이렇듯 웅대한 이미지로 가득한 위그드라실이건만 그 최후는 너무도 허망했다. 최종전쟁 라그나로크<sup>Ragnarök</sup> 때 그만 「수르트의 친족」에 의해 불타버리고 마는 것이다. 이 「수르트의 친족」에 대해서는, 늑대 **펜리르**<sup>Fenrir</sup>, 또는 수르트가 쏜 불이라는 등 여러 해석이 있다.

## 세 개의 세계에 뿌리를 드리운 세계수

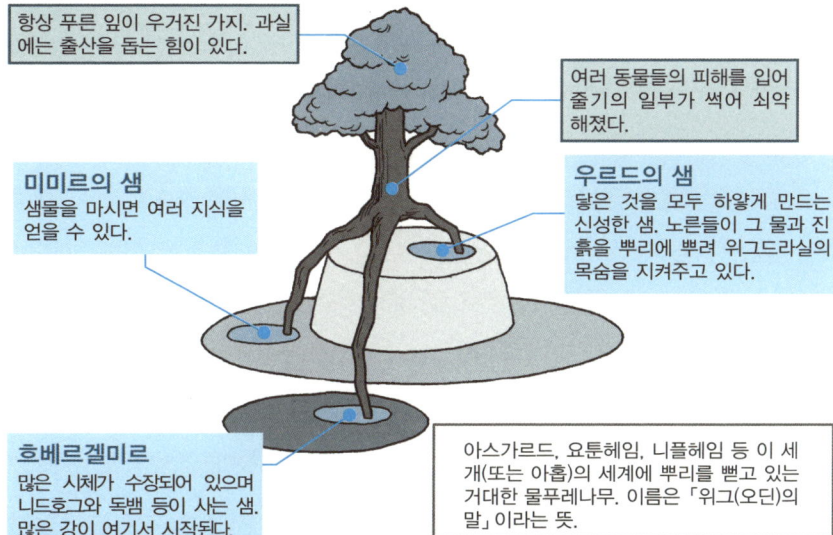

항상 푸른 잎이 우거진 가지. 과실에는 출산을 돕는 힘이 있다.

여러 동물들의 피해를 입어 줄기의 일부가 썩어 쇠약해졌다.

**미미르의 샘**
샘물을 마시면 여러 지식을 얻을 수 있다.

**우르드의 샘**
닿은 것을 모두 하얗게 만드는 신성한 샘. 노른들이 그 물과 진흙을 뿌리에 뿌려 위그드라실의 목숨을 지켜주고 있다.

**흐베르겔미르**
많은 시체가 수장되어 있으며 니드호그와 독뱀 등이 사는 샘. 많은 강이 여기서 시작된다.

아스가르드, 요툰헤임, 니플헤임 등 이 세 개(또는 아홉)의 세계에 뿌리를 뻗고 있는 거대한 물푸레나무. 이름은 「위그(오딘)의 말」이라는 뜻.

## 위그드라실 주변에 서식하는 주요 동물들

| | |
|---|---|
| **독수리** | 두 눈 사이에 솔개가 앉는 거대한 독수리로, 하늘에 사는 독수리 흐레스벨그와 동일시되는 일이 많다. 많은 지식을 갖고 있다. |
| **라타토크스** | 위그드라실에 사는 다람쥐. 독수리와 니드호그 사이를 갈라 놓기 위해 동분서주한다. |
| **네 마리의 수사슴** | 다인, 드발린, 두네이르, 두라스로르. 위그드라실의 새싹을 먹어치운다. |
| **니드호그** | 흐베르겔미르에 사는 시커먼 익룡. 위그드라실을 고사시키려고 뱀들과 함께 그 뿌리를 씹어댄다. |
| **뱀** | 고인, 모인, 그라바그, 그라브볼드, 오브니르, 스파프니르. 흐베르겔미르 속에서 산다. |
| **두 마리의 백조** | 우르드의 샘에 사는 새. 모든 하얀 새의 조상. |

---

**관련항목**

# 기독교가 도입된 이후의 북유럽의 신들

일찍이 지중해를 중심으로 융성했던 그리스 로마의 신들과 마찬가지로, 북유럽의 신들도 기독교의 영향에서 벗어날 수 없었다. 선교사에 의해 기독교적 가치관에 빠져든 사람들은, 신들을 과거의 위치에서 끌어내렸고 요정이나 마물 같은 존재로서 취급했다. 그 후 문학적 가치와 역사적 가치를 재조명받게 되는 수세기 후까지 역사의 어둠 속으로 자취를 감추고 마는 것이다.

특히, 왕가를 중심으로 높은 추앙을 받았던 오딘(Óðinn)의 쇠락은 참혹한 것이었다. 이미 기독교를 받아들였던 독일에서는, 오딘이 망령들을 이끌고 태풍을 타고 나타나 밤의 어둠 속에서 마주친 사람들의 영혼을 빼앗아 사라지는 와일드 헌트라 불리는 요괴로 변해 있었다. 그나마 이건 자신의 영혼전사들인 에인헤리아르(Einherjar)를 이끄는 예전의 모습을 갖고 있다고 할 수 있다. 그러나 북유럽에서 오딘은 그러한 공포스러운 존재로조차 취급받지 못하게 되었다. 일찍이 그를 신봉해왔던 왕가는 자신들이 다스리기에 유리한 기독교를 선택하였고, 그 결과 오딘은 그들을 현혹시키고 틈만 있으면 목숨을 빼앗으려 드는 혐오스러운 악마일 수밖에 없었던 것이다.

한편, 민중의 수호신이었던 토르(Þórr)는, 기독교가 전파된 후에도 한동안 사람들의 추앙을 받았던 것으로 보인다. 이후 그들에 의해 마찬가지로 악마적인 존재로 취급을 받긴 했지만 오딘처럼 악랄한 행위를 하지 않았으며, 오히려 예전처럼 자신을 다시 추앙하길 바라며 사람들 앞에 모습을 드러냈다.

이러한 양자의 차이는 기독교 개종을 추진한 노르웨이 왕 올라프 트뤼그바손(Óláfr Tryggvason, 960~1000)의 기록에도 잘 나타나 있다. 그럴싸한 말로 왕에게 들러붙은 오딘은 그를 해치기 위해 위험한 선물을 자주 보냈는데, 그 때마다 왕은 임기응변으로 격퇴한다. 한편, 토르는 왕이 바닷길을 떠날 때 나타나서는 예전에 자신이 인간들을 위해 거인을 퇴치했노라는 말을 남기고 모습을 감추는 것이다.

최종적으로 토르는 거인이 두려워하는 존재로 민화에 모습을 남기게 되었다. 스웨덴의 어느 민화에는, 아들의 축하 잔치에 거인을 초대하게 된 농민이 토르의 이름을 이용해 그를 거절하는 이야기가 남아 있다.

내용인즉 어느 농민의 집 근처 산에 거인이 하나 살고 있었는데, 그는 농민이 그물질을 할 때마다 고기를 낚을 수 있도록 도와주곤 했다. 어느 날 농민의 아들이 세례를 받게 되어 그 축하 잔치를 열게 되었다. 농민은 고민에 빠졌다. 신세를 졌으니 거인도 초대를 하긴 해야 할 터인데, 문제는 이 거인이 워낙 먹보라는 데 있었다. 그가 왔다간 음식은 물론이고 재산까지 모두 훑어 먹어버릴지도 모르는 터라, 농민은 거인의 방문을 막기 위해 꾀를 내기로 했다.

초대장을 들고 찾아온 하인에게 거인은 손님이 누구누구인지를 물었다. 하인은 기독교의 성인들과 예수 그리스도, 그리고 성모 마리아의 이름을 들었다. 딱히 못 견딜 정도는 아니었기에 마음을 놓았다. 하지만 이어 토르의 이름이 나오자, 거인은 예전에 토르에게 잔뜩 혼쭐이 났던 얘기를 하며 아들 축하잔치에 못가겠다며 손사래를 쳤다는 것이다.

# 제 2 장

# 북유럽 신화의
# 등장인물

# 아스 신족

Áss

북유럽 세계를 통치하는 위대한 신들. 그들은 대체 어떠한 존재였을까.

## ● 북유럽 세계에 군림하는 신들

아스(Áss, 복수형으로는 에이시르Æsir) 신족은, 아홉 세계의 심장부인 **아스가르드**Ásgarðr에 사는 신들이다. 그들은 우르드의 샘가에 있는 집회소에 모여, 매일 세계의 다양한 사건들에 대해 판결을 내렸다.

『스노리 에다Snorra Edda』에는, 아스의 주신 **오딘**Óðinn과 뇌신 **토르**Þórr, 전신 **튀르**Týr를 중심으로, 남녀 각각 12~14명의 신들의 이름이 나열되어 있다. 그 안에는 **반**Vanr **신족**인 뇨르드 부자와 **거인족** 출신의 악신 로키Loki 등도 포함되어 있어서, 한 종족을 지칭한다기보다 대략적으로 신 전반을 가리키는 말로 보는 것이 옳을 것이다.

아스 신족의 모습은 인간과 그다지 다르지 않다. 그러나 인간이나 그 외의 종족과 달리, 여신 이둔Iðunn이 관리하는 영원한 젊음의 사과 덕분에 늙거나 추해지지 않았다. 그렇다고 불멸의 존재는 아니라 싸워서 다치기도 하며 목숨을 잃기도 한다. 그래서 최종전쟁인 라그나로크Ragnarök 때는 거인족과의 싸움으로 많은 신들이 목숨을 잃었다.

아스 신족은 주권, 제사, 마술, 법률, 지식과 폭력, 전투 등을 관장하고 있던 것으로 보인다. 그렇다고 반 신족이 풍요를 다스리고 있던 것처럼 그들의 담당이 정확히 구분되어 있지는 않다. 실제로 인간이 오딘이나 토르 등의 신들에게 요구한 가호는 이러한 분류를 초월하는 포괄적인 것이었다.

한편, 『헤임스크링라Heimskringla』나 『덴마크인의 사적Gesta Danorum』에 등장하는 아스 신족은 마술의 힘을 가진 인간에 지나지 않는다. 그들은 그 힘을 구사해 자신들의 거처를 북유럽으로 옮기고 현지인들 위에 군림했던 것이다.

## 오딘의 일족, 및 그를 따르는 세력

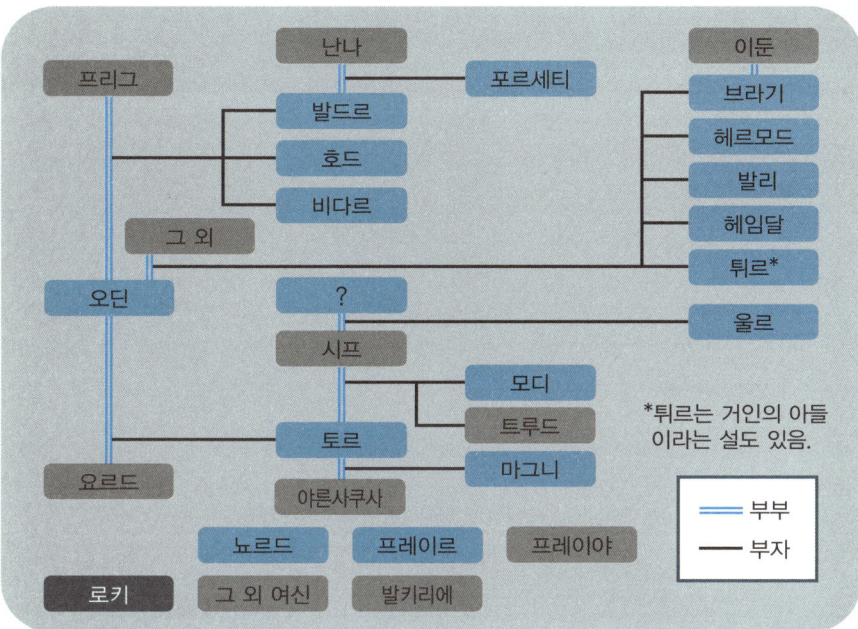

프리그 / 난나 / 포르세티 / 이둔 / 브라기 / 발드르 / 헤르모드 / 호드 / 발리 / 비다르 / 헤임달 / 그 외 / 튀르* / 오딘 / ? / 울르 / 시프 / 모디 / 트루드 / 토르 / 마그니 / 요르드 / 야른사쿠사 / 뇨르드 / 프레이르 / 프레이야 / 로키 / 그 외 여신 / 발키리에

*튀르는 거인의 아들 이라는 설도 있음.

━━ 부부
━━ 부자

## 아스 신족의 대외관계와 그 기원

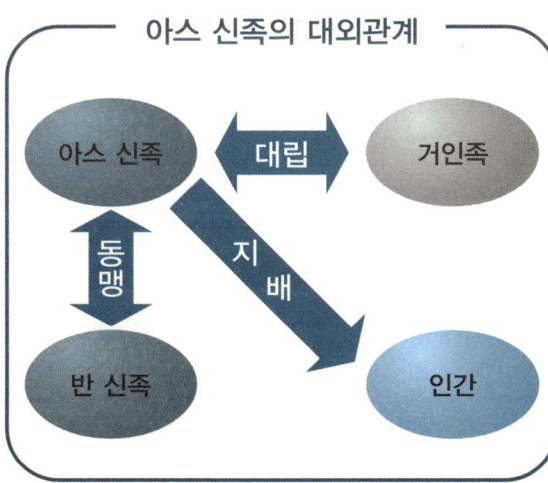

### 아스 신족의 대외관계

아스 신족 ← 대립 → 거인족

동맹 ↕    지배 ↘

반 신족    인간

### 『헤임스크링라(Heimskringla)』에 나온 아스 신족의 기원

아스 신족은 원래 소아시아 트로이야의 왕족. 오딘이 북유럽에 자신의 미래가 있다고 판단하고 북유럽 침공을 개시한다.

### 『덴마크인의 사적』에 나온 아스 신족의 기원

아스 신족은 비잔티움에 자리를 잡은 동방인들. 웁살라를 찾아와 신으로서 사람들 위에 군림.

# 오딘

## Óðinn

북유럽의 주신 오딘. 많은 힘과 이름을 가진 이 신은 복잡하고 가혹한 성격이었다.

## ● 신들을 통솔하는 왕

오딘Óðinn은 북유럽 신화의 주신主神이며, **아스 신족**의 수장이다. 그는 여거인을 어미로 가진 반거인이었다. 그러나 형제인 빌리Vili, 베Vé와 함께, 선조인 원초 거인 **위미르**Ymir를 죽이고 그 육체로 세계를 창조한다.

그는 처 **프리그**Frigg와의 사이에서 **발드르**Baldr를 얻었으며, 여러 여성을 전전하며 뇌신 토르를 비롯한 여러 신들을 탄생시켰다. 한편 『헤임스크링라Heimskringla』에는 여러 왕가의 시조로 나타나 있으며, 악신 **로키**Loki와는 의형제의 맹세도 맺고 있었다고 한다.

오딘은 전쟁과 죽음, 지식과 시예, 주술 등 다양한 신성을 갖고 있으며 그 역할에 따라 많은 이름을 갖고 있었다. 그에 대한 신앙은 역사가 깊어 1세기경의 역사서『게르마니아(GERMANIA, 98)』에도 오딘으로 추정되는 신의 이야기가 기록되어 있다. 본시 주신으로 일컬어지게 된 것은 시대가 흐른 뒤의 일로, 주요 신봉자였던 왕족과 시인들의 영향이 컸던 것으로 보인다.

오딘은 마법의 창 궁니르Gungnir를 들고 두 마리의 늑대와 두 마리의 갈가마귀를 데리고 다니는 노인의 모습으로 묘사된다. 『스노리 에다』의 「길피의 속임수」에 의하면, 와인 이외에는 일체 식사를 하지 않았다. 지식에 대한 광적인 집착을 갖고 있으며 책략과 배신을 주저하지 않는 자였다고 한다. 그는 자주 인간 세계와 거인의 세계를 돌아다녔는데 늘 챙이 넓은 모자를 깊이 눌러쓰고 푸른 망토를 걸친 노인의 차림을 했다.

오딘은 종말 예언을 피하고자 전 세계를 다니며, 지식과 용감한 전사의 영혼 에인헤리아르Einherjar를 모으는 데 주력했다. 하지만 정해진 운명은 달라지지 않았고, 끝내 세계는 최후의 순간을 맞게 된다. 공격해오는 적의 군세를 맞아 오딘은 황금갑옷을 입고 신들의 선두에 서서 싸웠다. 하지만 분전했음에도 불구하고 거랑 **펜리르**Fenrir의 이빨에 잡혀 목숨을 잃었다.

## 마술과 지모에 뛰어난 신들의 아버지 오딘

### 소 속
아스 신족

### 성 격
전쟁과 죽음의 신
주술의 신
지식과 시예의 신

### 거 처
글라스헤임
발할라 궁 외

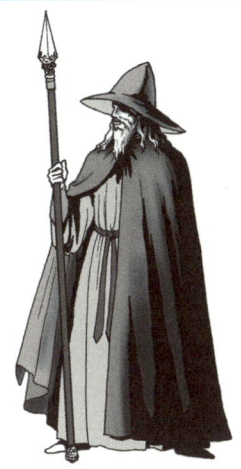

**해설**

북유럽 신화의 주신으로, 많은 신들의 아버지. 지식에 탐욕스럽고 책략과 배신을 주저하지 않는다. 최종전쟁 라그나로크 때 거랑 펜리르와 싸우다 끝내 잡아먹히고 만다.

**특징**

잿빛 수염을 기른 외눈의 노인. 천계에서는 황금 갑옷을 걸치지만 지상에서는 챙 넓은 모자와 푸른 망토를 애용한다. 뛰어난 용병가이자 마술사이다.

### 주요 소유물
궁니르(창) / 드라우프니르(팔찌) /
슬레이프니르(말) / 미미르의 머리

### 관계 깊은 신과 인물
프리그 / 발드르 / 비다르 / 발리 / 로키 /
회니르

## 오딘과 그 속성

### 전쟁과 죽음의 신
· 전쟁을 일으키고, 신봉자에게는 가호를 내린다.
· 전사자를 에인헤리아르로 만들어 부하로 삼는다.
· 죽은 자를 조종해 예언을 하게 한다.

**오딘**

### 주술의 신
· 고행 끝에 룬 문자의 비밀을 알아낸다.
· 반 신족의 세이드 주술을 익힌다.
· 다양한 주술을 거인들에게서 배운다.

### 지식과 시예의 신
· 거인의 손에서 시인의 봉밀주를 빼앗는다.
· 시인에게 시예의 재능을 나누어준다.

# 오딘과 전쟁

전쟁의 신의 측면을 가진 오딘. 왕족들은 그의 변덕스러운 가호를 얻기 위해 끝없이 기도를 올렸다.

## ●변덕스러운 오딘의 가호

주신 **오딘**<sup>Óðinn</sup>에게는 전쟁의 신으로서의 일면이 존재한다. 본래 전쟁은 전신 **튀르**<sup>Týr</sup>의 영역으로, 승리를 원하는 자들은 그에게 기도를 했다. 개인적인 결투에 대한 기도는 사냥의 신 **울르**<sup>Ullr</sup>가 그 대상이었다.

그럼에도 불구하고 오딘이 전쟁의 신이 된 것은, 그가 전술과 책략에 뛰어났고, 싸움을 유리하게 해주는 다양한 주술을 익히고 있었기 때문이다. 예를 들어 이교시대 북유럽에서 사용된 진형의 하나인 쐐기형 진형도 오딘의 발명으로 알려져 있다. 오딘은 자신의 신봉자에게 아낌없이 자신의 지혜를 전수했다. 그러나 무엇보다도 오딘을 전쟁의 신으로 추앙하게 만든 것은, 그가 마음대로 전쟁을 일으키고 또 그 전쟁의 승자를 마음대로 결정한 데에 있다. 그는 전쟁이 일어나도록 왕족들 사이를 헤집고 다니며 불화의 씨앗을 뿌려댔다. 그리고는 전쟁터에 **발키리에**<sup>Valkyrje</sup>를 파견해 승운을 지배했다. 때로는 자신이 직접 전쟁터로 나가 자신의 마음에 드는 자에게 승리를 주기도 했다.

본시 오딘은 신봉자들에게 전폭적인 신앙을 얻고 있었던 것은 아니었다. 그의 가호는 매우 변덕스러워서 제 아무리 연전연승을 거두던 위대한 왕이라도 무사히 생애를 마친 예가 없었다. 『덴마크인의 사적<sup>Gesta Danorum</sup>』에 의하면, 하랄드 전치왕<sup>Haraldr Hilditönn</sup>은 오딘으로부터 전수받은 쐐기형 진형(돈형 진형이라고도 한다) 덕분에 승리를 거듭하지만, 역시 오딘에게 작전을 전수받은 조카 링<sup>Sigurðr hringr</sup> 왕에게 패하고 만다. 또, 『볼숭가 사가<sup>V• sungar saga</sup>』의 **시그문드**<sup>Sigmund</sup> 왕도 오딘으로부터 받은 검의 도움으로 수많은 위기를 탈출하지만, 결국 오딘의 손에 그 검이 부러지면서 목숨을 잃었다.

그럼에도 불구하고 대부분의 왕족들이 오딘에 대한 기도를 그치지 않았다. 역시 눈앞의 승리를 놓칠 수는 없었을 것이다. 『헤임스크링라<sup>Heimskringla</sup>』의 「하콘 선왕의 사가<sup>Hákonar saga Aðalsteinsfóstra</sup>」에는 그러한 왕족들의 모습이 그려져 있다.

## 오딘과 전쟁의 관계

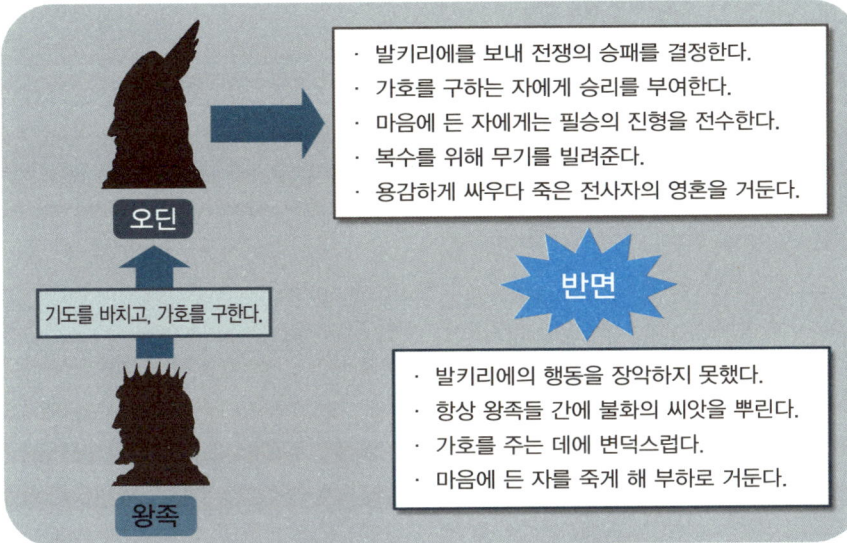

**오딘**

- 발키리에를 보내 전쟁의 승패를 결정한다.
- 가호를 구하는 자에게 승리를 부여한다.
- 마음에 든 자에게는 필승의 진형을 전수한다.
- 복수를 위해 무기를 빌려준다.
- 용감하게 싸우다 죽은 전사자의 영혼을 거둔다.

**반면**

- 발키리에의 행동을 장악하지 못했다.
- 항상 왕족들 간에 불화의 씨앗을 뿌린다.
- 가호를 주는 데에 변덕스럽다.
- 마음에 든 자를 죽게 해 부하로 거둔다.

기도를 바치고, 가호를 구한다.

**왕족**

## 오딘이 전수한 작전 진형

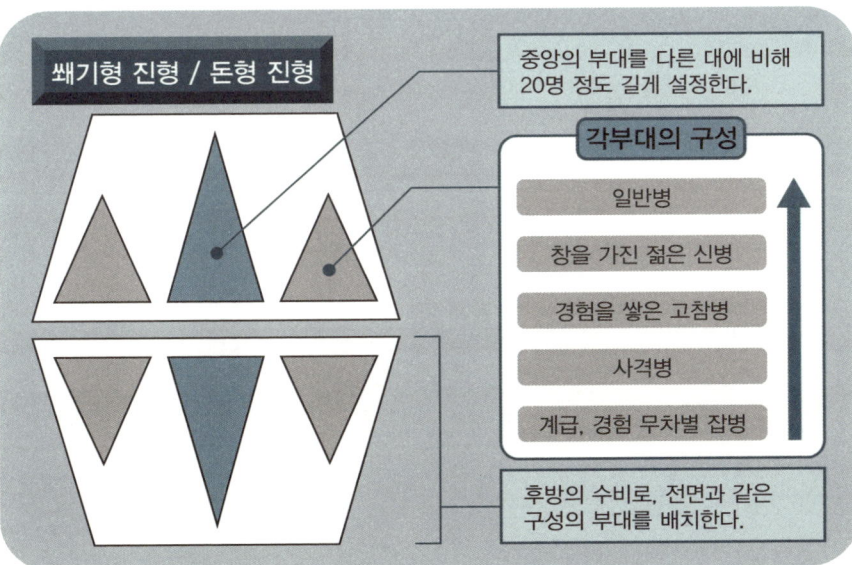

**쐐기형 진형 / 돈형 진형**

중앙의 부대를 다른 대에 비해 20명 정도 길게 설정한다.

**각부대의 구성**

- 일반병
- 창을 가진 젊은 신병
- 경험을 쌓은 고참병
- 사격병
- 계급, 경험 무차별 잡병

후방의 수비로, 전면과 같은 구성의 부대를 배치한다.

# 오딘의 여성편력

여러 여성을 전전한 신들의 아버지 오딘. 그가 원한 건 전쟁터의 용사만이 아니었다.

## ●절조없는 신들의 아버지

오딘<sup>Óðinn</sup>은 많은 여성들 사이를 전전하며 숱한 염문을 뿌렸다. 실제로 그의 자식으로 알려진 신들의 대부분은 본처 **프리그**<sup>Frigg</sup>와의 사이에서 생겨난 자식이 아니다. 오딘은 그런 전력들이 꽤나 자랑스러웠던 모양으로, 『시詩 에다』의 「하르바르드의 노래<sup>Hárbarðslióð</sup>」를 보면 뱃사공으로 신분을 숨긴 오딘이 아들인 뇌신 **토르**를 붙잡고 자랑을 늘어놓는 장면이 나온다. 하지만 그 얘기를 들어야 했던 토르로서는 꽤나 고역이었음이 틀림없다.

오딘과 관계를 가졌던 여성들은 대체로 행복하지 못했던 것으로 보인다. 오딘이 **시인의 봉밀주**를 손에 넣기 위해 유혹했던 거인의 딸 군로드<sup>Gunnlöð</sup>는, 자신을 버리고 떠나가는 오딘을 망연히 바라볼 수밖에 없었다. 또 오딘은 아들 **발드르**<sup>Baldr</sup>의 복수를 하게 하기 위해 거인의 딸 린드<sup>Rindr</sup>를 품어 아들 발리<sup>Váli</sup>를 얻기도 했다. 이 이야기가 실려 있는 『덴마크인의 사적 Gesta Danorum』의 오딘은 더 성질이 고약하다. 자신을 거절하는 루테니아(러시아)의 왕녀 린다(린드)를 마술을 써서 강제로 자신의 것으로 만들어 버렸던 것이다. 이처럼 그에게 있어 여성들은 목적을 달성하기 위한 도구이거나 한 때의 위로에 지나지 않았다.

그렇다고 모든 여성이 그의 희생물이 된 것은 아니다. 『시詩 에다』의 「고귀한 자의 말 Hávamál」에 딱 한 번 오딘이 사랑을 얻지 못해 모든 것이 허무하다고 탄식할 정도로 사랑에 번민하는 모습이 등장한다. 그러나 그 상대인 거인 빌링<sup>Billingr</sup>의 딸은 오딘을 교묘히 속여 일단 돌려보내고는 집의 수비를 단단히 하고 혹시 모를 수작을 방지하기 위해 자신의 침대 속에 사나운 개를 대신 묶어두었다고 한다. 오딘의 처인 프리그도 잠자코 그를 따르기만 하는 존재는 아니었다. 그녀는 자신의 가치관을 갖고 행동했으며, 때로는 오딘을 함정에 빠뜨리는 일까지 서슴지 않았다.

## 『시(詩) 에다』에 나타난 오딘의 여성관

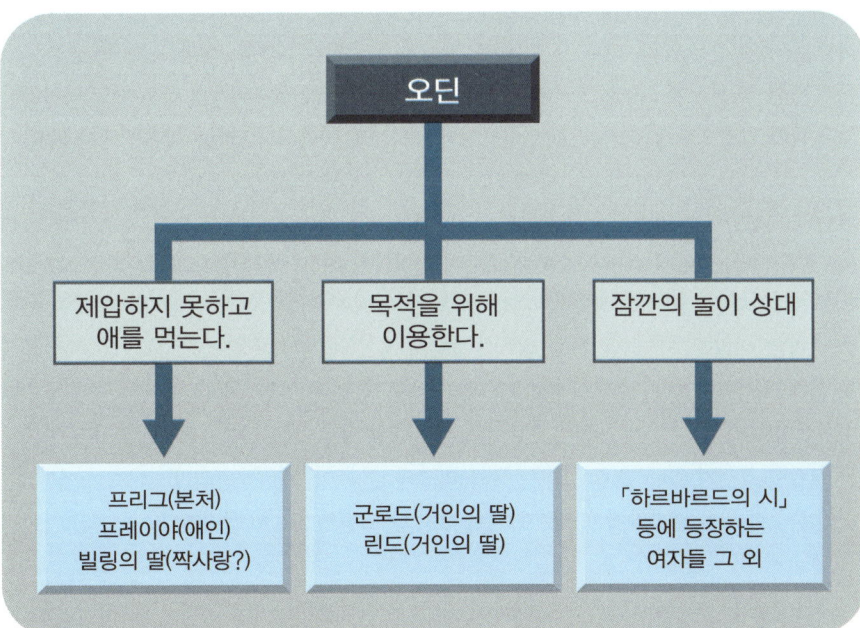

오딘

· 여자의 말은 일체 믿지 마라.
· 여자의 사랑을 얻고 싶거든 달콤한 말과 선물을 하고
  여자의 아름다움을 칭찬하라.
· 운 좋게 손에 넣은 미녀를 잘 이용했다. 머리가 좋은
  자는 뭐든 할 수 있다.
· 제 아무리 착한 여자도 남자에게 변덕을 부린다.
· 불타는 연심이 현명한 자를 어리석게 만든다.
                    『시(詩) 에다』의 「고귀한 자의 말」에서

· 여성을 신용하지 않는다.
· 여성을 도구로 여긴다.
· 연애에는 부정적.

## 오딘의 주요 여성관계

오딘

| 제압하지 못하고 애를 먹는다. | 목적을 위해 이용한다. | 잠깐의 놀이 상대 |
|---|---|---|
| 프리그(본처) 프레이야(애인) 빌링의 딸(짝사랑?) | 군로드(거인의 딸) 린드(거인의 딸) | 「하르바르드의 시」 등에 등장하는 여자들 그 외 |

---

**관련항목**

● **오딘** → No.017
● **토르** → No.023
● **발드르** → No.026
● **프리그** → No.033
● **시인의 봉밀주** → No.076

# 에인헤리아르

Einherjar

다가올 파멸의 날을 위해 전쟁터에서 모아들인 용감한 전사들. 그들은 신들의 정원에서, 매일 싸움의 기술을 연마했다.

## ● 오딘의 수하에 모여든 전사자들

에인헤리아르Einherjar 는 다가올 최종전쟁 라그나로크Ragnarök에 대비해, 주신 **오딘**Óðinn과 **프레이야**Freyja가 모은 역전의 용사들이다. 그 이름은 「혼자 싸우는 자」를 의미하며 전투 중에 싸우다 죽은 자들로 구성되어 있다. 그들이 사는 발할라Valhöll는 일종의 이상향으로, 당시 사람들은 죽음에 임박하게 되면 일부러 자신의 몸을 무기로 상처를 내서라도 그곳으로 가기를 희망했다고 한다. 『헤임스크링라Heimskringla』에는 오딘 자신도 인간이 되어 창으로 스스로를 찔러 죽는 모습이 등장한다.

『시詩에다』의 「그림니르의 말Grímnismál」에 의하면, 발할라는 글라스헤임Glaðsheimr에 있으며, 서까래는 창, 지붕은 방패, 의자는 쇠사슬로 덮여 있다고 한다. 옆에는 레라드Leraðr라 불리는 거목이 있어 성 전체에 그늘을 드리우고 있다. 에인헤리아르들은 540개의 문을 매일 아침마다 열고 나가 밤낮으로 전투를 즐겼다. 이곳에서는 죽거나 다쳐도 저녁에는 멀쩡히 회복되었다. 『스노리 에다』의 「길피의 속임수」에 의하면, 싸움을 끝내고 들어오면 아무리 잡아먹어도 저녁이면 되살아나는 암퇘지 세흐림니르Sæhrímnir의 고기와 레라드의 잎을 먹고 사는 암염소 헤이드룬Heiðrun의 몸에서 나는 꿀술이 준비되어 있었다고 한다. 이런 만찬과 아름다운 **발키리에**Valkyrje들의 시중을 받으며 매일 고좌에 앉은 오딘과 함께 식사를 즐기는 것이다. 이렇게 그들은 매일을 싸움과 잔치로 보냈다. 하지만 그들이 라그나로크에서 활약했다는 기록은 아무데도 없다. 인재를 탐했던 오딘의 도락 같은 것이 아니었을까. 『볼숭가 사가Völsungar saga』 및 『덴마크인의 사적Gesta Danorum』에는, 오딘이 직접 출정해 평소 마음에 담아두었던 왕들을 처단하는 모습이 그려져 있다. 또한 고대시 『에이리크의 말Eiríksmál』과 『하콘의 말Hákonarmál』에는, 실력이 출중한 왕을 발할라에 맞이하게 되어 신이 난 오딘의 모습이 등장한다.

## 발할라와 에인헤리아르

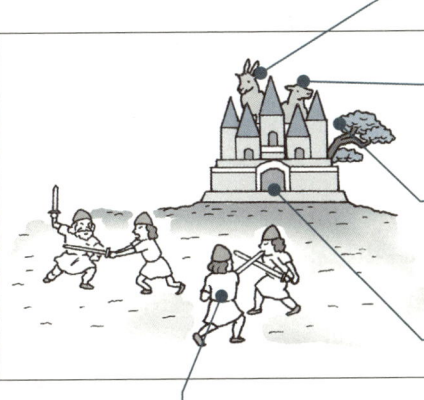

### 에이크튀르니르
니플헤임의 샘 흐베르겔미르에 차가운 물방울을 떨어뜨리는 수사슴.

### 헤이드룬
에인헤리아르에 꿀주를 제공하는 암염소.

### 레라드의 나무
에이크튀르니르와 헤이드룬의 먹이가 되고 있는 나무. 발할라의 지붕을 덮고 있다.

### 발할라
황금의 방패로 지붕을 덮은 성 발할라에는 한번에 800명이 출입할 수 있는 문이 540개 있다.

### 훈련하는 에인헤리아르
오딘의 뜰에서는 라그나로크를 대비해 매일 실전훈련이 벌어졌다. 이것은 에인헤리아르의 오락이기도 하며, 죽거나 다친 사람은 저녁이면 회복되었다.

에인헤리아르는 라그나로크에 대비해 전쟁터에서 모아온 전사자들의 영혼들. 뛰어난 왕은 오딘이 직접 목숨을 빼앗아오기도 했다.

## 발할라의 향연

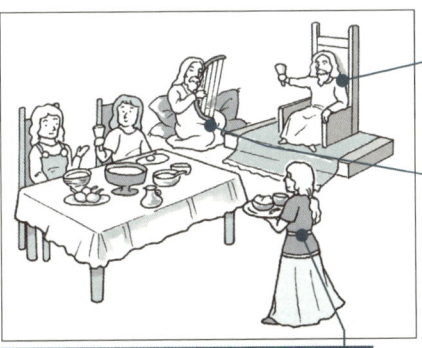

### 오딘
에인헤리아르와 자리를 함께 하지만 와인밖에 입에 대지 않는다.

### 신들의 접대
실력 있는 왕은 브라기나 헤르모드 같은 신의 마중을 받기도 한다.

### 발키리에의 시중
전쟁터를 누비는 발키리에도 발할라에서는 시녀가 되어 에인헤리아르들을 접대했다.

저녁에 발할라로 돌아간 에인헤리아르들은, 꿀주와 세흐림니르를 요리한 음식을 대접받았다. 끊임없는 싸움과 향연은 당시 사람들에게 일종의 이상이었을지도 모른다.

관련항목
- 오딘 → No.017
- 발키리에 → No.022
- 프레이야 → No.044

# 베르세르크

Berserkr

오딘의 가호를 받아 무적의 힘을 자랑하는 광전사들. 그러나 그들은 신들의 영락과 함께 그 지위를 잃어갔다.

## ● 오딘의 가호를 받은 전사들

베르세르크[Berserkr]는 주신 **오딘**을 섬기는 전사이다. 하지만 신화 속에 그들이 활약하는 장면은 거의 없다. 『시[詩] 에다』의 「발드르의 꿈」에, **발드르**를 조문하러 온 여거인의 늑대를 넷이 달려들어 제압하는 모습이 있을 뿐이다. 그들이 활약하는 것은 주로 사가[Saga]에서이다. 이들 이야기에는 우수한 전사로서의 베르세르크의 모습이 묘사되고 있다. 하지만 시대가 지나면서 점차 무법자로 변모해간다.

베르세르크는 일반적으로 「광전사[狂戰士]」로 번역되는데 그것은 그들의 싸우는 모습 때문이다. 『헤임스크링라[Heimskringla]』의 서장 「윙링가 사가[Ynglinga saga]」를 보면, 그들은 전투에 임할 때 갑옷을 걸치지 않고 싸웠으며, 또한 수많은 적을 죽이면서도 정작 자신은 그 어떤 불이나 쇠붙이에도 상처를 입지 않았다고 한다.

얼핏 보기에 무적으로 보이지만 약점이 없는 것은 아니다. 『에기르의 사가[Egils saga]』 등에 의하면, 베르세르크는 「베르세르크의 격노」라 불리는 상태가 되면 손을 댈 수 없을 정도로 무시무시한 위력을 발휘하지만, 일단 그 상태에서 벗어나면 피로에 지쳐 손가락 하나 꼼짝할 수 없게 된다고 한다. 그 때문에 그 틈을 노린 적의 손에 많은 베르세르크가 쓰러졌다. 또한 『기독교의 사가[Cristni saga]』에는 아이슬란드에서 포교하던 사제 사브그란드에게 베르세르크가 결투를 신청했다가 신성한 불에 화상을 입고 정결한 검에 꿰뚫렸다는 기록이 있다. 기독교의 유입과 더불어 베르세르크의 지위가 추락했음을 보여주는 일례일 것이다.

또한 많은 전승에서 이러한 베르세르크의 능력이 오딘의 마술이나 유전적 요소에 의한 것으로 설명하고 있는데, 현재 연구에서는 독버섯에 의한 흥분상태로 보는 시각이 일반적이다.

## 광기에 몸을 맡긴 전사 베르세르크

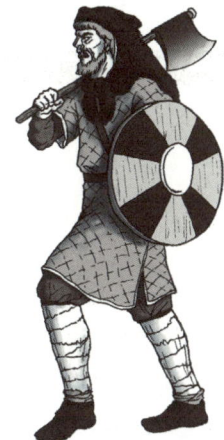

소 속

아스 신족 / 인간

해설

주신 오딘을 섬기는 전사들. 본래는 왕족 밑에서 뛰어난 무공을 세우곤 했지만 시대가 지나며 점차 무법자로 취급되었다.

특징

「베르세르크의 격노」라 불리는 상태가 되면, 그 어떤 무기나 불에도 상처를 입지 않는 괴력의 무적전사로 변하지만, 일단 그 상태를 벗어나면 극도의 피로로 쓰러진다. 현대적 해석으로는 독버섯에 의한 흥분상태로 보고 있다.

관계 깊은 신과 인물

오딘

## 베르세르크의 위치

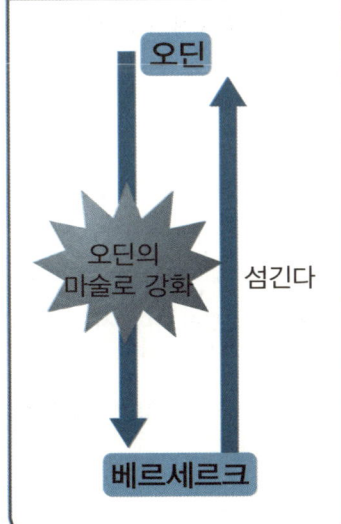

### 신화 속의 베르세르크

오딘의 부하로 그 능력은 오딘의 마술에 의한 것

오딘

오딘의 마술로 강화

섬긴다

베르세르크

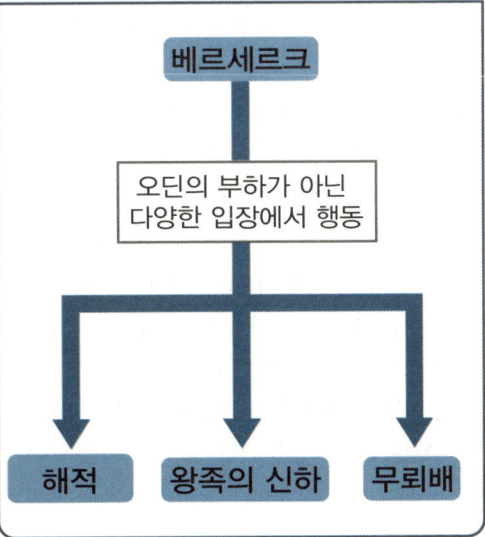

### 사가 속의 베르세르크

후대 베르세르크의 능력은 유전적인 요소가 많다.

베르세르크

오딘의 부하가 아닌 다양한 입장에서 행동

해적　　왕족의 신하　　무뢰배

관련항목

● 오딘 → No.017

● 발드르 → No.026

# 발키리에

## Valkyrje

오딘의 명령을 받고 전쟁터를 누비는 소녀들. 그녀들은 항상 영웅과 함께 있었다.

## ● 전쟁터를 누비는 소녀들

발키리에Valkyrje는 주신 **오딘**Óðinn의 명령에 따라 전쟁터에 나선 전사들의 운명을 정하고, 그들의 영혼을 발할라Valhöll로 이끄는 역할을 가진 소녀들이다. 바그너(Wilhelm Richard Wagner, 1813~1883)의 가극 『니벨룽겐의 반지Der Ring des Nibelungen』에는 오딘의 딸로 그려져 있지만, 북유럽 신화의 발키리에는 **거인족**과 인간 왕족의 딸 등 다양한 출신의 소녀들로 구성되어 있었다.

『스노리 에다』의 「길피의 속임수」에 의하면, 발키리에는 전쟁터를 누비며 사람들의 죽음의 형색을 간파하고 그 목숨을 취한다고 한다. 그래서 그녀들은 누구보다 빨리 전쟁터로 달려갈 수 있도록 하늘을 나는 천마를 갖고 있었다. 또한 백조로 변신할 수 있는 날개옷이 있어서 그것을 입고 전쟁터로 향하기도 했다.

『냐르의 사가Njáls saga』에 의하면, 발키리에들은 싸움의 추세를 길쌈을 해서 결정했다. 그녀들이 쓰는 베틀을 보면, 추는 인간의 머리이고 실은 인간의 창자, 북은 화살, 바디는 칼로 만들어진 기괴한 모양을 하고 있었다. 그녀들은 운명의 천이 완성되는 순간 그것을 찢음으로써 그녀들이 정한 운명을 불변의 기정사실로 만들었다.

또한 발키리에는 영웅의 수호자가 되어 그들과 함께 전쟁터를 누비기도 했다. 그 중에는 『시詩에다』의 「시그르드리파의 말Sigrdrífumál」에 등장하는 발키리에와, 『효르바르드의 아들 헬기의 노래Helgakviða Hj·rvarðssonar』에 나오는 스바파Sváfa처럼 그들과 사랑하는 사이가 되어 오딘의 결정을 거역하고 영웅에게 승리를 바치기도 했다. 하지만 그런 반역을 용서할 오딘이 아니어서 그녀들 대부분은 비참한 운명에 처해졌다.

한편 발할라에 머물며, 전쟁터에서 선발된 전사자 에인헤리아르Einherjar와 오딘의 시중을 드는 것도 그녀들의 일이었다.

## 전쟁터를 누비는 소녀들 발키리에

### 소 속

아스 신족

### 신 격

전쟁터의 여신
죽음의 여신

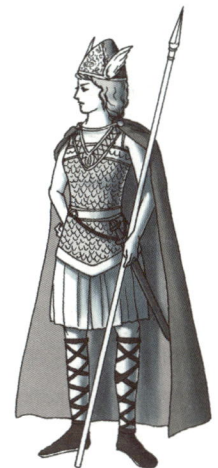

> **해설**
>
> 주신 오딘을 섬기며, 전쟁터의 승패를 결정하는 역할을 가진 여신. 거인과 인간의 왕녀 등, 그 출신은 다양. 그런 탓인지 때로는 오딘을 거역하는 자도 있었다.

> **특징**
>
> 갑옷과 투구를 걸친 아름다운 소녀로, 가호하는 자에게 승리를 주는 능력을 갖고 있다. 옛 시대에는 괴물 같은 모습으로 표현되었다.

### 주요 소유물

하늘을 나는 말 / 백조의 날개옷 / 전쟁터의 운명을 짜는 베틀

### 관계 깊은 신과 인물

오딘 / 프레이야 / 볼숭 / 헬기 / 브륀힐드

## 발키리에의 임무

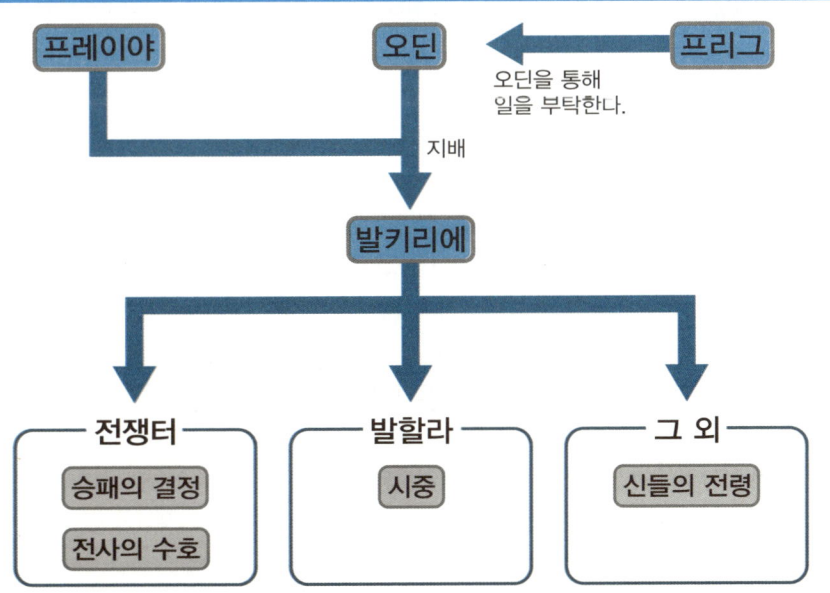

프레이야     오딘 ← 프리그

오딘을 통해
일을 부탁하나.

지배

발키리에

**전쟁터**
- 승패의 결정
- 전사의 수호

**발할라**
- 시중

**그 외**
- 신들의 전령

---

**관련항목**

● 오딘 → No.017       ● 거인족 → No.045

# 토르

Þórr

이스 신족 중에서 거인족이 가장 두려워했던 뇌신. 그는 인간의 편을 드는 착한 신이기도 했다.

## ● 신들과 인간을 지키기 위해 대륙을 주유했던 뇌신

토르Þórr는 북유럽 신화에 나오는 뇌신으로, 신과 인간의 수호자이다. 신화 속의 지위는 다소 주신 오딘Óðinn에게 밀리지만, 실제로는 인간들로부터 더 많은 추앙을 받았다. 그의 가호는 다방면에 걸쳐 있었고 아이슬란드나 노르웨이에서는 주신에 가까운 숭배를 받았다. 인간들에게 자식을 점지해주고, 망자의 영혼이나 룬의 부정을 씻어내는 것도 모두 토르의 가호에 의한 것이었다.

신화 속에서 토르는 오딘과 대지를 관장하는 여거인 요르드Jorð 사이에 태어난 아들로 일컬어진다. 무서워 보이는 빨간 수염에 단순하고 다혈질이지만 인간에게는 친절했다.

게다가 결코 머리가 둔하지 않아서, 『시詩 에다』의 「알비스의 말Alvíssmál」에서는 딸을 노리는 드베르그(소인족)를 꾀를 내어 골탕을 먹인다. 또한 『시詩 에다』의 「하르바르드의 노래Hárbarðsljóð」에는 싸움터에서 노예가 죽게 되면 그 영혼이 그의 수하로 들어가게 된다고 적혀 있다.

『스노리 에다』의 「길피의 속임수」에 의하면, 토르는 신과 인간을 통틀어 가장 강한 존재로, 트루드반가르Pruðvangar, 혹은 트루드헤임Prúðheimr이라 불리는 영지에서, 540개의 방을 가진 빌스키르니르Bilskirnir라는 성에 살고 있다고 한다. 또한 망치 묠니르Mjöllnir와, 손잡이가 짧은 묠니르를 움켜쥐는데 필요한 쇠장갑, 토르의 신력神力인 아스메긴을 배로 높여주는 허리띠 등 세 가지 보물을 갖고 있으며 두 마리의 염소가 끄는 전차를 타고 하늘을 누볐다고 한다.

『시詩 에다』를 비롯한 많은 자료에서, 토르가 거인과 싸우기 위해 동방을 돌아다녔다고 언급하고 있다. 그 원정에 가장 많이 동행한 것이 악신 로키Loki였다. 그렇다고 딱히 사이가 좋았던 건 아니라서 가끔 어려운 지경에 빠지기도 했다. 게다가 그의 아들인 큰뱀 요르문간드Jörmungandr와는 원수지간으로, 둘은 최종전쟁 라그나뢰크Ragnarök 때 싸우다가 같이 죽는다.

## 신들과 인간의 수호자 토르

### 소 속

아스 신족

### 신 격

뇌신(날씨, 농경의 신)
인류의 수호자
노예들의 사후의
지배자

### 거 처

트루드반가르
빌스키르니르(성)
외

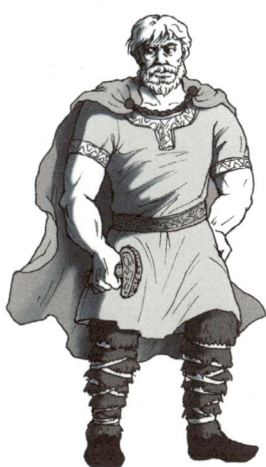

### 해설

북유럽 신화 최강의 신. 신들과 인간을 위해 거인들과 싸움을 벌인다. 최종전쟁 라그나로크 때 요르문간드와 싸우다 같이 죽는다.

### 특징

빨간 수염을 기른 대장부. 머리에 숫돌이 박혀 있다. 아스메긴이라 불리는 신력 덕분에 천하무적을 자랑하며 번개를 마음대로 다룬다. 바지를 입지 않았다는 말도 있다.

### 주요 소유물

망치 묠니르 / 쇠장갑 / 허리띠 /
탕그뇨스트(염소) / 탕그리스니르(염소)

### 관계 깊은 신과 인물

오딘 / 시프 / 모디 / 마그니 / 트루드 /
티알피 / 로스크바 / 로키

## 북유럽 신화에 등장하는 토르의 주요 싸움

| 상대 | 결과 |
|---|---|
| 대장장이(거인) | 신들에게 속아 분노한 거인을 퇴치 |
| 트륌(거인) | 묠니르를 훔친 범인을 퇴치. |
| 우트가르다 로키(거인) | 동방원정 때 골탕을 먹음 |
| 흐룽그니르(거인) | 아스가르드에서 횡포를 부리는 거인과 싸워 승리 |
| 게이로드(거인) | 자신을 함정에 빠뜨리려고 한 거인을 퇴치 |
| 휘미르(거인) | 방문했을 때 덤벼들었기에 퇴치 |
| 알비스(드베르그) | 딸을 아내로 삼으려고 한 드베르그를 퇴치 |
| 요르문간드 | 라그나로크에서 싸워 함께 쓰러짐 |

관련항목

● 오딘 → No.017
● 로키 → No.057
● 요르문간드 → No.059
● 드베르그 → No.063

# 토르의 가족과 시종들

북유럽 신화의 신들 중 가장 민중을 생각했던 신 토르. 그 가족들 또한 다른 신들의 가족보다 인간들과 친했다.

## ● 토르의 가족과 시종들

**토르**<sup>Þórr</sup>의 가족으로 가장 유명한 것은 역시 그의 아내 시프<sup>Sif</sup>일 것이다. 그녀는 여신들 중에서도 가장 아름다운 금발을 가졌던 것으로 알려져 있다. 악신 **로키**<sup>Loki</sup>가 그 금발을 장난으로 모두 잘라버리는 시련을 겪지만 **드베르그(소인족)**가 만들어준 황금의 가발 덕에 그녀는 한층 더 아름다운 금발을 자랑하게 되었다. 그녀는 토르와 결혼하기 전에 거인과 만나 사냥의 신 **울르**<sup>Ullr</sup>를 낳은 바 있으며, 로키 등과 바람을 피우기도 했다. 하지만 토르는 시프를 완전히 믿었으며, 『시詩 에다』의 「하르바르드의 노래<sup>Hárbarðsljóð</sup>」를 보면, 그녀의 부정을 말하는 주신 **오딘**의 말을 「가장 괴로운 거짓말」이라며 부정하는 모습이 나온다.

토르와 여거인 야른사쿠사<sup>Járnsaxa</sup> 사이에 태어난 아들 마그니<sup>Magni</sup>는 어렸을 적부터 매우 힘이 셌으며 언변도 좋았다. 태어난 지 사흘 만에 다른 신들은 들어 올리지 못했던 거인 **흐룬그니르**<sup>Hrungnir</sup>의 시체를 들어올려, 그 밑에 깔렸던 토르를 구해내기도 했다. 그 때 「내가 만났으면 이런 거인 때려죽였다」며 경박한 소릴 지껄였다고 한다. 그 후 그는 형제인 모디<sup>Móði</sup>와 함께 최종전쟁 라그나로크<sup>Ragnarök</sup>에서 살아남아, 토르의 망치 묠니르<sup>Mjöllnir</sup>를 이어받았다. 그 외에 토르에게는 시프와의 사이에 트루드<sup>Þrúðr</sup>라는 딸이 있었다. 『시詩 에다』의 「알비스의 말」에 의하면 그녀는 어머니에게서 물려받은 미모를 갖고 있었으며, 그 때문에 그녀를 사모하는 알비스<sup>Alvíss</sup>라는 드베르그 때문에 곤혹을 치르게 된다.

토르의 시종으로 알려진 티얄피<sup>Þjálfi</sup>와 로스크바<sup>Röskva</sup> 오누이는 본래 농민의 자식이었다. 『스노리 에다』에 의하면, 그들은 토르의 수레를 끄는 염소를 상처 입힌 대가로 그의 시종이 되었다고 한다. 티얄피는 발이 빠르고 용감해서 토르의 시종으로써 많은 활약을 한 바 있다. 하지만 로스크바에 관한 기록은 거의 남아있지 않다.

## 토르의 가족과 하인들

### 시프 / Sif

악신 로키에 의해 아름다운 머리칼을 잃은 것으로 알려진 토르의 아내. 토르와 결혼하기 전에 거인과의 사이에 울르(Ullr)를 낳았으며, 로키 등과도 불륜관계에 있었다. 일설에는 그녀의 금발은 보리를 가리킨다고 하며 그 자유분방함이 풍요의 상징이라고 한다.

### 토르

### 야른사쿠사

### 마그니 / Magni

여거인 야른사쿠사와 토르 사이에서 태어난 아들. 태어난 지 사흘 만에 능숙하게 말을 하고, 아무도 들지 못했던 거인 흐룬그니르의 시체를 들어올렸다. 라그나로크에서 살아남아, 모디와 함께 토르의 망치 묠니르를 이어받았다.

### 모디(Móði)

시프와 토르 사이에 태어난 아들. 마그니와 함께 라그나로크에서 살아남아 토르의 묠니르를 이어받는다. 그 후, 같이 살아남은 비다르와 발리, 생환한 발드르, 호드와 함께 신들의 정원의 지배자가 된다.

### 트루드(Þrúðr)

시프와 토르 사이에서 태어난 딸. 아름다운 외모 때문에 알비스라는 드베르그의 짝사랑을 받는다. 천진난만한 성격이었던 모양으로 토르가 없는 새에 알비스와 약혼까지 한다.

══ 부부  ── 부자

## 토르의 하인

### 티얄피 / Þjálfi

토르의 수레를 끄는 염소를 다치게 한 벌로, 토르의 시종이 된 농가의 아들. 발이 빠르고 거인과 맞닥뜨려도 두려워하지 않는 용기를 가졌다. 그래서 토르의 여행에 자주 동행하여 다양한 무공을 세웠다.

### 로스크바 / Rǫskva

티얄피의 여동생. 오빠와 함께 토르의 시종이 되지만 특별한 기록은 남아있지 않다.

**관련항목**

- 오딘 → No.017
- 토르 → No.023
- 울르 → No.030
- 흐룬그니르 → No.050
- 로키 → No.057
- 드베르그(소인족) → No.063

# 튀르

Týr

처음에 주신의 자리에 있던 외팔이 군신. 그는 그 오른팔과 함께 많은 것을 잃었다.

## ● 외팔이 군신

튀르Týr는 북유럽 신화의 신들 중에서 가장 오랜 기원을 가진 신이다. **오딘** 신앙이 대두되기 이전까지 그는 주신 또는 그에 비등한 위치에 있었다고 한다. 실제로 튀르의 이름은 신들의 대명사로 여겨지고 있으며, 다른 북유럽의 주신들과 같이 「화요일Tuesday」의 어원으로도 남아있다.

북유럽 신화의 튀르는 군신, 법정의 수호자로서의 역할을 갖고 있다. 오딘, 혹은 거인 **휘미르**Hymir의 아들로 『스노리 에다』에 의하면 매우 대담하고 현명한 신이었다고 한다. 전쟁에서의 승패를 결정하는 역할도 갖고 있으며, 『시詩 에다』의 「시그르드리파의 말Sigrdrífumál」에는 「승리를 바란다면 승리의 룬을 알아야 합니다. 칼자루나 칼등의 홈, 또는 칼등에 새기고 두 번 튀르의 이름을 읊으시오」라고 적혀 있다.

튀르가 등장하는 신화에서 가장 유명한 것은 거대한 늑대 **펜리르**Fenrir의 포박에 관한 에피소드일 것이다. 불길한 예언과 날로 거대해져 가는 펜리르에 공포를 느낀 신들은, 놀이인 척 속이고 그를 포박하려고 했다. 그러나 펜리르는 그런 신들의 시도를 수상하게 여기고, 누군가가 자신의 입에 오른손을 넣도록 요구한다. 그 요구에 응할 수 있었던 것은 펜리르를 쭉 돌봐 왔던 튀르뿐이었다. 그의 용기 덕분에 신들은 무사히 펜리르를 잡을 수 있었고 안도의 미소를 지었다. 그러나 그 대가로 오른손을 뜯어 먹힌 튀르에게는 웃을 일이 아니었다. 그는 「사람들을 고루 중재하지 못했다」는 낙인이 찍힌 데다, 최종전쟁 라그나로크Ragnarök 때에는 오른팔이 없어 제대로 힘을 발휘하지 못하고 맹견 가름Garm과 싸우다 함께 쓰러지고 마는 것이다.

한편, 『시詩 에다』의 「휘미르의 노래Hymiskviða」에도 아버지 휘미르에게 **토르**를 안내하는 튀르의 모습이 등장한다. 그러나 여기서의 튀르는 단지 「신」이라는 의미일 뿐, 실제로는 **로키**를 가리키고 있다고 하는 연구자가 많다.

## 가장 오래 된 외팔의 군신 튀르

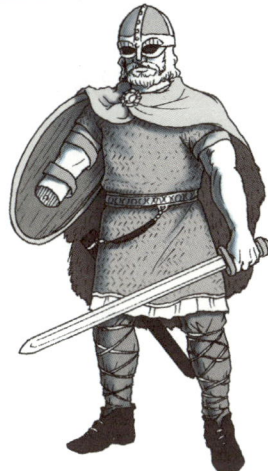

### 소 속

아스 신족

### 신 격

군신
민회의 수호자
고대엔 날씨신이자 주신

**해설**

북유럽 신화의 군신. 늑대 펜리르를 구속하기 위해 오른팔을 잃은 것으로 알려져 있다. 최종전쟁 라그나로크 때 지옥의 파수견 가름과 싸우다 함께 죽었다.

**특징**

주로 오른손이 없는 전사의 모습으로 묘사된다. 대담하고 현명하며 싸움의 승패를 가르는 능력을 가졌다.

### 주요 소유물

검(명칭불명)

### 관계 깊은 신과 인물

오딘 / 토르 / 휘미르 / 펜리르

## 튀르의 역할의 변천

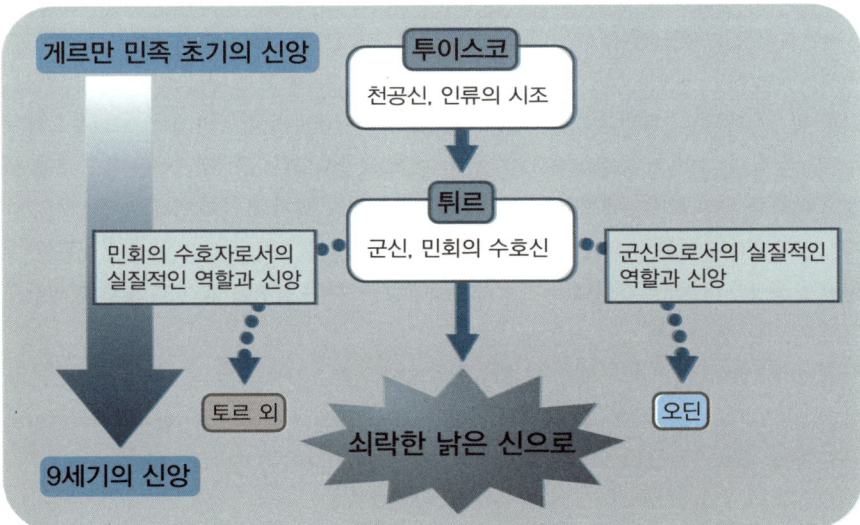

게르만 민족 초기의 신앙

**투이스코**
천공신, 인류의 시조

**튀르**
군신, 민회의 수호신

민회의 수호자로서의 실질적인 역할과 신앙

군신으로서의 실질적인 역할과 신앙

토르 외

쇠락한 낡은 신으로

오딘

9세기의 신앙

관련항목
● **오딘** → No.017
● **토르** → No.023
● **휘이르** → No.055
● **로키** → No.057
● **펜리르** → No.058

# 발드르

Baldr

책략과 악의에 의해 목숨을 잃은 신들의 귀공자. 그러나 그는 세계의 재생과 함께 부활하게 된다.

## ● 많은 이들로부터 사랑받은 신들의 귀공자

「아름답다」는 칭송까지 받은 발드르$^{Baldr}$는, 주신 **오딘**$^{Óðinn}$과 그의 아내 **프리그**$^{Frigg}$ 사이에서 태어난 신들의 귀공자이다. 『스노리 에다』의 「길피의 속임수」에 의하면 그는 신들 중에서도 가장 뛰어난 존재였다. 그의 용모는 스스로 찬란히 빛날 정도로 아름답고 현명했으며 언변이 좋은데다 마음도 착했다고 한다. 그러나 그 착한 마음 때문에 그의 재판은 결코 엄정한 것이 못되었다. 『시$^{詩}$ 에다』의 「그림니르의 말$^{Grimnismál}$」에 의하면, 그는 브레이다블리크$^{Breiðablic}$에 저택을 갖고 있었는데, 그곳에는 아무런 재난도 없었다고 한다. 아내 난나$^{Nanna}$와의 사이에 아들 포르세티$^{Forseti}$가 있으며, 그는 후일 아버지보다 뛰어난 재판관이 된다.

이렇게 광명의 신으로까지 불리는 발드르이지만, 『시$^{詩}$ 에다』나 『스노리 에다』에는 그에 대한 신화가 거의 없다. 오로지 그의 죽음에 대한 에피소드만이 존재할 뿐이다.

악신 **로키**의 책략에 의해, 동생 호드$^{Höðr}$가 던진 겨우살이 묘목을 맞고 쓰러진 발드르는, 전쟁터에서 죽은 게 아니었던 탓에 여왕 **헬**$^{Hel}$이 있는 명부로 가게 된다. 그의 아내 난나는 그를 잃은 슬픔을 견디지 못하고 죽었으며, 발드르의 애마와 황금의 팔찌 드라우프니르$^{Draupnir}$와 함께 그의 배 흐린그호르니$^{Hringhorni}$에서 화장되었다. 그 후 신들은 발드르를 세상으로 다시 살려내기 위해 많은 노력을 하지만 그 시도 역시 로키의 방해로 실패하고 만다. 헬의 궁전에 머물게 된 발드르는 저택과 고좌를 얻어 그의 아내와 함께 오랫동안 그곳에서 살았다. 그리고 훗날 최종전쟁 라그나로크$^{Ragnarök}$가 끝났을 때 호드와 함께 세상으로 돌아오는 것이다.

이 이야기를 두고 한번 죽임을 당했다가 부활하는 풍요신으로 보는 시각과, 예수의 부활을 본땄다는 설 등, 여러 시각이 존재한다. 그러나 아직 정설은 없다. 한편 『덴마크인의 사적』에는 발드르가 미녀 난나를 연모한 호색한 반인신으로 등장한다.

## 찬란한 신들의 귀공자 발드르

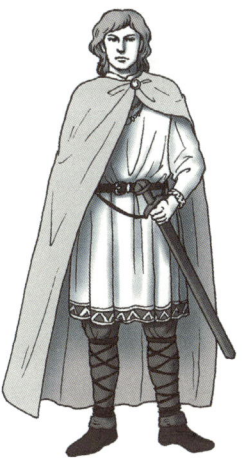

### 소 속
아스 신족

### 신 격
광명의 신?
식물의 신?

### 거 처
브레이다블리크

**해설**

많은 이들의 사랑을 받은 오딘의 아들. 그를 질투한 악신 로키의 간계에 의해 동생 호드에게 겨우살이 묘목을 맞고 죽는다. 최종전쟁 라그나로크가 끝나고 호드와 함께 부활한다.

**특징**

하얀 눈썹과 빛나는 미모를 갖고 있으며 말주변이 좋고 자비심이 깊다. 반면 우유부단해서 판정을 번복하는 일도 있었다. 겨우살이 묘목 이외에는 상처를 입지 않는다.

┌─── 주요 소유물 ───┐
흐린그호르니(배) / 애마(명칭불명) /
드라우프니르(팔찌)

┌─── 관계 깊은 신과 인물 ───┐
오딘 / 프리그 / 난나 / 포르세티 / 호드 /
헤르모드 / 로키 / 헬

## 발드르의 불사와 헬이 부과한 부활의 조건

### 발드르의 죽음의 경위

발드르의 죽음에 대한 예언을 들은 어머니 프리그

세계를 돌며 만물로부터 발드르를 상처 입히지 않겠다는 약속을 받아낸다.

겨우살이 묘목만은 너무 어리다고 생각해 존재를 무시

겨우살이 묘목에 목숨을 잃는다.

### 발드르의 부활 조건

**헬의 조건**

세계의 모든 산 자와 죽은 자가 발드르를 위해 울어준다면 그를 지상으로 돌려보내주겠다.

로키가 변신한 여거인 소크가 발드르를 위해 울기를 거부

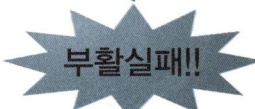

부활실패!!

---

관련항목

● 오딘 → No.017
● 프리그 → No.033
● 로키 → No.057
● 헬 → No.060

# 헤르모드

Hermóðr

오딘의 아들, 총명하고 날렌 헤르모드. 그는 형 발드르를 되찾기 위해 명부로 여행을 떠난다.

## ● 지상과 망자의 나라를 오가는 신들의 사자

「몸이 날래고 똑똑하다」는 칭송을 받는 헤르모드<sup>Hermóðr</sup>는 주신 **오딘**<sup>Óðinn</sup>의 아들이다. 그러나 스노리 스투틀루손이 『스노리 에다』에서 든 12명의 아스 신족에는 들어있지 않다. 그가 처음 그 이름을 드러낸 것은 형 **발드르**<sup>Baldr</sup>가 악신 **로키**의 간계로 쓰러진 후 신들이 무력감을 곱씹고 있던 때였다.

신들 중에서 누구보다 먼저 정신을 차린 **프리그**<sup>Frigg</sup>는, 망자의 여왕 **헬**을 찾아가 아들의 몸값을 지불하고 발드르를 되찾아올 생각을 한다. 그 때 나선 것이 헤르모드였다. 그는 오딘한테서 **슬레이프니르**<sup>Sleipnir</sup>를 빌려 타고 헬이 지배하는 망자의 나라로 긴 여행을 떠나게 된다.

그는 9일간 어두운 계곡을 지나 **꼴**<sup>Gjöll</sup>이라 불리는 강에 당도했다. 꼴 강에는 황금으로 덮인 다리가 있는데 그 입구를 모드구드<sup>Móðguðr</sup>라 불리는 소녀가 지키고 있었다. 그녀는 헤르모드에게, 발드르와 망자들 일행이 이미 그 다리를 건너 헬의 궁전으로 들어갔다고 말한다. 헤르모드는 다리를 건너 명부의 중심부로 향했다. 헬의 궁전에서 그를 맞이한 것은 뜻밖에도 그토록 찾아 헤매던 형 발드르<sup>Baldr</sup> 자신이었다. 헤르모드는 그곳에서 하룻밤을 지낸 후 헬을 만나 교섭을 시작했다. 지상의 아스 신족들이 그를 잃고 나서 겪은 비탄에 대해 설명하자, 헬은 그에게 다음과 같은 조건을 내세웠다.

「만일 전 세계의 살아있는 자와 죽은 이들이 모두 그를 애도해 울어준다면 그를 아스 신족에게 돌려보내리라.」

교섭에 성공한 헤르모드는 발드르에게서 드라우프니르를, 그리고 그의 아내 난나로부터는 천과 몇 가지 기념품을 받아 귀국길에 오른다.

한편 일부 고대시에는 헤르모드를 에인헤리아르의 접대 역으로 보는 것도 있다.

## 죽음의 나라로 향한 전령신 헤르모드

### 소 속
아스 신족

### 신 격
오딘의 시종신
오딘의 한 측면

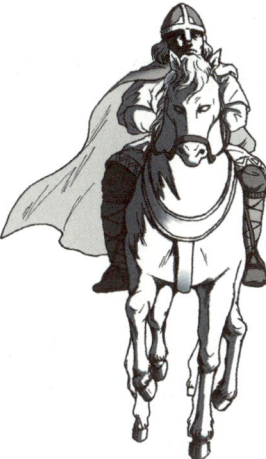

 해설
어머니 프리그의 부탁으로 형 발드르의 환생 교섭을 하고자 명부로 떠난 오딘의 아들. 발할라에서 전사한 영웅들을 맞이하는 역할도 갖고 있다.

 특징
「민첩하고 똑똑하다」는 평대로 재빠른 움직임이 특징. 외모가 뛰어난 젊은이라는 설도 있다.

### 주요 소유물
오딘에게서 받은 갑옷과 투구(받은 것은 동명이인이라는 설도 있다)

### 관계 깊은 신과 인물
오딘 / 프리그 / 발드르 / 난나 / 헬

## 니플헤임으로 간 헤르모드의 여정

### 명부로의 여로
발드르의 생환을 두고 헬과 교섭하기 위해 헤르모드는 슬레이프니르를 빌려 타고 니플헤임으로 향한다.

### 어두운 계곡과 황금의 다리
헤르모드는 9일간 어두운 계곡을 달려 니플헤임에 있는 골 강에 당도한다. 골 강에는 황금의 다리가 걸려 있으며 그 입구를 한 소녀가 지키고 있다.

### 모드구드
다리의 파수꾼 소녀 모드구드에게 헤르모드는 여기에 온 사정을 설명하고 니플헤임으로 가는 길을 묻는다.

### 발드르와의 재회와 헬과의 교섭
헬의 궁전에 도착한 헤르모드는 교섭 끝에 발드르의 생환에 대한 조건과 선물을 받아들고 아스가르드로 돌아온다.

# 비다르

Víðarr

아버지의 원수를 갚아야 하는 운명을 지닌 신. 그는 그 때가 올 때까지 시종일관 침묵을 지켰다.

## ● 토르 다음 가는 실력을 가진 침묵의 신

비다르Víðarr는 주신 **오딘**Óðinn과 여거인 그리드Gríð 사이에 태어난 신으로, 최종전쟁 라그나로크Ragnarök에서 살아남은 몇 안 되는 신들 중 하나이다. 침묵의 신이라고도 불리는 비다르는, 뇌신 **토르** 다음 가는 실력자로 꼽혔다. 그러나 그 힘을 발휘하는 일은 좀처럼 없었다. 그는 그런 자세를 철저히 유지했던 것으로 보인다. 『시詩 에다』의 「로키의 말싸움Lokasenna」에서도, 악신 **로키**의 요구에 오딘이 자리를 양보하도록 명령했을 때도 담담히 자리에서 물러나 술까지 권했다고 한다. 그 덕분에 그 자신은 로키의 매도를 당하지 않아도 되었는데, 이런 경우는 혈기 넘치는 북유럽 신들에게는 드문 예라 할 것이다. 그의 사뭇 다른 취향은 거처에도 나타난다. 많은 신들이 훌륭한 성을 갖고 있는 반면 그는 섶나무나 큰 풀들이 잔뜩 우거진 숲에서 살았다.

한편 비다르가 단순히 말이 없는 얌전한 성격이라서가 아니라, 침묵의 맹세를 하고 최후의 싸움을 위해 힘을 비축하고 있던 것이라는 설도 있다. 실제로 그는 라그나로크를 맞아 자신이 해야 할 역할을 충분히 숙지하고 있었던 듯 보인다. 『시詩 에다』의 「그림니르의 말Grímnismál」에서, 그는 자신의 숲 속에서 아버지의 복수를 높이 선언한 바 있다. 또한 라그나로크에서의 싸움을 위해 무겁고 딱딱한 가죽구두를 미리 준비해 두었다. 이 구두는 인간이 구두를 만들 때 쓰고 버린 삼각형 가죽을 모아 만든 것으로, 이것을 신음으로써 그는 오딘을 삼킨 늑대 **펜리르**의 턱을 찢고, 아버지의 원수를 갚을 수 있었던 것이다.

그 후 많은 신들이 쓰러진 싸움 속에서 비다르는 살아남았다. 일설에 의하면 세계를 불태운 수르트Surt의 화염조차 그를 상처 입히지 못했다고 한다. 그리고 세계의 멸망과 재생을 지켜본 후, 부활한 **발드르**Baldr들과 함께 새로운 세계의 신으로 군림한다.

## 침묵을 지키는 신 비다르

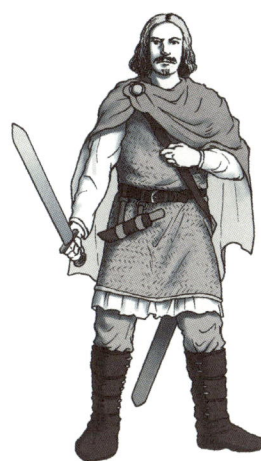

| 소 속 |
| --- |
| 아스 신족 |

| 신 격 |
| --- |
| 침묵의 신<br>삼림의 신? |

| 거 처 |
| --- |
| 비디(숲) |

### 해설

주신 오딘과 여거인 그리드 사이에서 태어난 아들. 거랑 펜리르를 쓰러뜨려 오딘의 원수를 갚는다. 그 후 최종전쟁 라그나로크에서 살아남아 새로운 신들의 일원이 되었다.

### 특징

뇌신 토르 다음 가는 실력파로, 라그나로크 때 세계를 불태운 화염 속에서 살아남은 강인한 육체를 갖고 있다. 침묵의 신으로 불리며 말을 하지 않았다고 한다.

### 주요 소유물

검(명칭 불명) / 말(명칭 불명) / 인간이 쓰고 버린 가죽을 모아 만든 구두

### 관계 깊은 신과 인물

오딘 / 그리드 / 발리 / 펜리르

## 비다르의 구두와 북유럽 사람들

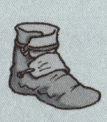

인간

구두를 만들 때 남은 가죽조각을 버린다.

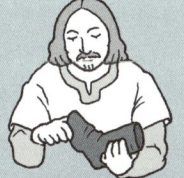

비다르

조각을 모아, 펜리르의 이빨에 견딜 수 있는 튼튼한 구두를 만든다.

이교시대 북유럽에서는, 구두를 버릴 때 나오는 가죽 조각으로 비다르가 라그나로크 때 신을 구두를 만든다고 믿었다. 그래서 사람들은 구두를 만들 때 나오는 조각을 버릴 때마다 비다르가 펜리르에게 이길 수 있도록 기원했다고 한다.

비다르의 구두

### 관련항목

● **오딘** → No.017
● **토르** → No.023
● **발드르** → No.026
● **로키** → No.057
● **펜리르** → No.058

# 헤임달

## Heimdallr

아스가르드와 대지를 잇는 무지개다리 비프로스트. 그 다리를 지키는 헤임달은 인류의 선조이기도 했다.

## ● 신들의 파수꾼이자, 인류의 시조

헤임달<sup>Heimdallr</sup>은 대지와 **아스가르드**를 이어주는 무지개다리, 비프로스트<sup>Bifröst</sup>를 지키는 신들의 파수꾼이다. 비프로스트 기슭에 있는 히민뵤르그<sup>Himinbjörg</sup>라는 저택에 살며, 최종전쟁 라그나로크 때에는 걀라르호른<sup>Gjallarhorn</sup>이라 불리는 뿔피리를 분다.

『스노리 에다』에 의하면, 그는 「하얀 아스」라고도 불리는 위대하고 신성한 신으로, 주신 **오딘**<sup>Óðinn</sup>과 9명의 파도의 소녀들 사이에서 태어났다고 한다. 황금의 이빨을 갖고 있으며 **아스 신족** 중에서 가장 아름답다는 말도 있다. 또한 뛰어난 시력과 청력을 갖고 있어서 주야를 불문하고 100마일 떨어진 곳까지 볼 수 있고, 지면의 풀이 생장하는 소리나 양털이 자라는 소리까지 가려 들을 수 있었다. 게다가 새보다도 수면시간이 적다.

일설에 의하면 이런 초인적인 능력은 거인 미미르에게 한쪽 귀를 내 주고 얻은 것이라 한다. 아마도 가혹한 임무를 수행하기 위해 그러한 거래를 한 것이리라. 『시<sup>詩</sup> 에다』의 「로키의 말싸움」을 보면 실제로 그 이전의 그의 고생을 비웃는 구절이 나온다.

신들의 파수꾼으로 알려진 헤임달이지만, 『시<sup>詩</sup> 에다』의 「리그의 노래<sup>Rígsþula</sup>」에 의하면 그는 인류의 선조이기도 하다. 일찍이 헤임달은 리그<sup>Rígr</sup>라는 이름으로 인간의 세상을 주유하며, 세 쌍의 부부와 만나 왕족, 자유민, 노예 등 세 계급의 선조가 되었던 것이다. 『시<sup>詩</sup> 에다』의 「무녀의 예언」에서도, 무녀가 청중을 칭할 때 「헤임달의 아이들」이라 부르는 마디가 있는데, 이러한 시각은 당시 일반적이었던 것으로 보인다.

라그나로크<sup>Ragnarök</sup> 때 헤임달은 악신 **로키**<sup>Loki</sup>와 싸우다 서로의 머리를 부딪혀 함께 죽는 기괴한 최후를 맞는다. 단편적인 자료에 의하면 그들은 일찍이 **프레이야**<sup>Freyja</sup>의 목걸이를 둘러싸고 바다표범의 모습으로 싸웠다고도 하는데, 옛날부터 원수지간이었던 모양이다.

## 신들의 파수꾼 헤임달

### 소 속
아스 신족

### 신 격
신들의 길의 파수꾼
인류 계급사회의 시조

### 거 처
히민뵤르그

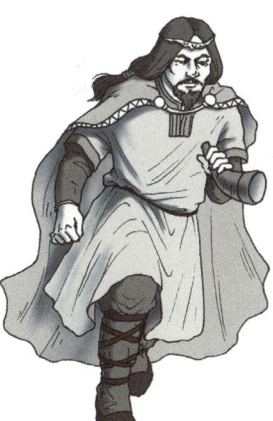

**해설**
무지개다리 비프로스트를 지키는
파수꾼. 악신 로키와는 견원지간
으로 최종전쟁 라그나로크 때 그
와 싸우다 함께 죽는다. 인류의 계
급사회는 그의 자손에 의해 생겨
났다고도 한다.

**특징**
뛰어난 청력과 시력을 가졌다.
수면시간도 적다. 황금의 이빨을
갖고 있으며, 「하얀 아스」라고도
불렸다.

--- 주요 소유물 ---
걀라르호른(뿔피리) / 굴도프(말) /
헤임달의 머리(검)

--- 관계 깊은 신과 인물 ---
오딘 / 9명의 파도의 소녀들 / 로키

## 리그(헤임달)와 인류의 계급

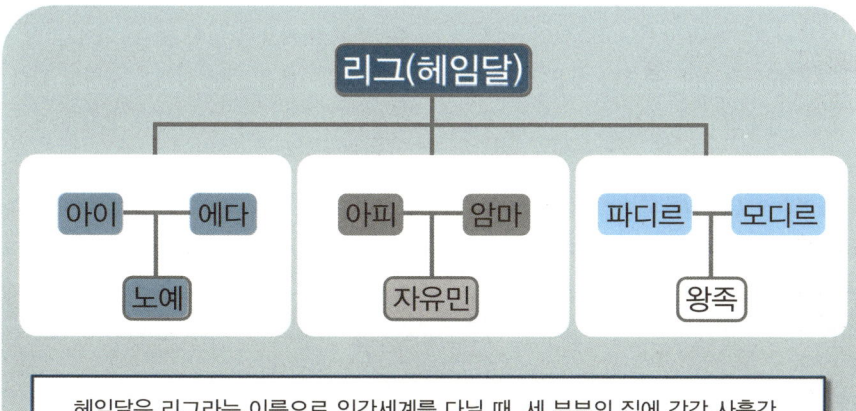

리그(헤임달)

| 아이 ─ 에다 | 아피 ─ 암마 | 파디르 ─ 모디르 |
| 노예 | 자유민 | 왕족 |

헤임달은 리그라는 이름으로 인간세계를 다닐 때, 세 부부의 집에 각각 사흘간
머무르며 셋이 동침하여 그들과 아이를 낳았다. 그 자손들이 인류의 계급의
시작이었다고 「리그의 노래」는 전하고 있다.

**관련항목**

# 울르

Ullr

거인의 피를 이은 수렵의 신. 그는 신들 위에 주신으로 군림할 수 있을 정도의 실력을 갖고 있었다.

## ● 견줄 이 없는 수렵의 신

울르[Ullr]는 뇌신 **토르**[Þórr]의 후계자로 알려진 수렵의 신이다. 일설에 의하면 그는 거인과 토르의 아내 시프[Sif]와의 사이에서 태어난 아이라고 한다. 『스노리 에다』의 「길피의 속임수」에서는 그를 그 누구도 견줄 이 없는 활의 명수이자 스키어로 소개하고 있다. 또한 어머니의 미모를 물려받은 호청년이었으며 전사로서도 뛰어났던 모양이다. 그래서 전사의 신으로 일컬어졌으며 결투 때에는 그의 가호를 빌어 승리를 도모했다. 『시詩 에다』의 「그림니르의 말」에 의하면 울르는 위달리르[Ýdalir]에 성을 갖고 있었다고 한다. 또한 『시詩 에다』에는 그의 배우자에 대해 적혀 있지 않지만 어느 전승은 **뇨르드**[Njǫrðr]와 헤어진 스카디[Skaði]를 아내로 맞이했다고 전하고 있다. 이처럼 북유럽 신화에서 울르는 그다지 비중 있게 등장하지 않는다. 그러나 예전에는 주신에 가까운 위치였음을 짐작케 하는 기록이 「그림니르의 말」이나 고시 『아틀리의 노래[Atlakviða]』 등 몇 가지 자료에 남아 있다. 그에 의하면 당시 사람들은 어떤 중요한 일을 결정할 때마다 울르의 이름을 들어 선서를 했다고 한다.

한편 『덴마크인의 사적[Gesta Danorum]』에는 『시詩 에다』나 『스노리 에다』와는 전혀 다른 울르상이 그려져 있다. 『덴마크인의 사적』의 울르인 올레루스[Ollerus]는 **오딘**[Óðinn]에 필적하는 존재였다. 그는 신들의 위엄을 해쳤다는 이유로 추방된 오딘의 뒤를 이어 비잔틴에 사는 신들의 대표로 선발되는 것이다. 제2의 오딘으로서 신들 위에 군림한 올레루스, 하지만 그 영광은 오래 지속되지 않았다. 시간이 흘러 죄값을 다 치른 오딘이 돌아오면서 다시 올레루스가 추방된 것이다. 그는 스웨덴으로 도망쳐 그곳에서 실권회복을 꾀했다. 하지만 그 보람도 없이 덴마크인에 의해 살해당하고 만다.

## 수렵에 뛰어난 토르의 계승자 울르

### 소 속
아스 신족

### 신 격
수렵의 신
결투의 신
민회의 신

### 거 처
위달리르

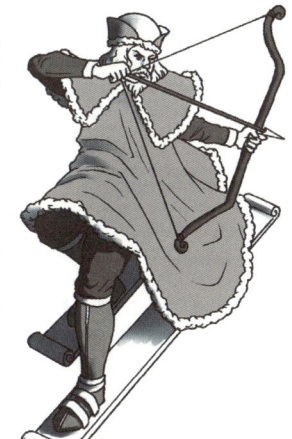

**해설**
시프와 거인 사이에서 태어난 토르의 계승자. 에다에는 거의 기록이 없는 오래된 신으로, 『덴마크인의 사적』에는 예전의 신앙의 흔적이 남아있다.

**특징**
활과 스키의 명수이며 어머니에게 물려받은 미모의 소유자. 『덴마크인의 사적』에 의하면 뼈(스키)를 타고 바다를 건널 수가 있었다.

--- 주요 소유물 ---
활 / 스키

--- 관계 깊은 신과 인물 ---
오딘 / 토르 / 시프

## 『덴마크인의 사적』의 울르

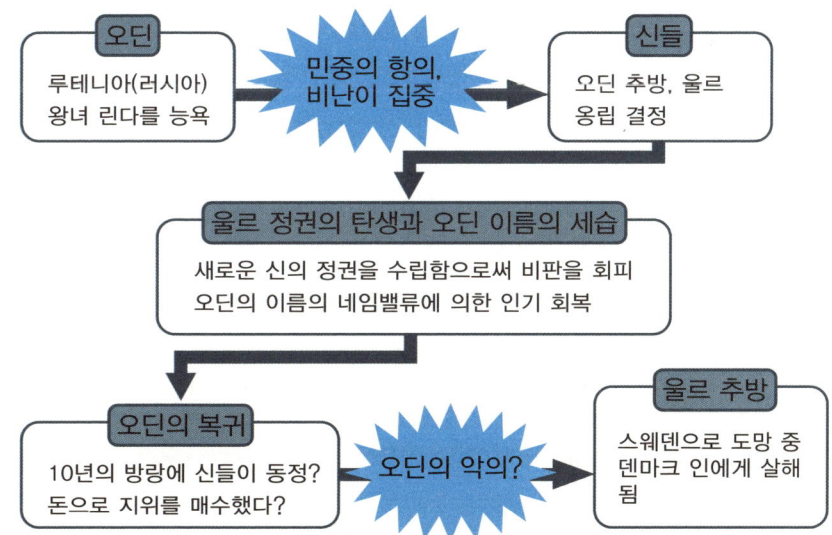

**오딘**
루테니아(러시아)
왕녀 린다를 능욕

민중의 항의,
비난이 집중

**신들**
오딘 추방, 울르
옹립 결정

**울르 정권의 탄생과 오딘 이름의 세습**
새로운 신의 정권을 수립함으로써 비판을 회피
오딘의 이름의 네임밸류에 의한 인기 회복

**오딘의 복귀**
10년의 방랑에 신들이 동정?
돈으로 지위를 매수했다?

오딘의 악의?

**울르 추방**
스웨덴으로 도망 중
덴마크 인에게 살해
됨

---

관련항목
- **오딘** → No.017
- **토르** → No.023
- **뇨르드** → No.041
- **스카디** → No.048

# 브라기
## Bragi

신들 중 최고의 시인으로 불리는 신 브라기. 그는 전쟁을 좋아하지 않는 평화로운 신이었다.

## ● 평화를 사랑하는 시의 신

　브라기[Bragi]는 주신 오딘의 아들로 추정되는 시예詩藝의 신이다. **시인의 봉밀주**를 지켰던 여거인 군로드[Gunnlöð]의 아들이라는 설도 있는데, 『시詩 에다』나 『스노리 에다』에 둘의 관계를 단정하는 기록은 없다.

　『스노리 에다』의 「길피의 속임수」에 의하면, 그는 매우 머리가 좋고 웅변에 언어를 구사하는 능력이 탁월했다고 한다. 『시詩 에다』의 「그림니르의 말」에는 그를 최고의 시인이라고 일컫는 부분이 등장하는데, 특히 시에 정통했었기 때문에 시나 시인들을 그의 이름을 따 「브라기」라 불렀다고 한다. 『스노리 에다』의 「시어법[Skáldskaparmál]」에서는, 브라기의 긴 수염을 들어 「긴 수염의 신」이라 표현하고 있다. 또한 『시詩 에다』의 「시그르드리파의 말[Sigrdrifumál]」에는 그의 혀에 **룬 문자**가 새겨져 있었다는 표현이 등장하는데, 브라기가 다루는 말이 마술적인 효력을 갖고 있었다는 사실을 엿볼 수 있다.

　브라기는 시의 신이었던 까닭인지 전쟁을 좋아하지 않았다. 그래서 『시詩 에다』의 「로키의 말싸움」에 보면, 악신 **로키**가 그를 향해 「아스 신족과 알프(Álfr, 요정족)를 통틀어 너만큼 싸움을 무서워하고 화살을 두려워하는 자가 없다」느니 「의자의 장식」이라느니 하며 숱한 악담을 퍼붓는 장면이 있다.

　브라기는 시의 신으로서의 역할 외에, 신들의 방문객이나 **에인헤리아르**[Einherjar]를 맞이하는 역할도 맡고 있었다. 고시 『에이리크의 말[Eiríksmál]』과 『하콘의 말[Hákonarmál]』에서는 그가 오딘의 명에 따라 에인헤리아르를 마중하며, 「시어법」에서는 해신 **에기르**[Ægir]를 접대하기도 한다.

　한편 현재의 연구에서는 브라기가 9세기의 **스칼드** 시인 브라기 보다손[Bragi Boddason]의 신격화된 모습, 또는 오딘의 별명이 오용되는 중에 독립된 것으로 추정하고 있다.

## 평화를 사랑하는 긴 수염의 시(詩)의 신 브라기

### 소 속

아스 신족

### 신 격

시예의 신
방문객의 접대 담당

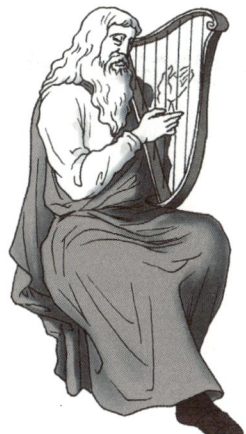

〔해설〕
오딘의 아들로 추정되는 시예의 신. 『스노리 에다』등 몇 가지 고시에서는, 아스가르드나 발할라를 찾아온 이들을 대접하는 모습이 등장한다.

〔특징〕
「긴 수염의 신」이라는 별명처럼 수염이 긴 초로의 남성의 모습으로 그려진다. 성격적으로 싸움을 좋아하지 않아 악신 로키로부터 겁쟁이 취급을 받는다.

─ 주요 소유물 ─
검 / 말 / 팔찌(모두 자신의 말. 실제로 갖고 있었는지는 불명)

─ 관계 깊은 신과 인물 ─
오딘 / 이둔 / 헤르모드

## 브라기의 정체

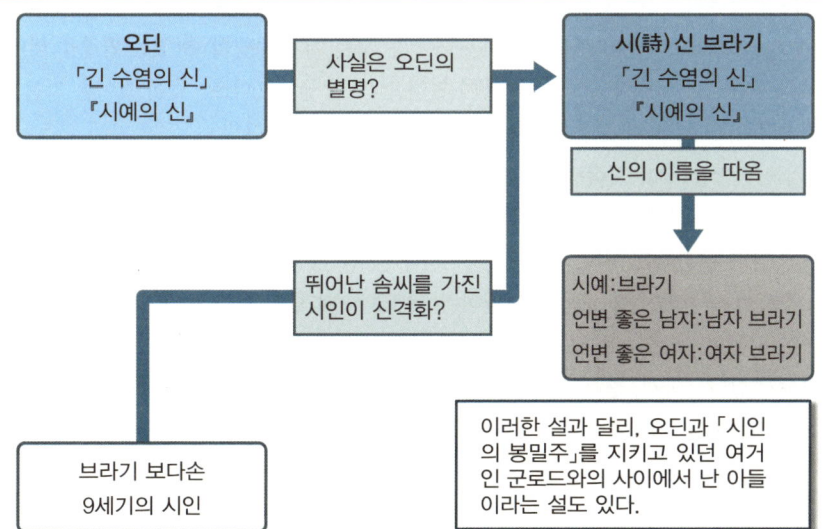

오딘
「긴 수염의 신」
『시예의 신』

사실은 오딘의 별명?

시(詩) 신 브라기
「긴 수염의 신」
『시예의 신』

신의 이름을 따옴

뛰어난 솜씨를 가진 시인이 신격화?

시예:브라기
언변 좋은 남자:남자 브라기
언변 좋은 여자:여자 브라기

브라기 보다손
9세기의 시인

이러한 설과 달리, 오딘과 「시인의 봉밀주」를 지키고 있던 여거인 군로드와의 사이에서 난 아들이라는 설도 있다.

# 그 외의 남신

신화에서는 크게 등장하지 않는 작은 신들. 그들은 대체 어떤 존재였을까.

## ● 오딘의 형제와 그 아들들

이제까지 소개한 신들 외에도 **아스 신족**에는 많은 신들이 존재했다. 빌리<sup>Vili</sup>와 베<sup>Vé</sup>는 주신 **오딘**<sup>Óðinn</sup>의 형제로, 원초 거인 **위미르**<sup>Ymir</sup>를 죽이고 세계와 인간을 창조한 신들이었다. 그러나 오딘이 자리를 비운 사이 그의 아내 프리그<sup>Frigg</sup>와 정을 통하고 왕권을 제 멋대로 휘둘러 오딘에 의해 그 자리에서 쫓겨나고 만다.

반 신족과 강화를 맺을 때 볼모로 갔던 회니르<sup>Hœnir</sup>는 훌륭한 외모를 가졌지만 뭐든 남에게 맡겨버리는 우유부단한 성격이었다. 그래서 반 신족의 분노를 사지만 바나헤임<sup>Vanaheimr</sup>에 계속 남아있음으로써 최종전쟁 라그나로크<sup>Ragnarök</sup>에 휘말리지 않고 살아남았다. 본래는 능력이 있는 신으로, 『시詩 에다』의 「무녀의 예언」에는 오딘, 로두르<sup>Lóðurr</sup>와 함께 인간을 창조했다고 나온다. 로두르에 관한 기록은 그것이 유일하며 악신 **로키**로 보는 시각이 많다.

광명의 신 발드르<sup>Baldr</sup>의 아들 포르세티<sup>Forseti</sup>는 모든 이가 수긍할 수 있는 판결을 해내는 일종의 재판의 신이었다. 그래서 분쟁이 있어 그의 집 글리트니르<sup>Glitnir</sup>를 찾아온 자는, 신이든 인간이든 누구 하나 남김없이 화해하고 돌아갔다고 한다.

그의 삼촌에 해당하는 장님신 호드<sup>Höðr</sup>는 발드르를 죽인 까닭에 주로 불길한 신으로 취급된다. 그러나 그것은 로키의 수작 때문에 생긴 억울한 사건이기에 라그나로크 이후 발드르와 함께 부활하게 된다.

그 호드를 죽이기 위해 오딘이 거인의 딸 린드<sup>Rindr</sup>에게 낳게 한 것이 발리<sup>Váli</sup>이다. 그는 궁술이 뛰어나, 태어나자마자 바로 호드를 죽여 발드르의 복수를 했다. 그도 또한 라그나로크에서 살아남아서, 침묵의 신 **비다르**<sup>Víðarr</sup>와 뇌신 **토르**의 아들들, 또 앞서 언급한 회니르와 발드르, 호드 등과 함께 새로운 세계를 다스렸다고 한다.

# 북유럽 신화에 등장하는 그 외의 남신들

```
          보르 ━━━ 베스틀라
           │
    ┌──────┴──────┐
빌리, 베 / Vili,Vé    프리그 ━━━ 오딘 ━━━ 린드
```

## 빌리, 베 / Vili,Vé

오딘의 형제. 『스노리 에다』에서, 오딘과 함께 위미르를 쓰러뜨린 후 세계와 인간을 창조한다. 『헤임스크링라(Heimskringla)』에 의하면, 오딘이 자리를 비운 사이 왕위와 그의 아내 프리그를 찬탈하지만 귀환한 오딘에 의해 추방되었다고 한다.

## 발리 / Vali

발드르의 복수를 위해 오딘이 거인의 딸 린드와의 사이에서 얻은 아들. 발드르의 원수를 갚기까지 머리도 빗지 않고 손도 씻지 않았다고 한다. 용맹한 전사이자, 활의 명수. 형 비다르와 함께 라그나로크에서 살아남아 새로운 신들의 반열에 들었다.

```
난나 ━━━ 발드르         호드 / Hǫðr
```

## 포르세티 / Forseti

발드르와 난나의 아들. 글리트니르라는 저택에 살며 신들과 인간들이 진 분쟁의 중재를 했다. 그 중재에는 모든 이가 만족하고 화해했다. 남노르웨이에서 민회에 관련된 신으로 추앙받았다.

## 호드 / Hǫðr

발드르의 동생으로 보이는 장님 신. 힘이 세었다고 한다. 악신 로키의 책략에 빠져 발드르의 유일한 약점인 겨우살이 묘목을 그에게 던져 죽게 하고 만다. 그 후 발리의 손에 죽지만 라그나로크 후에 발드르와 함께 부활한다. 『덴마크인의 사적』에서는 영웅 호테루스로 등장, 악혼자를 노리는 반신 발드르와 싸운다.

━━ 부부     ━━ 부자

## 오딘의 동행

## 회니르 / Hœnir

『시(詩) 에다』의 「무녀의 예언」에서 오딘과 함께 인간을 만들어낸 신으로, 자주 그의 여행에 동행한다. 『헤임스크링라(Heimskringla)』에서는 반 신족에 볼모로 넘겨지는 무능한 신으로 나온다. 라그나로크 후에 바나헤임에서 귀환한다.

## 로두르 / Lóðurr

『시(詩) 에다』의 「무녀의 예언」에서 오딘과 함께 인간을 만들어낸 신. 그 이외의 기록은 없으며, 오딘의 여행에 자주 동행한 악신 로키를 가리키는 것으로 추정된다.

# 프리그

Frigg

오딘의 아내 프리그. 그녀도 또한 남편과 마찬가지로 결코 쉽지 않은 여신이었다.

## ● 다양한 얼굴을 가진 신들의 여왕

프리그Frigg는 주신 **오딘**Óðinn의 아내로, 「아스와 아스 여신들의 여왕」으로도 불리는 여신이다. 영어권에서 「금요일Friday」의 어원이며, 여신 중에서 지위가 가장 높다. 『스노리 에다』의 「길피의 속임수」에 의하면, 그녀는 펜살리르Fensalir라는 호화로운 성에 살았으며 자기 입으로는 말하지 않지만 오딘과 마찬가지로 인간들의 운명을 알고 있었다고 한다. 또한 출산을 관장하는 여신이기도 해서 『볼숭가 사가Volsungarsaga』에서는 불임으로 고민하는 훈족의 왕 레리르 부부에게 자식을 점지하는 사과를 보내기도 했다. 또한 매로 변신하는 능력을 가진 날개옷을 갖고 있다.

프리그는 「신들의 어머니」라고도 불렸는데 그녀가 가장 사랑한 것은 아들인 **발드르**Baldr 였다. 어느 날 그의 죽음의 운명을 알고는 그것을 막기 위해 겨우살이의 묘목을 제외한 모든 존재를 찾아가 그를 상처 입히지 않겠다는 약속을 받아낸다. 끝내 악신 로키의 수작에 속아 발드르가 죽었을 때도 그를 다시 지상으로 생환시키기 위해 사방으로 손을 쓴다. 그러나 이마저도 로키의 방해로 실패하고 만다.

이렇듯 프리그는 좋은 어머니로서의 이미지가 강하다. 그러나 실제로는 다른 얼굴도 갖고 있었던 모양이다. 『시詩 에다』의 「그림니르의 말Grimnismál」에서는, 오딘과 그 양자를 이간질시켜 오딘이 고문을 받도록 꾸민다. 또 오딘이 오래 나라를 비웠을 때 그의 두 형제와 관계를 가졌다는 내용도 여러 자료에 기록되어있다. 게다가 아버지인 표르귄Fjörgynn의 정부이기도 했다. 『덴마크인의 사적Gesta Danorum』에서는 황금의 목걸이를 만들기 위해 시종과 관계를 가졌으며, 남편의 형상을 딴 황금 신상을 부수기도 했다고 하니 꽤 드세다. 사건들이 너무도 강렬해 충격을 받은 오딘은 그녀가 죽을 때까지 나라로 돌아가지 않았다고 한다.

## 현명한 신들의 어머니 프리그

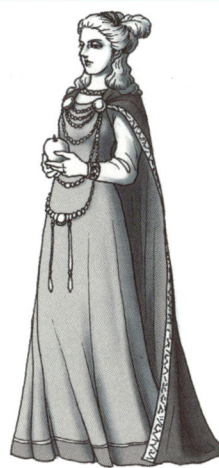

### 소 속
아스 신족

### 신 격
신들의 어머니
출산의 여신
고대엔 풍요의 여신

### 거 처
펜살리르(성)

**해설**
주신 오딘의 본부인으로 신들 위에 군림한 여왕. 발드르를 위해 분주하는 좋은 어머니로 그려지는 반면, 여성으로서의 무서운 면도 겸비하고 있었다.

**특징**
인간의 운명을 아는 능력을 가졌지만 스스로 얘기한 적은 없다. 흰색이나 회색 옷을 걸치며, 푸른 독수리의 깃털로 된 왕관과 황금 띠를 몸에 두르고 있다.

— 주요 소유물 —
매의 날개옷 / 자식을 낳는 사과

— 관계 깊은 신과 인물 —
오딘 / 발드르 / 풀라 / 흘린 / 그나

## 프리그가 가진 다양한 측면

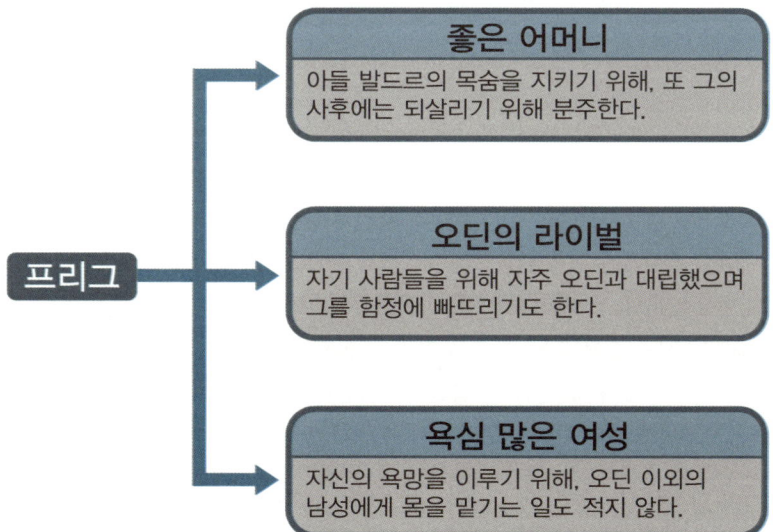

프리그

### 좋은 어머니
아들 발드르의 목숨을 지키기 위해, 또 그의 사후에는 되살리기 위해 분주한다.

### 오딘의 라이벌
자기 사람들을 위해 자주 오딘과 대립했으며 그를 함정에 빠뜨리기도 한다.

### 욕심 많은 여성
자신의 욕망을 이루기 위해, 오딘 이외의 남성에게 몸을 맡기는 일도 적지 않다.

**관련항목**
● 오딘 → No.017
● 발드르 → No.026
● 로키 → No.057

# 프리그를 모시는 여신들

신들의 어머니로 불리는 프리그, 그녀에게는 그 뜻을 따르는 여러 여신들이 있었다.

## ● 신들의 어머니를 모시는 시녀

『스노리 에다』의 「길피의 속임수」에 의하면 신들의 어머니 **프리그**<sup>Frigg</sup>에게는 여러 시중드는 여신들이 있었다. 그 대표라 할 수 있는 것이 여신 풀라<sup>Fulla</sup>이다. 스노리가 언급한 **아스 신족**의 12 여신에도 들어있는 그녀는 프리그의 시중을 드는 처녀신으로, 프리그의 옷장이나 신발의 관리를 하고 있다. 긴 머리를 늘어뜨리고, 황금의 목걸이와 헤어밴드를 하고 있다고 한다. 풀라는 프리그와 비밀을 공유하는 사이로, 『시<sup>詩</sup> 에다』의 「그림니르의 말<sup>Grimnismál</sup>」에서는 주신 **오딘**을 함정에 빠뜨리기 위해 분주한 모습을 보인다. 또한 **발드르**의 처 난나<sup>Nanna</sup>와도 친했던 모양으로 니플헬<sup>Niflhel</sup>로 떠난 난나에게서 유품으로 반지를 받기도 한다. 「제2 메르제부르크의 주문<sup>die Merseburger Zaubersprüche</sup>」의 기록에 의해, 프리그의 여동생으로 보는 시각도 있다.

## ● 그 외의 여신

여신 흘린<sup>Hlin</sup>도 프리그를 모신 여신의 하나인데 그녀에 관한 기록은 「길피의 속임수」이외 거의 보이지 않는다. 간신히 『시<sup>詩</sup> 에다』의 「무녀의 예언」에 그 이름이 보이는데 이는 프리그 자신을 지칭하는 것으로 추정된다. 흘린이 맡은 임무는 프리그가 위험을 무릅써서라도 구하고 싶어하는 이들을 돌보는 것이었다. 이로 인해 위험에서 몸을 지키는 행위를 그녀의 이름을 따 흘레이나르<sup>Hleinar</sup>라고 불렀다.

여신 그나<sup>Gná</sup>에 관한 기록도 「길피의 속임수」이외에는 나오지 않는다. 그녀는 프리그의 전령으로 전 세계를 돌아다니는 역할을 맡고 있었다. 그 때문에 그녀는 하늘이나 바다를 날 수 있는 호프바르프니르<sup>Hófvarpnir</sup>라는 말을 갖고 있었다. 그녀가 공중을 누비는 모습을 보고 **반 신족**의 신들이 그녀에게 누구인지 물은 적도 있다고 한다.

## 프리그를 모시는 여신들

### 풀라 / Fulla

소유물 : 프리그의 옷장, 황금의 목걸이(헤어밴드?)

프리그의 시중을 드는 처녀신. 그녀의 옷장이나 신발의 관리를 맡고 있다. 프리그의 비밀을 공유하는 사이이며, 그녀를 둘러싼 음모를 도와주는 경우도 많다. 일설에는 프리그의 여동생이라는 설도 있다.

### 흘린 / Hlín

소유물 : 불명

프리그를 모시는 여신 중 1명. 프리그가 돕고 싶어하는 사람들을 수호하는 역할을 맡고 있다. 프리그 자신을 지칭한다는 설도 있다.

### 그나 / Gná

소유물 : 하늘이나 바다를 날 수 있는 말 호프바르프니르

프리그를 모시는 여신 중 1명. 프리그이 전령으로서 세계 각지를 돌아다닌다.

## 프리그와 여신들의 관계

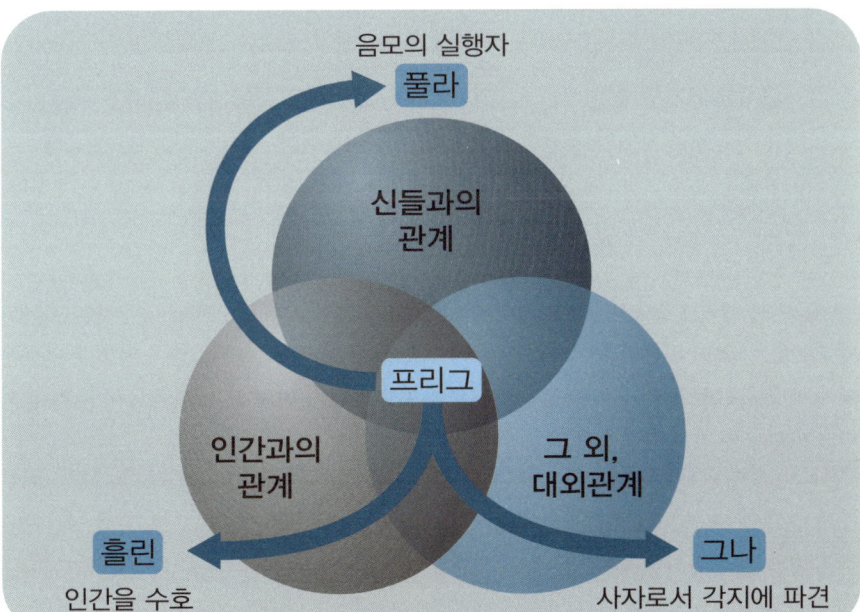

음모의 실행자
풀라

신들과의 관계

프리그

인간과의 관계

그 외, 대외관계

흘린
인간을 수호

그나
사자로서 각지에 파견

# 이둔
Iðunn

영원한 젊음의 사과를 관리하는 여신 이둔. 그녀의 납치와 탈환은 환절기를 의미하는 것일까.

## ● 신들에게 영원한 젊음을 주는 여신

이둔[Iðunn]은 시신 **브라기**[Bragi]의 아내이다. 『스노리 에다』에 의하면, 그녀는 신들에게 영원한 젊음을 제공하는 마법의 사과를 관리하고 있으며, 그것을 물푸레나무 상자에 넣어 소중히 보관하고 있다고 한다. 그녀는 이 사과에 대해 무척 자긍심을 갖고 있었던 모양으로, 그녀의 사과보다 더 좋은 것이 있다는 악신 **로키**의 말에 속아 거인 **티아치**[Þjazi]에게 납치된 적도 있었다. 이 사과는 그녀가 아니면 아무도 다룰 수 없는 것이라, 그녀가 납치당했을 때 신들은 급속히 나이를 먹어 큰 혼란에 빠진다.

이렇게 중요한 역할을 가진 여신인데도 그녀에 관한 기록은 극단적으로 적다. 앞서 말한 티아치의 이둔 납치 사건 이외에는, 『시[詩] 에다』의 「로키의 말싸움[Lokasenna]」에서 「모든 여자 중에서 가장 음탕한 것이 바로 너다. 자신의 오빠를 죽인 남자를, 깨끗이 씻은 팔로 끌어안다니」라며 로키가 통렬히 비난을 하는 장면뿐이다. 적어도 이 기록을 통해 「이둔에게 오빠가 있다는 것, 또 오빠를 죽인 인간과 관계를 가졌다는 사실」을 알 수 있지만, 그것이 남편인 브라기를 말하는 것인지 아니면 또 다른 누구를 말하는지에 대해서는 정확히 나오지 않는다.

이둔은 이 에피소드에서, 『시[詩] 에다』의 「스키르니르의 여행[Skírnismál]」에 등장하는 거인의 딸 **게르드**[Gerðr]와도 연관이 있는 것으로 추정되고 있다. 그녀도 이둔처럼 오빠를 누군가에게 살해당했으며, 또한 영원한 젊음의 사과를 혼수품 대신 받았다. 그래서 둘이 본래 같은 여신이 아닐까 하는 시각도 있다.

한편 그녀에 관한 일련의 신화들은 일종의 풍요를 상징하는 이야기로 해석되기도 한다. 그녀가 거인 티아치에게 납치된 것은 겨울이 왔음을 의미하는 것이며, 다시 신들에게 돌아온 것은 봄이 찾아왔음을 상징한다고 한다.

## 마법의 사과의 수호자 이둔

### 소 속
아스 신족

### 신 격
청춘의 여신?
봄의 여신?

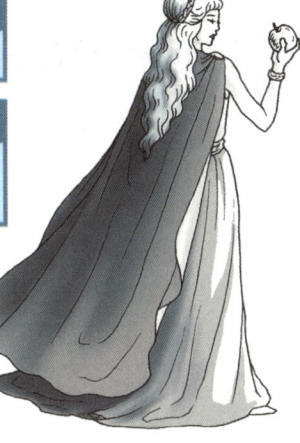

해설
시신 브라기의 아내이며, 영원한 젊음의 사과를 관리하는 여신. 이둔이 납치되는 일련의 신화는 환절기를 의미하는 것으로도 해석된다.

특징
빛나는 하얀 팔을 가진 아름다운 여성으로, 신들의 믿음을 받는 성실한 성격. 하지만 「오빠를 죽인 자를 팔로 안는 음란」한 면도 있다고 한다.

— 주요 소유물 —
영원한 젊음의 사과 / 사과를 보관하는 물푸레나무 상자

— 관계 깊은 신과 인물 —
브라기 / 로키 / 티아치 / 게르드

## 이둔과 게르드의 공통점

### 여신 이둔
영원한 젊음의 사과의 관리를 맡고 있다.

「오빠를 죽인 상대를 팔로 안았다」고 지적받는다.

### 거인의 딸 게르드
영원한 젊음의 사과를 혼수품으로 받는다.

프레이르의 구혼 때, 스키르니르가 오빠를 죽였다?

등장하는 신화가 겨울의 혹독함과 봄의 풍요를 나타낸다.

### 본래는 한 명의 여신에서 파생?

관련항목
● 브라기 → No.031
● 티아치 → No.047
● 게르드 → No.049
● 로키 → No.057

# 게퓬
## Gefjun

덴마크의 수호신으로 알려진 여신 게퓬. 땅을 떼어낸 신화로 알려진 그녀는 대체 어떠한 여신이었을까.

## ● 목적을 위해서는 수단을 가리지 않는 여신

게퓬Gefjun은 **아스 신족**의 여신 중 하나로, 주신 **오딘**과 마찬가지로 인간의 운명을 모두 알고 있었다고 한다. 『스노리 에다』의 「길피의 속임수」에서는 처녀신으로 나오는데 처녀인 채로 죽은 여성은 사후 그녀의 시녀가 된다고 한다. 하지만 이 기록에 관해서는 약간의 의구심이 있다. 『시詩 에다』의 「로키의 말싸움」에, 그녀가 목걸이를 손에 넣기 위해 남성과 하룻밤을 지냈다는 항목이 있기 때문이다. 아무래도 게퓬은 목적을 위해 주저 없이 자신의 육체를 이용할 수 있었던 여신으로 짐작된다. 『헤임스크링라』의 서장 「윙링가 사가 Ynglinga saga」 및 「길피의 속임수」에 이를 뒷받침하는 일화가 남아 있다.

## ● 게퓬과 갈피 왕

**반 신족**과의 전쟁이 일단락된 후 영토를 확대할 야심에 휩싸인 오딘은 게퓬을 스웨덴의 길피Gylfi 왕에게 보냈다. 그녀는 왕과 하룻밤을 지내고 그 보수로써 그녀가 하루 동안 경작할 수 있을 만큼의 토지를 주겠다는 약속을 받아낸다. 그러나 이것은 게퓬의 책략이었다. 약속이 맺어지자 그녀는 바로 거인의 나라 **요툰헤임**으로 가, 거인과 동침해 네 명의 아이를 낳는다. 그리고는 마법을 써서 아이들을 거대한 황소로 둔갑시켜 쟁기에 묶고는 미리 보아놨던 땅을 통째로 떼어내 끌고 가버린 것이다. 그녀는 셀룬드(셀란섬)라 불리는 그 땅에서 한동안 살았다고 한다. 그 후 오딘의 아들 스콜드Skjöldr와 결혼해 덴마크의 레이레Lejre로 이사하였고 거기서 스콜딩 왕가의 시조가 되었다. 한편, 목걸이의 일화를 통해 **프레이야**Freyja, 또는 운명을 꿰뚫어보는 능력으로 **프리그**Frigg와 동일시되기도 한다.

## 책략에 뛰어난 여신 게픈

### 소 속

아스 신족

### 신 격

처녀신
덴마크의 수호신

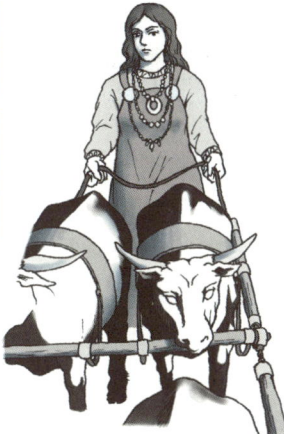

**해설**

죽은 처녀들을 통괄하며 인간의 운명을 점쳤다는 여신. 오딘의 명령으로 스웨덴 왕 길피를 농락해 섬 하나 크기의 비옥한 토지를 얻어낸다.

**특징**

오딘, 프리그와 마찬가지로 인간의 운명을 모두 알고 있다.

―― 주요 소유물 ――

목걸이

―― 관계 깊은 신과 인물 ――

오딘 / 길피

## 셀란섬 강탈

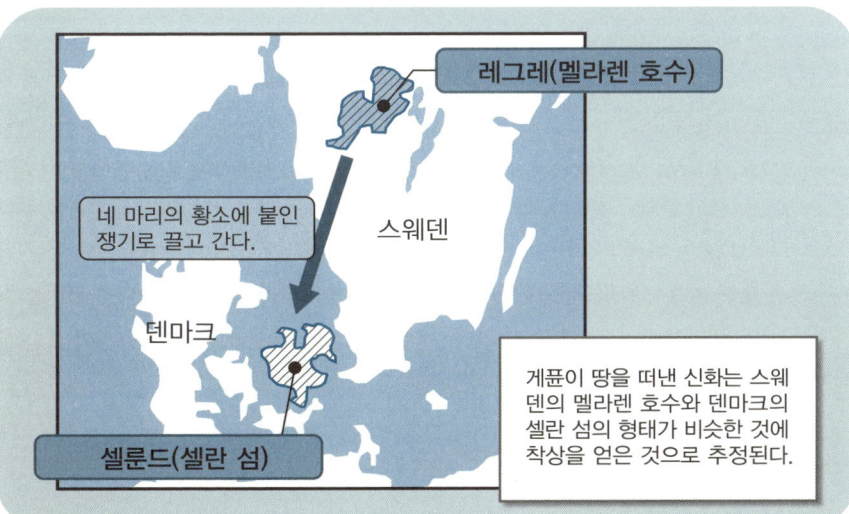

레그레(멜라렌 호수)

네 마리의 황소에 붙인 쟁기로 끌고 간다.

스웨덴

덴마크

셀룬드(셀란 섬)

게픈이 땅을 떠낸 신화는 스웨덴의 멜라렌 호수와 덴마크의 셀란 섬의 형태가 비슷한 것에 착상을 얻은 것으로 추정된다.

**관련항목**
- **요툰헤임** → No.011
- **아스 신족** → No.016
- **오딘** → No.017
- **프리그** → No.033
- **반 신족** → No.040
- **프레이야** → No.044

# 노른
Norn

운명을 정하는 여신들. 그녀들의 결정에는 신들조차 거역할 수 없었다.

## ● 인간의 운명을 정하는, 저항할 수 없는 여신들

노른[Norn]은 사람들의 운명을 정하는 북유럽 신화의 여신이다. 그 복수형은 노르니르[nornir]이며, 『시[詩] 에다』의 「파프니르의 말[Fáfnismál]」에 의하면, 신들뿐 아니라 **알프(Álfr, 요정족)나 드베르그(Dvergr, 소인족)**까지 아우른 다양한 출신으로 구성되어 있었다. 또한 노른이라 해도 좋은 것과 나쁜 것이 있어서, 선량한 노른은 행운을 주지만 나쁜 노른은 불행을 초래했다. 『시[詩] 에다』의 「시그르드리파의 말[Sigrdrifumál]」에 의하면 그녀들의 손톱에는 룬 문자가 새겨져 있다고 한다.

그녀들은 3명이 한 조가 되어 행동하며, 사람들의 운명을 정하는데 황금 실을 사용했다. 세 명 중 둘은 선량해서 사람들에게 행운을 가져다주지만, 마지막 하나가 불운을 초래하곤 했다. 『노르나게스트 이야기[Norna-Gests þáttr]』 및 『덴마크인의 사적』에는 이러한 노른들에 의해 파란만장한 운명을 겪어야 했던 사람들의 이야기가 등장한다.

노른들 중에서도 가장 유명한 것이 우르드(Urðr, 운명), 베르단디(Verðandi, 존재), 스쿨드(Skuld, 필연) 자매일 것이다. 그녀들은 다른 노른들과 달리 나무조각에 문자를 새겨 사람들의 운명을 정했다. 그 구속력이 너무 강력해서 신들조차 그녀들이 정한 운명에서 벗어날 수가 없었다고 한다. 『시[詩] 에다』의 「무녀의 예언」에 등장하는 신들의 황금시대를 무너뜨렸다고 전해지는 세 명의 거인의 딸이 그녀들을 말하는 것이 아닐까, 하는 설도 있다.

이 세 자매는 세계수 **위그드라실**이 뿌리를 뻗고 있는 우르드의 샘가에 아름다운 저택을 짓고 살고 있다. 그녀들은 여러 동물들로부터 해를 입어 쇠약해진 위그드라실의 뿌리에 우르드의 샘에서 퍼온 하얀 진흙을 뿌려 마르지 않도록 보살펴 주었다.

## 운명을 지배하는 여신들 노른

### 소 속
아스 신족?

### 신 격
운명의 여신

### 거 처
우르드의 샘가에
있는 저택

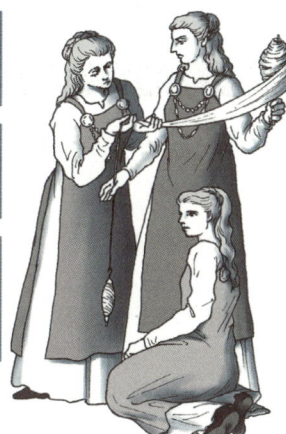

**해설**
사람들의 운명을 정하는 여신들로
디스나 발키리에와도 연결된다.
우르드, 베르단디, 스쿨드 세 자매
의 이름이 유명하다.

**특징**
손톱 위에 룬 문자가 새겨져 있는
여성. 알프(요정족)과 드베르그
(소인족) 등, 출신계급도 다양. 사
람의 운명을 정하는 능력을 갖고
있다.

## 노른의 직무

우르드(운명)

베르단디(존재)

스쿨드(필연)

### 위그드라실 뿌리의 관리
우르드의 샘의 하얀 진흙을 뿌리에 뿌려
마르지 않도록 한다.

그 외의 노른

### 사람들의 운명을 정한다.
영웅 앞에 직접 모습을 나타내기도 한다.
대체로 세 명이 한 팀으로 다니며 세 번째가
나쁜 운명을 준다.

선량한 노른이 정한 운명

나쁜 노른이 정한 운명

Lucky

Unlucky

---

관련항목
● 위그드라실 → No.015
● 드베르그(소인족) → No.063
● 알프(요정족) → No.064

# 그 외의 여신

힘 있는 여신만이 두드러지는 북유럽 신화의 세계. 그러나 실제로는 생활에 밀착한 다양한 여신들이 존재했다.

## ● 다양한 분야에서 활약하는 여신들

북유럽 신화에는 남신과 마찬가지로 많은 여신이 등장한다. 먼저 『스노리 에다』에 등장하는 여신부터 소개해보자.

사가Sága는 소크바베크르Sökkvabekkr라는 저택에 사는 여신이다. 『시詩 에다』의 「그림니르의 말Grímnismál」에, 주신 **오딘**과 즐겁게 황금의 술잔을 나눈다는 대목이 있는 것으로 보아 그의 아내 **프리그**Frigg의 별명이거나 연인 중 하나였을 것이다. 에이르Eir는 뛰어난 의사였으나 딱히 그 이상의 기록은 없다. 쇼픈Sjöfn은 남녀의 마음에 사랑의 감정을 일으켜주는 여신이다. 그래서 연애를 그녀의 이름을 따 「쇼픈」이라 불렀다고 한다. 로픈Lofn도 인연을 맺어주는 여신으로, 인간의 기도를 매우 잘 받아주었기 때문에 오딘과 프리그가 그녀에게 남녀 사이를 이어주도록 허가를 내려준 바 있다. 그 힘이 워낙 강력해, 금지된 사랑이거나 이미 거절을 당했어도 문제가 없었다. 바르Vár는 남녀 간에 나눈 맹세에 귀를 기울이는 여신이다. 그녀는 성격이 엄격해 맹세를 깨는 자에게는 그에 상응하는 벌을 내렸다고 한다. 또한 스노트라Snotra라는 여신이 있는데, 현명하고 행동거지가 우아해서, 절도 있는 남녀를 보면 그녀의 이름을 따 「스노토르」라 불렀다고 한다. 보르Vör는 눈치가 빠르고 탐색하길 좋아하는 여신으로 수다를 좋아했다. 그녀 앞에서는 아무 것도 숨길 수 없었다고 한다. 쉰Syn은 문을 지키는 여신으로, 들어가선 안 되는 자들을 막는 역할을 맡고 있었다. 또한 민회에서 변호를 관장하는 여신으로, 사람들이 소송을 부정할 때는 「쉰」이라는 용어를 사용했다.

그 외에 북유럽에는 디스Dís나 필기아Fylgja라는 여신들도 신앙의 대상이 되어 있다. 운명의 여신이지만 비교적 악운을 초래하는 존재로 묘사되는 일이 많다.

## 북유럽 신화에 등장하는 그 외의 여신들

### 일상생활에 관련된 여신들

#### 에이르 / Eir
의술의 여신. 이교시대 북유럽에서는 여성이 의술을 담당했는데, 그 연장 선상에 있는 존재로 추정된다.

#### 보르 / Vǫr
똑똑하지만 참견을 좋아하는 여신. 여성이 뭔가 눈치를 채는 것을 그녀의 이름을 따 「보르」라고 한다.

#### 쉰 / Syn
문을 지키고, 민회의 변호를 관장하는 여신. 그녀의 이름을 따 소송 결과에 불복할 때 「쉰」이라 부른다.

#### 디스 / Dís
북유럽의 운명의 여신. 여신의 총칭으로도 사용된다. 악의에 찬 운명을 초래하는 경우가 많아 제물을 두고 제사를 올린다.

### 남녀관계에 관련된 여신

#### 쇼픈 / Sjǫfn
남녀의 마음을 연애로 기울어지도록 해주는 여신. 그래서 연애를 그녀의 이름을 따 「쇼픈」이라 부른다.

#### 바르 / Vár
남녀간에 나누는 서약의 여신. 결혼식에서는 그녀에게 기도를 바친다. 성격이 엄격해, 맹세를 깬 자에게는 복수를 한다.

#### 로픈 / Lofn
온화한 성격으로 기도자에게 친절한 여신. 그 성격 때문에 오딘과 프리그로부터 남녀의 사이를 다독여주는 허가를 받았다.

#### 스노트라 / Snotra
현명하고 행동거지가 우아한 여신. 그녀의 이름을 따 절도 있는 남녀는「스노토르」라 불린다.

### 그 외의 여신

#### 사가 / Sága
차가운 파도가 지붕을 두드리는 저택 소크바베크르에 사는 여신. 거기서 오딘과 함께 황금의 잔으로 술을 즐긴다고 한다.

관련항목
● 오딘 → No.017
● 프리그 → No.033

# 솔과 마니, 다그와 놋트

## Sól & Máni, Dagr & Nótt

북유럽의 하늘을 나는 마차의 마부들. 태양과 달, 낮과 밤은 그들에 의해 세계로 찾아든다.

## ● 하늘을 비추는 이들과, 세계에 낮과 밤을 주는 이들

솔Sól과 마니Máni는 신들이 만든 태양과 달을 끄는 마차의 몰이꾼이다. 둘 다 금발에 매우 아름다운 용모를 갖고 있었다고 한다. 『스노리 에다』의 「길피의 속임수」에 의하면 솔은 여신의 하나로 취급되지만 본래는 보통 인간에 지나지 않았다. 그들이 태양을 의미하는 「솔」이나 달을 의미하는 「마니」라는 이름을 함부로 쓰자, 비위가 거슬린 신들이 실제로 태양과 달을 끄는 마차의 마부로 만들어버린 것이다.

마니는 그 이름대로 달의 마차를 끌면서 달의 운행을 관장하고 있다. 그의 뒤에는 빌Bil과 휴키Hjuki라는 아이들이, 세그Sægr라는 물통을 저울봉으로 떠메고 뒤를 따라다닌다. 실은 그들은 마니가 지상에서 잡아온 인간들이다. 하늘에서 끝도 없이 마차를 모는 일은 어지간히도 지루하고 고독한 작업이었을 것이다. 솔은 알바크Árvacr와 알스비드Alsviðr라는 두 마리의 말을 몰며 태양의 운명을 관장하고 있다.

한편, 솔과 마니는 늑대의 모습을 한 거인, 스콜Sköll과 하티Hati의 맹렬한 추격을 받고 있다. 그 때문에 그들은 늘 매우 빠른 속도로 하늘을 내달리곤 했는데, 최종전쟁 라그나로크Ragnarök 때에는 기어이 늑대들에게 따라잡혀 잡아먹혀버리고 만다. 솔은 남편 글렌Glenr과의 사이에 딸을 낳았으며, 라그나로크 후에는 그녀가 어머니의 역할을 이어받아 하늘을 비추게 된다.

또한 그들과 달리 낮과 밤을 인도하기 위해 하늘을 달리는 자들도 있었다. 여거인 놋트Nótt와, 그녀와 아스 신 델링Dellingr 사이에서 태어난 아들 다그Dagr이다. 밤을 관장하는 놋트의 말은 흐림팍시Hrimfaxi라 하며, 그 재갈 사이로 뿜는 거품이 아침이슬이 되어 대지를 적셨다. 그리고 낮을 관장하는 다그의 말은 스킨팍시Skinfaxi라 하여, 그 빛나는 갈기로 하늘과 대지를 비추었다고 한다.

## 솔과 마니와 그 주변

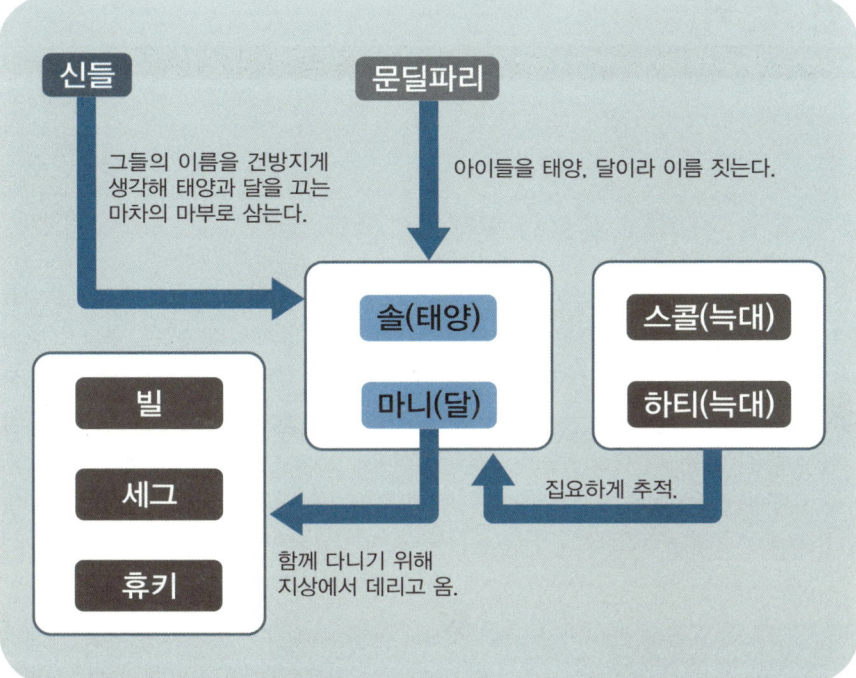

신들

그들의 이름을 건방지게 생각해 태양과 달을 끄는 마차의 마부로 삼는다.

문딜파리

아이들을 태양, 달이라 이름 짓는다.

솔(태양)

마니(달)

스콜(늑대)

하티(늑대)

집요하게 추적.

빌

세그

휴키

함께 다니기 위해 지상에서 데리고 옴.

## 놋트와 그 일족

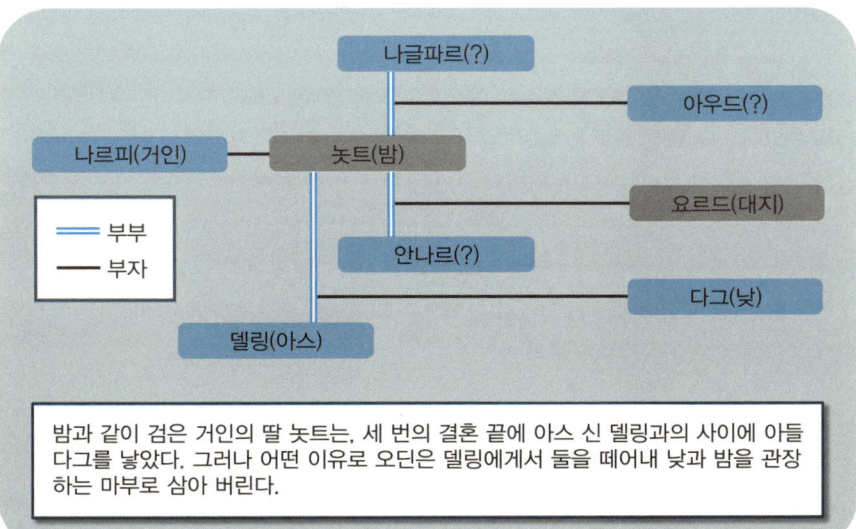

나글파르(?)

아우드(?)

나르피(거인) — 놋트(밤)

요르드(대지)

부부
부자

안나르(?)

다그(낮)

델링(아스)

밤과 같이 검은 거인의 딸 놋트는, 세 번의 결혼 끝에 아스 신 델링과의 사이에 아들 다그를 낳았다. 그러나 어떤 이유로 오딘은 델링에게서 둘을 떼어내 낮과 밤을 관장하는 마부로 삼아 버린다.

# 반 신족

Vanr

찬란히 빛나는 풍요의 신들 반 신족. 그들은 강력한 미술을 가진 마법사이기도 했다.

## ● 북유럽 신화의 풍요와 마술의 신들

반<sup>Vanr</sup> 신족은 바나헤임<sup>Vanaheimr</sup>에 사는 풍요와 부와 상업, 애욕과 미 등을 관장하는 신들이다. 그 이름은 「찬란히 빛나는 존재」라는 의미를 갖고 있으며, 복수형은 바니르<sup>Vanir</sup>이다. 『시詩 에다』의 「스키르니르의 여행<sup>Skírnismál</sup>」에 의하면 그들의 모습은 **아스 신족**과 **알프(요정족)**를 닮았다고 한다. 반 신족의 신으로는 **뇨르드**<sup>Njorðr</sup>, **프레이르**<sup>Freyr</sup>, **프레이야**<sup>Freyja</sup> 부자가 유명한데, 그 이외의 신들의 이름과 생활에 대해서는 그다지 알려져 있지 않다.

반 신족은 성적 환각을 포함한 **세이드**<sup>Seiðr</sup> **주술**을 구사했으며, 미래를 아는 능력을 갖고 있었다. 또한 근친혼이 딱히 금지도 아니었던 터라 뇨르드는 여동생과 동침해 프레이르 오누이를 얻었다.

반 신족은 한 때 아스 신족과 적대관계였다. 『헤임스크링라<sup>Heimskringla</sup>』의 서장 「윙링가 사가<sup>Ynglinga saga</sup>」는, 그 대립을 주신 오딘<sup>Óðinn</sup>의 끝없는 영토확장욕에 의한 것으로 설명하고 있다. 『시詩 에다』의 「무녀의 예언」에 의하면 전쟁은 반 신족에게 유리하게 진행되었던 모양으로, 아스 신족은 아스가르드의 성벽이 무너져 자주 영토를 유린당하곤 했다. 하지만 끝내 승부는 나지 않았고 결국 싸움에 지친 두 신족은 서로 볼모를 교환함으로써 전쟁 종료에 합의했다. 이 때 반 신족이 인질로 내놓은 것이 뇨르드 가족이었다. 이들은 반 신족 최고의 인물로 평가받고 있었다. 이에 반해 아스 신족은 껍데기만 멋질 뿐 무능하고 우유부단한 신 회니르<sup>Hœnir</sup>와 지혜의 거인 미미르<sup>Mímir</sup>를 보내, 반 신족의 분노를 샀다.

그 이후로 반 신족은 더 이상 아스 신족과 가까이 지내기를 포기한다. 「바프트루드니르의 말<sup>Vafþrúðnismál</sup>」에 의하면, 최종전쟁 라그나로크가 도래했을 때도 그들은 일체 간섭하지 않았다고 한다. 그 후 라그나로크에서 살아남은 뇨르드는 반 신족으로 돌아갔고, 이후 신화의 무대에서 모습을 감추게 된다.

## 반 신족이란

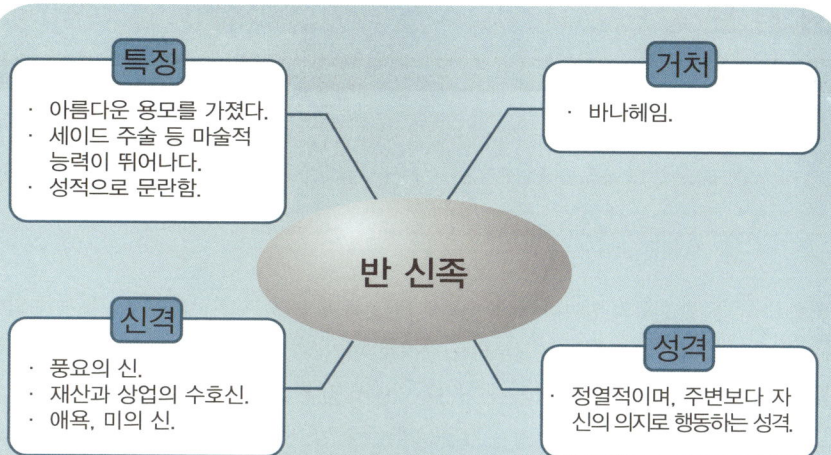

**특징**
· 아름다운 용모를 가졌다.
· 세이드 주술 등 마술적
  능력이 뛰어나다.
· 성적으로 문란함.

**거처**
· 바나헤임.

**반 신족**

**신격**
· 풍요의 신.
· 재산과 상업의 수호신.
· 애욕, 미의 신.

**성격**
· 정열적이며, 주변보다 자
  신의 의지로 행동하는 성격.

## 반 신족과 아스 신족

**반 전쟁**

발단은 아스 신족의 군사적 침공, 혹은 동족인 굴베이그를 학대한 데 대한 반 신족의
보복이라고도 함.

**뇨르드 부자와 회니르, 미미르를 인질로 교환하면서 종전.**

**거인 미미르를 죽여 목을 돌려줌**

자신들은 일족에서 가장 뛰어난 신들을 보낸 것에 대해, 외모만 훌륭한 회니르에
지혜의 거인 미미르가 딸려온 것을 모욕으로 느꼈다.

**일체의 교류를 단절, 라그나로크에 불간섭**

**뇨르드와 회니르의 귀환**

뇨르드는 멸망한 세계를 뒤로 하고 바나헤임으로 귀환한다. 한편 회니르도 살아남은
아스 신족에게 돌아갔다.

---

# 뇨르드

Njǫrðr

인간들에게 부와 풍요를 주는 반 신족의 귀공자. 그러나 그는 주위로부터 이용당해 각지를 전전하는 존재이기도 했다.

## ● 바다에 사는 자와 부의 수호자

뇨르드Njǫrðr는 **반 신족**의 신이다. **아스 신족**과 반 신족이 오랜 전쟁을 끝내면서 볼모가 되어 아스 신족에 합류했다. 이미 그 전부터도 볼모로 여기저기를 전전했던 모양으로 『시詩 에다』의 「로키의 말싸움」에는 젊었을 때 **거인족** 밑에서 갖은 고생을 했다는 이야기가 나온다.

그는 풍요신 **프레이르**Freyr와 그 동생 **프레이야**Freyja의 아버지이며, 바나헤임에 있을 때 자신의 여동생을 아내로 삼았다. 그러나 아스 신족이 근친혼을 꺼려했기 때문에 그녀는 아스 신족의 일원이 될 수 없었다. 『헤임스크링라』의 서장 「윙링가 사가Ynglinga saga」에 의하면, 그들 부자는 아스 신족 밑에서 사제로서의 일을 맡아보았다고 한다. 그리고 주신 오딘Óðinn이 죽은 후에는 왕으로 임명되어 프레이르와 함께 제사를 관장했다.

한편 『스노리 에다』에 의하면, 뇨르드의 본래의 신격은 해운업과 어부들의 수호신이었던 것으로 보인다. 그는 바람의 방향을 지배하였고 바다와 불을 가라앉히는 능력을 갖고 있었다. 또한 부의 신이어서, 그를 신앙하는 사람들에게 재산을 갖게 해주었다.

뇨르드에 대해 가장 유명한 신화는 거인의 딸 **스카디**Skaði와의 결혼이다. 일찍이 신들이 티아치Þjazi를 죽였을 때 그녀의 딸 스카디가 복수를 하기 위해 아스가르드를 찾아온다. 신들은 그녀에게 배상을 약속하였으며, 스카디는 그 배상의 일환으로 신들 중 하나와 결혼을 하게 된다. 신들은 「다리만을 보고 고르라」는 조건을 세웠고 이 때 그녀가 골랐던 것이 다리가 가장 멋진 뇨르드였던 것이다. 하지만 둘의 궁합은 영 좋지 않았던 듯 얼마 지나지 않아 헤어지고 만다.

한편 『시詩 에다』의 「바프트루드니르의 말」에 의하면 뇨르드는 최종전쟁 라그나로크Ragnarök에 참가하지 않았다. 이후 아스 신족이 멸망하면서 그는 인질의 굴레에서 풀려나 반 신족으로 돌아갔다.

## 풍요와 해운의 신 뇨르드

### 소 속
아스 신족 / 반 신족

### 신 격
풍요, 부의 신,
해운업, 어업의 신

### 거 처
노아툰

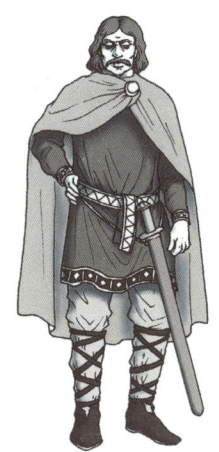

**해설**
인질이 되어 아스 신족에게 간 반
신족의 귀공자. 프레이르, 프레이
야의 아버지. 『헤임스크링라』에서
는 주신 오딘이 죽은 후 그 후계자
가 된다.

**특징**
아스 신족, 반 신족 중 가장 다리
가 아름답다. 바람의 방향을 지배
하였으며, 바다와 불을 진정시키
는 능력을 갖고 있다. 또 기도한
자에게 재산을 부여해준다.

**주요 소유물**
특별히 없음

**관계 깊은 신과 인물**
오딘 / 프레이르 / 프레이야 / 스카디

## 뇨르드의 역정

### 요툰헤임에 인질로 간다
어떠한 이유에서 거인들에게로. 그 후 거인의 딸들에게 굴욕적인 취급을 받는다.

### 인질로서 자식들과 함께 아스가르드로
아스 신족과 반 신족의 종전 때, 그 우수함 때문에 인질이 되어 아스가르드로 간다.

### 스카디와의 결혼과 별거
신들이 아버지를 죽인데 대한 배상으로 스카디와 결혼하나 생활환경이 맞지 않아 별거.

### 바나헤임으로 귀환
라그나로크 전쟁에 참전하지 않고 바나헤임으로 돌아간다.

# 프레이르

## Freyr

풍요신으로 널리 추앙받았던 반 신족의 귀공자. 그는 자신의 사랑을 이룬 탓에 라그나로크 때 죽음을 맞이하게 된다.

## ● 풍요를 관장하는 반 신족의 귀공자

프레이르Freyr는 반 신족 출신으로, 해운과 부를 관장하는 **노르드**Njǫrðr의 아들이자 여신 **프레이야**Freyja의 오빠이다. 지명으로 그 이름이 남아 있는 스웨덴이나 노르웨이를 비롯해 아이슬란드 등에서 널리 추앙받았다. 후대의 기록에 의하면 거대한 남근을 가진 신상이 그의 신앙의 상징이었던 모양으로, 실제로 그러한 모습의 조각도 발견되고 있다. 『한 방 맞은 오그문드 이야기Ogmundar þáttr dytts』에는, 프레이르의 신상과 그에게 시중드는 여사제를 수레에 싣고 각지를 다니며 제사를 받았다는 내용이 나온다. 남녀의 결합에 의해 풍요를 기원하는 형태의 제사가 치러졌을 것이다. 또한 거인의 딸 **게르드**Gerðr와 쌍으로 그려진 금속제 부적도 발견되고 있다. 『스노리 에다』의 「길피의 속임수」에 의하면, 프레이르는 **아스 신족** 안에서도 가장 이름이 알려져 있는 신이었다. 비와 햇볕을 관장하며, 한해의 결실을 지배한 풍요신이었다고 한다. 또한 아버지 뇨르드와 마찬가지로 인간에게 부를 이루게 하는 능력이 있었다. 한편 『시詩 에다』의 「그림니르의 말Grimnismál」에 유치가 자란 축하로 신들이 알프헤임을 선물했다는 구절이 나오는데, 이를 토대로 **알프(요정족)**의 지배자였을 가능성도 있다.

이렇듯 프레이르에게는 뛰어난 부분이 많았던 반면 경솔한 면도 있었다. 『시詩 에다』의 「스키르니르의 여행Skírnismál」에 의하면, 그는 거인의 딸 게르드에 대한 짝사랑에 번민한 나머지 그녀의 사랑을 얻는 대가로 자신의 애검을 포기한다. 신들은 이것을 두고두고 후회하게 된다. 검을 잃은 프레이르는 라그나로크Ragnarök 때 무스펠의 수장 수르트의 손에 허망하게 목숨을 잃고 마는 것이다.

한편 『헤임스크링라Heimskringla』의 서장 「윙링가 사가Ynglinga saga」에는 신들의 사제였던 프레이르가 오딘, 뇨르드의 뒤를 이어 왕으로 군림하였으며 윙링 가문의 시조가 되었다고 기록되어 있다.

## 정열적인 풍요신 프레이르

### 소 속
아스 신족 / 반 신족

### 신 격
풍요신
부, 재산의 신
결혼, 연애의 신

### 거 처
알프헤임

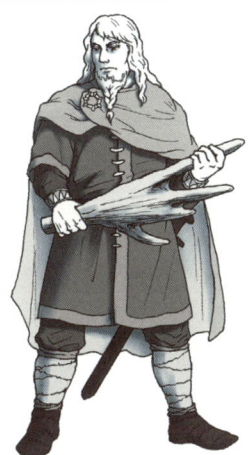

**해설**

아버지 뇨르드, 여동생 프레이야와 함께 아스 신족에 합류한 풍요신. 애용검을 버리는 대신 아내 게르드를 얻지만, 그 때문에 최종전쟁 라그나로크 때 수르트에게 패하고 만다.

**특징**

미목수려하고 힘도 세다. 비와 태양, 대지의 성장을 지배하며 인간들에게 부를 이루게 하는 능력을 갖고 있다. 또 누구든 포박을 풀어 해방시켜준다고 한다.

**주요 소유물**

프레이르의 마검 / 스키드블라드니르(배) / 굴린부르스티(멧돼지)

**관계 깊은 신과 인물**

오딘 / 뇨르드 / 프레이야 / 게르드 / 스키르니르 / 수르트

## 『헤임스크링라』의 왕권

### 헤임스크링라
스노리 스투를루손이 쓴 노르웨이 왕조사. 오딘부터 당시 노르웨이 왕가까지의 계보가 기록되어 있다.

**오딘**

동방에 있는 아스가르드에서 이주. 주변을 무력으로 제압한 후, 12명의 신관들과 함께 제물을 바치는 민족제사를 통해 인간들을 지배한다.

**뇨르드**

노아툰의 영주. 오딘이 죽은 후, 왕권과 제사 관습을 이어받아 스웨덴의 왕이 된다.

**프레이르**

뇨르드 사후 왕권을 이어받아 자신의 영지 웁살라에 대신전을 짓고 그곳에서 통치를 한다. 그의 사후는 프레이야, 그리고 프레이르와 게르드 사이에 태어난 아들 피욜니르가 나라를 다스렸다.

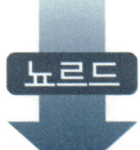

**관련항목**
- **아스 신족** → No.016
- **반 신족** → No.040
- **뇨르드** → No.041
- **프레이야** → No.044
- **게르드** → No.049
- **알프(요정족)** → No.064

# 스키르니르

Skírnir

풍요의 신 프레이르를 섬기는 시종들. 그들은 주인의 특성을 반영한 개성적인 캐릭터였다.

## ●풍요신을 섬기는 종자들

풍요신 **프레이르**Freyr에게는 세 명의 하인이 있다고 알려져 있는데, 그 중에서도 사뭇 특이한 존재가 스키르니르Skírnir이다. 『시詩 에다』의 「스키르니르의 여행Skírnismál」에 의하면, 그는 주인인 프레이르와 어렸을 적부터 함께 자란 친구 사이였다. 또한 뛰어난 마법사였으며 교섭술에도 탁월한 솜씨를 가졌던 듯하다. 그래서 다른 신들에게도 중용되어, 『스노리 에다』에서는 늑대 **펜리르**를 포박하는 마법의 밧줄 **글레이프니르**Gleipnir를 구해오는 역할도 맡은 바 있다.

그러나 그 정체에 대해서는 확실하지가 않다. 그 자신은 「**아스**도 **반**도 **알프**도 아닌, 수명이 정해진 존재이다」라고 말을 하고 있어 대략 인간일 것으로 추정되고 있다. 하지만 프레이르의 소원을 이루어주는 대가로 그의 명운이 달려 있는 검과 애마를 요구하기도 하고, 신들의 보물인 영원한 젊음의 사과나 오딘의 팔찌 드라우프니르Draupnir를 어딘가에서 손에 넣는 등 불가사의한 면도 많다. 게다가 이 정도의 능력과 보물을 갖고 있으면서도 그는 라그나로크 때 전투에 참가하지 않는다. 그가 손에 넣었던 프레이르의 검이 후일 수르트의 손에 넘어갔다는 설도 있으니, 이것이 어쩌면 스키르니르의 정체를 짐작하는 단서일 수도 있다.

프레이르에게는 스키르니르 외에 비그비르Byggvir와 베윌라Beyla라는 부부 하인이 있다. 『시詩 에다』의 「로키의 말싸움」에 등장하는 그들은 알프의 일종으로, 프레이르의 풍요신으로서의 특성을 보좌하는 존재로 추정된다. 남편 비그비르는 맷돌을 빻아 인간들의 식사준비를 도와주는 역할을 했다. 또한 신들과 인간 중에서도 몸이 날래기로 유명했는데, 싸움을 좋아하지는 않았던 탓에 악신 로키로부터 통렬한 비난을 받기도 했다. 아내 베윌라도 부엌일을 했던 모양이다. 그러나 몸치장에 별로 신경을 쓰지 않았던 듯 역시 로키에게 따가운 비난을 받곤 했다.

## 프레이르의 충실한 하인 스키르니르

### 소 속

아스 신족

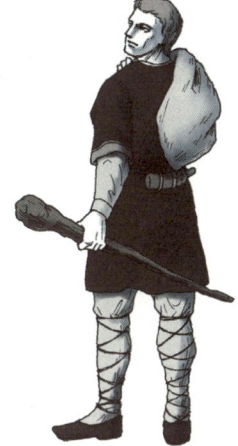

**해설**

풍요신 프레이르의 어릴 적 친구이자 그의 하인. 거인의 딸 게르드에 대한 짝사랑에 번민하는 프레이르를 위해 요툰헤임으로 가, 격렬한 협박 끝에 결혼 약속을 받아낸다.

**특징**

룬 문자와 마술에 정통하고 뛰어난 교섭능력을 갖고 있다.
겉모습은 아스 신족이나 반 신족, 알프(요정족)에 가까웠던 듯하다.

— 주요 소유물 —

프레이르의 마검 / 프레이르의 애마 / 마법 지팡이 / 드라우프니르(팔찌) / 영원한 젊음의 사과

— 관계 깊은 신과 인물 —

프레이르 / 게르드

## 프레이르와 하인들의 관계와 그 역할

### 비그비르 / Byggvir

「로키의 말싸움」에 등장하는 프레이르의 시종. 프레이르의 거처에서 맷돌을 갈아, 사람들의 식사를 도와주는 일을 하고 있다.

### 베윌라 / Beyla

「로키의 말싸움」에 등장하는 프레이르의 시종. 비그비르의 아내로, 남편과 마찬가지로 식탁에 관한 일을 담당하고 있다.

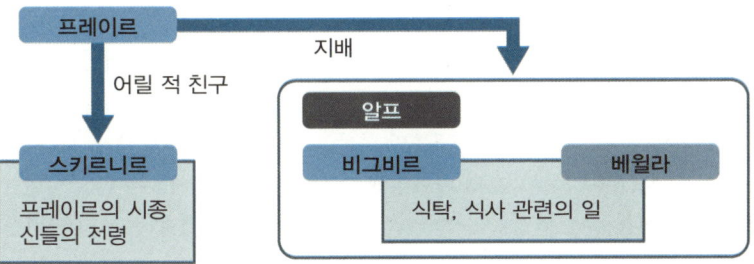

프레이르

지배

어릴 적 친구

알프

스키르니르

비그비르        베윌라

프레이르의 시종
신들의 전령

식탁, 식사 관련의 일

---

**관련항목**

- 아스 신족 → No.016
- 반 신족 → No.040
- 프레이르 → No.042
- 펜리르 → No.058
- 알프(요정족) → No.064
- 글레이프니르 → No.087

# 프레이야

Freyja

사람들에게 사랑을 주는 아름답고도 분방한 여신 프레이야. 그녀는 또한 마술과 전쟁터를 관장하는 존재이기도 했다.

## ● 분방한 사랑의 여신

프레이야<sup>Freyja</sup>는 **반 신족** 출신의 여신으로, 부와 해운의 신 **뇨르드**<sup>Njorðr</sup>의 딸이자, 풍요신 **프레이르**<sup>Freyr</sup>의 여동생이다. 아름다운 외모를 가졌으며 부와 풍요를 관장하는 여신이라 많은 거인들이 그녀를 원했다. 여신이면서도 매우 강력한 힘을 갖고 있기 때문에 주신 오딘의 처 **프리그**<sup>Frigg</sup>와 동일시되는 일도 많다.

『스노리 에다』의 「길피의 속임수」에 의하면 그녀는 연애의 여신이기도 했다. 인간의 소원, 특히 연가를 좋아해 자주 들었다고 하니, 연애를 이루고 싶은 소원을 빌기엔 딱 좋은 존재였을 것이다. 그러면서도 또한 전쟁의 여신이기도 해서 외출할 때는 늘 두 마리의 고양이가 끄는 전차를 탔으며, 죽은 전사자들의 영혼 중 반은 그녀의 성 폴크방<sup>Fólkvangr</sup>에 있는 세스림니르<sup>Sessrúmnir</sup>라는 방으로 인도되었다.

또한 프레이야는 마술사의 얼굴도 갖고 있다. 『헤임스크링라<sup>Heimskringla</sup>』의 서장 「윙링가 사가<sup>Ynglinga saga</sup>」에 의하면, 그녀는 **세이드 주술**을 아스 신족에게 전했으며 아버지, 오빠와 함께 제사를 관장하는 존재이기도 했다. 프레이야는 오드<sup>Óðr</sup>와 결혼해 딸 흐노스<sup>Hnoss</sup>를 얻는다. 그러나 오드는 어떤 이유로 여행을 떠나 돌아오지 않았다. 그래서 그녀는 신분을 숨기고 여러 이름을 쓰며 남편을 찾아 전 세계를 찾아 헤맸다. 그 때 그녀가 흘린 눈물은 황금이 되어 땅속 깊숙이 들어갔다고 한다.

이렇듯 그녀는 남편에게 깊은 애정을 품고 있는 한편으로 성에 대해 분방한 일면도 있었다. 『시<sup>詩</sup> 에다』의 「로키의 말싸움」에는, 오빠 프레이르를 포함해 신들과 알프(요정족) 모두의 연인이었던 것으로 드러나며, 『소를리 이야기(헤딘과 호그니의 사가)』에 의하면 그녀의 목걸이 **브리싱가멘**<sup>Brísingamen</sup>도 네 명의 드베르그(소인족)와 각각 하룻밤을 지내고 얻은 것이었다. 또 인간의 영웅 오타르<sup>Óttar</sup>를 애인으로 삼고 있으며, 그를 위해 여러 편의를 봐주는 모습이 『시<sup>詩</sup> 에다』의 「휜들라의 노래<sup>Hyndluljóð</sup>」에 등장한다.

## 아름다운 여신 프레이야

### 소 속
아스 신족 / 반 신족

### 신 격
사랑과 풍요의 여신
주술의 여신
전쟁의 여신

### 거 처
폴크방(Fólkvangr)

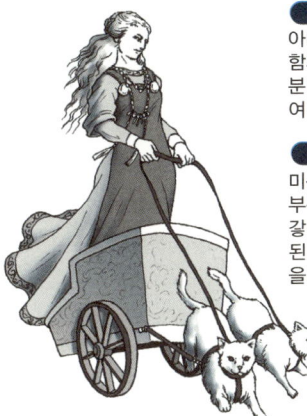

**해설**
아버지 뇨르드, 오빠 프레이르와 함께 아스 신족에 합류한 여신. 분방한 성격과 그 아름다움으로 여러 트러블의 원인이 된다.

**특징**
미목수려하고 힘이 세지만 성적인 부분은 무절제. 그녀의 눈물은 빨갛지만 대지에 떨어지면 황금이 된다. 주신 오딘에게 세이드 주술을 가르친 뛰어난 마법사.

— 주요 소유물 —
브리싱가멘(목걸이) / 고양이 전차 / 매의 날개옷 / 힐디스비니(암퇘지)

— 관계 깊은 신과 인물 —
오딘 / 뇨르드 / 프레이르 / 오드 / 흐노스

## 프레이야가 가진 다양한 측면

**프레이야**

### 전쟁의 여신
· 발키리에를 통괄.
· 왕들 사이에 불화의 씨앗을 뿌림.
· 전사자의 반을 자기 것으로.

### 주술의 여신
· 오딘에게 세이드 주술을 가르침.
· 아스 신족의 여사제로 활동.
· 마녀 굴베이그와 동일시.

### 사랑과 미와 풍요의 여신
· 남녀 사이를 맺어줌.
· 모든 신과 알프의 연인.
· 신봉자와 애인에게 부를 가져다줌.

# 거인족

Jǫtunn

신들과 인간에게 많은 피해를 끼치는 거인족, 그들은 신들에 필적하는 힘을 갖고 있었다.

## ● 신들의 적대자

「요툰Jǫtunn」, 「트루스þurs」, 「리시Risi」, 「트롤Troll」 등 다양한 이름으로 불리는 거인족은 북유럽 신화의 악역이다. 원초 거인 **위미르**를 시조로 하며, 주신 오딘Óðinn을 비롯한 **아스 신족**과는 먼 혈족관계에 있다.

『시詩 에다』나 『스노리 에다』에 등장하는 거인들은, 어마어마하게 거대한 것과 별반 인간과 다르지 않은 것, 여러 개의 머리를 가졌거나 짐승의 모습을 한 것 등 다양하다. 여거인 중에는 매우 아름다운 자도 있어 신들의 아내가 된 예도 적지 않다.

『덴마크인의 사적』에 의하면, 그들은 자유로이 이동하며 모습도 바꿀 수 있는 일종의 마술사였다. 뛰어난 건축술을 갖고 있어서 많은 거석건축을 덴마크에 남겼다고 한다.

거인족은 일부 예외를 제외하고 신들과 적대관계에 있었다. 그 중에서도 특히 뇌신 **토르**Þórr는 철천지원수라고 할 만한 존재로, 자주 거인의 세계 **요툰헤임**으로 원정을 다녔다. 거인들은 그를 쓰러뜨리기 위해 다양한 술책을 부리지만, 대부분 되레 당해 목숨을 잃기 일쑤였다. 거인족은 신들에 필적하는 부와 지식, 마법 도구들을 갖고 있었기 때문에 그것을 탐낸 신들의 습격을 받기도 했다. 실제로 오딘은 거인족의 거처를 찾아가 다양한 물건을 얻어낸 바 있다.

하지만 그와 반대로 거인족이 신들의 나라로 쳐들어와 약탈을 하는 경우가 훨씬 많았다. 그들은 풍요의 여신 프레이야Freyja나 토르의 아내 시프Sif, 영원한 청춘의 사과를 가진 이둔Iðunn 등 여신들을 주로 노렸다. 일설에 의하면, 세계에 은혜를 내려주는 그녀들을 빼앗음으로써 세계에 혼란을 일으키려 한 것이라고 한다. 이러한 거인족과 신들의 싸움은 라그나로크가 찾아올 때까지 이어진다. 마지막 전쟁 때, 그들은 거대한 늑대 **펜리르**, **무스펠**과 함께 아스가르드를 공격한다.

## 거인족이란

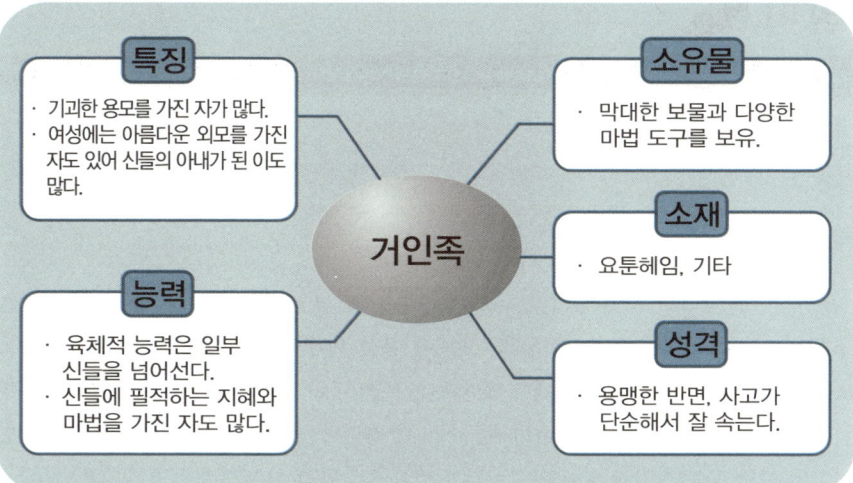

## 신들과 거인의 관계

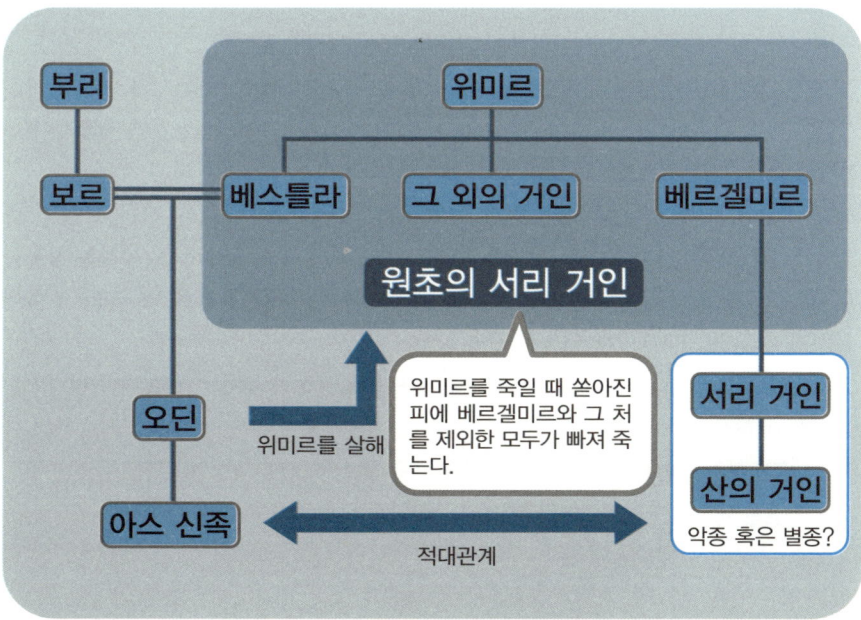

# 위미르

Ymir

세계의 태초에 태어난 원초의 거인. 모든 거인, 그리고 신들과 인간이 사는 모든 세계가 이 거인으로 인해 생겨났다.

## ● 세계를 창조한 원초의 거인

위미르$^{Ymir}$는 북유럽 신화에서 모든 것의 시작이 된 원초의 거인이다. 『스노리 에다』의 「길피의 속임수」에 의하면, 위미르는 뜨거운 불의 세계 **무스펠헤임**의 열기가 북극 세계 **니플헤임**에 닿으며 일어난 서리에서 태어났다. 또한, 『시詩 에다』의 「바프트루드니르의 말$^{Vafþrúðnismál}$」에서는 니플헤임에서 흘러나온 독毒 강 엘리바가르$^{Élivágar}$의 응고된 독에서 태어났다고도 한다. 그래서인지 성격이 사나워 신이라 부를만한 자가 아니었던 모양이다. 그는 자신 이외에는 아무도 없는 세계에서 자신과 함께 태어난 암소, 아우드훔라$^{Auðhumla}$의 네 줄기 젖을 먹으며 목숨을 연명했다고 한다.

「길피의 속임수」에 의하면 위미르는 일종의 양성구유의 존재로, 그가 자면서 땀을 흘린 왼쪽 옆구리에서 남녀의 거인이, 그리고 교차한 양다리에서 여섯 개의 머리를 가진 거인이 각각 생겨났다. 이렇게 태어난 서리 거인들이 점차 수를 늘려 가면서 세계에 변화가 찾아온다. 아우드훔라가 핥아 먹은 짭짤한 서리 돌에서 부리$^{Búri}$라는 존재가 태어난 것이다. 그는 보르$^{Borr}$라는 아들을 얻었고, 보르는 거인의 딸과 만나 세 아들, **오딘**$^{Óðinn}$과 빌리$^{Vili}$, 베$^{Vé}$를 낳았다. 이윽고 그들은 위미르를 죽이고 그 몸을 이용해 세계를 창조하게 된다. 그 때 그의 몸에서 쏟아진 피는 홍수가 되어 거인 베르겔미르$^{Bergelmir}$와 그 아내만을 남기고 최초의 서리 거인들을 전멸시킨다.

『시詩 에다』의 「그림니르의 말$^{Grímnismál}$」에 의하면, 위미르의 육체는 무엇 하나 버려지는 일 없이 세계를 만드는 재료가 되었다고 한다. 살은 대륙이, 피는 바다와 호수, **뼈는** 바위, 부서진 **뼈**와 이빨로는 돌이 만들어졌다. 두개골은 하늘이 되어 덮였고, 눈썹은 미드가르드를 둘러싼 울타리에 사용되었으며, 뇌는 구름이 되어 하늘에 걸렸다.

## 원초의 거인 위미르

### 소 속

거인족

### 신 격

원초의 거인(아스 신들은 그를 신으로 인정하지 않는다)

**관계 깊은 신과 인물**

오딘 / 거인족

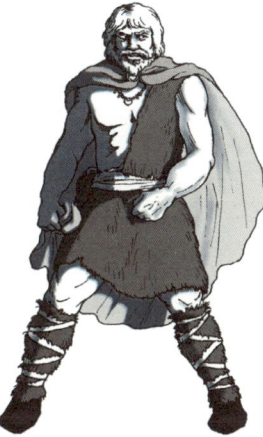

**해설**

서리 거인, 아스 신족의 시조가 된 원초의 거인. 자손인 오딘 형제에게 죽임을 당한 후 그들이 사는 세계의 재료가 되었다.

**특징**

세계를 만드는 재료가 될 정도로 거대한 몸을 가졌다. 양성구유의 존재로 스스로 아이를 낳을 수가 있다. 성격은 사나움.

## 세계의 구조와 위미르의 육체

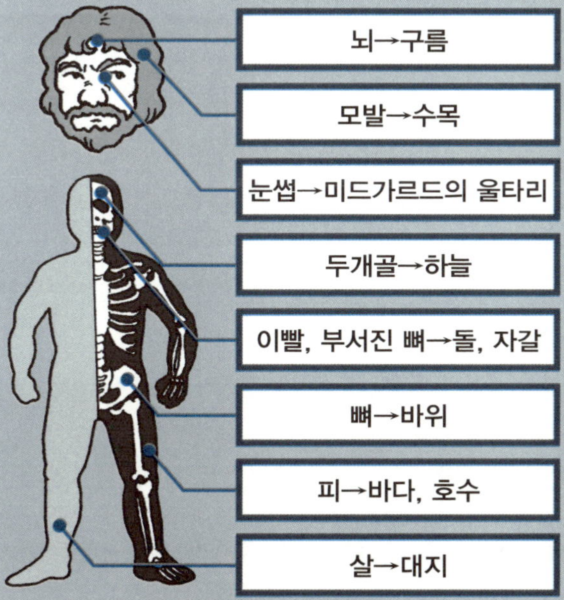

뇌→구름

모발→수목

눈썹→미드가르드의 울타리

두개골→하늘

이빨, 부서진 뼈→돌, 자갈

뼈→바위

피→바다, 호수

살→대지

거인 위미르를 죽인 오딘 3형제는, 세계를 창조하기 위해 위미르의 육체를 이처럼 해체하여 이용했다.

---

관련항목

● **니플헤임과 니플헬** → No.012

● **무스펠헤임** → No.013

● 오딘 → No.017

# 티아치

Þjazi

강대한 힘을 가진 거인 티아치. 그는 신들로부터 영원한 젊음의 사과를 빼앗아 그들을 혼란의 소용돌이에 빠뜨렸다.

## ● 신들을 혼란에 빠뜨린 거인

티아치Þjazi는 뇨르드Njǫrðr의 아내가 된 여거인 **스카디**Skaði의 아버지이다. 『시詩 에다』의 「그로티의 노래Gróttasǫngr」에 의하면, 뇌신 토르와 싸운 **흐룬그니르**Hrungnir보다도 힘이 셌다고 한다. 그는 돈 많은 거인 오르발디Olvaldi의 아들로, 입에 보물을 머금은 횟수만큼 받는다는 유산상속 때에, 형제 중 가장 많은 보물을 차지했다. 또한 그는 독수리로 변신할 수 있는 날개옷을 갖고 있었다.

『스노리 에다』의 「시어법」과 고시 『하우스틀롱Haustlǫng』에 의하면, 그는 영원한 젊음의 사과를 갖고 싶은 욕심이 지나쳐 결국 목숨을 잃게 되었다고 한다.

어느 날 주신 **오딘**과 회니르Hœnir, 그리고 악신 **로키**가 여행을 떠났다. 그들은 요기를 하고자 소를 한 마리 잡아 불에 올렸는데 아무리 지나도 익을 기미가 보이지 않는 것이었다. 문득 올려보니 그들 머리 위에 큰 독수리가 한 마리 앉아 있었는데, 그가 말하기를 자기에게도 나누어준다면 고기를 익게 해주겠다고 하는 것이다. 어쩔 수 없이 승낙을 하자 독수리는 냉큼 제일 맛있는 부분을 나꿔채 날아올랐다. 화가 난 로키는 작대기를 들고 독수리에게 달려들었지만 되레 자신이 거꾸로 매달리는 꼴이 되고 만다. 실은 이 독수리는 티아치가 둔갑한 모습이었다. 그는 로키에게 잔뜩 겁을 주고는 그에게 영원한 젊음의 사과를 관리하는 여신 **이둔**Iðunn을 납치하는데 가담하도록 강요했다.

여신 이둔이 사라지자 신들은 급격히 노쇠하기 시작했다. 당황한 신들은 마지막으로 이둔과 같이 있던 것이 로키라는 것을 알고 그를 닦달해 그녀를 되찾아오도록 명령했다. 또다시 궁지에 몰린 로키는 독수리 날개옷을 빌려 입고 요튼헤임으로 날아간다. 마침 티아치는 고기를 낚으러 나가고 집에 없었다. 로키는 이둔을 호두로 둔갑시켜 손에 쥐고는 꽁무니가 빠지게 도망쳤다. 뒤늦게 집에 돌아와 사태를 눈치 챈 티아치는 독수리로 둔갑해 로키를 좇아갔지만 분노로 냉정을 잃어 신들이 대팻밥을 태워 일으킨 불길에 타 추락해 죽고 만다. 그 때 타고 남은 그의 두 눈은 훗날 딸 스카디에 대한 배상의 일환으로 하늘로 올려 별을 삼았다고 한다.

## 신들로부터 젊음을 빼앗은 거인 티아치

### 소 속

거인족

### 거 처

트림헤임

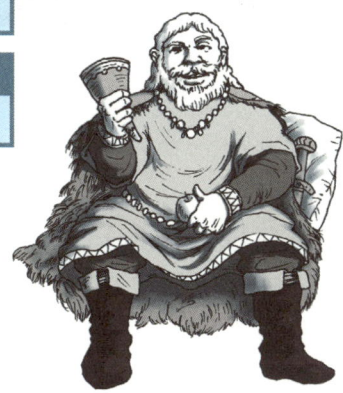

**해설**
영원한 젊음의 사과를 관리하는 여신 이둔을 신들한테서 납치한 거인. 이둔을 다시 빼앗기고는 분노로 정신없이 쫓아가다가 신들이 일으킨 불속으로 돌진, 타죽고 만다.

**특징**
독수리 날개옷을 입고 큰 독수리로 변신하거나, 신들을 손바닥 위에 올려놓고 희롱하는 등, 다양하면서도 강력한 마력을 갖고 있다.

**주요 소유물**

독수리 날개옷 / 막대한 보물

**관계 깊은 신과 인물**

오르발디 / 이지 / 강그 / 스카디 / 로키 / 이둔

## 티아치의 이둔 납치와 그 전말

### 로키의 포박

큰 독수리로 변한 티아치는 여행 중이던 신들을 마술로 놀린다. 분노한 악신 로키가 덤벼들었다가 되레 잡히고 만다.

### 이둔 납치

풀어주는 조건으로 이둔 납치를 돕기로 한 로키는 교묘히 그녀를 꼬여내 티아치에게 넘긴다.

### 티아치의 최후

이둔을 도로 빼앗긴 것을 안 티아치는 큰 독수리로 변신해 쫓아오지만, 매복해 있던 신들의 손에 퇴치 당한다.

### 이둔 구출

이둔의 사과를 잃은 신들은 급격히 늙기 시작한다. 다급해진 신들은 로키를 닦달해 이둔을 구출하러 보낸다.

**관련항목**

- 오딘 → No.017
- 이둔 → No.035
- 뇨르드 → No.041
- 스카디 → No.048
- 흐룽그니르 → No.050
- 로키 → No.057

# 스카디

Skaði

아버지의 복수를 위해 아스가르드를 찾아온 거인의 딸 스카디. 다양한 우여곡절 끝에 그녀는 노르웨이 여왕의 시조가 되었다.

## ● 아름다운 신들의 신부

스카디Skaði는 뇨르드Njǫrðr의 두 번째 아내로, 스키의 여신이라고도 일컬어지는 여거인이다. 성격은 다소 비정하고 가혹해서 자신의 적은 일체 용서하지 않았다. 한 때 연인관계였던 악신 **로키**를 유폐하고, 그의 얼굴에 뱀독이 끝없이 방울방울 떨어지게 하는 고문을 가한 것도 그녀이다. 그러나 그 외모는 아름다워서 『시詩 에다』의 「그림니르의 말Grímnismál」에서는 「신들의 아름다운 신부」로 칭송하고 있다.

거인의 딸인 그녀가 신들의 반열에 들 수 있었던 것은 신들의 책략 덕분이었다. 『스노리에다』의 「시어법」에 의하면, 그녀는 거인족 안에서도 강한 세력을 자랑했던 **티아치**Pjazi의 딸이었다. 그런데 티아치가 영원한 젊음의 사과를 관리하는 여신 **이둔**Iðunn을 둘러싸고 신들과 싸우다가 아스가르드Ásgarðr에서 죽고 말았던 것이다. 비보를 들은 스카디는 아버지의 원수를 갚기 위해 갑옷과 투구로 무장하고 홀로 아스가르드로 들어왔다. 그녀의 처지가 안쓰러웠는지 신들은 그녀에게 화해를 청하고 그 배상으로 신들 중 마음에 든 자를 남편으로 맞이하도록 했다. 단 다리만을 보고 선택해야 한다는 조건이었다. 스카디는 미청년인 **발드르**Baldr를 마음에 두고 있었기에 가장 멋진 다리를 가진 자를 선택했는데 그것이 뇨르드Njǫrðr였다. 또한 스카디는 신들에게 자신을 웃게 해달라고 요구하는데, 이것은 로키가 자신의 음낭과 산양을 끈으로 묶고 서로 당기는 우스꽝스러운 광대 짓을 함으로써 충족되었다.

한바탕 웃고 마음이 풀렸는지 스카디는 얌전히 뇨르드와 결혼생활에 들어갔다고 한다. 그러나 너무도 다른 생활환경에 둘은 합의점을 찾지 못했고 결국 스카디는 얼마 안 있어 아버지의 저택이 있는 트륌헤임Prymheimr으로 돌아가 버린다.

그 후 한동안 부부의 형식은 유지하고 있었지만, 『헤임스크링라Heimskringla』에 의하면 결국 그녀의 결혼은 실패로 끝난 것으로 보인다. 후일, 스카디는 주신 **오딘**Óðinn과 맺어져 노르웨이 왕족의 시조가 되었기 때문이다.

## 복수에 불타는 여거인 스카디

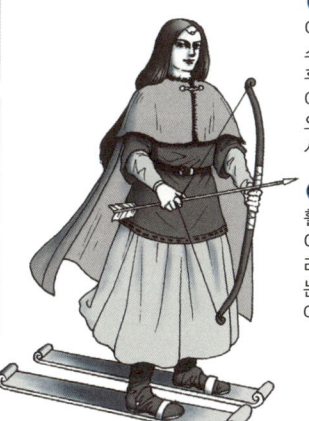

| 소 속 |
| --- |
| 거인족 / 아스 신족 |

| 신 격 |
| --- |
| 스키의 여신<br>수렵의 여신 |

| 거 처 |
| --- |
| 트륌헤임 |

### 특징
아버지 티아치의 복수를 위해 아스가르드를 찾아온 거인의 딸. 그 후 뇨르드의 아내가 되지만 머잖아 헤어지고 만다. 우여곡절 끝에 오딘과 맺어져 노르웨이 왕가의 시조가 된다.

### 해설
활을 들고 스키를 신고 있다. 뛰어난 외모 때문에 아름다운 신부라 불렸지만, 성격은 잔혹. 바다는 좋아하지 않고 산과 들판을 좋아한다.

| 주요 소유물 |
| --- |
| 활과 화살 / 스키 / 티아치의 유산 |

| 관계 깊은 신과 인물 |
| --- |
| 오딘 / 뇨르드 / 티아치 |

## 스카디와 신들의 화해

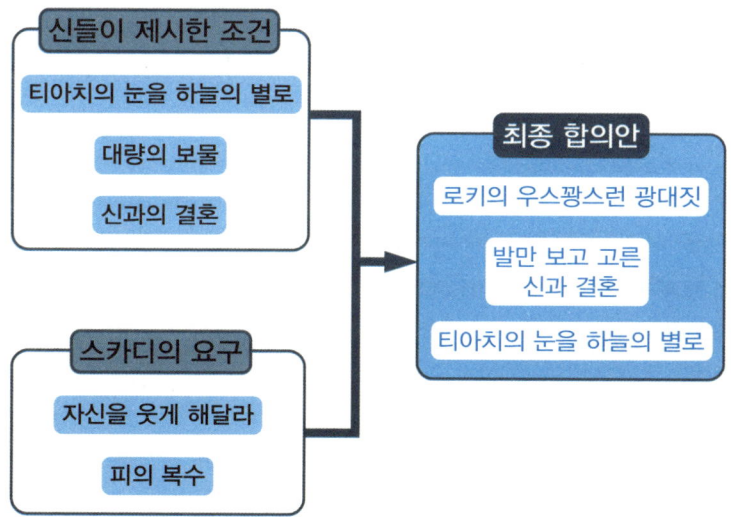

신들이 제시한 조건
- 티아치의 눈을 하늘의 별로
- 대량의 보물
- 신과의 결혼

스카디의 요구
- 자신을 웃게 해달라
- 피의 복수

최종 합의안
- 로키의 우스꽝스런 광대짓
- 발만 보고 고른 신과 결혼
- 티아치의 눈을 하늘의 별로

---

관련항목
- **오딘** → No.017
- **발드르** → No.026
- **이둔** → No.035
- **뇨르드** → No.041
- **티아치** → No.047
- **로키** → No.057

# 게르드

Gerðr

풍요신 프레이르가 자신의 보물을 버리면서까지 얻은 거인의 딸. 그녀는 풍요의 상징이었는가, 아니면 신들의 파멸을 초래한 존재였는가.

## ● 풍요를 상징하는 거인의 딸

게르드Gerðr는 풍요신 **프레이르**Freyr로부터 열렬한 구애를 받은 거인의 딸이다. 『시詩 에다』의 「스키르니르의 여행Skírnismál」에 의하면, 그녀의 미모가 너무도 눈부셔 하늘이고 바다고 단 한 구석 남김없이 찬란히 빛날 정도였다고 한다. 게르드는 거인 기미르Gymir의 딸로 되어 있다. 기미르는 해신 **에기르**Ægir의 별명이기도 한데, 그와 게르드의 아버지가 동일인물인지 어떤지는 확실하지 않다. 그녀에게는 오빠가 한 명 있었는데 누군가에게 살해당했다.

거인의 딸인 그녀가 프레이르의 눈에 들어 열렬한 구애를 받게 된 데에는 다음과 같은 경위가 있다. 주신 오딘이 자리를 비운 어느 날, 프레이르는 호기심에 그의 왕좌 흘리드스캴프Hliðskjálf에 앉아 전 세계를 구경한다. 그러다 그의 시선이 **요툰헤임**에 닿았을 때 마침 게르드가 눈에 들어온 것이다. 프레이르는 그녀의 아름다움에 그만 첫눈에 마음을 빼앗겼고 이후 사랑의 번민에 빠지게 되었다. 그의 고민을 들은 하인 스키르니르Skírnir는 그의 마법의 검과 애마를 조건으로 받아들이고, 그의 소원을 이뤄주기 위해 홀로 요툰헤임으로 향한다. 게르드를 만난 그는 여러 선물을 내밀며 온화하게 교섭을 진행하지만, 게르드는 프레이르의 사랑을 받아들일 생각이 전혀 없었다. 속이 끓은 스키르니르가 프레이르의 칼을 빼들고 목을 치겠다고 협박을 해도 그녀는 눈 하나 깜짝 않고 당차게 고개를 흔드는 것이었다. 뛰어난 마법술사이기도 한 스키르니르는 그녀에게 저주를 걸겠노라고 위협을 했다. 그것은 그녀가 평생 좋은 인연을 만나지 못하고 불행한 생을 보내게 될 것이라는 주술이었다. **룬 문자**를 새겨 지독하게 저주를 하겠노라며 위협을 해대는 통에, 결국 게르드는 그에게 굴복하고 프레이르의 사랑을 받아들이겠노라고 약속을 하게 되는 것이다.

일설에 의하면 이 에피소드는 풍요의 신에 의한 성혼 의식을 나타내는 것이라 한다. 반면 그녀가 아스가르드의 평화를 깨뜨린 세 명의 거인의 딸 중 하나라는 설도 있다.

## 풍요신의 구애에 어쩔 줄 모르는 여거인 게르드

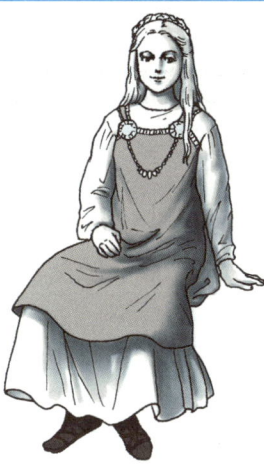

### 소 속
거인족

### 신 격
풍요의 여신?

### 거 처
요툰헤임

**해설**
풍요신 프레이르가 첫눈에 반한 거인의 딸. 일설에는 그녀와 프레이르와의 결혼은 풍요를 가져오는 성혼 의식을 의미한다고도 일컬어지며, 그 모습을 본뜬 것으로 보이는 황금부적도 다수 출토되고 있다.

**특징**
세상에서 가장 아름다운 여자라 한다. 손을 들었을 때 보이는 팔은 세계를 비출 만큼 아름답다.

**― 주요 소유물 ―**
특히 없음.

**― 관계 깊은 신과 인물 ―**
프레이르 / 스키르니르 / 기미르

## 게르드와 프레이르의 시종 스키르니르의 교섭

| 스키르니르의 제안과 협박 | 게르드의 반응 |
|---|---|
| 영원한 젊음의 사과를 제시 | 「관심 없다」고 무시 |
| 드라우프니르의 팔찌를 제시 | 「보물은 충분히 있다」고 무시 |
| 게르드와 그 아버지의 목을 치겠다고 협박 | 「억지스런 협박은 안 통한다」며 무시 |
| 불행한 결혼을 하도록 저주하겠다고 협박 | 너무 심해 대응을 못함 |
| 또 룬 문자를 새겨 저주하겠다고 협박 | |

결국 협박에 굴복하고, 프레이르의 사랑을 받아들이겠노라고 스키르니르에게 약속한다.

# 흐룬그니르

Hrungnir

명마 굴팍시의 주인 흐룬그니르(Hrungnir). 그는 자신의 오만함과 그 명마 때문에 목숨을 잃는다.

## ● 돌의 심장과 머리를 가진 거인

흐룬그니르Hrungnir는, 『스노리 에다』의 「시어법」에 등장하는 거인이다. 그는 세 개의 뾰족한 뿔을 가진 돌심장을 갖고 있으며, 머리 또한 돌로 되어 있다. 돌 방패를 갖고 있으며 커다란 숫돌을 무기로 썼다. 또한 명마 굴팍시Gullfaxi를 갖고 있었는데, 이것이 그를 죽음으로 몰아넣은 원인이 되었다.

어느 날 주신 **오딘**은 흐룬그니르의 성미를 건드려 **아스가르드**로 끌어들였다. 아마도 굴팍시를 손에 넣을 꿍꿍이였으리라. 오딘의 명령에 따라 흐룬그니르는 걸쭉하게 접대를 받는다. 기분이 한껏 좋아진 그는 취해서 악담을 늘어놓기 시작했다. 보다 못한 신들은 동방으로 원정을 떠났던 뇌신 **토르**를 불러들였다. 토르는 흐룬그니르의 태도를 보고 격노하지만 「무기도 없는 상대를 죽여 봤자 명예가 되지 못할 것」이라는 말을 받아들여, 둘은 아스가르드와 요툰헤임의 국경인 그료투나가르다르Grjóttúnagarðar에서 결투를 하기로 했다.

시종 티얄피Þjalfi를 데리고 결투 장소에 나타난 토르는, 번개와 벼락을 터뜨리며 흐룬그니르에게 돌진해 묠니르를 던진다. 흐룬그니르도 숫돌을 던지며 응전했지만 숫돌은 망치에 부딪혀 두 조각으로 깨져, 한 쪽은 땅에, 한 쪽은 토르의 머리에 박힌다. 반면 망치는 흐룬그니르의 두개골을 박살냈고, 그는 토르 위로 쓰러져 즉사해버린다.

그 때 티얄피는 흐룬그니르에 힘을 보태주기 위해 거인들이 점토를 주물러 만든 거인 모쿠르칼피Mökkurkalfe의 상대를 하고 있었다. 수말의 심장이 들어있던 거인은 토르가 나타나자 공포로 떨었고, 승부는 단번에 티얄피의 승리로 끝났다.

한편 문제의 굴팍시는 토르를 흐룬그니르의 시체 아래에서 끄집어 낸 토르의 아들 마그니Magni에게 주어졌다. 그 바람에 토르는 크게 오딘의 서운함을 샀다고 한다.

## 바위의 육체를 가진 거인 흐룬그니르

| 소 속 |
| --- |
| 거인족 |

| 거 처 |
| --- |
| 요툰헤임 |

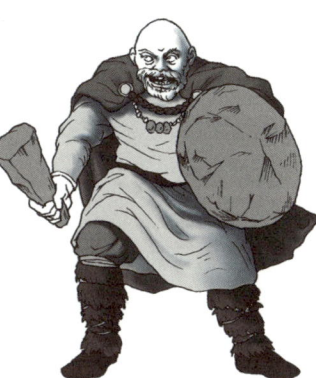

**해설**
명마 굴팍시의 소유자로 알려진 거인. 주신 오딘의 도발로 아스가르드에 들어왔다가 그 횡포에 분개한 뇌신 토르와 결투를 하게 된다.

**특징**
세 개의 뾰족한 뿔을 가진 돌심장과 돌의 머리를 갖고 있다. 그의 거대한 체구는 토르도 들어 올릴 수 없을 정도로 무겁다.

— 주요 소유물 —
숫돌 / 돌 방패 / 굴팍시(말)

— 관계 깊은 신과 인물 —
토르 / 티얄피 / 모쿠르칼피

## 흐룬그니르와 토르의 싸움

### 굴팍시를 손에 넣기 위한 책략
흐룬그니르를 찾아간 오딘은 일부러 그의 화를 돋워 아스가르드로 유인, 그의 횡포에 분노한 토르와 결투하게 만든다.

### 점토 거인
결투에 대해 안 거인들은 흐룬그니르를 돕기 위해 점토로 거인 하나를 만들어낸다. 한편 토르는 시종 티얄피를 데리고 결투에 임한다.

### 결투 결과
흐룬그니르가 던진 숫돌은 토르의 머리에 박히며 멈추었다. 그러나 토르가 던진 묠니르는 단번에 거인의 목숨을 빼앗는다.

### 굴팍시의 행방
토르는 거인의 몸에 깔려 움직일 수 없게 된다. 그러나 태어난 지 사흘 된 아들 마그니가 그를 끄집어내자 그에게 전리품 굴팍시를 준다.

관련항목
● 아스가르드 → No.010
● 오딘 → No.017
● 토르 → No.023

# 트륌

Þrymr

아무 부족할 것 없는 유복한 거인의 왕. 그러나 그는 아름다운 신부를 얻으려 욕심을 부리다 파멸하게 된다.

## ● 신부를 욕심냈던 거인의 왕

『시詩 에다』의 「트륌의 노래Þrymskviða」에 이름이 등장하는 트륌Þrymr은 요툰헤임에 사는 거인의 왕이다. 무척 부자였지만 신부가 없어 늘 불만을 느끼고 있었다고 한다. 그러다 그는, 뇌신 **토르**Þórr의 망치 묠니르를 훔쳐내 그것과 바꿔 **프레이야**Freyja를 색시로 얻으려는 꾀를 떠올렸다.

어느 날 망치가 없어진 것을 안 토르는 악신 **로키**에게 털어놓는다. 로키는 프레이야한테서 매의 날개옷을 빌려 망치를 찾으러 나갔다 와서는, 트륌이 토르의 망치를 훔쳤으며 프레이야를 주면 묠니르를 돌려주겠다는 조건을 내세웠다고 전했다. 토르는 프레이야에게 의사를 타진해봤지만, 그녀는 **아스가르드**가 흔들리고 목걸이가 조각나 떨어질 정도로 격노하며 거절했다. 낭패한 신들이 모여 논의를 하는데, 신들의 파수꾼 **헤임달**Heimdallr이, 「토르 자신이 신부로 변해 그에게 가면 어떻겠는가」하는 제안을 했다. 토르는 질색을 했지만 신들은 맞장구를 쳤다. 결국 토르는 신부로, 로키는 시녀로 분장하고 트륌을 찾아가게 된다.

한편, 그들을 맞이한 거인들은 덩치가 큰 신부를 의심하지도 않고 성대한 결혼잔치를 벌였다. 그러나 토르가 평소 하던 것처럼 소고기와 연어를 먹어치우자 동석한 거인들은 모두 깜짝 놀라고 만다. 신이 나서 신부에게 키스를 하려고 달려들었던 트륌도 베일 틈새로 보이는 눈이 너무 무서워 비명을 질렀다. 그러자 로키가 급히 임기응변을 부려 신부가 결혼식을 너무 기다리다 그만 여드레간이나 침식을 잊고 있었던 탓이라며 분위기를 수습한다. 그런데 그 때 마침 트륌의 누이가 예단을 받겠다며 나타나는 바람에 분위기가 어수선해지고 말았다. 결혼잔치가 엉망이 되는 것이 싫었던 트륌이 신부를 정결히 하기 위해 묠니르를 가져오게 했다. 바로 토르가 기다리던 순간이었다. 망치를 손에 들자마자, 그는 트륌을 비롯해 그 자리에 모인 거인들을 모두 죽여 버렸다. 그리고 망치를 되찾아 유유히 아스가르드로 돌아온 것이다.

## 가짜 신부에 속은 거인 트륌

### 소 속
거인족

### 거 처
요툰헤임의 한 지방

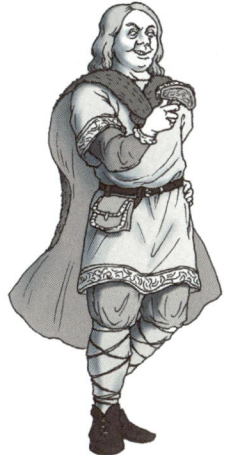

 **해설**

뇌신 토르의 망치 묠니르를 훔쳐, 그것과 교환조건으로 프레이야를 요구한 거인의 왕. 신부로 분장한 토르를 프레이야인 줄 알고 망치를 건넸다가 토르의 손에 죽고 만다.

**특징**

매우 유복하고 많은 부하를 가진 거인의 왕. 외모적인 특징에 관해선 별로 기록이 없다.

― 주요 소유물 ―

황금 뿔을 가진 소 / 황금목걸이를 한 개 / 막대한 재산

― 관계 깊은 신과 인물 ―

토르 / 프레이야 / 로키

## 묠니르의 도난과 그 전말

### 묠니르의 행방

묠니르를 도둑맞았다는 이야기를 들은 악신 로키는 거인 트륌이 범인이라는 것을 알아낸다.

### 신부가 된 토르

망치와 교환조건으로 프레이야를 요구하는 거인에게, 신들은 토르와 로키를 신부와 시녀로 분장시켜 보낸다.

### 트륌의 최후

트륌은 신부를 정결히 하기 위해 묠니르를 꺼냈다. 망치를 빼앗은 토르는 그 자리에 모인 거인을 모두 죽인다.

### 결혼식

결혼 잔치에서 토르는 여러 실수를 하지만 그 때마다 시녀로 변신한 로키가 임기응변으로 모면한다.

# 게이로드

Geirröðr

꾀를 써서 뇌신 토르에게 도전했던 거인 부녀. 그러나 그들은 패함으로써 오히려 토르의 이름만 높여주었다.

## ● 땅속에 박힌 거인

게이로드Geirröðr는 『스노리 에다』의 「시어법」 등에 이름이 등장하는 거인이다. 뇌신 **토르**Þórr를 유인해 말살하려다 실패, 되레 퇴치당하면서 오래토록 후인들에게 그의 위업을 전하는 처지가 되었다.

사건의 발단은 그가 매로 변신한 악신 **로키**Loki를 잡으면서였다. 그는 로키를 가두어놓고 3개월이나 굶겼다. 견디다 못한 로키는 자신의 신분을 밝히고, 그의 집으로 토르를 무기 없이 유인해오겠다는 약속을 한다. 하마터면 함정에 빠질 뻔 했던 토르의 위기를 구해낸 것은, 게이로드를 만나러 가던 중 들른 집의 주인 그리드Gríð였다. 그녀는 오딘의 아들 **비다르**Víðarr의 어머니이다. 그녀는 토르에게 주의를 주며 쇠장갑과 힘이 솟는 허리띠와 자신의 지팡이 등을 갖고 가도록 했다.

이로 인해 경계심을 갖게 된 토르는 비무르Vimur 강에 숨어 기다리고 있던 게이로드의 딸을 무사히 격퇴한다. 하지만 게이로드의 저택에 당도했을 땐 이미 너무 지쳐 있었기에 방으로 들어가자마자 의자에 털썩 주저앉았다. 그러자 의자가 천장으로 자신을 밀고 올라가는 것이 아닌가. 실은 게이로드의 딸들이 의자 밑에 숨어 그를 천장으로 들어 올려 눌러 죽이려 했던 것이다. 토르가 그리드의 지팡이를 천장에 대고 힘을 주니 딸들은 등뼈가 부서지며 의자 밑에 깔리고 말았다.

딸들이 실패하자 게이로드는 토르에게 결투를 신청한다. 그리고는 새빨갛게 달구어진 쇳덩어리를 던졌는데, 토르는 쇠장갑으로 그것을 받아 무시무시한 힘으로 되던졌다. 깜짝 놀란 그는 황급히 쇠기둥 뒤에 숨지만 쇳덩어리는 기둥 째로 게이로드의 몸을 꿰뚫고, 땅속 깊이 박히고 말았다.

『덴마크인의 사적』에는 후일 이 땅을 찾은 덴마크의 왕 고름이, 인간의 시대에 이를 때까지 땅속에 박혀 있던 노거인과 등뼈가 부러져 제대로 움직이지 못하는 여거인들을 목격했다고 전하고 있다.

## 땅속에 박혀버린 거인 게이로드

### 소 속
거인족

### 거 처
비야르말란드?

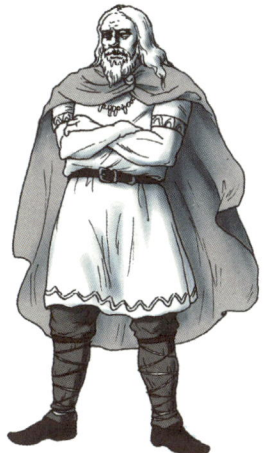

**해설**
우연히 악신 로키를 잡고는 뇌신 토르를 함정에 빠뜨려 쓰러뜨릴 생각을 한 거인. 그러나 오딘의 아들 비다르의 어머니 그리드의 충고를 받은 토르의 손에 되레 딸과 함께 퇴치당하고 만다.

**특징**
『덴마크인의 사적』에는 쇠기둥째로 구멍 난 노인으로 등장하며, 그 발밑에는 등뼈가 부서진 딸들이 누워 있었다고 한다.

### 주요 소유물
특히 없음.

### 관계 깊은 신과 인물
토르 / 로키 / 그리드 / 걀프 / 그레이프

## 게이로드와 토르의 싸움

### 로키와 게이로드
게이로드에게 잡힌 로키는 목숨을 살려주는 대가로 토르를 함정에 빠뜨리기로 약속한다.

### 그리드의 충고
도중에 그리드의 집에 들른 토르는 거기서 충고와 마법 도구를 얻는다.

### 비무르 강 도하
게이로드의 딸 걀프는, 강물을 넘치게 해 토르를 빠뜨려 죽이려고 하지만 실패한다.

### 창고에서의 공방
창고에 잠든 토르를, 딸들이 의자로 눌러 죽이려고 하다가 거꾸로 자신들이 깔리고 만다.

### 토르의 승리
드디어 토르와 대치하게 된 게이로드는, 자신이 던진 쇳조각에 맞고 쓰러진다.

**관련항목**
● **토르** → No.023
● **비다르** → No.028
● **로키** → No.057

# 바프트루드니르

Vafþrúðnir

높은 지식으로 유명한 노거인. 그는 신들의 아버지밖에 알 수 없는 질문을 받고 패하고 만다.

## ● 오딘이 원하는 지식을 가진 거인

서리 거인 이무Jm의 아버지로도 알려진 바프트루드니르Vafþrúðnir는, 『시詩 에다』의 「바프트루드니르의 말Vafþrúðnismál」에만 그 이름이 등장하는 거인이다. 그는 매우 박식해서 주신 **오딘**Óðinn은 늘 그가 가진 지식을 탐냈다. 오딘의 아내 **프리그**Frigg는 「모든 거인들 중에서 바프트루드니르 만큼 강한 거인은 없다」고 평한 바 있다.

이야기에 의하면 어느 날 그의 지식에 대한 궁금증을 견디다 못한 오딘은 아내 프리그에게 바프트루드니르를 만나러 가겠다는 말을 꺼냈다. 프리그는 위험하다며 만류하지만 결국 오딘의 고집을 꺾지 못했다. 오딘은 가그라드Gagnrad라는 이름으로 자신을 숨기고 바프트루드니르를 찾아갔다. 바프트루드니르는 「너의 지식이 나보다 못할 터이면 이 집에서 못 나가리라」며 그를 위협했지만 오딘은 전혀 겁을 먹은 표정이 없다. 바프트루드니르는 그에게 지혜 겨루기 시합을 신청한다. 처음에 질문을 한 것은 바프트루드니르였다. 하지만 그의 질문에 오딘은 어렵지 않게 답을 냈다. 다음은 오딘이 질문을 할 차례였다. 그는 세계의 성립과 현재의 모습 등 무난한 질문부터 시작해 점차 앞으로 일어날 미래에 대한 질문으로 옮겨 갔다. 그리고 드디어 마지막 질문을 할 차례가 되었다. 「아들이 장작 위에 올려졌을 때, 오딘은 그의 귀에 뭐라고 속삭였는가?」이 질문이 무슨 의도였는지는 알 수 없다. 그러나 바프트루드니르는 그제서야 자신이 상대하고 있는 상대가 오딘 자신이라는 것을 알아채고 패배를 인정하고 만다. 바프트루드니르가 그 후 어떻게 되었는지 「바프트루드니르의 말」에는 그 이상 기록되어 있지 않다. 그러나 일설에 의하면, 그들이 자신의 목을 걸고 승부했다고 하였으니 아마도 살아남지 못했을 것이라고 한다.

## 탐나는 지식을 가졌던 거인 바프트루드니르

### 소 속
거인족

### 거 처
요툰헤임

#### 주요 소유물
특히 없음

#### 관계 깊은 신과 인물
오딘

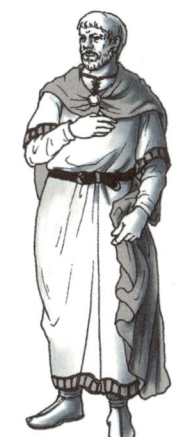

**해설**

주신 오딘이 가그라드라는 가명으로 지식에 대한 탐욕을 채우기 위해 찾아간 거인. 지혜 싸움을 벌였지만, 마지막 질문에 상대의 정체를 눈치 채고 패배를 인정했다고 한다.

**특징**

깊은 지식을 가진 노거인. 프리그에 의하면 어떤 거인보다도 강했다고 한다.

## 오딘의 18개의 질문과 그 대답

| | 질문 | 대답 |
|---|---|---|
| 1 | 땅과 하늘은 어디에서 왔는가? | 위미르의 육체로 만들어졌다. |
| 2 | 태양과 달은 어디에서 왔는가? | 문딜파리의 아이들. |
| 3 | 낮과 밤은 어디에서 왔는가? | 델링이 낮의 아버지, 넬이 밤의 어머니. |
| 4 | 겨울과 여름은 어디에서 왔는가? | 빈드스발이 겨울, 스바수드가 여름의 아버지. |
| 5 | 신들과 거인 중에서 제일 처음에 태어난 것은? | 아우르겔미르(위미르). |
| 6 | 그는 어떻게 태어났는가? | 독강 엘리바가르에서 태어났다. |
| 7 | 아내가 없는 그가 어떻게 아이를 낳았는가? | 왼쪽 팔 밑에서 남녀가, 양다리가 교차하며 여섯 개의 머리를 가진 아들이 태어났다. |
| 8 | 당신이 아는 가장 오래된 기억은? | 베르겔미르가 맷돌 위에 놓여진 것. |
| 9 | 바람은 어디에서 오는가? | 독수리 모습을 한 거인 흐레스벨그의 날갯짓에서. |
| 10 | 뇨르드는 어디에서 왔는가? | 바나헤임에서. |
| 11 | 사람들은 매일 어디에서 싸우고 있는가? | 오딘의 뜰에서(에인헤리아르를 말함). |
| 12 | 어떻게 모든 운명을 알고 있는가? | 아홉 세계의 모든 것을 둘러보았기 때문에. |
| 13 | 라그나로크 후, 살아남는 인간은? | 리프와 리프트라시르. |
| 14 | 펜리르가 태양을 잡는다면? | 태양이 잡히기 전에 낳은 딸이 대신하게 된다. |
| 15 | 바다 위를 떠도는 현명한 딸들은 누구인가? | 모그트라시르의 딸들. 거인 밑에서 성장한다. |
| 16 | 라그나로크 이후, 살아남는 신들은? | 비다르, 발리, 모디, 마그니. |
| 17 | 오딘의 최후를 초래할 자는? | 펜리르. |
| 18 | 오딘이 장작 위에 놓인 아들에게 속삭인 말은? | 대답 불능. |

관련항목

● 오딘 → No.017

● 프리그 → No.033

# 우트가르다 로키

Utgarða Loki

거인국 우트가르드의 왕, 우트가르다 로키. 그의 무기는 신들의 눈도 속이는 환술과 지성이었다.

## ● 토르를 갖고 논 거인의 왕

우트가르다 로키 Utgarða Loki 는 거인의 나라 우트가르드 Utgarðr 의 왕으로, 환술에 뛰어난 거인이다. 그는 거인들의 숙적인 뇌신 **토르** 일행이 자신의 나라로 쳐들어오는 것을 알고, 여러 환술을 구사해 나라를 지켜냈다고 한다.

먼저 그는 스크리미르 Skirimir 라는 거인으로 변신해 토르 일행에게 겁을 주어 스스로 물러가게 하려고 했다. 하지만 그들은 정신적으로 몹시 지쳐있음에도 불구하고 끝내 우트가르드에 당도한다.

우트가르다 로키는 두 번째 작전을 써서 토르 일행의 투지를 꺾고자 한다. 그들을 잔치에 불러 달리기 경주와 빨리 먹기, 씨름 등의 여흥을 요구해서는 환술로 기를 꺾으려고 했다. 토르 일행은 우트가르다 로키의 술수에 완전히 속아 넘어가 자신을 잃고 만다.

그러나 우트가르다 **로키**가 보기에 신들이 보여준 능력은 사뭇 경이적인 것이었다. 토르의 시종 티얄피 Þjálfi 는 우트가르다 로키의 생각의 속도에 필적하는 빠른 다리를 보여줬다. 악신 로키는 모든 것을 불태워버리는 화염과 맞먹는 속도로 고기를 먹어치웠다. 토르는 바다로 이어진 술잔을 들이키는데 해수면이 눈에 띄게 낮아졌다. 또한 고양이로 둔갑한 큰뱀 **요르문간드**의 배를 거의 지면에서 떨어질 정도로 들어올렸으며, 노화 老化 와 씨름을 붙여서도 고작 한쪽 무릎 밖에 바닥에 닿지 않았던 것이다. 그들의 무시무시한 힘에 경악한 우트가르다 로키는 모든 꿍꿍이를 밝히고 「두 번 다시 만나지 말자」는 말을 남기고 모습을 감춘다. 토르 일행은 화가 머리끝까지 났지만 이미 모두 사라지고, 남은 건 자신들 뿐이었다.

한편, 『덴마크인의 사적 Gesta Danorum』에는 우트가르다 로키가 악취를 뿜는 추한 거인으로 묘사되어 있다. 그를 신봉했던 덴마크 왕 고름은 그의 본모습을 알고 충격으로 죽고 말았다고 한다.

## 신들을 현혹한 거인 우트가르드 로키

### 소 속
거인족

### 신 격
덴마크 왕 고름의 수호신

### 거 처
우트가르드

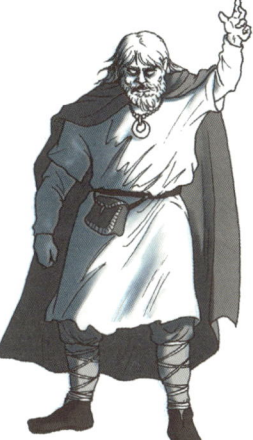

**해설**

우트가르드에 사는 거인들의 왕. 뇌신 토르들을 강렬한 환술로 속여 넘겨 자신들의 왕국을 지켜냈다. 『덴마크인의 사적』에는 덴마크 왕 고름의 추앙을 받았다는 기록이 있다.

**특징**

강력한 환술을 구사한다. 『덴마크인의 사적』에는 사슬에 묶인 추악하고 악취를 뿜는 거인으로 나온다.

### 주요 소유물
특히 없음.

### 관계 깊은 신과 인물
토르 / 티알피 / 로키 / 고름

## 우트가르다 로키의 성에서의 승부

### 신들 VS 우트가르다 로키의 환술

| 과제 | 신들 대표 | 결과 | 환술의 정체 |
|------|----------|------|-------------|
| 달리기 | 티알피 | 패배 | 생각 |
| 빨리 먹기 | 로키 | 패배 | 불 |
| 술 마시기 | 토르 | 다 못 마심 | 바닷물 |
| 고양이 들기 | 토르 | 다 못 듦 | 요르문간드 |
| 노파 엘리와 씨름 | 토르 | 한쪽 무릎 꿇음 | 노화 |

### 스크리미르와 토르

스크리미르는 토르가 동방을 주유할 때 만난 거인이다. 너무도 거대해 토르는 그의 장갑을 묘하게 생긴 집으로 오해했을 정도였다. 그들은 잠시 길동무가 되는데, 그가 묶어 놓은 식량주머니를 못 풀어 애를 먹고 코를 하도 골아 잠을 못 자는 등 고생이 말이 아니었다. 「길피의 속임수」에서는 그 거인의 정체가 우트가르다 로키였다고 밝히고 있다.

관련항목

● **토르** → No.023
● **로키** → No.057
● **요르문간드** → No.059

# 휘미르

Hymir

뇌신 토르가 요르문간드를 낚으러 갈 때 같이 간 노거인 휘미르. 그는 그 일로 목숨을 잃게 된다.

## ● 토르와 함께 낚시를 떠난 거인

휘미르<sup>Hymir</sup>는 전신 **튀르**<sup>Týr</sup>의 아버지로 알려진 노거인이다. 『시詩 에다』의 「휘미르의 노래 Hymiskviða」에 의하면, 그는 뇌신 **토르**<sup>Þórr</sup>에게 쓰러진 거인 **흐룬그니르**<sup>Hrungnir</sup>의 친구로, 토르를 그다지 좋게 생각하지 않았다. 그에게는 900개의 머리를 가진 어머니와, 하얀 눈썹이 아름다운 아내, 그리고 많은 수하가 있었다고 한다.

휘미르는 커다란 맥주양조 솥을 갖고 있었는데, 어느 날 해신 **에기르**<sup>Ægir</sup>의 저택에서 잔치를 여는데 필요하다며 토르와 튀르가 솥을 빌리러 왔다. 튀르의 어머니를 제외한 거인들은 그들을 좋게 생각하지 않았지만 식사를 대접하게 된다. 그런데 그 자리에서 토르가 인정사정 없이 마구 먹어치우는 바람에 식량이 바닥나 휘미르는 바다에서 고기를 잡아와야겠다고 중얼거린다. 그 말을 들은 토르는 자신도 돕겠다고 나섰다. 휘미르가 기르던 소의 목을 따 미끼를 장만한 토르는 바다에서 큰뱀 **요르문간드**를 낚아 올린다. 큰뱀은 토르의 망치 한 방을 맞고 바다 속으로 가라앉았는데, 그 때 토르가 하도 힘을 주는 바람에 그만 배가 구멍이 나고 말았다. 돌아가는 길에 휘미르는 내내 기분이 나빴다. 집에 돌아온 휘미르는 토르에게 창피를 주려고 기다란 유리잔을 던져 부수는 놀이를 제안한다. 실은 그 잔은 보통 방법으로는 깰 수 없는 마법의 물건이었다. 하지만 휘미르의 아내가 그의 머리에 잔을 던지라고 토르에게 가르쳐준 덕분에 잔은 깨지고 만다. 질려버린 휘미르는 솥을 내줄 테니 어서 갖고 돌아가라고 토르에게 말했다. 워낙 무거운 거라 결국 포기하고 갈 거라 생각했으나 토르는 태연히 솥을 들쳐 메는 것이 아닌가. 기어이 분노가 터진 휘미르는 부하들과 함께 토르를 공격하지만 오히려 당해 죽고 만다.

한편 『스노리 에다』의 「길피의 속임수」에는, 토르가 휘미르의 저택을 찾아간 것은 우트가르드에서 창피를 준 요르문간드와 승부를 내기 위해서라고 되어 있다.

## 토르의 낚시에 함께 한 거인 휘미르

### 소 속

거인족

### 거 처

엘리바가르의 동쪽

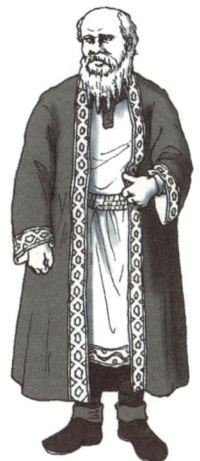

해설

뇌신 토르가 요르문간드를 낚으러 갈 때 동행한 거인. 전승에 의하면 전신 튀르의 아버지라고도 한다. 친구였던 흐룬그니르(Hrungnir)를 쓰러뜨린 토르에게 적의를 갖고 있다.

특징

노려보기만 해도 상대를 파괴하는 예리한 안력을 가졌으며 수염에 고드름을 달고 있다. 머리가 무척 단단하다.

**주요 소유물**

맥주를 빚는 솥 / 튼튼한 마법의 유리잔

**관계 깊은 신과 인물**

토르 / 튀르

## 토르들과 휘미르 방문에 대한 전승에 의한 차이

| 휘미르의 노래 | | 길피의 속임수 |
|---|---|---|
| 에기르의 저택에서 열리는 연회에 필요한 맥주 빚을 솥을 얻기 위해 | 목적 | 우트가르다 로키의 성에서 창피를 준 요르문간드에게 복수하기 위해 |
| 안내역으로서 튀르가 동행 | 동행자 | 개인적으로 방문 |
| 요르문간드 낚시가 휘미르의 적개심에 불을 붙여 솥을 건 승부가 벌어진다. 토르는 이 승부에 이겨 솥을 손에 넣었다. | 낚시와 결과 | 토르는 멋지게 요르문간드를 낚아 올렸지만, 겁먹은 휘미르의 방해로 숨통을 끊지 못했다. |
| 치욕을 당한 휘미르는 부하들과 함께 토르를 공격했다가 되레 당하고 만다. | 결말 | 휘미르의 방해에 화가 난 토르는 휘미르를 때려죽이고 아스가르드로 돌아간다. |

관련항목

● **토르** → No.023
● **튀르** → No.025
● **흐룬그니르** → No.050

● **에기르** → No.056
● **요르문간드** → No.059

# 에기르

Ægir

거칠게 파도치는 바다를 지배하는 거인, 신들의 벗. 그와 그 아내는 수몰자의 영혼과 그 재산을 소유한다.

## ●바다를 지배하는 거인

기미르Gymir , 흘레르Hlér 등 여러 개의 이름을 가진 에기르Ægir는, 해신이라는 별명답게, 아내 란Rán과 함께 바다와 바다 속의 재물을 모두 소유하는 거인의 왕이다. 바다에서 죽은 수몰자의 영혼도 모두 그의 지배하에 있다고 한다. 『스노리 에다』에 의하면, 그는 흘레세이Hlésey 라 불리는 섬에 살고 있다. 그의 성은 매우 호화로우며 황금이 뿜어내는 빛으로 가득했다고 한다. 그는 마술에도 정통해 그의 성에는 술이 저절로 손님들 앞으로 다가오는 등의 다양한 장치가 꾸며져 있었다. 또 성 자체도 신성한 장소로 여겨지고 있어서 그곳에서는 어떠한 갈등이나 싸움도 금지되었다.

에기르는 **거인족**으로는 드물게 신들과 동맹관계에 있었으며, 서로를 초대해 주연을 베푸는 사이였다. 하지만 『시詩 에다』의 「휘미르의 노래Hymiskviða」에는 신들이 일방적으로 잔치를 열 것을 요구하자, 에기르가 「당신들 모두가 마실 수 있는 맥주를 빚을 솥을 갖고 오라」고 말하는 장면이 있는 걸 보면, 그 관계가 반드시 양호하지만은 않았던 듯하다.

## ●에기르의 가족들

에기르에게는 아내 란과의 사이에 파도를 상징하는 아홉 명의 딸들이 있었다. 그녀들은 신들의 파수꾼 **헤임달**Heimdallr 의 어머니와 동일시되기도 하는데, 『스노리 에다』의 「시어법」에 기록된 그녀들의 이름이 헤임달의 어머니와 다르기 때문에, 에기르가 헤임달의 할아버지가 되는지 어떤지는 확실치 않다. 그 외에 에기르에게는 피마펭Fimafengr 과 엘디르Eldir 라는 우수한 하인이 있었다. 그들은 너무 똑똑해서 신들로부터 칭찬을 받았는데, 그들 중 피마펭은 그것을 고깝게 본 악신 **로키**의 손에 살해당하고 만다.

## 거친 바다의 지배자 에기르

### 소 속
거인족 / 아스 신족

### 신 격
거친 바다의 신
수몰자들의 신

### 거 처
외해(外海)
흘레세이 섬

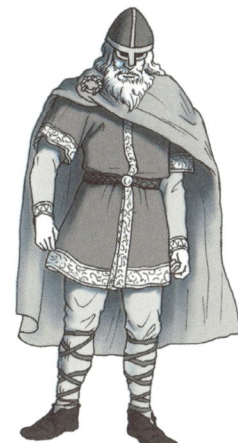

### 해설
바다의 보물과 수몰자들을 지배
하는 거인. 뱃사람들은 바다에
빠져 죽을 때를 위해 그에게 바
칠 황금을 늘 갖고 다녔다고 한
다. 신들과는 우호관계에 있었
으며 서로를 초대해 주연을 열기
도 했다.

### 특징
『시(詩) 에다』와 『스노리 에다』
에는 별다른 기록이 없다. 투구
를 썼고 하얀 수염을 기른 마른
노인이라는 설도 있다.

### 주요 소유물
맥주 빚는 솥(토르한테 받은 것)

### 관계 깊은 신과 인물
토르 / 브라기 / 란 / 9명의 파도의 딸들 /
피마펭 / 엘디르

## 에기르의 성과 그 가족

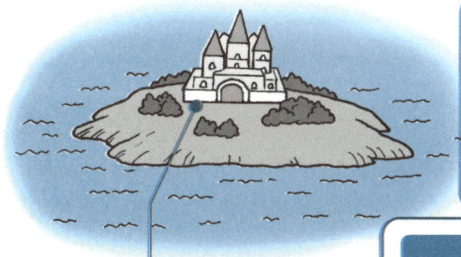

바다 밑, 혹은 서쪽의 흘레세이
섬에 있다는 에기르의 성. 여기
에는 조명으로 황금 판을 썼으
며 식사와 술이 자동으로 운반
되어 온다. 에기르 가족의 마음
에 든 수몰자는 이 저택에서 접
대를 받는다고 한다.

### 란
에기르의 아내. 수몰자를 건져 올
리는 마법의 그물을 갖고 있다. 황
금을 좋아해서 뱃길을 떠날 때는 그
녀의 환심을 사기 위해 금화를 조금
씩 품속에 품고 다녔다고 한다.

### 에기르의 딸들
히밍레바 / 두파 / 블로두그하다 / 헤프링
/ 운 / 흐론 / 바라 / 빌갸 / 콜가. 바다의
파도를 관장한다.

### 피마펭과 엘디르
에기르의 하인. 피마펭은 솜씨가 뛰어나
악신 로키의 질투를 받고 죽는다.

### 관련항목
● 헤임달 → No.029
● 거인족 → No.045
● 로키 → No.057

# 로키

Loki

많은 재앙을 끼치는 한편으로 여러 혜택도 주는 수수께끼의 신 로키. 악마라고도, 오딘의 그림자라고도 일컬어지는 그는 대체 어떤 존재였을까.

## ● 신들의 세계의 이단아

악신 로키Loki는 거인 파르바우티Fárbauti와 라우페이Laufey의 아들이다. 순수한 거인이면서도 주신 오딘Óðinn과 의형제를 맺어 아스 신족의 일원이 되었다. 뇌신 토르Þórr나 회니르Hœnir와도 우호관계에 있었던 듯하다. 그는 뛰어난 변신능력을 가진 양성구유의 존재로, 오딘의 애마 **슬레이프니르**Sleipnir를 비롯해 늑대 **펜리르**, 큰뱀 **요르문간드**Jörmungandr, 망자의 여왕 **헬**Hel 등 여러 자식을 남겼다. 『스노리 에다』의 「길피의 속임수」에 의하면, 로키는 외모는 아름답지만 성질이 고약한 변덕쟁이였다고 한다. 잔꾀에 있어서 타의 추종을 불허하고 무슨 일을 하더라도 교활하게 굴었다. 그렇다고 로키가 완전히 사악한 존재였던 것만은 아니다. 그가 신들에게 민폐를 끼쳤던 것들은 대체로 거인의 협박에 못 이겨 저지른 일들이다. 그의 임기응변 덕에 궁지에서 살아난 신도 적지 않다. 또한 신들이 가진 보물들 대부분도 그의 장난에 대한 대가로 얻은 것들이다.

그러나 로키는 장님 신 호드Höðr를 속여 광명의 신 발드르Baldr를 죽이게 한 것을 계기로 급격히 신들에게 적의를 드러내게 된다. 그는 발드르의 부활을 저지했으며, 해신 에기르Ægir의 잔치에서 신들을 매도하고는 그들의 곁을 떠났다. 로키를 그냥 내버려둘 수 없게 된 신들은 추적 끝에 그를 잡는다. 지하에 유폐된 로키는 얼굴에 뱀독이 끝없이 뚝뚝 떨어지는 고문형에 처해졌다. 평소에는 그의 아내인 시귄Sigyn이 독을 대접으로 받아내지만, 그릇이 가득 차 버러 가는 동안에는 얼굴에 독이 떨어지기 때문에 그 때마다 고통으로 땅이 울렸다고 한다. 이런 원한 때문인지 로키는 최종전쟁 라그나로크Ragnarök가 도래했을 때, **무스펠**의 배의 키잡이가 되어 아스가르드를 공격한다. 그리고 원수였던 신들의 파수꾼 **헤임달**과 싸워 함께 쓰러지는 것이다.

## 은혜와 혼란을 가져 온 악신 로키

### 소 속
아스 신족 / 거인족

### 신 격
간계와 악의의 신
오딘의 그림자?

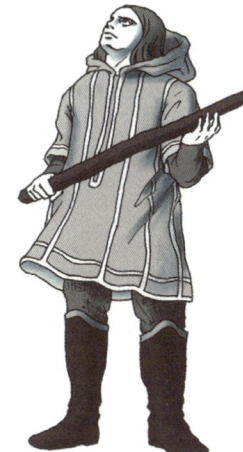

**해설**
주신 오딘의 의형제로 신들의 일원이 된 거인. 다양한 은혜와 함께 해악을 초래하지만 발드르를 죽인 후 지하에 유폐된다. 최종전쟁 라그나로크 때 헤임달과 싸워 함께 죽는다.

**특징**
양성구유의 존재로 변신능력을 갖고 있다. 외모는 훌륭하고 아름답지만 성격이 비뚤어진 변덕쟁이라고 한다. 가죽 끈으로 입이 꿰매진 적도 있다.

**— 주요 소유물 —**
특히 없음

**— 관계 깊은 신과 인물 —**
오딘 / 토르 / 회니르 / 펜리르 / 요르문간드 / 헬

## 로키의 주요 행동과 그 이유

### 자기 보신을 위한 행위
●거인 티아치에게 협박당해 여신 이둔 납치를 도움.
●거인 게이로드에게 감금당해 토르를 유인해내기로 약속.
●신들의 협박을 받아 여신 이둔을 거인 티아치의 손아귀에서 구출.
●토르의 협박에 시프의 머리칼을 보상할 물건을 가지러 드베르그를 찾아감.

### 호기심으로 인한 실수
●여신 시프의 머리를 잘랐다가 토르에게 혼쭐이 남.
●수달의 모습을 한 흐레이드마르의 자식 오트르를 죽인다.
●드베르그(소인족) 브로크 형제와 내기를 했다가 진다.

### 오직 악의에 의한 행동
●장님신 호드를 속여 광명의 신 발드르를 죽이게 한다.
●여거인으로 변신해 발드르의 부활을 저지한다.
●에기르의 술자리를 찾아가 하인을 살해하고 신들을 매도.

로키는 반드시 사악한 존재라고는 할 수 없다.

# 펜리르

Fenrir

신들의 적이 되리라는 예언을 받은 늑대. 그는 신들을 너무 믿었다가 세계의 종말이 올 때까지 묶여 있어야 했다.

## ● 신들의 아버지를 삼켜버린 늑대

호로드비트니르<sup>Hróðvitnir</sup>, 펜리르 늑대<sup>Fenrisúlfr</sup> 라고도 불리는 펜리르<sup>Fenrir</sup> 는 악신 **로키**<sup>Loki</sup> 가 낳은 세 자식 중 하나이다. 『스노리 에다』에 의하면 그들은 로키와 여거인 앙그르보다<sup>Angrboða</sup> 사이에 생긴 자식으로, 일설에는 앙그르보다의 심장을 먹은 로키가 그들을 뱄다고 한다. 이들 세 형제가 후일 자신들을 해칠 것이라는 예언을 받은 신들은, 요툰헤임<sup>Jötunheimr</sup> 에서 자라던 그들을 잡아 **요르문간드**<sup>Jörmungandr</sup> 와 **헬**<sup>Hel</sup> 을 추방한다. 그러나 아직 어렸던 펜리르<sup>Fenrir</sup> 만은 아스가르드에 두고 양육하기로 했다. 하지만 워낙 흉폭해서 그를 돌볼 수 있었던 것은 전신 **튀르**<sup>Týr</sup> 뿐이었다고 한다.

세월이 흘러 나날이 덩치가 커져 가는 펜리르를 보면서, 불길한 예언이 영 찜찜했던 신들은 어느 날 그를 묶어두기로 결정했다. 암스바르트니르<sup>Ámsvartnir</sup> 호수에 있는 륑비<sup>Lyngvi</sup> 라는 작은 섬으로 펜리르를 데리고 간 신들은 힘겨루기를 하자며 그를 꼬드긴다. 펜리르는 신들의 말이 다소 미심쩍었지만 튀르가 볼모로 그의 입에 손을 넣겠다고 하여 믿기로 했다. 하지만 신들은 그를 배신하고 마법의 줄 **글레이프니르**<sup>Gleipnir</sup> 로 꽁꽁 묶더니 겔갸<sup>Gelgja</sup> 라는 끈으로 바위에 묶어버렸다. 게다가 입에 재갈대신 칼을 박아 펜리르는 입을 닫을 수가 없었다. 그의 입에서 흘러나온 대량의 침은 이윽고 반<sup>Ván</sup> 이라 불리는 강이 되었다. 하지만 이 포박은 완벽한 것이 못되었다. 여러 전승에서 펜리르가 최종전쟁 라그나로크<sup>Ragnarök</sup> 의 도래와 함께 풀려났으며 주신 오딘을 잡아먹음으로써 그 원한을 풀었다고 한다. 하지만 그 직후 오딘의 아들 **비다르**<sup>Víðarr</sup> 의 손에 턱이 찢겨져 (다른 전승에서는 심장에 칼이 박혀) 숨을 거두고 만다.

한편 『시 에다』의 「무녀의 예언」에서는 펜리르를 일족의 이름으로 취급하고 있다.

## 모든 것을 삼켜버린 거대한 늑대 펜리르

### 소 속
거인족

### 거 처
암스바르트니르
호수의 링비 섬

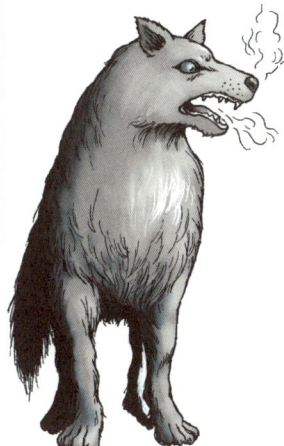

**해설**

악신 로키와 여거인 앙그르보다 사이에 태어난 3형제중 하나. 신들에게 재앙을 가져 올 것이라는 예언 때문에 포박당한다. 최종전쟁 라그나로크 때 주신 오딘을 잡아먹지만, 비다르 손에 죽고 만다.

**특징**

위턱이 하늘 끝에 닿고, 아래턱은 땅에 닿을 정도로 거대한 늑대. 코와 입에서는 불과 연기가 뿜어나온다.

### 주요 소유물
없음

### 관계 깊은 신과 인물
오딘 / 튀르 / 비다르 / 로키 / 요르문간드 / 헬 외

## 펜리르의 포박

**입을 닫지 못하도록 아래턱 밑에서 칼을 박았다.**

**글레이프니르**
펜리르를 묶은 끈

**겔갸**
글레이프니르와 이어진 그물

**골, 스비티**
밧줄을 고정한 바위

**반**
입에서 흘러나온 침이 흘러 만들어진 강

아스가르드를 피로 더럽히기 싫었던 신들은 펜리르를 포박, 격리하고자 했고, 그 장소로 선택된 것이 암스바르트니르라는 호수에 있는 작은 섬 링비였다.

---

**관련항목**

# 요르문간드

Jörmungandr

신들에 의해 심연의 바다에 던져진 요르문간드. 그는 이윽고 대지를 휘감을 정도로 성장해 뇌신 토르의 숙적이 되었다.

## ● 대지를 휘감은 큰뱀

큰뱀 요르문간드<sup>Jörmungandr</sup>는 악신 **로키**와 여거인 앙그르보다<sup>Angrboða</sup> 사이에서 태어난 세 오누이중 하나이다. 신들에게 해를 끼칠 것이라는 예언에 따라 태어나자마자 바다에 버려졌으나 죽지 않고 바다 속에서 계속 자랐다고 한다. 최종적으로 인간의 세계 미드가르드를 포함한 대륙을 한 바퀴 감고 자신의 꼬리를 물 정도로 성장했기에, 미드가르드 뱀<sup>Miðgarðsormur</sup>이라고도 불리고 있다.

요르문간드에 대해 특필할 것은 뇌신 **토르**<sup>Þórr</sup>와의 악연이다. 그들의 기록은 『시詩 에다』의 「무녀의 예언」이나 「휘미르의 노래」에도 등장하는데, 여기에서는 보다 내용이 잘 정리된 『스노리 에다<sup>Snorra Edda</sup>』의 기술을 소개한다.

일찍이 거인 **우트가르다 로키**<sup>Utgarða Loki</sup>를 찾아간 토르는 그의 환술에 속아 요르문간드를 커다란 회색 고양이로 보았다. 그는 우트가르다 로키와의 승부로 이 고양이를 들어 올리려고 하지만, 실은 전 세계를 감고 있는 뱀이라 아무리 힘을 준들 꿈쩍할 리가 없었다. 토르가 본 것은 고작 한쪽 다리를 치켜 든 고양이 뿐이었다. 후에 진상을 알게 된 토르는 창피를 당한 것으로 알고 요르문간드를 낚아 올리기 위해 거인 **휘미르**<sup>Hymir</sup>를 찾아간다. 토르는 여기서 멋지게 요르문간드를 낚아 올리지만 겁먹은 휘미르가 낚싯줄을 끊는 바람에 끝내 마지막 일격을 가하지는 못했다.

최종전쟁 라그나로크에서 요르문간드는 형제인 늑대 **펜리르**와 함께 신들의 세계로 몰려갔다. 그 때 지상은 그가 일으킨 거대한 해일에 휩쓸렸고, 하늘과 땅은 그가 뿜는 독에 뒤덮였다고 한다. 그리고 피할 수 없는 숙적 토르와 결전을 벌인 끝에 묠니르를 맞고 머리가 부서져 죽는 것이다. 한편 그가 뿜은 독에 토르 또한 중독되어 끝내 그의 목숨도 다하고 만다.

## 대지를 휘감은 큰뱀 요르문간드

| 소 속 |
| --- |
| 거인족 |

| 거 처 |
| --- |
| 바다 속 |

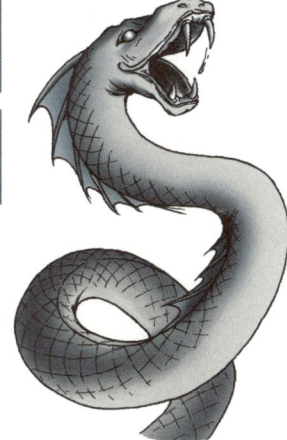

**해설**

악신 로키와 여거인 앙그르보다 사이에 태어난 세 오누이중 하나. 신들에게 재앙을 초래한다 하여 바다 속에 던져진다. 최종전쟁 라그나로크 때 숙적 뇌신 토르와 싸워 함께 죽는다.

**특징**

미드가르드를 포함한 대륙을 한 바퀴 감고, 자신의 꼬리를 입에 물 정도로 거대한 뱀. 이동할 때마다 큰 해일을 일으키고 맹렬한 독기를 뿜는다.

### 주요 소유물

없음

### 관계 깊은 신과 인물

토르 / 로키 / 휘미르 / 우트가르다 로키 / 펜리르 / 헬 외

## 토르와 요르문간드의 3번의 승부

### 우트가르드의 싸움

○ 요르문간드
VS.
✕ 토르

우트가르다 로키의 환술에 현혹된 토르는, 고양이인줄 알고 요르문간드를 들어 올리려고 하지만 그 거체를 모두 들어 올릴 수는 없었다.

### 요르문간드 낚기

✕ 요르문간드
VS.
○ 토르

거인 휘미르와 함께 낚시에 나선 토르는 요르문간드를 낚아 올린다. 숨통을 끊으려는 순간 휘미르의 방해로 실패한다.

### 라그나로크에서의 싸움

△ 요르문간드
VS.

△ 토르

격렬한 대결 끝에 토르는 요르문간드의 머리를 부순다. 그러나 요르문간드의 독이 워낙 강해 토르를 아홉 걸음 물러서게 한 끝에 그 목숨을 빼앗는다.

---

**관련항목**

● **토르** → No.023
● **우트가르다 로키**→ No.054
● **휘미르**→ No.055
● **로키** → No.057
● **펜리르**→ No.058

# 헬
Hel

신들에 의해 극한의 세계로 추방된 헬. 그러나 그녀는 그곳에서 망자들의 여왕이 되었다.

## ● 오딘에 의해 명계로 떨어진 여왕

헬Hel은 악신 **로키**와 여거인 앙그르보다Angrboða 사이에서 태어난 세 오누이 중 하나이다. 『스노리 에다』의 「길피의 속임수」에 의하면 그녀의 몸의 반은 인간의 모습이나 나머지 반은 검푸르렀으며 얼굴이 몹시 험하고 무시무시했다고 한다.

신들에게 재앙을 초래할 것이라는 예언을 받은 그녀는 오빠인 큰뱀 **요르문간드**와 함께 **요툰헤임**에서 추방당한다. 그리고 멀고 먼 극한의 세계 **니플헤임**Niflheimr에 유배되는 것이다. 주신 오딘은 그녀에게 아홉 세계와, 전사자를 제외한 모든 죽은 자들의 영혼을 지배할 수 있는 권력을 주었다. 이때의 오딘의 진의는 알 수 없다. 그가 흥미를 갖고 있던 것은 오직 전쟁터에서 용감히 싸우다 죽은 전사의 영혼 에인헤리아르Einherjar 뿐이었으니까. 아무튼 헬은 니플헤임 지하에 있는 니플헬Niflhel에 자신의 성 엘루드니르Éljúðnir를 짓고 망자의 여왕으로 군림한다.

헬이 지배하는 망자들의 생활은 그다지 좋지 못했던 모양이다. 적어도 북유럽 전사들 대부분은 노쇠해 죽는 것을 싫어해 일부러 자신들의 몸을 상처 내 최후를 맞이하곤 했다. 하지만 헬은 오딘의 아들 **발드르**Baldr에게는 다정했다. 그에게는 특별히 높은 자리를 주고, 그를 면회하러 온 **헤르모드** Hermóðr와도 불편 없이 면회를 하도록 허락해주었다. 게다가 악신 로키의 방해로 실현은 되지 않았지만 발드르를 지상으로 돌려보내는 교섭에도 응해주었던 것이다.

최종전쟁 라그나로크가 도래했을 때 헬은 직접 가담하지 않았다. 그녀의 부하인 망자의 군단을 로키에게 맡겼을 뿐이다. 그 때문에 그녀가 그 후 어떻게 되었는지에 대해서는 연구자들마다 의견이 분분하다. 일설에 의하면 무사히 살아남아 라그나로크에서 죽은 망자들을 지배했다고 한다.

## 명계의 지배자 헬

### 소 속
거인족

### 신 격
전사 외의 모든
죽은 자들의 지배자

### 영 지
니플헤임
니플헬
아홉 세계

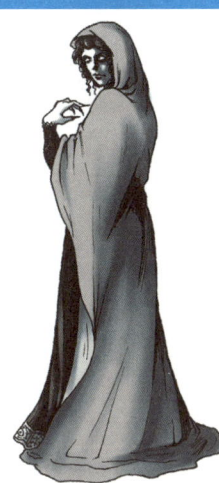

▶ 해설
악신 로키와 여거인 앙그르보다
사이에서 태어난 세 오누이중
하나. 신들에게 재앙을 줄 존재라
하여 니플헤임에 떨어진다. 후에
아홉 세계의 지배권을 얻어 죽은
자들 위에 군림한다.

▶ 특징
몸의 반은 피부색이고 반은 죽은
자처럼 검푸른 위압적인 얼굴의
여성. 누구든 죽은 자로 만들어
자신의 지배하에 둘 수 있다.

### 주요 소유물
없음.

### 관계 깊은 신과 인물
오딘 / 발드르 / 로키 / 펜리르 /
요르문간드

## 북유럽 신화에 등장하는 망자의 지배자들

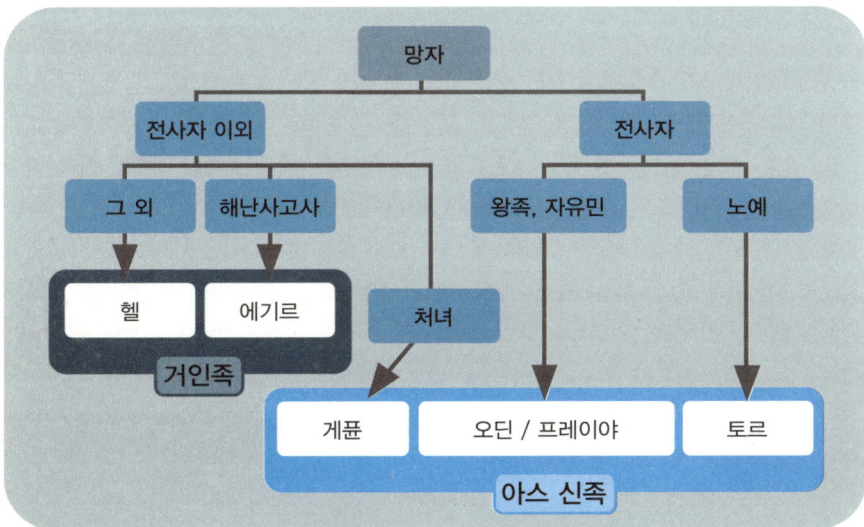

# 라그나로크에서 맹위를 떨친 동물들

최종전쟁 라그나로크에서 위협적인 상대는 결코 거인족과 무스펠 군단만이 아니었다.

## ● 거칠게 날뛰는 짐승들

신과 **거인족**의 싸움에 앞서 태양과 달을 삼켜 세계에 혼란을 초래한 것은 스콜<sup>Sköll</sup>과 하티<sup>Hati</sup>라는 두 마리의 늑대였다. 『스노리 에다』의 「길피의 속임수」에 의하면 그들 일족은 늑대의 모습을 하고 있지만 본래는 미드가르드 동쪽에 있는 숲 야른비드<sup>Járnviðr</sup>에 사는 여거인의 자식들이었다. 『시<sup>詩</sup> 에다』의 「그림니르의 말<sup>Grímnismál</sup>」에 의하면 그들이 태양과 달을 쫓고 있었던 것은 그들이 사는 숲을 지키기 위해서였던 것으로 보인다.

한편 태양을 삼킨 것은 악신 **로키**의 아들 **펜리르**<sup>Fenrir</sup>이고, 달을 집어삼킨 것은 야른비드에 사는 늑대 일족 최강의 전사인 마나가름<sup>Mánagarmr</sup>이라는 이설도 존재한다.

전신 튀르와 함께 죽는 맹견 가름<sup>Garm</sup>은 「그림니르의 말」에 의하면, 「세계의 모든 개중 최강의 존재」였다. 『시<sup>詩</sup> 에다』의 「발드르의 꿈」을 보면 주신 오딘이 **니플헤임** 입구에서 「가슴이 피로 **빨갛게** 젖어 있는 개」를 만났다는 대목이 나오는데, 가름이 묶여 있던 곳이 니플헤임의 문인 그니파헬리르<sup>Gnipahellir</sup>였던 까닭에, **오딘**이 본 개가 바로 이 가름이었던 것으로 추정된다.

최종전쟁 라그나로크<sup>Ragnarök</sup>에서 맹위를 떨친 짐승들 중, 가장 인간을 공포에 떨게 했을 것으로 추정되는 존재는, 파란 부리를 가진 독수리와 흐베르겔미르<sup>Hvergelmir</sup>에 사는 흑룡 니드호그<sup>Niðhöggr</sup>이다. 『시<sup>詩</sup> 에다』의 「무녀의 예언」에는 이들이 라그나로크 때 죄인의 시체를 뜯어먹을 것이라 했다. 푸른 부리를 가진 독수리에 관해서는 그 이상의 기록은 없으며 「시체를 뜯어먹는 존재」라는 이름을 가진 흐레스벨그<sup>Hresvelgr</sup>와 동일시되는 일이 많다. 한편, 니드호그는 평소에도 죄 짓고 죽은 이들의 시체를 먹이로 삼고 있었다. 먹는 양도 끝이 없었는데 라그나로크 때 죽은 자들을 너무 많이 먹어, 그 영혼을 싣고 하늘로 오르려다 그 무게를 견디지 못하고 추락해버렸다고 한다.

# 신들을 적대한 동물들

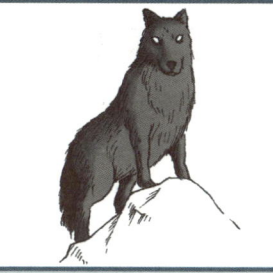

## 스콜, 하티 / Skǫll, Hati

### 소속: 거인족

야룬비드 숲에 사는 거인. 일족이 모두 늑대의 모습을 하고 있다. 스콜은 태양을, 하티는 늘 달을 쫓아다니는데 끝내 이들을 따라잡아 집어삼켜버린다. 한편 태양은 거랑 펜리르, 달은 마나가룸이 집어삼켰다는 기록도 있다.

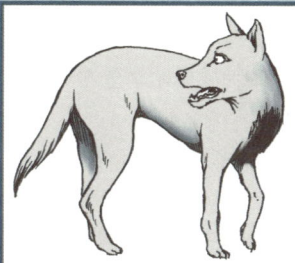

## 가름 / Garmr

### 소속: 거인족(니플헤임의 파수견)

니플헤임의 입구인 그니파헬리르의 파수견. 세계 최강의 개로 꼽힌다. 일반적으로는 「발드르의 꿈」에서 오딘과 조우한 가슴을 피로 물들인 개와 동일시되는 일이 많다. 라그나로크에서는 사슬에서 풀려나 전신 튀르와 함께 싸우다 죽는다.

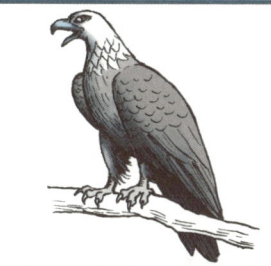

## 푸른 부리를 가진 독수리 / Niðfölr

### 소속: 불명

라그나로크에서 날카로운 울음소리를 지르며 시체를 찢는다고 하는 독수리. 「시체를 뜯어먹는다」는 이름을 가진 흐레스벨그와 자주 동일시 된다. "Niðfölr"이라는 언어자체의 해석에도 여러 설이 있으며 니드호그를 가리키는 것이라는 설도 있다.

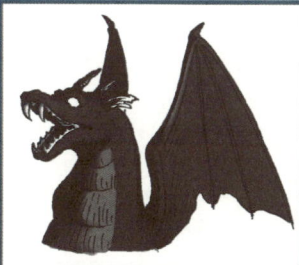

## 니드호그 / Niðhǫggr

### 소속: 불명

니플헤임의 샘 흐베르겔미르에 살며 위그드라실 뿌리를 씹는다는 날개 달린 흑룡. 샘에 쌓인 죄인들의 시체를 주식으로 한다. 라그나로크 이후, 망자들의 혼을 날개에 싣고 날아오르려다가 추락했다. 한편 니드호그가 추락한 게 아니라, 예언을 한 무녀의 의식이 끊어진 것이라는 설도 있다.

# 그 외의 거인

북유럽 신화에는 이제까지 소개된 것 외에도 소개되지 않았거나 신화에 남지 못한 많은 거인이 존재한다.

## ● 신화에 남은 여러 거인들

『시詩 에다』의 「바프트루드니르의 말 Vafþrúðnismál」 등에 그 이름이 등장하는 흐레스벨그 Hresvelgr는, 하늘의 북쪽 끝에 사는 독수리 모습의 거인이다. 그가 날아오를 때면 그 날갯짓으로 인해 바람이 일어난다고 한다. 「시체를 뜯어먹는 자」라는 이름의 푸른 부리의 독수리 Niðföln나 세계수 위그드라실 가지에 사는 독수리와 동일시되는 경우도 많다.

휘로킨Hyrrokin은 **발드르**의 장례식에 왔던 여거인으로, 뱀 재갈을 물린 늑대를 타고 다닌다. 괴력의 소유자로 단번에 발드르의 시신을 태운 배를 바다로 밀어냈다. 「길피의 속임수」에 의하면, 그녀의 부산함을 싫어한 뇌신 **토르**가 그녀를 때려죽이려고 했지만 신들이 말렸다고 한다.

『시詩 에다』의 「휜들라의 노래 Hyndluljóð」에 등장하는 휜들라 Hyndla는 여러 지식에 정통한 거인족의 무녀이다. 여신 **프레이야**Freyja가 선조에게서 물려받은 유산을 자신의 애인에게 상속시키기 위해, 그녀에게 방법을 묻는다. 그것이 거의 반 협박조라, 어쩔 수 없이 그녀의 말에 따르는 장면이 있다.

벨리Beli는 풍요신 **프레이르**Freyr와 싸운 거인으로, 『시詩 에다』에 그 이름이 자주 등장한다. 경위는 불분명하지만 어떠어떠한 이유로 프레이르와 싸움이 벌어졌다가 수사슴 뿔에 받혀 죽었다. 그다지 힘이 센 거인은 아니었던 모양으로, 『스노리 에다』의 「길피의 속임수」에 의하면 프레이르가 맨손으로도 이길 수 있었다고 한다.

라그나로크Ragnarök의 도래와 함께 일제히 **아스가르드**로 쳐들어온 거인들 중에서 가장 이름이 알려져 있는 것이, 『시詩 에다』의 「무녀의 예언」에 이름이 남아 있는 흐림Hrymr이다. 그는 커다란 방패를 들고 동쪽에서 공격해 올라오는 거인들의 선두에 섰다고 한다. 그 외에 라그나로크가 도래하기 전에 신들의 파멸을 예견하고는, 신나서 하프를 연주해대는 에그테르Eggþér의 이름도 유명한데, 이들이 라그나로크 행군에 가담했는지 어떤지는 확실치 않다.

## 여러 거인들

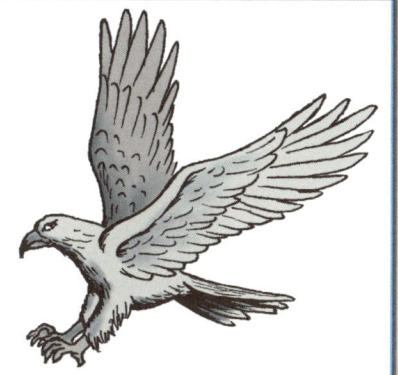

### 흐레스벨그 / Hraesvelgr

소속: 불명

「시체를 뜯어먹는 자」라는 이름을 갖고 있으며, 커다란 날개를 가진 독수리의 모습을 한 거인. 하늘의 북쪽 끝에 살고 있으며, 그가 날개를 펄럭일 때마다 전 세계를 휩쓰는 바람이 생겨난다고 한다.

### 흰들라 / Hyndla

소속: 거인족

뛰어난 지식을 가진 여거인. 휘로킨과 마찬가지로 늑대를 타고 다닌다. 프레이야의 요구에 따라 그녀의 애인에게 유산을 상속시킬 수 있는 지혜를 준다.

### 흐림 / Hrymr

소속: 거인족

라그나로크 때 방패를 치켜들고 동쪽에서 아스가르드로 공격해 온 거인. 망자의 손톱으로 만든 배 나글파르의 키잡이라고 한다.

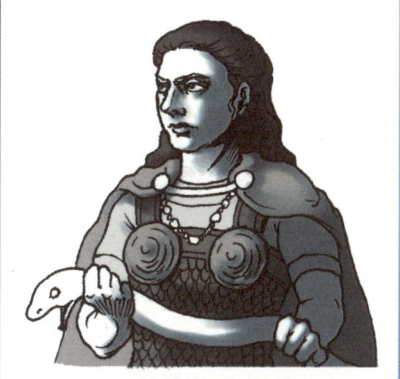

### 휘로킨 / Hyrrokkin

소속: 거인족

발드르의 장례식에 참석한 여거인. 뱀 재갈을 물린 늑대를 타고 다닌다. 엄청난 장사로, 발드르의 시신을 태운 배를 한 번에 바다로 밀어낸다.

### 벨리 / Beli

소속: 거인족

검을 잃은 풍요신 프레이르와 싸웠다가 사슴뿔에 맞아 죽은 거인. 프레이르는 그에게 맨손으로도 이길 수 있었다고 한다.

### 에그테르 / Eggþér

소속: 거인족

라그나로크가 도래할 것을 알고 좋아한 거인. 하프를 신나게 켰다고 하는데 그 후 전열에 가담했는지 어떤지는 확실치 않다.

**관련항목**

● **아스가르드**→ No.010
● **토르**→ No.023
● **발드르**→ No.026
● **프레이르** → No.042
● **프레이야** → No.044

# 드베르그(소인족)

## Dvergr

땅이나 바위 속에서 사는 작은 명공들. 그러나 그 성격은 세공 솜씨만큼 좋진 않았다.

## ● 북유럽 신화에 등장하는 최고의 장인들

드베르그(Dvergr, 드워프)는 북유럽 신화에 등장하는 뛰어난 기술을 가진 소인들이다. 북유럽 신화에 등장하는 대부분의 마법 도구들을 그들이 만들었으니, 그 기술이 얼마나 대단한지 알 것이다. 그러나 그 성질은 대체로 사악해서 신들과 일부 거인들처럼 인간들의 추앙을 받은 적은 없다.

그들이 만드는 마법 도구들도 그들의 성질을 그대로 반영한 것이 많아, 무언가 대가가 있어야만 그 힘을 발휘하곤 했다. 하지만 이 점에 대해선 그들도 할 말이 있다. 그 물건들의 대부분은 신들과 인간의 강요에 의해 만든 것으로 제대로 보수를 받아본 적이 없는 것이다.

## ● 드베르그의 특징

『시詩 에다』의 「무녀의 예언」 등에 의하면, 그들은 원초의 거인인 **위미르**의 시체(대지) 속에서 구더기의 모습으로 발생했다고 한다. 이것을 본 신들이 논의 끝에 그것들에게 인간을 닮은 모습과 지성을 주었다. 그들 드베르그 위에 군림한 것이 모드소그니르Modsognir란 이름의 드베르그이다. 그는 두린Durin이라는 드베르그와 함께 흙덩어리로 많은 드베르그를 만들어냈다. 그래서 그들 중에는 흙덩이 속에 사는 것과 바위틈에 사는 것 두 종류가 존재한다.

『시詩 에다』의 「알비스의 말Alvíssmál」에 의하면, 드베르그는 코 주변이 푸르스름한 것이 마치 죽은 이 같은 모습을 하고 있다고 한다. 또한 햇볕에 약하고 아침햇살을 받으면 돌이 되어 버린다는 것이다. 그들의 수명이나 크기에 관해서는 『시詩 에다』나 『스노리 에다』에도 적혀 있지 않다. 다만 여신들에게 관계를 요구하기도 하는 것을 보면 놀라울 정도로 작은 것도 아닌 듯하다.

## 드베르그란

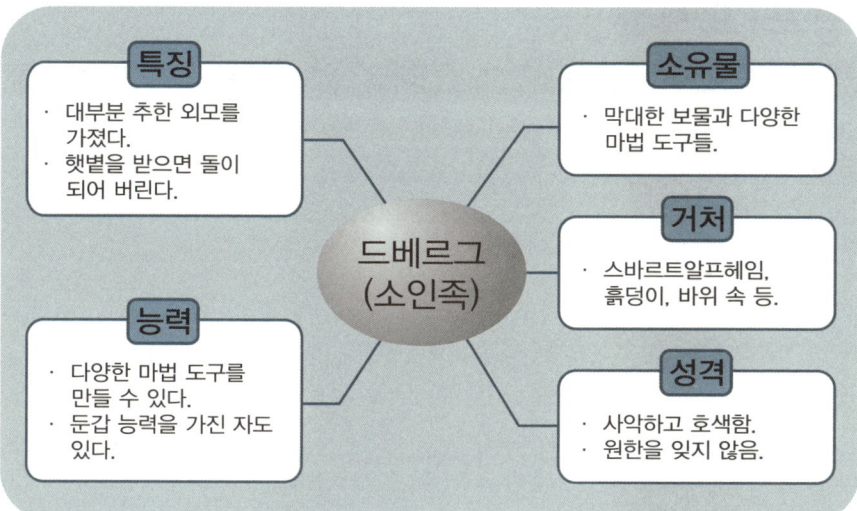

**특징**
· 대부분 추한 외모를 가졌다.
· 햇볕을 받으면 돌이 되어 버린다.

**소유물**
· 막대한 보물과 다양한 마법 도구들.

**거처**
· 스바르트알프헤임, 흙덩이, 바위 속 등.

**드베르그 (소인족)**

**능력**
· 다양한 마법 도구를 만들 수 있다.
· 둔갑 능력을 가진 자도 있다.

**성격**
· 사악하고 호색함.
· 원한을 잊지 않음.

## 드베르그와 주변과의 관계

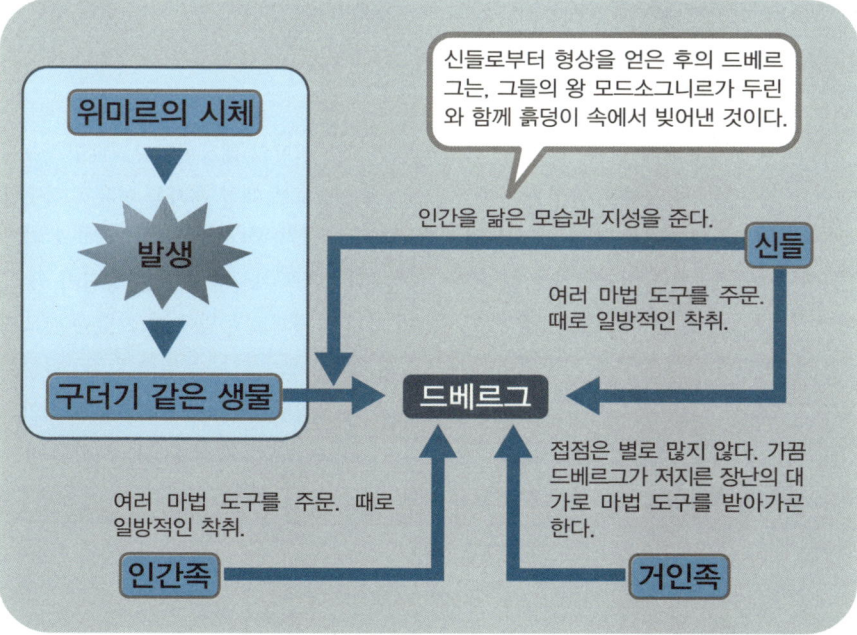

신들로부터 형상을 얻은 후의 드베르그는, 그들의 왕 모드소그니르가 두린와 함께 흙덩이 속에서 빚어낸 것이다.

**위미르의 시체**

**발생**

**구더기 같은 생물**

인간을 닮은 모습과 지성을 준다.

**신들**

여러 마법 도구를 주문. 때로 일방적인 착취.

**드베르그**

여러 마법 도구를 주문. 때로 일방적인 착취.

**인간족**

접점은 별로 많지 않다. 가끔 드베르그가 저지른 장난의 대가로 마법 도구를 받아가곤 한다.

**거인족**

관련항목
● **위미르** → No.046

# 알프(요정족)

**Álfr**

신들과 비슷한 모습을 가진 료스알프, 드베르그(소인족)와 비슷한 모습을 가진 도크알프. 북유럽에는 두 종류의 요정이 있었던 듯하다.

## ● 하얀 요정과 검은 요정들

알프[Álfr]는 북유럽 신화에 나오는 요정이다. 『시[詩] 에다』의 「무녀의 예언」이나 「트륌의 노래[Þrymskviða]」 속에서 그들은 신과 동급의 존재로 등장한다. 또한 「스키르니르의 여행[Skírnismál]」에 의하면 그 모습도 꽤 비슷했던 모양이다. 『스노리 에다』의 「길피의 속임수」에는 조금 더 구체적인 알프의 모습이 묘사되어 있다. 그에 의하면 알프에는 료스알프(Ljósálfr, 빛의 요정)와 도크알프(dökkálfr, 어둠의 요정) 두 종류가 존재했다. 료스알프는 태양보다도 아름다우며, 풍요신 **프레이르**[Freyr]가 다스리는 알프헤임[Álfheimr], 또는 제3의 하늘 비드블라인[Viðblainn]에 살고 있다. 한편 도크알프는 역청보다도 검으며 땅속이나 바위틈에 살고 있었다. 땅속에 산다는 공통점 때문인지 도크알프는 **드베르그(소인족)**와 혼동되는 일이 많다.

## ● 신앙의 대상이 된 알프들

이교시대 사람들에게 있어 그들은 신들과 마찬가지로 신앙의 대상이었다. 『헤임스크링라[Heimskringla]』의 「성 올라프 왕의 사가[Óláfs saga helga]」에는 알프에 대한 제사를 이유로 하룻밤 숙소를 원하는 나그네의 청을 거절하는 주부의 모습이 등장한다. 또한, 『코르마크 사가[Kormáks saga]』에는 상처를 치료하기 위해 무덤에 사는 알프에게 제물을 바치는 장면이 있다. 이러한 사가[Saga]에 그려진 요정들은 알프헤임이 아니라 대체로 무덤에 살고 있는 것으로 나온다. 이러한 무덤은 보통 지방의 유력자가 묻힌 장소이므로 그들은 일종의 조상령이었을지도 모른다. 실제로 10세기 노르웨이 남부를 지배하고 있던 올라프 왕이 죽어 게이르스타드[Geirstad]라는 곳에 묻혔을 때, 사람들은 그를 게이르스타드의 요정으로 모시고 풍작을 기원하며 제물을 올리고 제사를 드렸다고 한다.

## 알프란

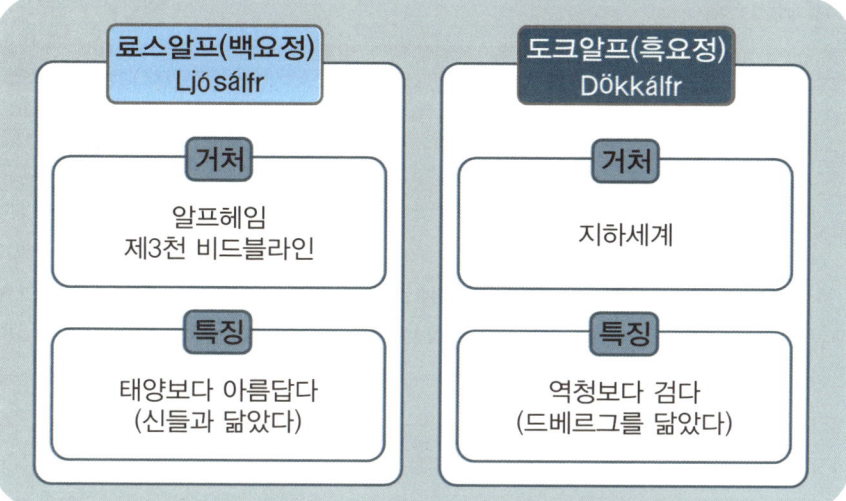

**료스알프(백요정)**
**Ljósálfr**

**거처**
알프헤임
제3천 비드블라인

**특징**
태양보다 아름답다
(신들과 닮았다)

**도크알프(흑요정)**
**Dökkálfr**

**거처**
지하세계

**특징**
역청보다 검다
(드베르그를 닮았다)

## 알프와 그 주변과의 관계

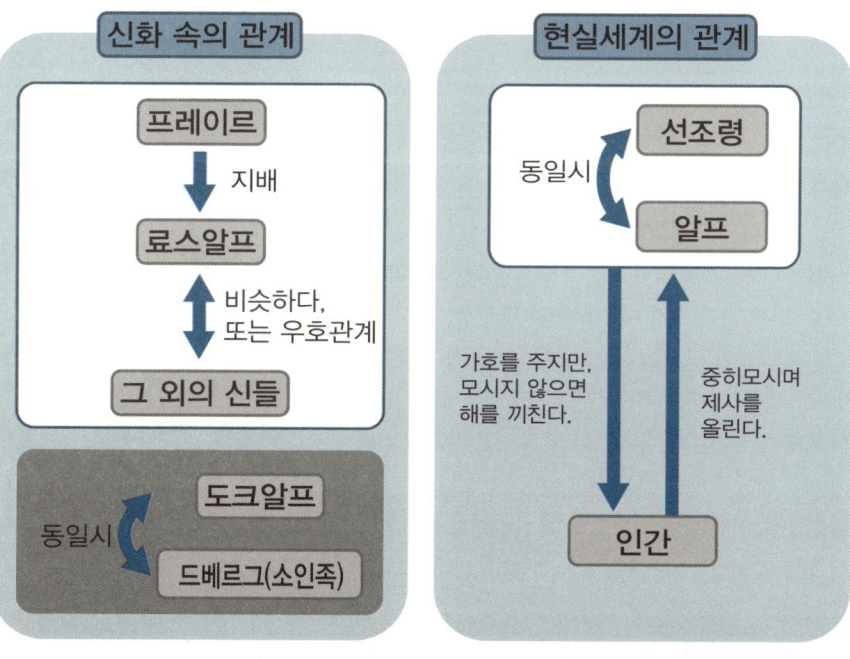

**신화 속의 관계**

프레이르
↓ 지배
료스알프
↕ 비슷하다,
또는 우호관계
그 외의 신들

도크알프
동일시
드베르그(소인족)

**현실세계의 관계**

선조령
동일시
알프

가호를 주지만,
모시지 않으면
해를 끼친다.

중히모시며
제사를
올린다.

인간

---

**관련항목**

● 프레이르 → No.042

● 드베르그(소인족) → No.063

# 무스펠
Múspell

최종전쟁 라그나로크 때 신들에게 도전하는 열국의 주민들. 그들은 신들마저도 압도하는 힘을 갖고 있었다.

## ● 불타오르는 세계의 주민들

무스펠Múspell은 최고로 오래된 세계인 **무스펠헤임**Muspellzheimr의 주민들이다. 그들은 무스펠헤임이 뿜어내는 열에 견딜 수 있는 강인한 육체를 갖고 있으며, 또한 싸움이 벌어지면 독자적인 진형을 구사해내는 지성을 겸비해, 신들마저도 경탄할 정도였다. 일설에 따르면 무스펠이라는 이름은 「심판의 날, 세계의 종말」이라는 의미를 갖고 있다고 한다. 실제로 최종전쟁 라그나로크Ragnarök가 도래했을 때 세계를 파멸로 이끌며 그 이름값을 톡톡히 했다.

그들과 신들과의 격돌은 『시詩 에다』의 「바프트루드니르의 말」 등 여러 기록을 통해 예언된 바 있다. 그러나 악신 **로키**의 자식들에게는 가혹할 정도의 조치를 취한 신들도, 그들에게는 일체 손을 대지 않았다. 마찬가지로 무스펠도 라그나로크가 도래할 때까지 그 어떤 도발도 일으킨 적이 없었다.

무적의 힘을 자랑하는 무스펠이었지만, 이름이 알려져 있는 것은 무스펠의 수장인 수르트Surtr와 그의 아내 신마라Sinmara뿐이다. 『스노리 에다』의 「길피의 속임수」에 의하면 수르트는 활활 타는 검을 손에 들고 무스펠헤임의 국경을 지켰다. 고시『피욜스비드의 노래Fjǫlsvinnsmál』에는 신마라가 수르트의 검 **레바테인**Lævatein을 엄중히 보관하는 장면이 나온다.

그들이 유일하게 꺼려했던 것은 세계수 **위그드라실** 꼭대기에 사는 황금의 수탉 비도프니르Viðófnir로, 그 우는 소리 때문에 매일 꽤 힘들었던 듯하다.

라그나로크가 도래하자 무스펠들은 침공을 개시한다. 『시詩 에다』의 「무녀의 예언」에는 그들이 로키와 함께 죽은 이들의 손톱으로 만든 배 나글파르Naglfar를 타고 왔다고 되어 있다. 「길피의 속임수」에는 수장 수르트가 말을 타고 선두에 서서 달렸다고 했다. 그들의 기세가 하도 거세 그만 하늘과 땅을 잇는 무지개다리 비프로스트Bifröst가 무너져버린다. 그들은 옛날부터 전쟁터로 정해져 있던 비그리드Vigriðr에서 승부를 겨루었다. 전쟁의 승패에 대해서는 여러 설이 있어 확실치 않다. 그러나 세계는 확실히 수르트가 뿜은 불에 타오르면서 종말을 향해 치달렸던 것이다.

## 무스펠이란

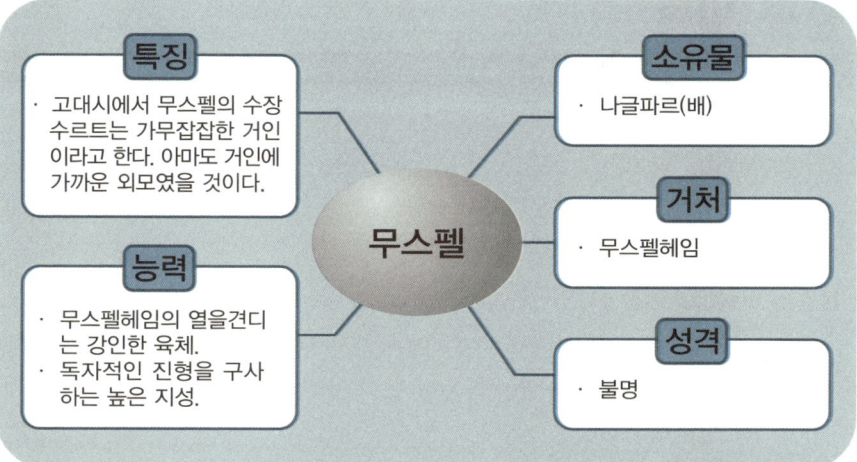

**특징**
· 고대시에서 무스펠의 수장 수르트는 가무잡잡한 거인 이라고 한다. 아마도 거인에 가까운 외모였을 것이다.

**능력**
· 무스펠헤임의 열을견디 는 강인한 육체.
· 독자적인 진형을 구사 하는 높은 지성.

**무스펠**

**소유물**
· 나글파르(배)

**거처**
· 무스펠헤임

**성격**
· 불명

## 무스펠들의 침공루트

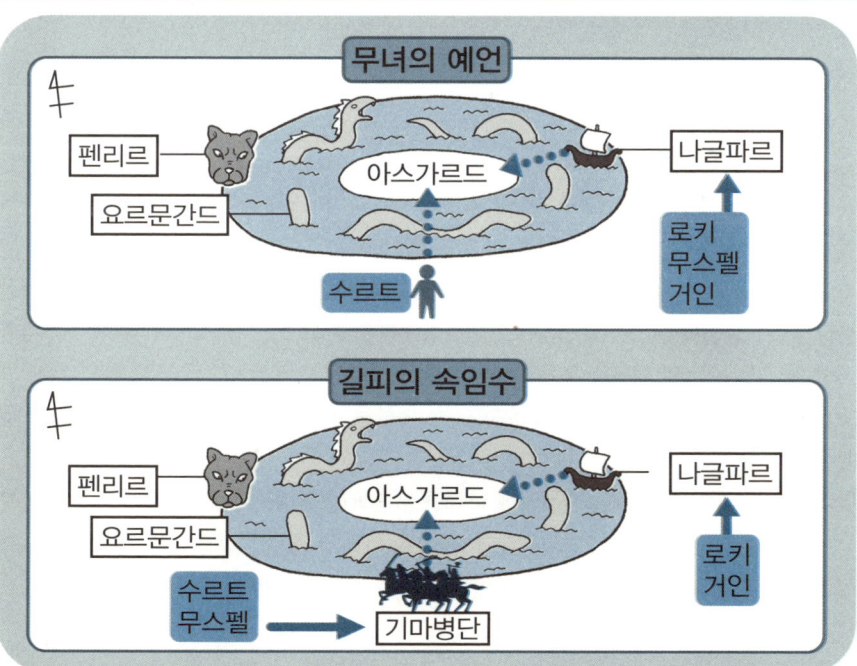

**무녀의 예언**

펜리르

요르문간드

아스가르드

나글파르

수르트

로키
무스펠
거인

**길피의 속임수**

펜리르

요르문간드

아스가르드

나글파르

수르트
무스펠 → 기마병단

로키
거인

관련항목
● 무스펠헤임 → No.013
● 위그드라실 → No.015
● 로키 → No.057
● 레바테인 → No.088

# 볼숭 일족
Vǫlsungar

수많은 영웅을 배출한 일족. 그들은 주신 오딘의 피를 잇고 그의 가호를 받은 가문이었다.

## ● 수많은 영웅을 배출한 일족

볼숭Vǫlsungr 일족은 주신 **오딘**Óðinn 의 피를 이은 시기Sigi 를 시조로 하는 일족이다. 매우 많은 영웅을 배출한 가문으로, 사가Saga 에도 그 이름이 등장하는 **훈딩**Hundingr**을 죽인 헬기**Helgi 와, 용을 죽인 시구르드Sigurd 도 그 가문의 일원이다. 이 일족에 대해서는 『볼숭가 사가Vǫlsungar saga 』에 자세히 언급되어 있다.

일족의 시조인 시기Sigi 는 어느 날 사냥한 짐승을 두고 다투다 그만 스카디라는 사내의 하인을 죽여 추방형을 받게 된다. 그러나 무용이 뛰어났던 그는 훈족의 나라(지금의 독일)를 정벌해 왕이 되었다. 그 후 노령에 접어들 때까지 왕으로 권세를 누리다가 처가쪽 친척에 의해 그만 죽임을 당하고 만다. 당시 원정을 나갔던 그의 아들 레리르Rerir 는 아버지의 부보를 듣고 바로 돌아와 복수를 하고 왕좌에 오른다. 그는 훌륭한 왕이 되었으나 후계자를 얻지 못해, 왕비와 함께 매일 신들의 어머니 **프리그**Frigg 에게 기도를 올렸다. 그를 가여워한 프리그는 오딘에게 이야기하여 아이를 점지해주는 사과를 **발키리에**Valkyrje 에게 들려 그들에게 보내준다. 이렇게 하여 태어난 것이 일족의 이름이 된 볼숭Vǫlsungr 이었다.

볼숭의 부모는 그의 탄생 후 얼마 못 가 세상을 떠나지만, 그도 또한 훌륭한 왕으로 성장한다. 그가 성년이 되자 사과를 갖다 줬던 발키리에 흘료드Hljóð 가 그에게 와 그의 아내가 되었다. 그들은 오래 행복한 결혼생활을 보냈고, 열 명의 아들과 한 명의 딸을 얻었다. 그 중에서도 뛰어났던 것이 장남 **시그문드**Sigmund 와 쌍둥이 여동생 시그뉘Signý 였다. 그러나 행복은 그다지 오래 가지 않았다. 어느 날 고틀란드의 왕 시게이르Siggeir 가 시그뉘에게 구혼을 한 것이다. 시게이르는 결혼식장에 나타난 오딘의 칼을 둘러싸고 시그문드와 맞섰다가 그에게 창피를 당하고 만다. 그 자리는 어찌어찌 수습이 됐지만 그 원한을 잊지 못했던 그는 후일 시그문드와 시그뉘를 제외한 일족을 모두 죽이고 마는 것이다.

## 볼숭 일족

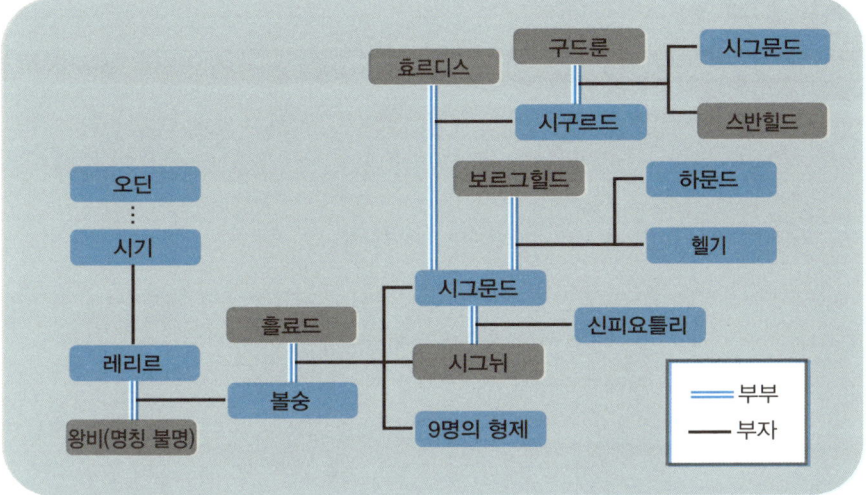

## 시게이르와 볼숭 일족

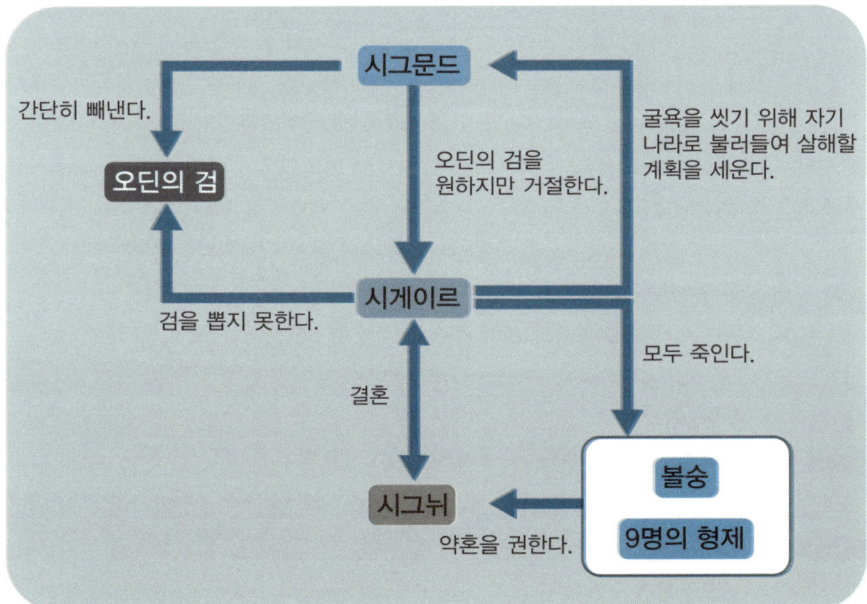

# 시그문드

Sigmund

오딘의 검을 손에 들고 일족의 복수를 하는 영웅. 그러나 그 검이 오딘의 손에 부러졌을 때 그의 명운은 다하고 만다.

## ● 사가에 전해지는 두 영웅의 아버지

시그문드Sigmund는, **훈딩을 죽인 헬기**Helgi와 용을 죽인 **시구르드**Sigurðr의 아버지로 알려진 영웅이다. 그의 인생도 그 아들들에 뒤지지 않는 파란만장한 것이었다. 『볼숭가 사가Volsungar saga』에는 다음과 같이 전해지고 있다.

시그문드는 여동생의 혼례 잔치에 나타난 **오딘**Óðinn의 검을 둘러싸고, 매제가 된 고틀란드 왕 시게이르Siggeir와 다툼이 일어났다. 검을 얻지 못한 왕은 시그문드 일족을 잔치인 척 속여 자기 나라로 불러들여 모두 죽였다. 동생 시그뉘Signý의 임기응변으로 살아남은 시그문드는 숲속에 모습을 감추고 복수의 기회를 기다리며 와신상담한다.

시그뉘는 오빠의 복수를 돕기 위해 마법사의 모습으로 둔갑해 오빠와 동침, 신피요틀리Sinfjötli를 낳았다. 그는 10살이 되자 시그문드에게 보내 훈련을 시켰다. 때가 무르익었다고 판단한 시그문드는 복수를 하러 가지만 되려 격퇴당해 신피요틀리와 함께 산 채로 묻히고 만다. 그러자 시그뉘는 꾀를 내어 지푸라기 다발에 베이컨과 오딘의 검을 둘둘 싸 시그문드에게 몰래 전달했다. 둘은 그 검으로 바위를 깨고 탈출하여 왕의 성에 불을 질러 복수를 다한다. 그러나 시그뉘는 오빠에게 신피요틀리가 둘의 아들이라는 것을 고백하고는 왕과 운명을 함께 한다.

그 후 시그문드는 나라로 돌아와 왕위에 올랐고 보르그힐드Borghild와의 사이에 하문드, 헬기Helgi라는 두 아들을 얻었다. 하지만 왕비가, 평소 사이가 나빴던 아들 신피요틀리를 독살하자 이혼해버린다.

시그문드는 새로 효르디스Hjördis라는 비를 얻는데, 그녀를 마음에 두고 있던 훈딩Hundingr가의 륑비Lyngvi 왕과 전쟁이 일어난다. 전투 중 오딘의 가호의 상징이었던 칼이 오딘 본인에 의해 부러지면서 시그문드는 그만 목숨을 잃는다. 그의 최후를 지켜본 효르디스는 덴마크의 왕자 알프Alf에게 구출되어 그의 거처에서 시그문드의 유복자 시구르드를 낳는 것이다.

## 이름 높은 영웅들의 아버지 시그문드

### 소 속

인간

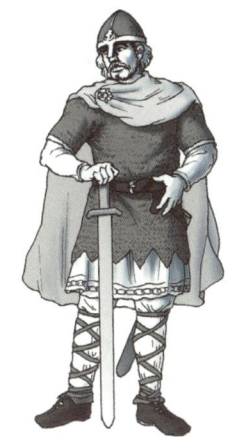

해설

시구르드와 헬기, 두 영웅의 아버지. 여동생의 약혼 잔치에 나타난 주신 오딘이 성 가운데에 있는 나무에 꽂은 칼을 손에 넣으면서 장절한 운명에 휘말리게 된다.

**특징**

오누이 중에서 가장 뛰어난 능력을 가졌다. 우연히 손에 넣은 털가죽의 저주로 한 때 늑대의 모습으로 지내기도 했다.

#### 주요 소유물

오딘의 검

#### 관계 깊은 신과 인물

오딘 / 헬기 / 시구르드

## 시그문드의 일생

### 오딘의 검

오딘의 검을 둘러싼 말썽으로 매제 시게이르의 원한을 산 시그문드 일족은, 그의 나라에 초대받아 갔다가 시그문드를 제외한 모두가 죽임을 당한다.

### 복수와 여동생과의 이별

살아남은 시그문드는 때를 기다렸다가, 시그뉘와의 사이에 얻은 아들 신피요틀리와 함께 복수를 완수한다. 그러나 시그뉘는 시게이르와 운명을 함께 하고 화염 속으로 사라져갔다.

### 신피요틀리 암살

복수를 마친 시그문드는 보르그힐드와 혼인하여 두 아들을 얻었다. 그러나 아내의 일족에 의해 신피요틀리가 암살되자 시그문드는 보르그힐드와 이혼한다.

### 오딘에게 농락당한 운명

시그문드는 새 아내 효르디스를 아내로 원했던 륑비 왕과 싸운다. 그 싸움 중에 갑자기 나타난 오딘에 의해 검이 부러지면서 시그문드는 목숨을 잃고 만다.

---

**관련항목**

- 오딘 → No.017
- 헬기(훈딩을 죽인 헬기) → No.068
- 시구르드 → No.069

# 헬기(훈딩을 죽인 헬기)

Helgi

운명의 여신의 가호를 받은 영웅. 그는 연인과 함께 환생을 반복하는 운명을 맞는다.

## ● 다시 태어나는 연인들

헬기[Helgi]는 **시그문드** 왕의 아들로, **노른**[Norn]들로부터 「모든 왕 중에서 가장 이름 높은 왕이 되리라」는 축복을 받은 인물이다. 그의 파란에 찬 생애는 『시詩 에다』의 「훈딩을 죽인 헬기의 노래[Helgakviða Hundingsbana]」와 『볼숭가 사가[Volsungar saga]』에 자세히 기록되어 있다.

뛰어난 인물에게 자식을 맡기던 당시 풍습에 따라, 헬기는 용사 바가르 밑에서 훌륭한 청년으로 성장했다. 15살 때 아버지의 원수인 훈딩[Hundingr]이 집으로 쳐들어왔을 때 그는 시녀로 변장하여 무사히 위기를 넘긴다. 그 후 헬기는 배다른 형인 신피요틀리와 함께 훈딩 가로 쳐들어가 훈딩 왕과 그 자식들을 처치했다. 그리고 돌아오는 길에 헬기는 헤그니[Högne] 왕의 딸이자 **발키리에**인 시그룬[Sigrún]을 만나게 된다. 「훈딩을 죽인 헬기의 노래」에 의하면, 그들은 전생부터 이어진 연인사이로, 시그룬은 예전부터 헬기를 연모하고 있었다. 그러나 그녀의 아버지는, 그랑마르[Granmar] 왕 호트브로드[Hothbrodd]와 약혼시켜 버린다. 그것을 거부하고 그녀는 아버지 곁을 떠나 헬기에게로 가는 것이다.

헬기는 그녀를 손에 넣고자 군대를 일으켰고, 격렬한 싸움 끝에 호트브로드와 헤그니 일족을 멸망시켰다. 이리 하여 둘은 맺어지고 행복해졌지만 항복해서 유일하게 살아남은 시그룬의 동생 다그[Dag]는 도무지 용납이 되지 않았다. 그래서 그는 **오딘**에게 가호를 기원하고 빌린 창으로 헬기를 죽이는 것이다.

우물쭈물 사과하는 동생에게 저주의 말을 퍼부은 시그룬은, 남편의 죽음을 슬퍼해 매일 울며 지냈다. 그것을 보다 못한 헬기가 딱 한 번 저세상에서 돌아와 시그룬과 하룻밤을 보낸다. 그러나 그 후 두 번 다시 나타나지 않았고, 그녀도 헬기를 쫓듯 짧은 생애를 마친다. 그 후 그들은 환생해 다시 사랑에 빠졌다고 한다.

## 환생을 거듭하는 영웅 헬기

| 소 속 |
| --- |
| 인간 |

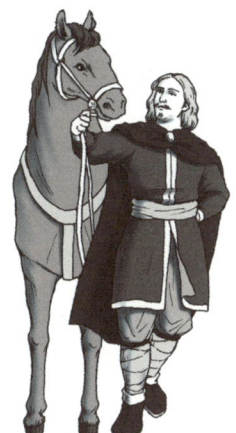

### 주요 소유물

비그프레브(애마)

### 관계 깊은 신과 인물

시그문드 / 시구르드 /
시그룬

 **해설**

시그문드 왕의 아들. 아버지 대신
적대하던 훈딩 왕을 토벌해 「훈딩
을 죽인 헬기」라는 별명이 붙었
다. 처남의 손에 암살당한 후 슬퍼
하는 아내를 위해 하룻밤 이승으
로 돌아왔다고 한다.

**특징**

노른의 축복을 받은 왕. 부하를 잘
다독이고 씀씀이도 후했다. 아내
와 함께 몇 세대에 걸쳐 환생을
반복하고 있다.

### ✤ 훈딩을 죽인 헬기의 전생과 후생

같은 이름이 많은 북유럽에서는 별명으로 불리는 인물이 많다. 헬기의 별명도 그 일례인데,
그의 경우는 그 전생과 구별하기 위해 더욱 별명에 주목해야 한다.

훈딩을 죽인 헬기는, 그 전생에서 노르웨이 왕 효르바르드(Hjörvarðr)의 아들로 태어났다. 그는
벙어리였던 까닭에 이름을 받지 못하고 효르바르드의 아들이라 불리었다. 그에게 영웅의
자질이 있음을 알아본 발키리에 스바파(Sváfa, 시그룬의 전생)는, 그에게 헬기라는 이름과
명검을 주고 그 수호자가 되었다. 스바파의 가호를 얻은 헬기는 많은 무공을 세웠고 이윽고
그녀와 맺어지게 된다. 그러나 이 행복은 오래 가지 못했다. 스바파를 짝사랑했던 헬기의 동생
헤딘(Heðinn)이 잔치 때 신성한 맹세를 내세우며 형의 아내를 자기가 취하겠노라고 선언을 한
것이다. 이것이 저주로 발동되어 후일 싸움에서 헬기는 목숨을 잃고 만다.

한편 훈딩을 죽인 헬기가 다시 태어난 것이, 스웨덴 왕 하딘갸르(Haddingjar)의 용사 헬기이다.
그는 시그룬이 환생한 발키리에 카라(Kára)의 가호를 받아 전쟁터를 누볐다. 그러나 덴마크
인과의 싸움 중, 검을 너무 높이 쳐드는 바람에 백조로 둔갑해 뒤로 날아온 카라를 베어 죽이고
만다. 당연히 그녀의 가호를 잃은 헬기는 자신도 무사하지 못하고 그 전투에서 목숨을 잃었다.

관련항목

● 오딘 → No.017
● 발키리에 → No.022
● 노른→ No.037
● 시그문드 → No.067

# 시구르드

Sigurðr

용을 죽여 이름을 떨친 영웅 시구르드. 그는 사랑하는 여성을 배신하여 목숨을 잃고 만다.

## ● 용을 죽인 영웅

용을 죽인 영웅으로 이름 높은 시구르드Sigurðr는 볼숭가의 왕 **시그문드**Sigmund의 아들이다. 시그문드가 죽은 후 어머니 효르디스Hjördís가 덴마크 왕 · 프레크Hjalprek의 왕자 알프Alf와 재혼했기 때문에 시구르드는 소년시절을 그 밑에서 보냈다. 이 때 시구르드를 돌봐준 것이 명 대장장이 레긴Regin이다.

어엿한 청년으로 자란 시구르드는 아버지의 원수인 훈딩 가를 멸하고 복수를 완수한다. 또한 레긴의 권유로, 그의 형이자 황금에 미쳐 용으로 변한 **파프니르**Fáfnir를 쓰러뜨렸다. 레긴이 시키는대로 파프니르의 심장을 태우던 시구르드는 우연히 그 피를 핥게 되면서 동물의 말을 이해할 수 있게 되었다. 작은 새의 지저귐을 듣고 레긴의 배신을 알게 된 시구르드는 그를 죽이고 애마 그라니Grani에 황금을 싣고 고향으로 돌아간다.

도중에 작은 새들의 권유에 따라, 시구르드는 힌다르피얄Hindarfjall이라는 산에 들른다. 거기에는 불에 휩싸인 성에 한 명의 **발키리에**Valkyrje가 잠들어있었다. 시구르드는 그녀를 구해내 여러 지식을 얻게 된다.

모험 후, 혜임 왕의 수하에 몸을 의탁한 시구르드는 거기서 혜임 왕의 의누이 **브륀힐드**Brynhildr와 결혼 약속을 나눈다. 한편 『시詩 에다』의 「브륀힐드의 명부 여행」에는 시구르드가 힌다르피얄 산 정상에서 구해낸 발키리에가 바로 브륀힐드였다고 되어 있다.

그러나 시구르드는 규키Gjúki 왕의 성을 방문했을 때 그의 딸 구드룬Guðrún을 아내로 삼아버린다. 또한 시구르드는 처남이 된 규키 왕의 아들 군나르Gunnarr를 위해 예전에 사랑했던 브륀힐드를 속여 그의 아내가 되게 해버린 것이다. 이 모든 사실을 알게 된 브륀힐드는 분노에 차, 시구르드의 황금에 눈이 먼 군나르를 부추겨 시구르드를 암살하도록 꾸민다. 결국 사랑의 배신이 그의 목숨을 빼앗고 만 것이다.

## 용을 퇴치한 영웅 시구르드

| 소 속 |
| --- |
| 인간 |

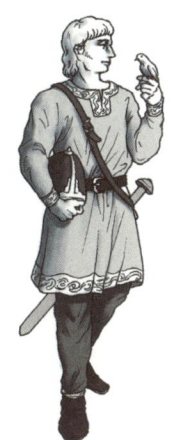

**해설**

용을 퇴치한 게르만의 영웅. 독일에서 완성된 기사도 이야기 『니벨룽겐의 노래』와 독일 작곡가 바그너의 작품에서는 지크프리트로 불린다.

**특징**

파프니르의 피와 심장의 마력으로 작은 새나 동물의 말을 알아듣는다. 또한 룬 문자의 지식과 의술에도 조예가 깊다.

### 주요 소유물
그람(검) / 그라니(말) 외

### 관계 깊은 신과 인물
오딘 / 파프니르 / 브륀힐드

## 『시(詩) 에다』 및 사가에 등장하는 시구르드의 주요 모험

### 파프니르 퇴치
양부 레긴의 권유로 파프니르를 퇴치. 그러나 용의 피와 심장의 마력에 의해 레긴의 배신을 알게 된 시구르드는 그를 죽이고 황금을 갖고 돌아간다.

### 발키리에를 구출
힌다르피얄 산 정상에 잠들어 있는 발키리에의 저주를 풀고 그녀로부터 많은 지식을 전수받는다.

### 구드룬과의 결혼과 군나르의 약혼
규키 왕을 찾아가 그의 딸 구드룬과 결혼. 그 후 처남이 된 군나르를 위해, 그로 변장하고 아틸라 왕의 여동생 브륀힐드에게 구혼하여 혼약을 성립시킨다.

### 암살로 인한 최후
본래 시구르드에게 마음을 주고 있던 브륀힐드는 구드룬과의 싸움을 계기로 폭주. 그녀의 부추김을 받은 군나르에 의해 암살당한다.

---

**관련항목**

- 발키리에 → No.022
- 시그문드 → No.067
- 파프니르 → No.070
- 브륀힐드 → No.071

# 파프니르

Fáfnir

저주받은 황금에 현혹되어, 아버지를 죽이고 황금을 손에 넣은 장남은 인간의 모습을 버리고 용이 되었다.

## ●인간의 모습을 버린 무서운 용

파프니르<sup>Fáfnir</sup>는 『시詩 에다』와 사가<sup>Saga</sup>에 이름이 등장하는 용이다. 몸 전체가 빛나는 비늘로 덮여 있으며, 독기를 뿜어대는 무시무시한 존재였다. 그러나 그는 현자로 불릴 만큼 영민했으며 그 심장과 피에는 동물의 말을 알아들을 수 있는 마력이 숨겨져 있었다. 또한, 흐로티<sup>Hrotti</sup>라 불리는 검을 갖고 있으며 인간에게 공포를 주는 에기르<sup>Ægir</sup>의 투구를 쓰고 있었다고 한다.

『시詩 에다』의 「레긴의 말<sup>Reginsmál</sup>」이나 「파프니르의 말<sup>Fáfnismál</sup>」 등에 의하면 그는 본래 인간이었다. 그러나 주신 **오딘**이 그들 가족에게 준 안드바리<sup>Andvari</sup>의 황금 때문에 인생이 뒤집혔던 것이다. 그 황금은, 그의 동생인 오트르<sup>Otr</sup>가 신들의 실수로 부당히 죽게 된 데에 대한 보상으로 받은 것이었다. 하지만 그 입수방법이 정당하지 못했기 때문에 본래 주인인 드베르그 안드바리<sup>Andvari</sup>의 저주를 받은 것이다. 눈부신 황금의 유혹에 눈이 먼 파프니르는 동생 레긴<sup>Regin</sup>과 함께 아버지 흐레이드마르<sup>Hreiðmarr</sup>를 죽이고, 급기야는 레긴과 여동생들을 모두 쫓아내고 황금을 독차지 해버린다. 그리고 그니타헤이드<sup>Gnitaheiðr</sup>라 불리는 들판에 동굴을 만들어 황금을 숨기고는, 용으로 둔갑해 그 위에 드러누웠다.

하지만 황금의 저주는 그에게도 파멸을 초래했다. 그와 마찬가지로 황금에 매료돼 있던 레긴이 당시 최고의 용자이자 그의 양자였던 시구르드<sup>Sigurðr</sup>를 부추겨, 그를 죽이도록 꾸민 것이다. 시구르드는 파프니르가 물을 먹기 위해 지나다니는 길에 구멍을 파고 숨어서는 그가 위를 지나가는 순간을 노려 명검 그람<sup>Gram</sup>으로 심장을 꿰뚫었다. 그것이 치명상이 되어 파프니르는 목숨이 끊어진다. 죽기 전의 일순간 그는 제정신으로 돌아와 시구르드에게 황금에 손을 대지 말도록 충고했다고 한다. 그러나 그는 충고를 듣지 않았다. 결국 시구르드와 그 친족도 모두 그 황금으로 인해 파멸을 초래하게 되는 것이다.

## 황금에 현혹된 악룡 파프니르

### 소 속
불명

### 거 처
그니타헤이드

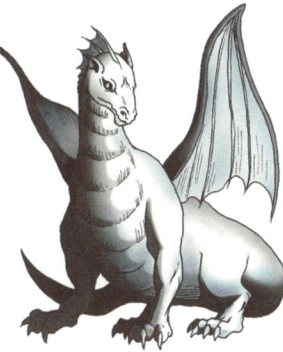

**해설**

저주받은 황금을 얻게 된 흐레이드마르의 아들. 아버지를 살해하고 황금을 차지한 후 용의 모습이 된다. 그의 황금을 탐낸 동생 레긴의 책략에 의해 시구르드에게 퇴치 당한다.

**특징**

땅을 기어다니며 빛나는 비늘을 가진 용. 독기를 뿜어댄다. 그 심장과 피에는 동물의 말을 알아들을 수 있는 마력이 숨어 있다.

**― 주요 소유물 ―**

흐로티(검) / 에기르의 투구 / 안드바리의 황금

**― 관계 깊은 신과 인물 ―**

오딘 / 로키 / 시구르드 / 흐레이드마르 / 레긴

## 파프니르와 주변 관계

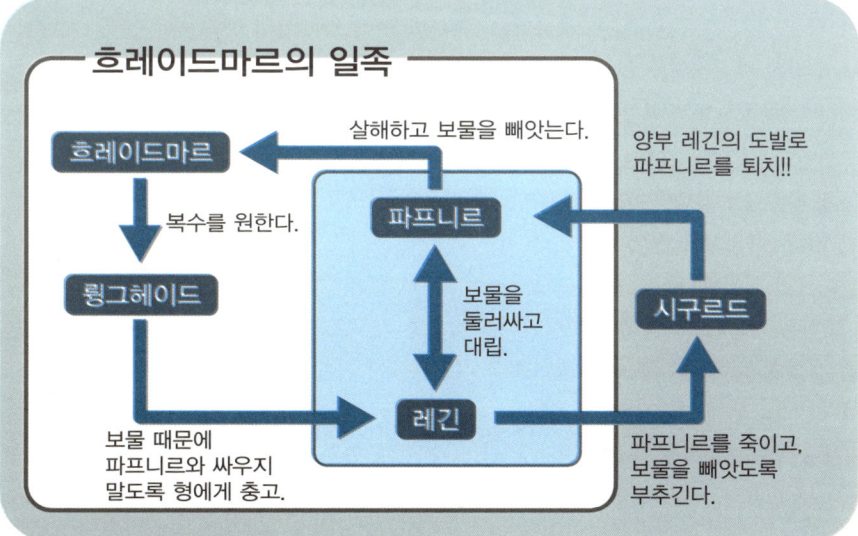

흐레이드마르의 일족

흐레이드마르 — 살해하고 보물을 빼앗는다. — 파프니르

복수를 원한다.

링그헤이드

보물을 둘러싸고 대립.

양부 레긴의 도발로 파프니르를 퇴치!!

시구르드

보물 때문에 파프니르와 싸우지 말도록 형에게 충고.

레긴

파프니르를 죽이고, 보물을 빼앗도록 부추긴다.

**관련항목**

● 오딘 → No.017
● 시구르드 → No.069
● 안드바리의 황금→ No.082

# 브륀힐드

Brynhildr

화염에 휩싸인 성에 사는 아름다운 왕녀. 그녀는 얻지 못한 사랑 때문에 주위를 파멸로 이끈다.

## ● 사랑에 미친 왕녀

브륀힐드Brynhildr는 『시詩 에다』 및 사가Saga에 그 이름이 나오는 부들리Buðli 왕의 딸이자 아틀리Atli 왕의 여동생이다. 『시詩 에다』의 「브륀힐드의 명부여행Helreið Brynhildar」에 의하면, 그녀는 **발키리에**Valkyrje였다. 그러나 주신 **오딘**의 명을 거역해 잠이 드는 저주에 걸려버렸다고 한다.

그녀는 힌다르피얄Hindarfjall이라는 산 위에 있는, 불길에 휩싸인 성에서 깊은 잠에 **빠져** 있었다. 그런 그녀를 구한 것이, 용을 죽인 영웅으로 알려진 **시구르드**Sigurðr이다. 그는 브륀힐드에게 사랑을 속삭이고 결혼을 약속한다. 하지만 그는 약속을 잊고 규키 왕의 딸 구드룬Guðrún과 결혼하게 된다.

규키 왕의 아들 군나르와 처남지간이 된 시구르드는, 그가 브륀힐드를 얻는데 도와주기 위해 다시 힌다르피얄을 찾아간다. 하지만 성에 다가가니 군나르의 말은 타오르는 불에 겁을 먹고 움직이려고 하지 않았다. 어쩔 수 없이 시구르드는 군나르로 변장하고, 애마 그라니와 함께 불을 뛰어넘어 브륀힐드에게로 향했다. 불을 뛰어넘는 군나르를 본 브륀힐드는 그의 용기를 인정하고 그의 아내가 된다. 그 후 브륀힐드는 나름대로 행복하게 살았다. 하지만 어느 날 구드룬과 싸우면서 모든 것을 알게 된다. 시구르드에 대한 배신감과, 차마 끊어내지 못한 미련 때문에 그녀의 마음속에 어두운 복수의 불꽃이 타오르기 시작했다.

그녀는 남편과 그 동생 호그니Hǫgni를 꼬드겨 시구르드를 암살하도록 부추겼다. 그들은 매형을 죽이는데 주저하지만, 결국 시구르드가 가진 황금에 눈이 멀어 동생인 구토름Guttorm을 시켜 그를 죽이게 했다.

시구르드의 죽음을 안 브륀힐드는 한 바탕 크게 웃은 후에 시구르드와 함께 화장해달라는 유언을 남기고 자결한다. 결국 그녀에게 있어 시구르드가 모든 것이었던 것이다.

## 사랑에 몸을 사른 발키리에 브륀힐드

### 소 속
아스 신족 / 인간

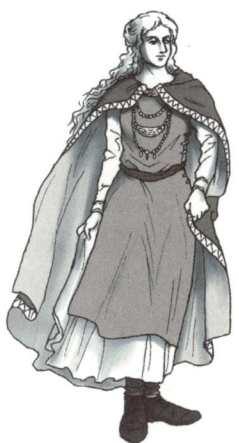

### 주요 소유물
안드바라나우트(반지)

### 관계 깊은 신과 인물
오딘 / 시구르드

### 해설
부들리 왕의 딸이자 아틀리 왕의 여동생. 발키리에(Valkyrje)였지만, 주신 오딘의 명을 거역해 저주를 받는다. 시구르드에 대한 이루지 못한 사랑에 미쳐 남편 군나르가 그를 죽이도록 만든다.

### 특징
아름다운 발키리에. 『볼숭가 사가』에 의하면, 예언의 힘과 룬 문자와 마술에 대한 지식을 갖고 있었다고 한다.

## 브륀힐드와 그 주변

규키 왕의 자식들

군나르

구드룬

시구르드 암살을 말린다

시구르드 암살을 부탁

부부

신분상의 갈등으로 대립!

부부

호그니

브륀힐드

암살을 지시

결혼 약속했지만 무효로

구토름

**암살!!**

시구르드

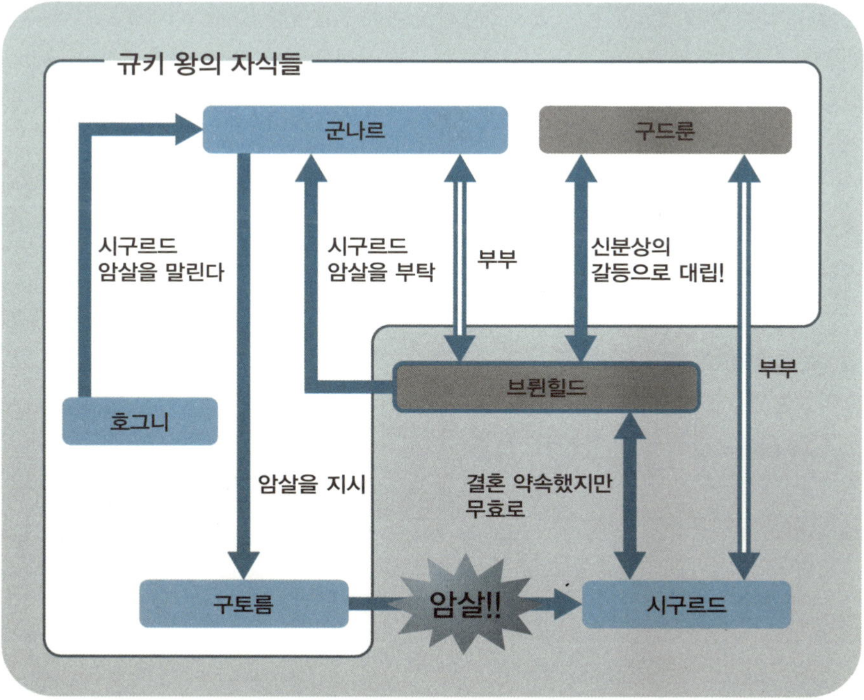

### 관련항목
● **오딘** → No.017

● **발키리에** → No.022

● **시구르드** → No.069

# 볼룬드

Völundr

포로로 잡혀 아내를 위해 만든 보물과 자유를 빼앗긴 전설의 명공은, 이윽고 복수의 화신이 되었다.

## ● 발키리에를 아내로 둔 전설의 명공

볼룬드Völundr는 『시詩 에다』의 「볼룬드의 노래Vǫundarkviða」 등에 등장하는 전설의 장인이다. 꽤 오랜 기원을 갖고 있어 게르만 문화권 대부분의 나라에 알려져 있다.

「볼룬드의 노래」에 의하면 볼룬드는 핀Finn국(핀란드)의 왕자였다. 어느 날 그는 두 형과 함께 스키로 사냥을 하러 나갔다가 늑대 계곡이라 불리는 곳에서 숙박을 한다. 다음 날, 세 명은 집 근처에 있는 늑대 연못에서 세 명의 **발키리에**Valkyrje가 백조의 날개옷을 벗고 베를 짜고 있는 것을 발견한다. 그들은 그녀들을 데리고 돌아가 각자의 아내로 삼는다. 7년간 그들은 행복하게 살았다. 그러나 8년째가 되자 그녀들은 전쟁터로 가기 위해 떠나버린다. 위의 형 둘은 아내를 찾기 위해 떠났지만, 볼룬드는 아내가 돌아오기를 기다리며 팔찌를 만들기 시작했다.

어느 날, 그의 솜씨를 들은 냐랄Närke의 왕 니두드Niðuðr는, 그를 잡아 발꿈치를 끊고 세바르스타디르Sævarstaðir라 불리는 고도에 유폐한다. 명공인 그를 독점하려고 한 것이다. 그는 자신의 처지에 절망하면서도 왕의 요구대로 보물을 계속 만들었다. 그러면서 몰래 복수의 기회를 엿보고 있었다. 우선 그는 섬을 찾아온 니두드의 두 왕자를 죽여 그들의 시체로 술잔과 목걸이 등의 보물을 만들어 왕에게 바쳤다. 또한 니두드의 딸 보드빌드Böðvildr가 그를 찾아왔을 때 그녀를 술로 취하게 만들어 폭행했다. 그제서야 만족했는지 그는 새의 날개로 만든 비행날개를 몸에 걸치고는 하늘로 날아올라, 니두드의 왕궁으로 향했다. 그리고 왕자들을 살해한 사실과 보드빌드를 폭행해 둘 사이에 아이가 생긴 사실을 고했다. 파랗게 질린 왕을 비웃으며 볼룬드는 니두드의 왕궁을 날아 떠나간다. 그가 그 후 어떻게 되었는지에 대해서는 알려진 바가 없다.

## 전설의 명장인 볼룬드

### 소 속

인간

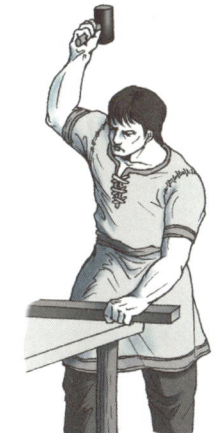

**해설**

게르만 문화권에 널리 알려진 전설의 명공. 욕심에 눈이 먼 왕에게 사로잡혀 보물을 만들게 되지만, 꾀로 오히려 왕을 궁지에 빠뜨린다는 이야기가 많이 남아 있다.

**특징**

「볼룬드의 노래」에 의하면 니두드 왕에 의해 발꿈치를 잘렸다.

**주요 소유물**

새의 날개로 만든 비행날개

**관계 깊은 신과 인물**

발키리에

## 「볼룬드의 노래」에 나오는 인물상관도

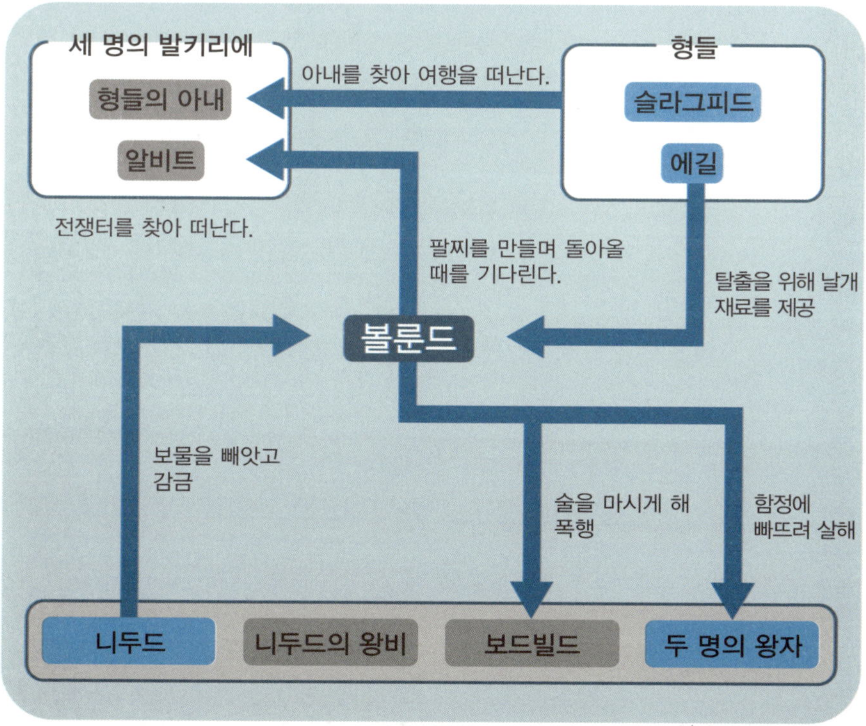

**세 명의 발키리에**

형들의 아내

알비트

전쟁터를 찾아 떠난다.

아내를 찾아 여행을 떠난다.

**형들**

슬라그피드

에길

팔찌를 만들며 돌아올 때를 기다린다.

탈출을 위해 날개 재료를 제공

**볼룬드**

보물을 빼앗고 감금

술을 마시게 해 폭행

함정에 빠뜨려 살해

니두드　니두드의 왕비　보드빌드　두 명의 왕자

**관련항목**

● 발키리에 → No.022

# 규키 일족의 그 후 모습

북유럽 신화 최고의 영웅 시구르드를 살해하고, 안드바리의 황금을 차지한 군나르와 규키(Gjúki) 일족. 그들은 그 후 어떠한 인생을 보냈을까.

자신의 오빠들의 손에 사랑하는 남편과 아들을 살해당한 구드룬(Guðrún)은 시구르드의 아이 스반힐드(Svanhild)를 출산한 후에도 충격에서 벗어나지 못했다. 오빠 군나르(Gunnarr)와 호그니(Hogni)가 백배사죄를 했지만 일체 그녀의 마음에 닿지 못했다. 구드룬의 어머니 그림힐드(Grimhild)는 그녀가 곧 제정신을 되찾고는 친족에 복수를 할 것이 두려워 약을 먹여 오빠들에 대한 증오를 잊게 만든다. 또한 가족들에게서 떼어놓기 위해 억지로 브륀힐드의 오빠인 훈(Hun)족의 왕 아틸라(Attila)에게 시집을 보냈다. 하지만 이러한 결혼에 사랑이 생겨날 까닭이 없어 구드룬은 우울한 인생을 보내게 된다.

한편, 그녀의 오빠 군나르와 호그니는 자신도 모르는 새에 위기적 상황에 빠져들고 있었다. 구드룬의 남편 아틸라가 그들이 시구르드한테서 빼앗은 황금을 노리고 그들을 모살할 계획을 세우고 있었던 것이다. 계획을 눈치 챈 구드룬은 군나르에게 경고를 하지만 그들은 별로 마음에 두지 않는다. 또한 그들의 아내도 나쁜 꿈을 꾸었노라고 주의를 촉구했지만 그들은 그 경고 역시 무시하고 만다. 결국 군나르 형제는 아틸라의 계획대로 몇 명의 부하만을 데리고 아틸라의 함정이 깔려 있는 왕궁으로 들어간다. 그러나 무언가 마음에 걸리는 것이 있었는지 그들은 출발에 앞서 안드바리의 황금을 모두 라인(Rhein) 강에 가라앉혔다.

한편 아틸라는 대군을 이끌고 군나르 일행을 기다리고 있었다. 그들은 선전했지만 중과부적, 머잖아 모두 포박당하고 만다. 아틸라는 군나르에게 황금의 소재를 캐묻지만 그는 호그니의 심장을 가져올 때까지 말하지 않겠노라고 대답한다. 그래서 먼저 노예의 심장을 호그니의 심장이라 속여 군나르에게 보이지만, 그는 바로 그것이 동생의 것이 아님을 간파했다. 그리고 다음에 진짜 호그니의 심장을 가져오자 군나르는 만족한 듯 「이제 나 말고는 아무도 황금의 소재를 아는 자가 없게 됐다」고 대답해, 황금의 소재를 털어놓을 생각이 없음을 보인다. 화가 난 아틸라는 그를 뱀이 가득한 동굴에 던져 버렸다. 군나르는 거기서 구드룬이 넣어준 하프를 타며 비운의 죽음을 맞게 되는 것이다.

형제의 복수를 맹세한 구드룬은, 아틸라 왕과의 사이에서 태어난 왕자들을 모두 죽이고 그 피를 잔치 자리에서 술에 섞여 마시게 했다. 그녀의 행위를 안 아틸라는 제정신을 잃고 술에 진탕 취해버린다. 그러자 그녀는 군나르의 아이들을 불러들여 아틸라를 죽이게 했다. 그리고 왕궁에 불을 지르고, 아틸라의 일족과 그 가신들을 모두 죽였다. 그 후 구드룬은 바다에 몸을 던지지만 죽지 못하고, 요나크(Jónakr) 왕의 아내가 된다. 그러나 그녀에게 다시 행복이 찾아오는 일은 없었다.

# 제 3 장
# 신비한 도구와 동물들

# 룬 문자

Rún

북유럽의 주신 오딘이 발명한 것으로 알려진 룬 문자. 룬 문자란 실제로 어떠한 것이었을까.

## ● 오딘이 만들어낸 신비의 문자

북유럽 신화에 나오는 룬 문자는, 주신 **오딘**[Óðinn]이 만들었다고 하는 마력을 가진 문자이다. 그는 그 비밀을 알아내기 위해 9일 밤낮을 먹지도 마시지도 않고 세계수 **위그드라실** 가지에 매달려 있었다고 한다.

룬 문자는 여러 물건에 새겨져 기록되었는데 용법을 바르게 쓰면 다양한 효과를 올릴 수가 있었다. 『시詩 에다』의 「시그르드리파의 말[Sigrdrífumál]」에는, 승리를 기원할 때 사용하는 튀르[Týr]의 룬, 맥주를 정결히 하기 위해 이용하는 나우드[nauð]의 룬, 임산부를 돕기 위한 안산의 룬 등, 다양한 룬과 그 효용이 실려 있다. 또한 특별히 강한 힘을 가진 신들과 마법 도구들에도 룬 문자가 새겨져 있었다.

강력한 효력을 가진 것으로 알려진 룬 문자지만 결코 만능은 아니었다. 『시詩 에다』의 「스키르니르의 여행[Skírnismál]」에 의하면, 룬 문자의 효과는 새긴 문자를 깎아냄으로써 없앨 수 있었다. 같은 내용이 『에기르의 사가[Egils saga]』에도 나온다. 또한 용법을 잘못 쓰면 예상도 못한 결과를 초래하기도 했다.

실제로 룬 문자는 신화처럼 신비적인 문자는 아니다. 종교적, 주술적인 용법도 존재했지만 대체로 일상적인 언어의 기록수단이었던 것이다. 룬 문자는 보통 첫 6글자를 따서 「푸타르크[Fuþark]」라 불린다. 본래 나무에 새기는 것을 목적으로 만들어진 문자라, 나뭇결과 구별할 수 있도록 나뭇결과 직각으로 교차하는 긴 세로선과, 짧은 경사선과 점으로 구성되어 있다.

이교시대 북유럽에서 사용된 룬 문자에는 긴 가지 룬과, 짧은 가지 룬 두 종류가 존재했다. 현재 점을 칠 때 사용되는 24문자와 달리 이들 룬 문자는 16문자였다. 당시 사람들의 언어의 음운이 변해가면서 그에 대응하는 형태로 문자가 줄어든 것이라고 한다.

## 이교시대 북유럽에서 사용된 주요 룬 문자

### 긴 가지(덴마크) 룬

| ᚠ | ᚢ | ᚦ | ᚨ | ᚱ | ᚴ | ᛉ | ᚼ | ᛁ | ᛅ | ᛏ | ᛒ | ᛘ | ᛚ | ᛦ |
|---|---|---|---|---|---|---|---|---|---|---|---|---|---|---|
| f | u | þ | a | r | k | h | n | i | a | s | t | b | m | l | R |

o

### 짧은 가지(스웨덴=노르웨이) 룬

| f | u | þ | a | r | k | h | n | i | a | s | t | b | m | l | R |

o

## 룬 문자의 의미와 효용

| | 북유럽의 룬 문자의 명칭과 의미 | |
|---|---|---|
| 1 ᚠ | fé | 부 |
| 2 ᚢ | úr | 쇠찌꺼기, 소나기 |
| 3 ᚦ | Þurs | 거인 |
| 4 ᚨ | óss | 아스 신족(오딘) |
| 5 ᚱ | reið | 기마 |
| 6 ᚴ | kaun | 종기 |
| 7 ᛉ | hagall | 우박 |
| 8 ᚾ | nauð | 고생 |
| 9 ᛁ | íss | 얼음 |
| 10 ᛅ | ár | 풍작 |
| 11 ᛋ | sól | 태양 |
| 12 ᛏ | Týr | 튀르(군신, 제약의 신) |
| 13 ᛒ | bjarkan | 벚나무, 자작나무 |
| 14 ᛘ | Maðr | 인간(투이스코 신의 후예) |
| 15 ᛚ | lögr | 물 |
| 16 ᛦ | ýr | 주목(朱木) |

| 『시(詩) 에다』 에 그려진 룬 문자 | |
|---|---|
| 의료의 룬 * | 상처를 치료할 때 사용 |
| 사랑의 룬 * | 사랑을 얻고 싶을 때 사용 |
| 승리의 룬 (↑) | 승리를 기원할 때 사용 |
| 맥주의 룬 (ᛉ) | 뿔잔을 청결히 하고, 독이나 재앙을 제거 |
| 안산의 룬 * | 임산부의 분만을 돕기 위해 사용 |
| 파도의 룬 * | 뱃길의 안전을 기원할 때 사용 |
| 나뭇가지 룬 * | 의사가 되어 상처를 볼 때 사용 |
| 웅변의 룬 * | 민회에서 사용하며, 원한 과 증오를 피할 때 사용 |
| 지혜의 룬 * | 누구보다 현명해지고 싶을 때 사용 |
| 수면의 룬 (ᛋ) | 대상을 깊은 잠에 빠지게 할 때 사용 |
| 병의 룬 (ᚦ) | 여성을 병에 걸리게 할 때 사용 |

*대응하는 룬 문자는 불명

관련항목

● 위그드라실 → No.015

● 오딘 → No.017

# 세이드 주술과 주가 갈드르

Seiðr & Galdr

영혼을 조종하는 주술과, 여러 효과를 가진 주가(呪歌). 북유럽 신화의 세계에는 룬 문자 외에도 여러 주술이 존재했다.

## ● 세이드 주술

북유럽에는 **룬 문자** 외에도 여러 주술呪術이 성행했다. 그 중에서도 특히 유명한 것이 세이드Seiðr 주술이다. 『헤임스크링라Heimskringla』의 서장 「윙링가 사가Ynglinga saga」에 의하면, 세이드 주술은 **반 신족**의 여신 **프레이야**Freyja가 **아스 신족**에 전파한 기술로 그 본질은 영혼을 조종하는 것이었다. 주술자는 저승을 떠도는 영혼을 불러들여 예언을 받고, 또 자신의 영혼을 육체에서 분리해 보냄으로써 멀리 떨어진 땅에서 일어난 일도 알 수 있었다고 한다.

세이드 주술은 격렬한 망아 상태와 성적 황홀감을 동반하는 기법으로, 그 사용자는 대부분 여성이었다고 한다. 무녀, 여예언자 등으로 불리는 그녀들은 여러 주술 도구를 이용했으며 주가 발드로크를 불러주는 조수를 동반하고 주술을 행했다. 이러한 무녀는 기독교가 유입된 후에도 한동안 살아남았다. 『빨간 머리의 에이리크 사가Eiríks saga rauða』에는 그녀들이 주술을 부리는 모습이 그려져 있다.

여성의 주술인 세이드를 남성이 하는 일은 당시 사람들에게 있어서 꼴사나운 짓이었다. 그들이 맛보는 성적 황홀감이 동성애, 특히 그 여자 역할을 연상시키기 때문이다. 『시詩 에다』의 「로키의 말싸움」에도, 악신 **로키**가 세이드 주술을 쓰는 **오딘**Óðinn을 향해 「계집 같은 놈」이라며 비난을 하는 장면이 있다.

## ● 주가 갈드로

세이드 주술에 이어 유명한 주술로 주가呪歌 갈드르Galdr가 있다. 갈드르는 음률로 여러 효과를 이끌어내는 주술이다. 오딘은 이 주술을 쓸 줄 알아서 주가의 대장장이라 불렸다. 오딘 외에는 뇌신 토르의 머리에 박힌 숫돌을 끄집어내려고 한 무녀 그로아Gróa 등이 주요 주술사로 알려져 있다.

## 세이드 주술이란

### 세이드 주술

여신 프레이야에 의해 아스 신족에 전래된 주술로, 주로 영혼을 조종해 효과를 얻는다. 반 신족 사이에서는 지극히 일상적으로 사용되었다고 한다.

**사용조건**
- 여러 의식
- 거창한 의상, 소도구
- 주가 발드로크

**주요 주술사**
- 오딘
- 프레이야
- 무녀, 여예언자

**주요 효과**
- 자신의 영혼을 육체에서 분리해 정보를 수집한다.
- 죽은 자의 영혼을 불러내 정보를 수집한다.

**결점**
- 격렬한 망아 상태를 동반한다.
- 성적 황홀감을 동반한다.

## 주가 갈드르란

### 주가 갈드르

북유럽 신화 곳곳에 보이는 비교적 원시적인 주술. 갈드르 율(律)이라는 특수한 운율에 따른 노래를 부르는 것으로, 치료 등 주술적인 효과가 있다.

**사용조건**
- 갈드르 율(내용, 표현의 반복과 병행 등 형식성이 강하다)에 근거한 노래

**주요 주술자**
- 오딘
- 무녀 그로아

**주요 효과**
- 여러 가지

---

**관련항목**
- **아스 신족** → No.016
- **오딘** → No.017
- **반 신족** → No.040
- **프레이야** → No.044
- **로키** → No.057
- **룬 문자** → No.073

# 미미르의 머리

Míms höfuð

오딘이 의지하고 있는 미미르의 머리. 이 머리의 소유자는 지혜의 샘을 지키는 현명한 거인이었다.

## ● 다양한 지식을 주는 마법의 머리

미미르의 머리는 여러 지식을 주는 마법의 두상이다. 『시詩 에다』의 「시그르드리파의 말」은, 이 머리가 「사려깊이 첫 말을 떼었으며, **룬 문자**로 기록된 진실의 지혜를 말했다」 고 전하고 있다.

『시詩 에다』의 「무녀의 예언」이나 『스노리 에다』에 의하면, 이 머리의 소유자였던 거인 미미르Mímir는 세계수 **위그드라실**의 뿌리 하나가 뻗어있는 지혜의 샘의 소유자로, 그 샘물을 매일 아침 마심으로써 지고의 지혜를 얻고 있었다. 주신 **오딘**Óðinn의 지식이 본래 한쪽 눈을 빼주고 얻은 이 샘물 한 모금으로 빚어진 것이라는 것을 알면, 그 지식이 얼마나 방대한 것인지 알 수 있을 것이다. 오딘은 늘 그 지식을 의지했으며 최종전쟁 라그나로크Ragnarök 때에는 무엇이든 그에게 먼저 조언을 구했다고 한다. 『헤임스크링라Heimskringla』의 서장 「윙링가 사가Ynglinga saga」는 미미르의 머리가 만들어진 경위를 다음과 같이 설명하고 있다. **아스 신족**과 **반 신족**은 긴 전쟁에 지쳐 화평을 맺기로 했다. 그 볼모로써 아스 신족에서는 회니르Hœnir와 미미르를, 반 신족에서는 **뇨르드**Njǫrðr 일가를 내보냈다. 회니르는 외모가 훌륭해 바로 반의 수장으로 추대되었다. 그러나 곧 너무도 지각이 없는데다 모든 판단을 미미르에게 맡기고 있다는 사실이 드러나 버린다. 화가 난 반 신족은 미미르의 목을 베어 그 머리를 아스 신족에게 돌려보냈다. 오딘은 미미르의 머리를 받자마자 약초로 치료를 한다. 그리고 주문으로 강화해 그 머리에서 필요한 지식을 끄집어낼 수 있게 만든 것이다. 한편 「윙링가 사가Ynglinga saga」의 기록과 달리 미미르가 라그나로크까지 생존해 샘물을 지키고 있었다는 설도 존재한다. 미미르가 샘 밖으로 머리만 내놓고 말을 하고 있다는 것이다.

## 오딘의 지혜의 샘

### 미미르의 머리

주신 오딘의 소유물중 하나. 반 신족에 볼모로 갔다가 목이 잘린 거인 미미르의 머리에 오딘이 마술적 처치를 한 것. 그가 가진 풍부한 지식으로 세계에 일어날 일들을 알려준다고 한다.

미미르의 샘의 수호자로, 오딘이 발끝에도 미치지 못하는 지식량을 자랑한다.

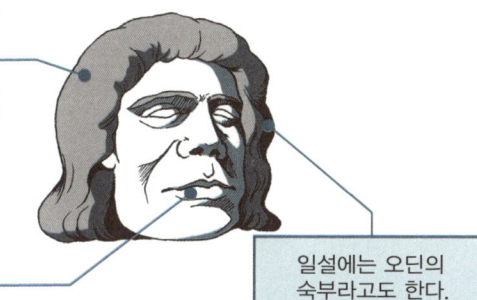

약초를 개어 넣고 마술적으로 강화하여 여러 지식을 말할 수가 있다.

일설에는 오딘의 숙부라고도 한다.

## 미미르의 머리가 만들어진 경위

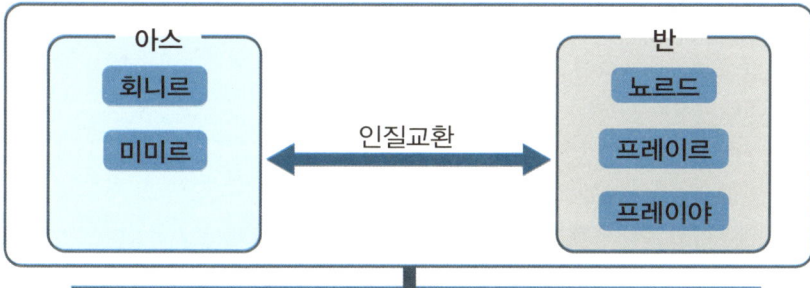

아스
회니르
미미르

인질교환

반
뇨르드
프레이르
프레이야

회니르의 무능함을 보고 속았다고 느낀 반 측이 격노. 그의 지혜의 출처인 미미르를 죽여 그 목을 아스 측에 돌려보낸다.

오딘
· 미미르의 지식을 얻기 위한 음모?
· 미미르의 지식을 아까워했다?

마술적 처치

미미르의 머리 완성!!

---

**관련항목**

- 위그드라실 → No.015
- 아스 신족 → No.016
- 오딘 → No.017
- 반 신족 → No.040
- 뇨르드 → No.041
- 룬 문자 → No.073

# 시인의 봉밀주

시인들에게 시예의 재능을 부여하는 마법의 봉밀주. 그것은 소인들이 현자의 피로 빚은 것이었다.

## ● 현자들의 피로 빚은, 시의 재능을 주는 봉밀주

주신 **오딘**<sup>Oðinn</sup>이 갖고 있는 시인의 봉밀주는, 마시는 자에게 시예의 재능을 주는 마력을 숨긴 물건이다. 이 봉밀주는 피얄라르<sup>Fjalar</sup>와 갈라르<sup>Galar</sup>라는 **드베르그(소인족)**가 현자 크바시르의 피로 빚은 것이라고 한다.

크바시르<sup>Kvasir</sup>는 **아스 신족**과 **반 신족**이 강화를 맺을 때 섞은 침에서 태어난 인간이었다. 뛰어난 지식을 갖고 있어서 그 지식을 인간의 도움이 되게 하기 위해 세상을 주유하던 중, 두 드베르그에게 살해당해 그 피를 모두 빼앗기게 된다. 피얄라르와 갈라르는 그의 피를 오드레리르<sup>Oðrerir</sup>라는 가마와 손<sup>Són</sup>, 보든<sup>Boðn</sup>이라는 항아리 두 곳에 나누어 담고 벌꿀을 섞어 봉밀주를 빚었다. 그 후 이 봉밀주는 피얄라르와 갈라르의 손에서 부모를 살해당한 거인 수퉁<sup>Suttungr</sup>의 손에 넘어간다.

수퉁은 이 봉밀주를 흐니트뵤르그<sup>Hnitbjörg</sup> 산의 동굴에 숨기고 딸 군로드<sup>Gunnlöð</sup>에게 그것을 지키게 했다. 그 존재를 알게 된 오딘은 수퉁의 동생인 바우기<sup>Baugi</sup>의 아홉 명의 노예를 죽여 일손이 모자라게 해놓고 대신 하인으로 분장해 그의 집에 숨어들어간다. 그리고 아홉 명 몫의 일을 하는 조건으로 시인의 봉밀주를 요구했다. 바우기는 오딘의 꾀에 넘어가 동굴 입구에 송곳으로 구멍을 뚫었고, 그가 아차 하는 순간에 오딘은 뱀으로 둔갑해 동굴 속으로 파고 들어가 버렸다.

동굴 속에서 군로드를 만난 오딘은 그녀를 유혹해 세 모금의 봉밀주를 허락받는다. 그리고 단 세 모금에 봉밀주를 죄다 들이켜 버리고는 독수리로 변신해 넋을 잃은 군로드를 남기고 사라져버린 것이다.

그 후 거인들의 추적을 떨친 오딘은 봉밀주를 다시 항아리에 토해 보관한다. 한편 황급히 도망치던 오딘은 도중에 아주 약간 봉밀주를 흘렸다고 한다. 시인의 봉밀주 만큼의 효과는 없지만 이것을 「풋내기 시인의 몫」이라 불렀다.

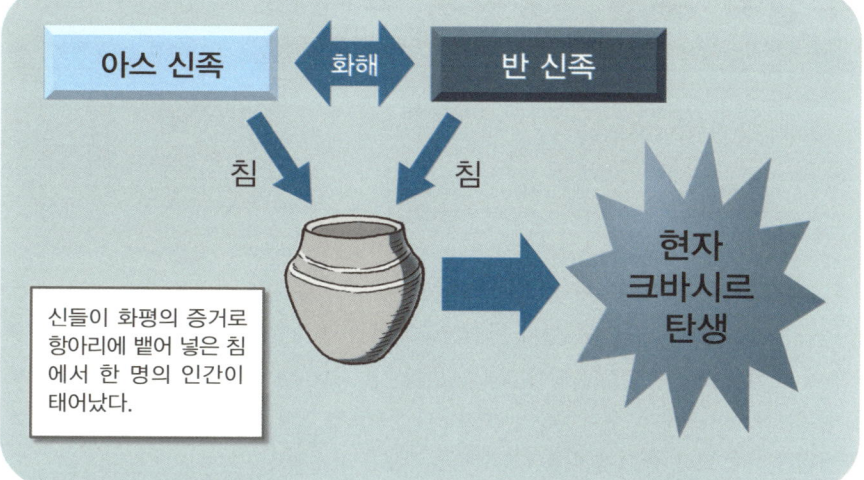

## 현자 크바시르의 탄생

아스 신족 ↔ 화해 ↔ 반 신족

침 ↘ ↙ 침

신들이 화평의 증거로 항아리에 뱉어 넣은 침에서 한 명의 인간이 태어났다.

→ 현자 크바시르 탄생

## 오딘이 시의 봉밀주를 손에 넣기까지

### 시인의 봉밀주의 탄생

드베르그(소인족)인 피얄라르와 갈라르가 현자 크바시르를 죽이고, 그 피를 오즈레리르, 손, 보든 세 항아리에 담아 시인의 봉밀주를 빚는다.

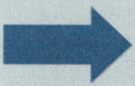

### 드베르그의 보상

피얄라르와 갈라르에게 양친을 살해당한 거인 수퉁은 그 보상으로 봉밀주를 손에 넣는다.

### 군로드 유혹

바우기를 속여 봉밀주의 숨겨진 장소를 알아낸 오딘은, 그것을 지키는 군로드를 농락하고 술을 손에 넣는다.

### 오딘의 책략

봉밀주 존재를 안 오딘은, 수퉁의 동생 바우기의 노예를 죽이고 일손이 모자라 고민하는 그의 집으로 들어간다.

---

관련항목
- 아스 신족 → No.016
- 오딘 → No.017
- 반 신족 → No.040
- 드베르그(소인족) → No.063

# 후긴과 무닌, 게리와 프레키

## Huginn & Muninn, Geri & Fureki

주신 오딘이 기르는 두 마리의 까마귀와 두 마리의 늑대. 그들은 단순한 애완동물이 아니라 오딘의 신격 그 자체를 나타내는 상징이었다.

## ● 후긴과 무닌

후긴Huginn과 무닌Muninn은 주신 오딘Óðinn의 어깨에 앉아 있는 두 마리의 까마귀로, 이름은 각각 「사고」와 「기억」을 의미한다. 『헤임스크링라Heimskringla』의 서장 「윙링가 사가Ynglinga saga」에 의하면, 이 두 마리는 오딘에 의해 인간의 말을 익혔다. 오딘은 매일 아침 일찍 전 세계의 정보를 물어오도록 두 마리를 날려 보냈다. 『스노리 에다』의 「길피의 속임수」에는 이 두 마리가 아침 식사 때 그에게 돌아와 모아온 정보를 전달했다고 기록되어 있다.

그러나 이 두 마리는 오딘의 한 측면에 지나지 않을 가능성이 높다. 「윙링가 사가Ynglinga saga」에 의하면 그는 자신의 혼을 육체에서 분리해 새나 짐승으로 둔갑시켜 전 세계를 살펴보게 할 수가 있었다. 또한 『시詩 에다』의 「그림니르의 말Grímnismál」에도 오딘이 두 마리의 까마귀가 돌아오지 않아 걱정하는 기록이 있다. 자신의 분신이라면 당연한 것일 것이다.

## ● 게리와 프레키

게리Geri와 프레키Fureki는 둘 다 「탐욕」이라는 의미를 가진 오딘의 늑대이다. 『스노리 에다』의 「길피의 속임수」에 의하면, 음식이라곤 와인 밖에 입에 대지 않은 오딘을 대신해 발할라에서 내주는 암퇘지 세흐림니르Saehrimnir의 고기를 먹어치웠다고 한다.

그러나 케닝(kenning, 고대의 문학적 은유법)으로는 주로 늑대 전반의 대명사로 사용되고 있으며 또한 시체와도 관련이 깊다. 「게리의 맥주」라고 하면 「피」를, 「프레키의 보리」라하면 「시체」를 지칭한다. 이러한 표현으로 볼 때, 그들은 본래 오딘이 일으키는 전쟁과 그로 인한 참상을 암암리에 비유한 것으로 추정된다. 전술한 「그림니르의 말Grímnismál」에는 단순히 오딘이 그들을 길렀다고 기록되어 있다. 즉, 전사자야말로 그들의 먹이였던 것이다.

## 오딘의 애완동물1

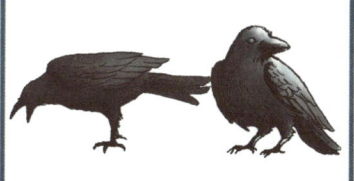

### 후긴, 무닌 / Huginn, Muninn

오딘의 어깨에 앉아있는 두 마리의 까마귀. 각기 「사고」와 「기억」을 의미한다. 오딘의 명령을 받고 정보를 수집한다.

### 오딘이 길들인 까마귀?

새벽에 날려 보냈다가 아침식사 때 돌아와 세계의 정세를 오딘에게 고한다.

인간의 말을 알아듣도록 조교된 까마귀를 기른다.

### 오딘의 혼?

오딘은 마술로 자신의 혼을 분리해 새의 모습으로 세계로 날려 보낸다.

오딘은 두 마리의 까마귀의 안부를 극도로 걱정하고 있다.

## 오딘의 애완동물2

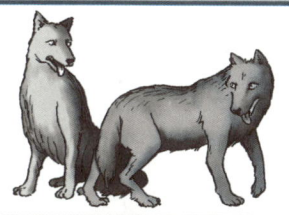

### 게리, 프레키 / Geri, Fureki

발할라에서 잔치 때마다 오딘의 발밑에 앉는 두 마리의 늑대. 이름의 의미는 각각 「탐욕」을 의미한다.

### 오딘의 애완동물?

와인 밖에 마시지 않는 오딘을 대신해, 그의 식탁에 놓인 고기를 먹는다.

### 오딘의 속성을 나타낸다?

「늑대의 먹이」는 시체의 케닝(은유). 「늑대에게 먹이를 준다」는 것은 전쟁으로 많은 적을 섬멸함을 가리킨다.

---

관련항목

● 오딘 → No.017

# 흘리드스칼프

Hliðskjálf

주신 오딘과 그 아내 프리그만이 앉을 수 있다는 고좌. 그것은 세계를 둘러볼 수 있는 마력을 갖고 있었다.

## ● 세계를 두루 볼 수 있는 마법의 고좌

흘리드스칼프Hliðskjálf는 주신 오딘Óðinn의 옥좌이다. 오딘이 사는 발라스칼프Valaskjálf, 혹은 발할라Valhöll에 놓인 이 옥좌에는, 걸터앉으면 전 세계에서 일어나는 일들을 한 눈에 볼 수 있다는 마력이 숨어있다. 그 이름은 「많은 문을 가진 거실」이라는 의미를 갖고 있으며, 옥좌 자체를 지칭하는 이름이 아니라 의자가 놓인 공간을 가리킨다고 해석하는 연구자도 있다.

『스노리 에다』에 의하면 이 옥좌에 앉을 수 있는 것은 주신인 오딘과 그 아내 프리그Frigg뿐이었다. 일찍이 딱 한 번 풍요신 프레이르Freyr가 이 의자에 앉았다가 오딘의 노여움을 사 뼈아픈 대가를 치렀다고 신들이 길피 왕에게 고한 바 있다. 실제로 고대 게르만 사회에서 고좌란 매우 중요한 존재였다. 대관식을 마친 왕은 언덕 위에 만들어진 고좌에 앉음으로써 드디어 그 지위를 인정받았던 것이다. 그 후의 왕의 생활도 고좌를 중심으로 이루어졌다고 하는데, 흘리드스칼프에 대한 엄격한 규정도 이러한 가치관을 바탕으로 하고 있을 것이다.

흘리드스칼프는 그 마력 때문에 사건의 발단이 되는 일이 많았다. 『시詩 에다』의 「그림니르의 말Grímnismál」에 의하면, 이 고좌를 통해 양자 게이로드 왕의 성공을 알게 된 오딘은 주책없이 그것을 자랑했다가 아내 프리그에게 혼쭐이 났다. 또한 『시詩 에다』의 「스키르니르의 여행Skírnismál」에 의하면, 프레이르가 거인의 딸 게르드Gerðr에게 마음을 빼앗기게 된 것도 오딘이 자리를 비운 사이 프레이르가 이 고좌에 몰래 앉았기 때문이었다. 하지만 사건 해결을 위해 사용되는 일도 있어서, 신들 사이를 헤집고 다니는 악신 로키를 찾아낼 때도 오딘은 흘리드스칼프를 사용했다.

## 오딘의 옥좌

### 흘리드스캴프

아스 신족의 신전 발라스프, 혹은 발할라에 있다고 하는 주신 오딘의 고좌.
「많은 문을 가진 공간」이라고도 해석된다.

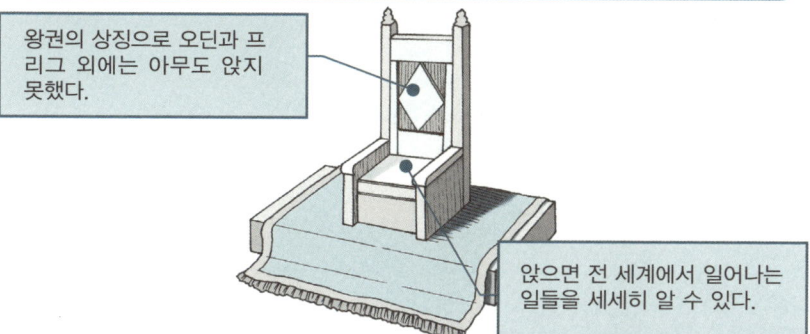

왕권의 상징으로 오딘과 프리그 외에는 아무도 앉지 못했다.

앉으면 전 세계에서 일어나는 일들을 세세히 알 수 있다.

## 흘리드스캴프를 사용한 신들

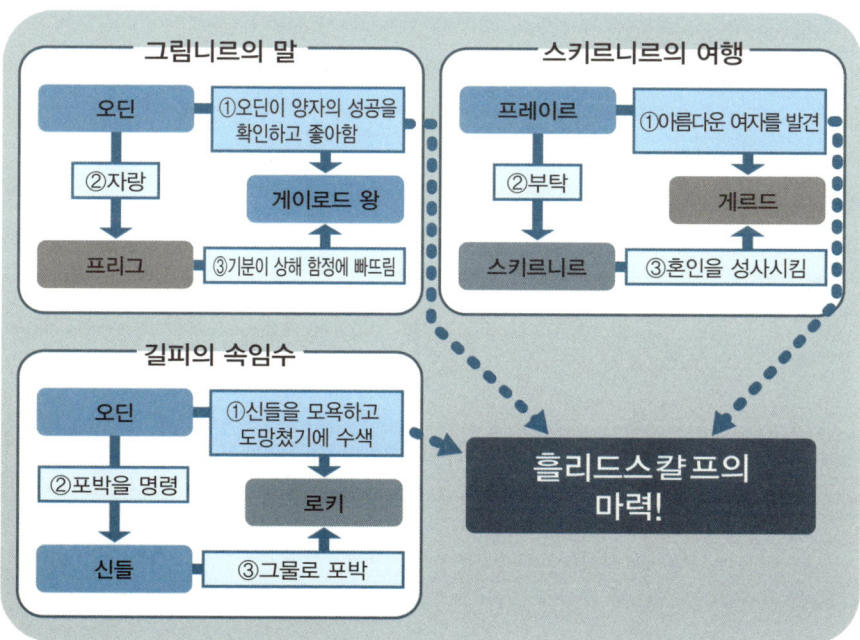

**그림니르의 말**

오딘
②자랑
프리그

①오딘이 양자의 성공을 확인하고 좋아함
게이로드 왕
③기분이 상해 함정에 빠뜨림

**스키르니르의 여행**

프레이르
②부탁
스키르니르

①아름다운 여자를 발견
게르드
③혼인을 성사시킴

**길피의 속임수**

오딘
②포박을 명령
신들

①신들을 모욕하고 도망쳤기에 수색
로키
③그물로 포박

**흘리드스캴프의 마력!**

---

관련항목

● 오딘 → No.017
● 프레이르 → No.042
● 프리그 → No.033

● 게르드 → No.049
● 로키 → No.057

# 슬레이프니르

Sleipnir

8개의 다리와 회색 몸뚱이를 가진 주신 오딘의 애마. 그 탄생도 그 외모 이상으로 기묘했다.

## ●지상과 망자의 나라를 왕래하는 다리가 8개 달린 준마

「활주하는 자」라는 뜻을 가진 슬레이프니르Sleipnir는 주신 **오딘**의 말로 유명한 준마이다. 「모든 말 중 최고의 말」로 꼽히는 슬레이프니르는 회색의 몸뚱이와 8개의 다리가 달린 기묘한 외모를 갖고 있었다. 일설에 의하면 회색 몸은 슬레이프니르가 이 세상의 것이 아니라는 것을 암시하고 있다고 한다. 그런 탓인지 슬레이프니르는 지상과 망자의 나라 사이를 왕래할 수가 있었다. 『시詩 에다』의 「발드르의 꿈Baldrs draumar」이나 『스노리 에다』에는, 슬레이프니르가 신들을 등에 태우고 망자의 나라를 찾아가는 모습을 그리고 있다. 또한 『덴마크인의 사적』에 의하면 하늘을 날 수도 있었던 모양이다.

이러한 기괴하면서도 뛰어난 준마를 낳은 것은 양성구유의 악신 **로키**Loki였다. 『스노리 에다』의 「길피의 속임수」에는 다음과 같은 이야기가 전해진다. 신들이 **아스가르드**에 살기 시작했을 무렵 대장장이로 변신한 거인이 찾아와서 아스가르드 주변에 성벽을 쌓아주겠다는 말을 꺼냈다. 그는 그 보수로 **프레이야**Freyja와 태양과 달을 달라고 했다. 신들이 고심한 끝에, 로키가 「반년 안에 다른 이의 손을 빌리지 않고」라는 조건을 내세워 계약이 성립됐다. 다만 이 때 신들은 거인의 애마 스바딜파리Svaðilfari만은 써도 좋다고 허락을 했다. 이 말이 문제였다. 말은 거대한 돌을 옮길 뿐 아니라 거인보다 곱절이나 일을 했다. 신들은 내심 초조해져서 로키에게 책임을 지도록 강요한다. 난감해진 그는 고심 끝에 스스로 암말로 둔갑해 스바딜파리를 유혹했다. 꾀는 멋지게 성공한다. 전말을 알게 된 거인은 분노해 신들을 공격하지만 뇌신 **토르**에 의해 퇴치되고 말았다. 그 후 얼마 있다가 로키는 스바딜파리의 새끼를 낳는다. 그것이 바로 후일 슬레이프니르Sleipnir라 불리는 말이었다.

## 세계최고의 준마

### 슬레이프니르

주신 오딘의 승마가 된 8개의 다리를 가진 괴마. 거인 대장장이의 애마 스바딜파리와 악신 로키 사이에 태어났다고 한다. 일설에 의하면 그 8개의 다리는 관통을 매는 네 명의 인간의 다리를 나타낸다고 한다.

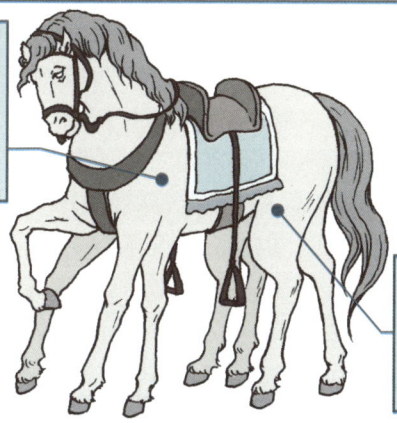

명계와 지상을 왕래할 수 있다. 잿빛 몸은 명계와의 관계를 나타낸다는 설도 있다.

8개의 다리로 하늘과 바다를 무서운 속도로 달릴 수가 있어, 「세계의 모든 말 중 최고의 존재」로 꼽힌다.

## 슬레이프니르와 그 일족

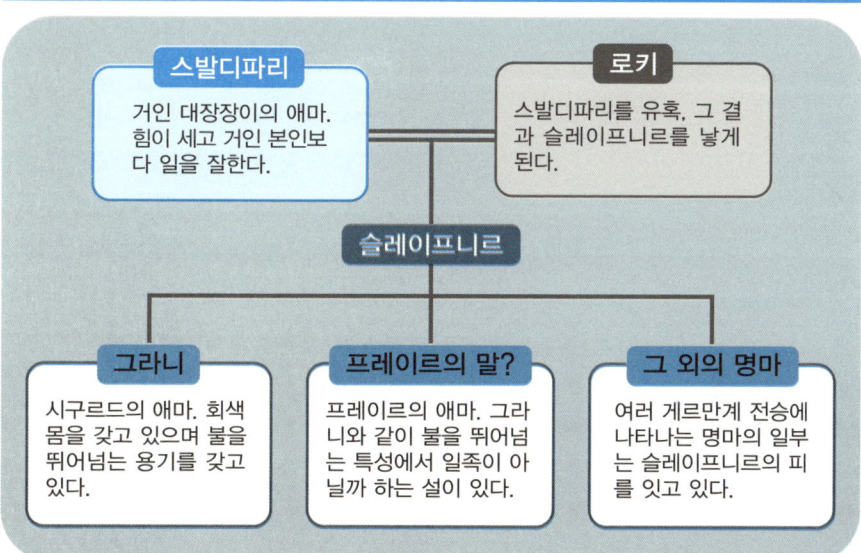

**스발디파리**
거인 대장장이의 애마. 힘이 세고 거인 본인보다 일을 잘한다.

**로키**
스발디파리를 유혹, 그 결과 슬레이프니르를 낳게 된다.

**슬레이프니르**

**그라니**
시구르드의 애마. 회색 몸을 갖고 있으며 불을 뛰어넘는 용기를 갖고 있다.

**프레이르의 말?**
프레이르의 애마. 그라니와 같이 불을 뛰어넘는 특성에서 일족이 아닐까 하는 설이 있다.

**그 외의 명마**
여러 게르만계 전승에 나타나는 명마의 일부는 슬레이프니르의 피를 잇고 있다.

---

**관련항목**
- **아스가르드** → No.010
- **오딘** → No.017
- **토르** → No.023
- **프레이야** → No.044
- **로키** → No.057

# 이발디의 아들들의 세 가지 보물

신들의 세계에 자주 혼란을 초래하는 악신 로키의 장난. 그러나 때로는 신들에게 의외의 보물을 가져다주기도 했다.

## ● 시프의 머리칼의 대가

여기서 편의적으로 「이발디[Ivaldi]의 아들들의 세 가지 보물」이라 칭하는 마법 도구들은, 장난꾸러기 악신 **로키**가 뇌신 **토르**[Þörr]의 아내 시프[Sif]의 아름다운 머리칼을 잘라버렸을 때, 그 보상으로 **드베르그(소인족)**의 장인 이발디의 아들들에게 만들게 한 것들을 말한다.

첫 번째 보물인 「황금 가발」은, 가늘고 길게 늘인 마법의 황금으로, 머리 위에 얹으면 딱 붙어 진짜 머리칼처럼 자란다는 명품이다. 이 가발 덕분에 시프는 이전보다 빛나는 머리를 손에 넣게 되었고 신들도 그 결과에 크게 만족했던 모양이다. 본래 로키가 주문한 것은 「황금 가발」 뿐이었는데, 이발디의 아들들은 서비스로 두 번째 세 번째 마법도구들을 만들어냈다.

두 번째 보물 「스키드블라드니르[Skiðblaðnir]」는 마법의 배로, 일단 띄웠다 하면 반드시 순풍을 받아 쾌적하게 항해를 할 수 있었다. 또한 천처럼 접으면 작아지는 뛰어난 물건이어서, 『시詩 에다』의 「그림니르의 말[Grimnismál]」에서는 「세상의 모든 배중에서 가장 뛰어난 것」이라 평가하고 있다. 이 배는 나중에 풍요신 **프레이르**[Freyr]가 갖게 되는데, 주신 **오딘**의 소유물이라 하는 전승도 존재한다.

세 번째 보물은 창끝에 **룬 문자**가 새겨진 마법의 창 「궁니르[Gungnir]」 워낙 균형감이 좋아 한번 던지면 결코 목표를 벗어나는 일이 없다고 한다. 이 창은 오딘의 소유물이 되었으며 그가 세상을 주유할 때나 최종전쟁 라그나로크[Ragnarök]에서도 사용되었다. 또한 그가 마음에 든 영웅들의 목숨을 취할 때도 자주 쓰였는데, 반면 거인족에 대해 그 위력이 발휘된 적은 거의 없다.

한편 이들 마법 도구들의 품질에 의기양양해진 로키는 더 많은 도구들을 손에 넣고자 새로운 소동을 일으키게 된다.

## 세 가지 보물의 특징

### 황금 가발

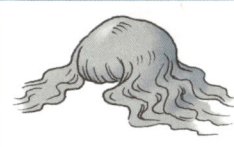

황금 실로 만들어진 가발로, 머리 위에 쓰면 그대로 달라붙어 진짜 머리칼처럼 된다. 악신 로키에 의해 머리를 모두 깎인 여신 시프에 대한 보상으로 제작되었다.

### 스키드블라드니르(Skiðblaðnir)

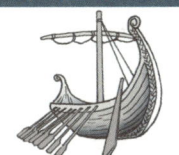

「모든 배중에서 가장 뛰어난 것」으로, 돛을 올리면 항상 바람을 받아 원하는 장소로 갈 수 있으며, 접으면 주머니에 들어갈 정도로 작아진다. 기본적으로 프레이르의 소유품이었으나 주신 오딘의 물건이라는 얘기도 있다.

### 궁니르(Gungnir)

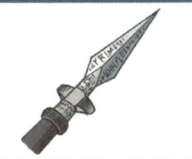

창끝에 룬 문자가 새겨진 창으로 결코 목표를 벗어나지 않는다. 손에 넣은 이래 오딘의 상징적인 무기가 되었는데, 거인족과의 싸움에서 사용된 적은 거의 없으며 주로 인간 사냥에 사용되었다.

## 세 가지 보물이 만들어진 경위

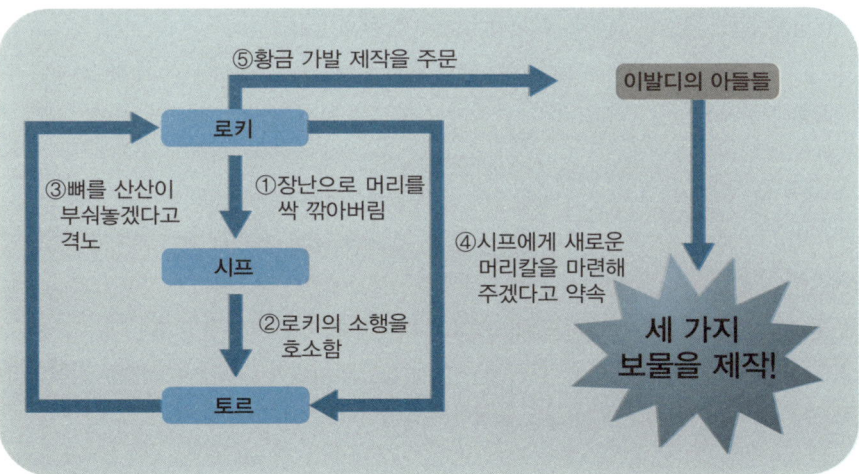

⑤황금 가발 제작을 주문

이발디의 아들들

로키

③뼈를 산산이 부숴놓겠다고 격노

①장난으로 머리를 싹 깎아버림

④시프에게 새로운 머리칼을 마련해 주겠다고 약속

시프

②로키의 소행을 호소함

세 가지 보물을 제작!

토르

---

**관련항목**

- **오딘** → No.017
- **토르** → No.023
- **프레이르** → No.042
- **로키** → No.057
- **드베르그(소인족)** → No.063
- **룬 문자** → No.073

# 브로크와 신드리의 세 가지 보물

악신 로키의 머리와 자신의 자존심을 걸고 드베르그들이 만든 세 가지 보물. 그것은 신들에게 커다란 은혜를 가져다주었다.

## ● 신들을 놀라게 한 드베르그의 솜씨

이번에 소개할 것은 **드베르그(소인족)** 형제 브로크$^{Brokkr}$와 신드리$^{Sindri}$가 악신 **로키**의 머리를 걸고 제작한 세 가지 보물이다. 일찍이 로키는 뇌신 **토르**의 아내 시프$^{Sif}$의 머리칼에 대한 보상으로 다른 드베르그들에게 세 개의 보물을 만들게 한 적이 있었다. 그 일로 재미를 붙인 로키는 「이 보물들보다 뛰어난 것을 만들면 내 머리를 주겠다」고 하는 승부를 형제에게 건다. 하지만 로키는 제대로 승부할 생각이 없었다. 승부가 시작되자마자 등에로 변신해 풀무질을 하는 브로크를 쏘아대며 방해를 해댔다. 브로크는 잘 견디며 세 가지 물건을 완성시켰는데, 마지막 물건만 불완전한 것이 되고 말았다.

그러면 이들 물건은 어떠한 것이었을까. 처음에 만들어진 황금 멧돼지 굴린부르스티$^{Gullinbursti}$는 밤이든 낮이든 하늘에서나 바다에서나 어떤 말보다 빨리 달릴 수가 있었다. 또한 그 가죽에서 빛이 나 암흑의 나라에서도 어두워 곤란할 일이 없었다. 이것은 나중에 풍요신 **프레이르**의 물건이 되었다. 다음에 만들어진 것은 드라우프니르$^{Draupnir}$라는 황금의 팔찌로, 아홉 째 밤마다 같은 무게의 여덟 개의 팔찌가 떨어져 나오는 물건이었다. 이것은 주신 **오딘**의 것이 되었는데, **발드르**$^{Baldr}$의 장례식 때 그와 함께 화장되었다가 나중에 스키르니르의 손에 넘어갔다고 한다.

마지막 물건인 몰니르는 토르의 상징이 된 마법의 망치이다. 아무리 세게 두드려도 부서지지 않고 던지면 반드시 표적에 맞으며 손에 돌아오지 않을 정도로 멀리 가지도 않고, 작아져 옷 속에 숨길 수도 있었다. 하지만 불완전한 물건이었기에 손잡이가 짧아 잡기 나쁘다는 결점이 있다. 신들은 이전의 드베르그의 작품과 합쳐 여섯 개의 물건 중 이 몰니르를 가장 높이 평가했다. 내기에 진 로키가 「목은 너의 것이 아니니까 상처내지 마라」며 억지를 부려, 바르다리라는 가죽 끈으로 입을 꿰매버렸다고 한다.

## 브로크와 신드리의 보물의 특징

### 굴린부르스티 / Gullinbursti

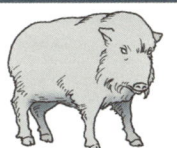

어떤 말보다도 빨리 하늘과 바다를 달리며, 털가죽에서 빛을 발하는 황금의 멧돼지. 풍요신 프레이르가 타고 다녔다. 프레이야의 소유품으로 이것과 한 쌍이 되는 힐디스비니(Hildisvíni)라는 암멧돼지도 존재한다.

### 드라우프니르 / Draupnir

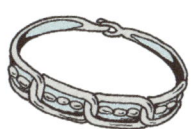

아홉 째 밤마다 여덟 개의 팔찌를 낳는 황금 팔찌. 주신 오딘의 소유물이었지만 발드르와 함께 매장된다. 그 후 헤르모드가 갖고 돌아갔다가 스키르니르의 손에 들어간다.

### 묠니르 / Mjǫllnir

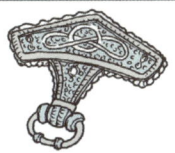

옷 속에 숨길 수 있을 정도로 작아진다. 미완성품이라 손잡이가 극단적으로 작다. 축복의 도구로 사용되기도 한다.

## 신드리, 브로크 형제와 로키의 내기

### 로키와 드베르그

토르에게 준 보상품의 질이 좋아 기분이 좋아진 악신 로키는 드베르그 형제에게 머리를 걸고 내기를 한다.

### 보물의 제작

브로크와 신드리는 여러 번에 걸쳐 로키의 방해를 받지만 끝내 세 가지 물건을 만들어내는 데 성공한다.

### 형제의 승리

물건을 심사한 신들은 미완성품이면서도 유용성이 높은 묠니르를 선택, 브로크 형제의 승리를 선언했다.

### 내기의 결산

로키는 변명 끝에 신드리에 의해 입이 꿰매지고 만다. 신들은 아무도 그를 말리지 않았다.

---

**관련항목**

- 오딘 → No.017
- 토르 → No.023
- 발드르 → No.026
- 프레이르 → No.042
- 로키 → No.057
- 드베르그(소인족) → No.063

# 안드바리의 황금

신들에게 억울하게 빼앗긴 드베르그의 안드바리의 황금. 신들의 부패를 보여주는 황금은 주인에게 여러 재앙을 초래했다.

## ● 수달의 배상으로 지불된 저주받은 황금

안드바라^Andbari 의 황금은 안드바리의 폭포 속에 사는 드베르그(소인족) 안드바리가 갖고 있던 보물이다. 그러나 신들의 손에 억울하게 빼앗기면서 저주가 걸렸다. 그 경위는 『시詩 에다』의 「레긴의 말^Reginsmál」이나, 『볼숭가 사가^Vǫsunga saga』, 『스노리 에다^Snorra Edda』등 여러 자료에 다음과 같이 기록되어 있다.

주신 **오딘**과 회니르, 악신 **로키**가 세상을 주유하던 어느 날, 수달이 연어를 잡고 있는 것을 목격했다. 로키가 장난기가 발동해 수달에게 돌을 던져 죽였다. 그는 수달의 가죽과 연어를 손에 넣어 무척 기분이 좋았다. 밤이 되어 신들은 흐레이드마르^Hreiðmarr 라고 하는 농부의 집에 신세를 진다. 거기서 로키는 수달 가죽을 자랑했는데 실은 그 수달은 흐레이드마르의 아들 오트르^Otr 가 아버지를 위해 생선을 잡으려 변신한 모습이었다. 격노한 흐레이드마르는 아들들을 불러 신들을 묶어 버린다. 마법의 도구를 빼앗긴 신들은 전혀 무력했다. 궁지에 빠진 오딘은 흐레이드마르에게 배상을 하겠노라고 말했다. 그는 아들의 가죽을 빈틈없이 덮을 만큼의 황금을 조건으로 내세웠고, 그 황금은 주범인 로키가 마련하기로 했다. 로키는 궁리한 끝에 바다 속을 지배하는 여거인 란^Rán 에게서 마법의 그물을 빌려 안드바리의 폭포로 향했다. 그리고 꼬치고기의 모습을 한 안드바리를 붙잡아 그가 가진 황금을 요구했다. 안드바리는 로키의 요구대로 황금을 내주었는데, 황금을 낳는 능력이 있는 반지 안드바라나우트^Andvaranaut 만은 숨겨두었다. 그러나 그것도 눈치 빠른 로키에 의해 빼앗기고 만다. 원한에 찬 안드바리는 그 때, 빼앗긴 보물에 「두 오누이의 죽음과 8명의 왕의 불화의 씨앗이 될 것」이라는 저주를 걸었다. 저주는 효력을 발휘해 후일 여러 재앙을 초래하는 계기가 되었다.

## 안드바리가 황금을 탈취당한 경위

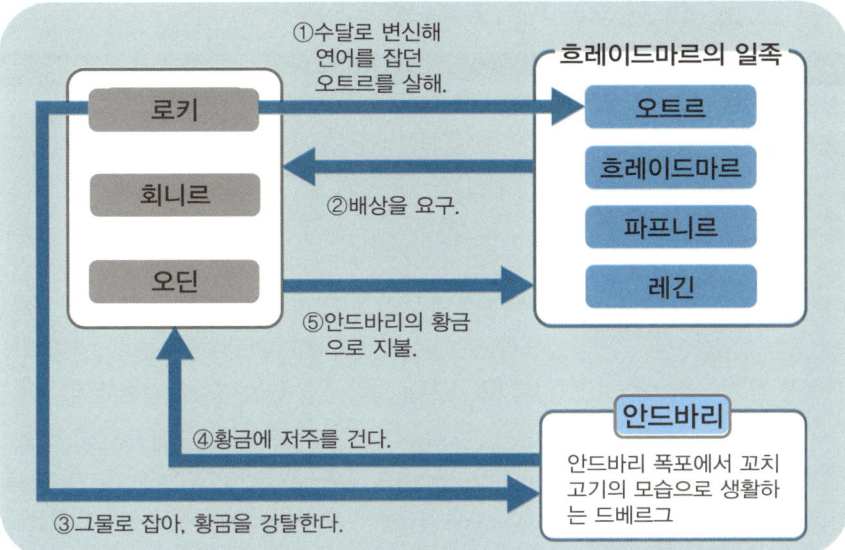

①수달로 변신해 연어를 잡던 오트르를 살해.

②배상을 요구.

⑤안드바리의 황금으로 지불.

④황금에 저주를 건다.

③그물로 잡아, 황금을 강탈한다.

로키

회니르

오딘

흐레이드마르의 일족

오트르

흐레이드마르

파프니르

레긴

안드바리

안드바리 폭포에서 꼬치고기의 모습으로 생활하는 드베르그

## 저주받은 보물과 그 피해자들

### 안드바라나우트 / Andvaranaut

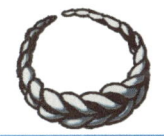

황금을 늘려주는 능력이 있다고 한다. 안드바리가 아끼는 반지. 황금과 함께 로키의 손에 넘어가기 직전에 안드바리가 「두 형제가 죽고, 8명의 왕의 불화의 씨앗이 될 것」이라는 저주를 건다.

## 저주의 피해자들

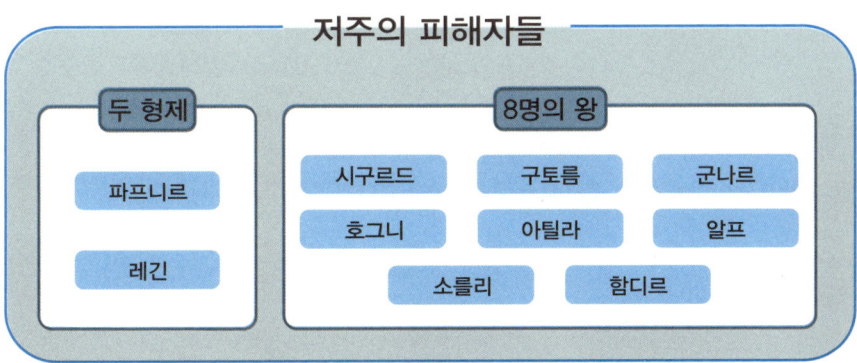

두 형제

파프니르

레긴

8명의 왕

시구르드   구토름   군나르

호그니   아틸라   알프

소를리   함디르

---

관련항목

● 오딘 → No.017

● 로키 → No.057

# 탕그뇨스트와 탕그리스니르

## Tanngjóstr & Tanngrísnir

뇌신 토르의 수레를 끄는 산양들. 그 수레 소리는 벼락을 의미하며, 식사로 바쳐진 고기는 토르의 풍요신의 일면을 상징한다.

## ● 뇌신 토르를 상징하는 수레

탕그뇨스트[Tanngjóstr]와 탕그리스니르[Tanngrísnir]는 뇌신 **토르**[Þörr]의 수레를 끄는 산양들이다. 『시詩 에다』의 「트륌의 노래[Prymskviða]」에 의하면, 그들이 수레를 끌고 달릴 때마다 산이 부서지고 땅은 불을 뿜으며 타올랐다고 한다. 이러한 표현은 벼락이 떨어지는 모습을 표현한 것으로 보인다. 일설에는 그들이 끄는 수레의 덜컹덜컹하는 소리는 벼락을 의미한다고 한다. 이렇게 두 마리의 산양은 토르의 상징 중 하나였는데, 정작 토르는 많은 이야기 속에서 걸어서 이동하고 있다. 『스노리 에다』의 「길피의 속임수」에 의하면 거기에는 다음과 같은 이유가 있었다.

거인의 왕 **우트가르다 로키**[Utgarða Loki]가 다스리는 거인의 나라로 가던 중, 토르는 어느 농가에서 신세를 졌다. 거기서 그는 답례로 자신의 수레를 끄는 산양들을 죽여 그 고기를 대접한다. 이 산양들에게는 특수한 능력이 있어, 뼈와 가죽만 무사히 남아 있으면 토르의 축복에 의해 다시 부활할 수가 있었던 것이다.

다음 날 토르가 평소대로 산양들을 축복해 되살려 보니 산양 한 마리의 상태가 이상했다. 잘 살펴보니 뒷다리의 뼈가 부러져 절뚝거리고 있었다. 실은 배가 너무 고팠던 농민의 아들이 산양의 뼈에서 골수를 빼먹으려고 뼈를 분질렀던 것이다. 토르는 열화와 같이 화를 냈지만 이미 늦은 일. 자신의 설명이 부족했던 탓도 있어 토르는 그 농민의 아들들을 하인으로 데려갈 것을 조건으로 그 자리를 수습한다. 그러나 산양들을 그대로 데려갈 수는 없는 노릇, 이 동방 원정 동안 그는 산양들을 농민의 집에 맡기고 떠나는 것이다.

하지만 여기에는 이설도 존재한다. 『시詩 에다』의 「휘미르의 노래[Hymiskviða]」에 의하면, 토르의 산양들을 다치게 한 것은 악신 **로키**였다고 한다.

## 부활하는 산양

### 탕그뇨스트와 탕그리스니르

「수레의 토르」, 「산양의 주인」 등 뇌신 토르의 대명사와도 유래가 깊은,
토르의 수레를 끄는 두 마리의 산양. 한쪽 산양의 뒷다리가 불편하게 되어
토르는 이후로 많은 길을 걸어다녀야 했다.

뼈와 가죽만 무사하면 저녁식사의
재료가 되어도 토르의 축복에 의해
다음날 소생할 수가 있었다.

두 마리가 끄는 수레는 엄청난 굉음
과 불꽃을 뿌린다. 이것은 벼락과 번
개의 상징이라고 한다.

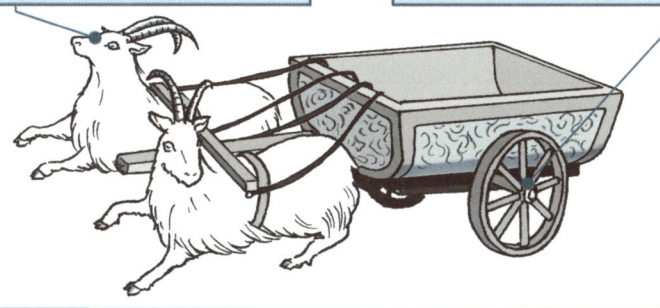

## 산양들의 뒷다리를 상처낸 것은 누구?

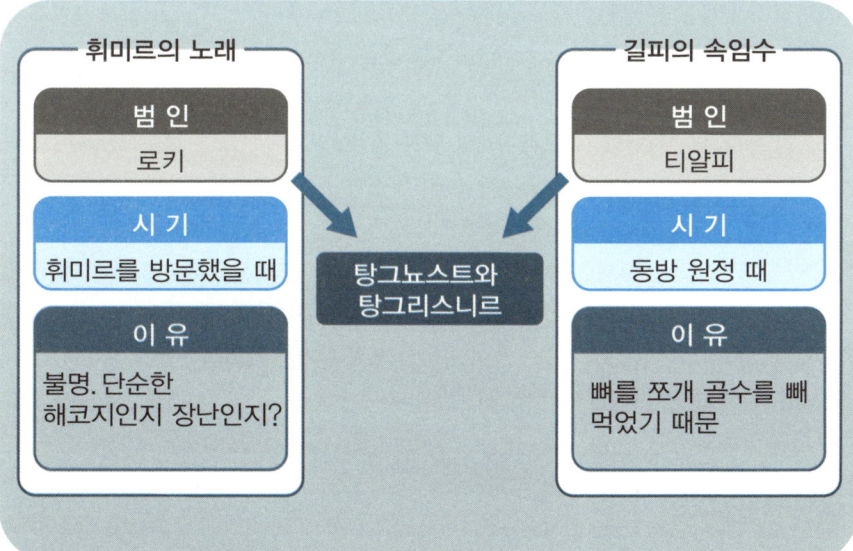

| 휘미르의 노래 | 길피의 속임수 |
|---|---|
| **범 인** | **범 인** |
| 로키 | 티알피 |
| **시 기** | **시 기** |
| 휘미르를 방문했을 때 | 동방 원정 때 |
| **이 유** | **이 유** |
| 불명. 단순한 해코지인지 장난인지? | 뼈를 쪼개 골수를 빼 먹었기 때문 |

탕그뇨스트와
탕그리스니르

관련항목

● 토르 → No.023

● 우트가르다 로키 → No.054

● 로키 → No.057

# 프레이르의 마검과 불을 뛰어넘는 말

사랑을 이루기 위해 풍요신이 하인에게 넘겨준 보물. 하지만 그것은 너무도 커다란 대가를 치러야했다.

## ● 사랑을 얻는 대신 잃게 된 풍요신의 비보

프레이르Freyr의 애검은 주인이 현명하면 혼자서도 거인과 싸워 그 목숨을 거둔다고 하는 마법의 검이다. 본시 풍요신 **프레이르**의 물건이었지만 거인의 딸 **게르드**Gerðr의 사랑을 얻기 위해 그의 하인 스키르니르Skírnir에게 넘겨준 이후로 신화에서 모습을 감춘다. 일설에는 **무스펠**의 수장 수르트가 최종전쟁 라그나로크Ragnarök 때 사용한 검이 그것이라고 하는데 어디까지나 추측에 지나지 않는다.

『시詩 에다』의 「스키르니르의 여행Skírnismál」에 의하면, 그 모습은 검신이 가늘고 표면에는 **룬 문자**가 새겨져 있다고 한다. 뇌신 토르의 망치 묠니르Mjöllnir와 함께 거인을 제압할 수 있는 강력한 무기로 꼽혔는데, 신들은 프레이르가 이 검을 잃은 것을 라그나로크가 닥치는 그 순간까지 아쉬워했다고 한다. 『시詩 에다』의 「로키의 말싸움Lokasenna」에서 악신 **로키**가 지적한대로, 최강의 무기를 잃은 프레이르는 아무 힘도 못쓰고 수르트의 손에 쓰러지고 만다.

한편 스키르니르에게 넘긴 프레이르의 애마에 관해서는 아무런 기록도 전해지지 않는다. 『스노리 에다』의 「시어법」에 프레이르의 말로 블로두그호피Bloðughofi, 또는 블로두호프라는 이름이 등장하는데 아마도 이들 말과 같은 것이 아니었을까 추정된다.

스키르니르는 프레이르가 연모하는 게르드가 있는 곳까지 가려면 어둡고 젖은 대지를 넘어, 음습하게 타오르는 불벽을 넘어야 할 것으로 예상했다. 그래서 프레이르에게 그러한 능력을 가진 말을 요구했던 것이다. 하지만 이것은 스키르니르의 과도한 걱정이었다. 게르드의 성을 지키고 있던 것은 타오르는 불이 아니라 미쳐 날뛰는 개였으니까.

풍요신 프레이르는 거대한 양근을 가진 말과 하나로 보는 경우가 많으며, 말은 그의 추종수중 하나로 꼽힌다.

## 스키르니르에게 준 프레이르의 비보

### 프레이르의 마검

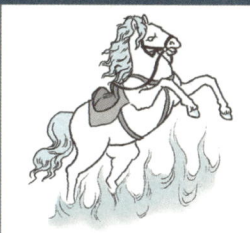

주인이 현명하면 스스로 날아가 거인을 쓰러뜨린다고 하는 마법의 검. 사랑을 이루기 위한 대가로 하인 스키르니르에게 주어버린다. 검신에 룬 문자가 새겨져 있는 가는 검으로, 프레이르를 상처낼 수 있는 유일한 물건이었다. 그 후 무스펠의 수장 수르트에 손에 들어갔다는 의견도 있다.

### 프레이르의 애마

음습하게 타오르는 불벽을 뛰어 넘어 젖은 산을 내달릴 수 있는 명마. 프레이르의 마검과 같이 스키르니르에게 넘어갔다. 프레이르의 애마 블로두그호피와 동일시된다. 스키르니르가 요툰헤임으로 갈 때 동행하지만 별 활약은 없었다.

## 프레이르의 보물의 행방

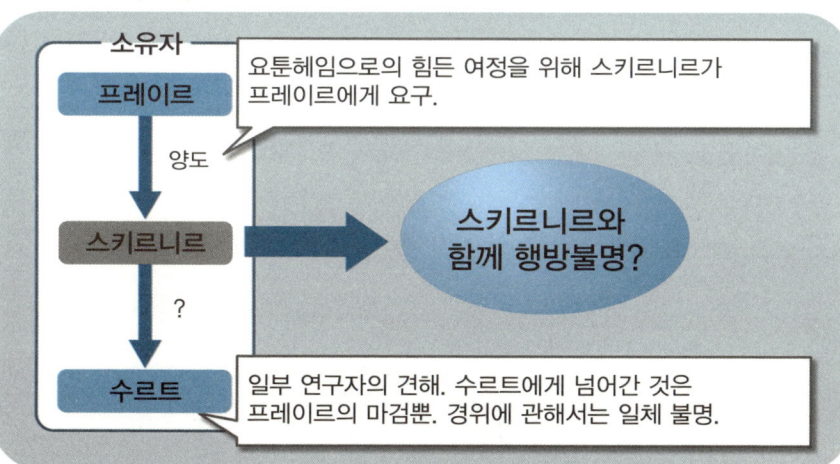

소유자

프레이르

요툰헤임으로의 힘든 여정을 위해 스키르니르가 프레이르에게 요구.

양도

스키르니르

스키르니르와 함께 행방불명?

?

수르트

일부 연구자의 견해. 수르트에게 넘어간 것은 프레이르의 마검뿐. 경위에 관해서는 일체 불명.

---

**관련항목**

- 프레이르 → No.042
- 게르드 → No.049
- 로키 → No.057
- 무스펠 → No.065
- 룬 문자 → No.073

# 마법의 날개옷

신들과 거인족이 가진 마법의 날개옷. 그것은 몸에 걸치는 자의 모습을 바꾸고, 그 모습에 맞는 능력을 부여해주는 것이었다.

## ● 사건의 발단과 해결의 실마리가 되는 마법 도구

마법의 날개옷은 몸에 걸치면 새로 변신해 하늘을 날 수 있는 능력이 생기는 마법 도구이다. 북유럽 신화에서는 비교적 일반적인 존재로, 갖고 있는 이도 많다.

그 중에서도 특히 유명한 것이 오딘의 아내 **프리그**<sup>Frigg</sup>와 여신 **프레이야**<sup>Freyja</sup>가 가진 매의 날개옷일 것이다. 하지만 그녀들 자신이 직접 걸치는 일은 거의 없고 대부분 악신 **로키**가 사용했다. 그가 매의 날개옷을 사용하는 모습은 『시詩 에다』의 「트림의 노래」와 『스노리 에다』의 「시어법」 등에 등장한다.

한편, **발키리에**<sup>Valkyrje</sup>들이 몸에 걸치는 것으로 유명한 것이 백조의 날개옷이다. 고시 『카라의 시』에 의하면, 그녀들은 이 날개옷을 몸에 걸치고 백조로 둔갑해 전쟁터를 날아다녔다고 한다. 그 때문에 이 날개옷을 도둑맞으면 발키리에는 전쟁터에서 힘을 쓸 수가 없었다. 『시詩 에다』의 「볼룬드의 노래」에는 백조의 날개옷을 벗고 베를 짜던 발키리에들이 볼룬드 형제가 날개옷을 숨기는 바람에 그들의 아내가 되는 이야기가 나온다.

또한 여신 이둔<sup>Iðunn</sup>을 납치했던 거인 **티아치**<sup>Þjazi</sup>와, **시인의 봉밀주의 소유자**였던 거인 수퉁<sup>Suttungr</sup> 등도 독수리의 날개옷을 갖고 있었다. 그들이 가진 날개옷이 신들이 쓰는 것보다 뛰어났던 모양으로, 「시어법」에는 날개옷을 입고 새로 변신해 날아가는 신들을 치열하게 따라붙는 그들의 모습이 그려져 있다.

한편 하늘을 날기 위한 도구로써, 『시詩 에다』의 「볼룬드의 노래」에서 전설의 명공 볼룬드가 자유를 얻기 위해 만든 비행날개라는 것도 존재한다.

## 북유럽 신화에 등장하는 여러 날개옷

### 매의 날개옷 / Valsham

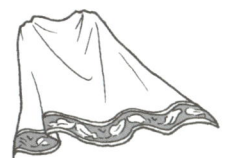

프리그와 프레이야가 갖고 있었다는 마법의 날개옷. 몸에 걸치면 매로 변신할 수 있었다. 그러나 그녀들이 직접 사용한 경우는 별로 없고 악신 로키가 주로 사용했다. 거인 티아치와 거인 흐룬그니르의 에피소드에 그 이름이 보인다.

### 백조의 날개옷 / Álftarhamir

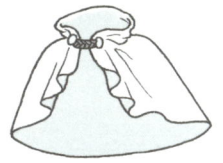

발키리에가 몸에 걸쳤다고 하는 마법의 날개옷. 몸에 걸치면 백조로 변신할 수가 있다. 세계 각지에 남은 날개옷 전승과 마찬가지로, 이 날개옷을 빼앗은 인간의 아내가 된다는 이야기도 존재한다. 『시(詩)에다』의「볼룬드의 노래」, 『냐르의 사가』등에 그 이름이 등장한다.

### 독수리의 날개옷 / Árnarharminn

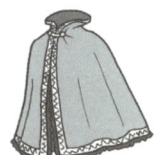

주신 오딘과 거인 티아치, 수퉁 등이 몸에 걸쳤다고 하는 마법의 날개옷. 몸에 걸치면 독수리로 변신할 수가 있다. 매의 날개옷보다 비행속도가 뛰어나다.

## 그 외 하늘을 날기 위한 아이템

### 볼룬드의 비행날개

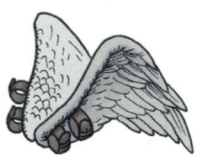

전설의 명공 볼룬드가 니두드 왕에 의해 감금되었던 세바르스타드 섬에서 탈출하기 위해 만든 비행날개. 원문에는 「물갈퀴」라고도 표현했다. 『시(詩)에다』의「볼룬드의 노래」에 등장한다.

---

**관련항목**

# 브리싱가멘

Brísingamen

여신 프레이야의 가슴을 장식했던 브리싱가멘. 드베르그가 만든 그 목걸이는 인간 세계에 커다란 재앙을 초래했다.

## ● 여신의 목에 드리워진 황금 목걸이

브리싱가멘<sup>Brísingamen</sup>은 여신 **프레이야**<sup>Freyja</sup>가 가진 목걸이이다. 그녀의 대명사라고도 할 수 있는 물건으로, 『시<sup>詩</sup> 에다』의 「트륌의 노래<sup>Þrymskviða</sup>」에서는 뇌신 **토르**<sup>Þórr</sup>가 프레이야로 변장할 때 사용한 적이 있다. 또한, 『스노리 에다』의 「길피의 속임수」에는 「프레이야는 브리싱가멘이라는 목걸이를 갖고 있다」고 적혀 있다. 이 목걸이에 대한 자세한 기록은 『시<sup>詩</sup> 에다』에는 나타나 있지 않다. 그러나 『스노리 에다』의 「시어법」에 신들의 파수꾼 **헤임달**<sup>Heimdallr</sup>과 악신 **로키**가 이 목걸이를 둘러싸고 싸웠다고 하는 항목이 나오는 걸 보면 무척 귀중한 물건이었음에 분명하다. 이것으로 추정되는 목걸이에 대한 이야기가 『소를리<sup>Sörli</sup>의 이야기, 헤딘과 호그니의 사가』에 등장한다. 거기에는 어떤 경위로 목걸이가 프레이야의 것이 되었는지 자세히 설명하고 있다.

어느 날 **오딘**<sup>Óðinn</sup>의 애인 프레이야가 네 명의 **드베르그(소인족)**를 찾아갔다. 그들이 마침 황금 목걸이를 완성한 참이었는데, 그녀는 첫눈에 그것이 마음에 들어버렸다. 프레이야가 그들에게 목걸이를 팔라고 부탁을 하자 드베르그들은 그녀가 모두와 하룻밤씩 보내주면 주겠다고 하는 것이다. 잠시 고민한 끝에 그녀는 그들의 요구를 들어주고 목걸이를 손에 넣게 된다.

목걸이의 내역을 알게 된 로키는 오딘에게 그 일을 일러바친다. 프레이야의 난잡함에 화가 난 오딘은 로키에게 그녀의 목걸이를 훔쳐오게 했다. 목걸이를 돌려달라고 간청하는 프레이야에게 오딘은 「스무 명의 용사들이 섬기는 왕 둘의 사이를 갈라놓고 그들이 영원히 싸우도록 저주를 걸어라. 그리고 행운을 얻은 왕을 섬기는 용감한 기독교도들이 그들을 모두 죽일 때까지 해방시키지 마라. 이 조건을 채운다면 목걸이를 돌려주마」라고 말한다. 프레이야는 주저 없이 이 조건을 받아들였고, 그 결과가 후일 「햐드닝<sup>Hjaðning</sup> 전투」로 알려진 전란이 되었다고 한다.

## 프레이야의 목걸이

### 브리싱가멘

프레이야의 대명사로도 알려진 목걸이. 네 명의 드베르그(소인족)의 솜씨로 만들어진 황금 목걸이이다.

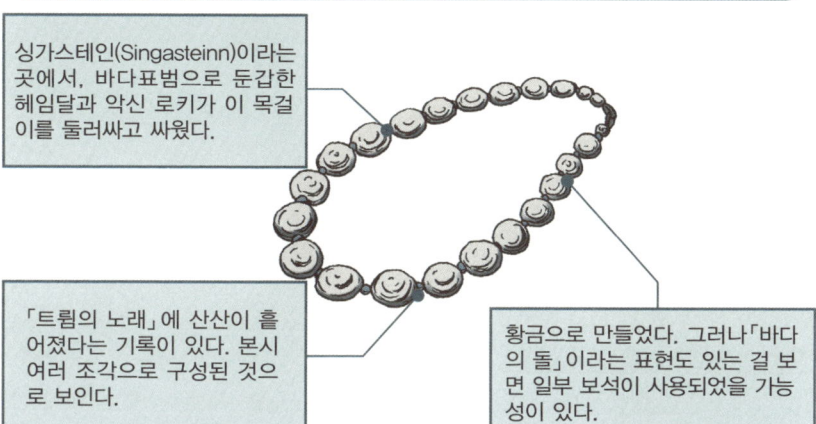

싱가스테인(Singasteinn)이라는 곳에서, 바다표범으로 둔갑한 헤임달과 악신 로키가 이 목걸이를 둘러싸고 싸웠다.

「트륌의 노래」에 산산이 흩어졌다는 기록이 있다. 본시 여러 조각으로 구성된 것으로 보인다.

황금으로 만들었다. 그러나「바다의 돌」이라는 표현도 있는 걸 보면 일부 보석이 사용되었을 가능성이 있다.

## 브리싱가멘을 둘러싼 신들의 관계

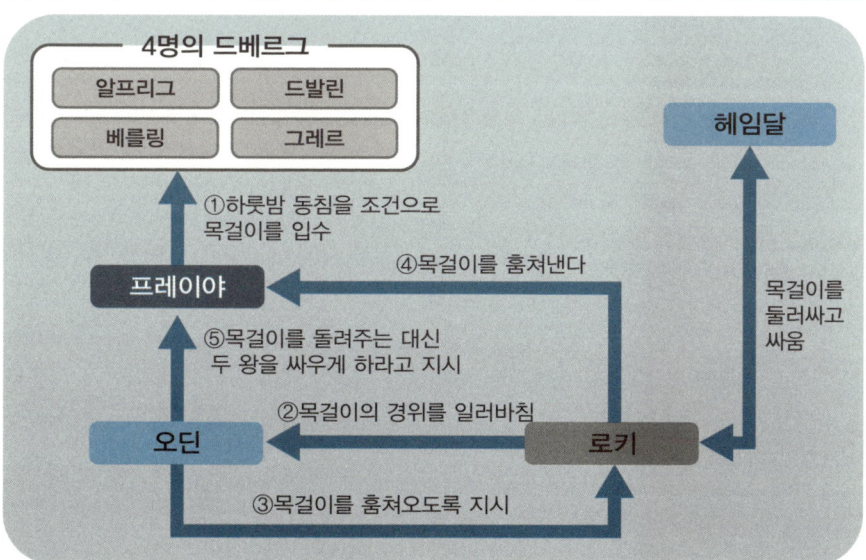

4명의 드베르그

알프리그  드발린

베를링  그레르

헤임달

①하룻밤 동침을 조건으로 목걸이를 입수

④목걸이를 훔쳐낸다

프레이야

목걸이를 둘러싸고 싸움

⑤목걸이를 돌려주는 대신 두 왕을 싸우게 하라고 지시

②목걸이의 경위를 일러바침

오딘

로키

③목걸이를 훔쳐오도록 지시

# 글레이프니르

Gleipnir

신들의 적 펜리르를 묶기 위해 드베르그가 만든 마법의 끈. 그 재료는 이미 이 세상에 남아 있지 않다.

## ● 이 세상에 존재하지 않는 것으로 만들어진 끈

글레이프니르Gleipnir는 악신 **로키**의 아들인 거대한 늑대 **펜리르**Fenrir를 묶어두기 위해 만들어진 마법의 끈이다. 드베르그(소인족) 장인들이 만든 이 끈은 비단끈처럼 매끄럽고 부드러우면서도 상당히 튼튼했다고 한다.

글레이프니르를 만들 때, 드베르그들은 「고양이 발소리」, 「여자의 수염」, 「산의 뿌리」, 「곰의 힘줄」, 「생선의 숨결」, 「새의 침」 등 여섯 가지 재료를 사용했다. 이것들은 모두 이 때 소진되었기 때문에 지금 세상에는 남아 있지 않다고 한다. 하지만 약간 남아 있는 게 있었는지 수염이 자라는 여자도 있거니와 발소리를 내며 걷는 고양이도 있기는 하다.

『스노리 에다』의 「길피의 속임수」에 의하면 글레이프니르가 만들어진 경위는 다음과 같다. 일찍이 신들은 갓 태어난 펜리르를 아스가르드에서 사육했다. 그러나 펜리르가 신들에게 재앙을 초래할 것이라는 예언을 듣고 그를 묶어둘 생각을 한다. 그래서 신들은 레딩Læðingr이라는 사슬을 만들어 펜리르에게 힘자랑이라 속이고 그를 묶었다. 그러나 사슬은 간단히 끊어졌고 펜리르는 풀려났다.

다음에 신들은 드로미Dromi라는 앞선 사슬보다 두 배나 강한 사슬을 만들었지만, 결과는 마찬가지였다. 본격적으로 위험을 느낀 신들은 프레이르Freyr의 시종 **스키르니르**를 드베르그들에게 보내 힘을 빌리게 했다. 그래서 만들어진 것이 글레이프니르이다. 오른손을 씹어 먹히는 전신 **튀르**Týr의 희생과 이 끈 덕분에 신들은 겨우 펜리르를 묶을 수 있었다. 하지만 이것도 결국 한 때의 위안에 지나지 않았다. 최종전쟁 라그나로크Ragnarök가 도래했을 때 글레이프니르의 마력이 끊어지면서 자유를 찾은 펜리르가 끝내 재앙의 예언을 실현하게 되는 것이다.

## 세계에서 유일한 밧줄

### 글레이프니르

두 번에 걸친 실패 끝에 신들이 드베르그(소인족)에게 주문해 만들게 한 마법의 밧줄. 그것을 만든 재료들은 그 때 모두 소진되어 지금 세상에는 존재하지 않는다고 한다.

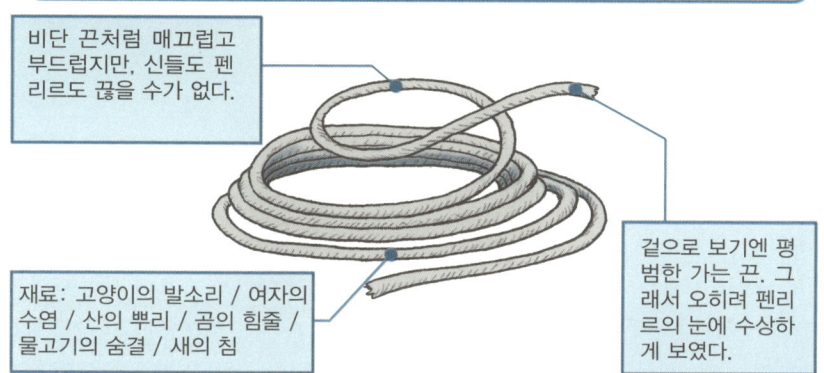

비단 끈처럼 매끄럽고 부드럽지만, 신들도 펜리르도 끊을 수가 없다.

재료: 고양이의 발소리 / 여자의 수염 / 산의 뿌리 / 곰의 힘줄 / 물고기의 숨결 / 새의 침

겉으로 보기엔 평범한 가는 끈. 그래서 오히려 펜리르의 눈에 수상하게 보였다.

## 글레이프니르가 만들어지기까지의 경위

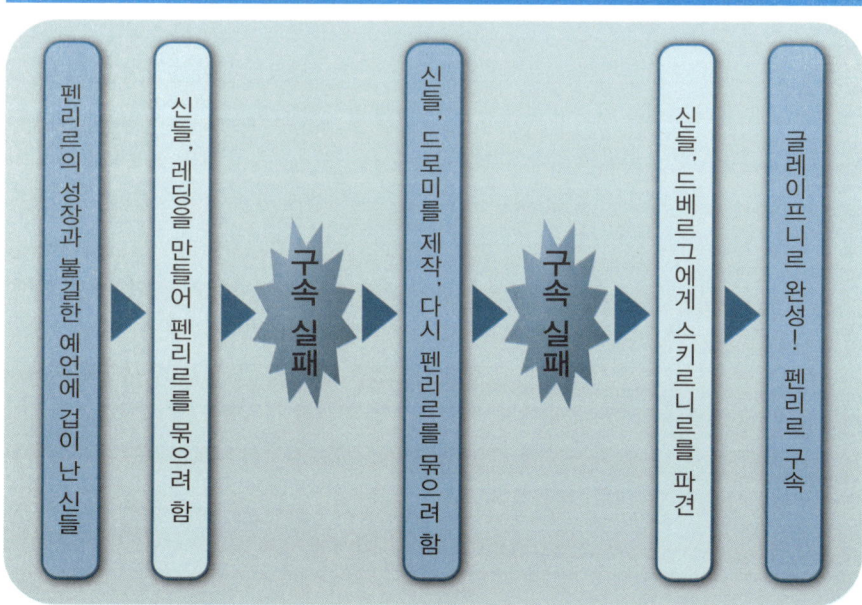

펜리르의 성장과 불길한 예언에 겁이 난 신들 ▶ 신들, 레딩을 만들어 펜리르를 묶으려 함 ▶ **구속 실패** ▶ 신들, 드로미를 제작. 다시 펜리르를 묶으려 함 ▶ **구속 실패** ▶ 신들, 드베르그에게 스키르니르를 파견 ▶ 글레이프니르 완성! 펜리르 구속

---

**관련항목**

● 튀르→ No.025
● 스키르니르 → No.043
● 로키 → No.057
● 펜리르 → No.058

# 레바테인

## Lævateinn

세계수 위그드라실 꼭대기에서 빛나는 황금 수탉. 악신 로키가 벼린 검은, 유일하게 그 수탉을 해칠 수 있는 마검이었다.

## ● 빛나는 수탉을 죽이는 마검

레바테인Lævateinn은 고시 『그로아의 주문가Grógaldr』와 『피욜스비드의 말Fjǫlsvinnsmál』에 그 이름이 등장하는 마검이다. 「상처 입히는 마의 지팡이」라고도 불리는 레바테인은, 악신 **로키**가 **니플헤임** 문 앞에서 **룬 문자**를 이용해 담금질한 것이었다. 그것이 어찌된 경위인지 **무스펠헤임**에 사는 수르트의 아내 신마라Sinmara의 손에 들어가게 되었고, 그녀는 그것을 레갸른Lægjarn이라는 큰 상자에 아홉 개의 열쇠를 채워 보관했다. 이 검은 세계수 **위그드라실** 꼭대기에서 번갯불처럼 빛나고 있는 황금 수탉, 비도프니르Viðófnir를 죽일 수 있는 유일한 검이었다. 레바테인은 다음과 같은 경위로 등장한다.

이야기의 주인공 스비프다그Svipdagr는 어느 날 심술궂은 계모로부터 멩글로드Menglǫð라는 여성을 찾아 그 사랑을 얻어내라는 명령을 받는다. 스비프다그는 돌아가신 어머니 그로아Gróa의 협력을 얻어 그녀를 찾으러 떠났고, 오랜 여행 끝에 **요툰헤임**에 있는 멩글로드의 성에 당도한다. 그러나 성은 불길에 휩싸여있는데다 사나운 개가 지키고 있어 들어갈 수가 없었다. 고민하던 스비프다그는 성 입구를 지키고 있던 거인에게 말을 걸었다. 그를 동정했는지 거인은 스비프다그에게, 개가 황금 수탉 비도프니르의 날개고기를 좋아한다는 것을 가르쳐주었다. 스비프다그는 이어 어떻게 하면 그 고기를 얻을 수 있는지 거인에게 묻는다. 여기서 비도프니르를 잡을 수 있는 검으로 거명된 것이 레바테인이다. 레바테인의 소재를 모르는 스비프다그는 끈질기게 그 입수방법을 묻는다. 그러자 거인은 신마라에게 비도프니르의 꼬리날개를 갖다주라고 말한다. 이야기가 돌고 돌기 시작했을 때 이야기는 갑자기 끝이 나 버린다. 이야기를 하는 중에 멩글로드가 사모하는 사람이 바로 스비프다그라는 것이 판명되면서 둘이 맺어지기 때문이다.

## 상처 입히는 마의 지팡이

### 레바테인

무스펠의 수장 수르트의 아내인 신마라가 레갸른이라는 큰 상자에 아홉 개의 열쇠를 채워 보관하고 있는 마법의 검. 요즘은 수르트가 가진 불의 검과 동일시되고 있지만 본래는 다른 물건으로 추정된다.

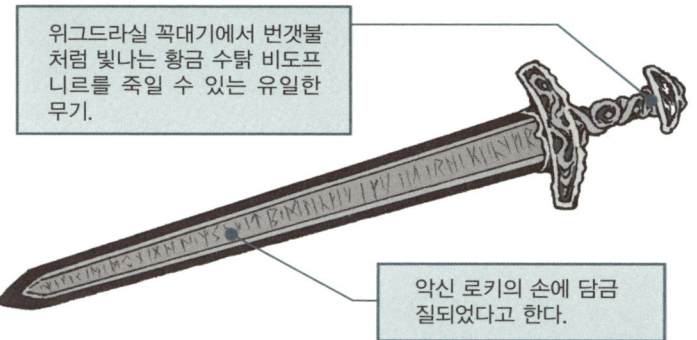

위그드라실 꼭대기에서 번갯불처럼 빛나는 황금 수탉 비도프니르를 죽일 수 있는 유일한 무기.

악신 로키의 손에 담금질되었다고 한다.

## 스비프다그를 고민하게 만든 문제

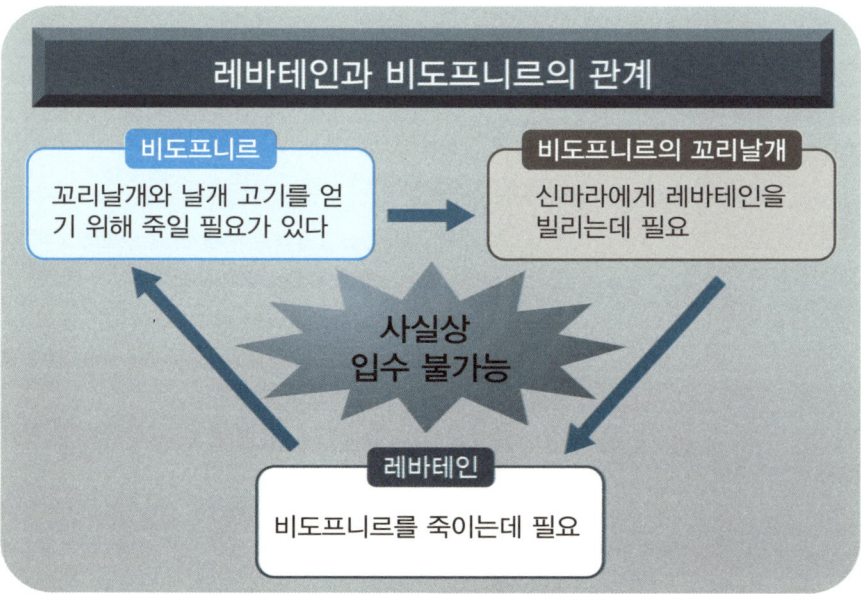

### 레바테인과 비도프니르의 관계

**비도프니르**
꼬리날개와 날개 고기를 얻기 위해 죽일 필요가 있다

**비도프니르의 꼬리날개**
신마라에게 레바테인을 빌리는데 필요

**사실상 입수 불가능**

**레바테인**
비도프니르를 죽이는데 필요

# 마법의 그물

북유럽 신화에 등장하는 두 개의 그물. 그것은 악신 로키의 손에 사용되었으며 그 자신을 포박하는 수단이 되기도 했다.

## ● 악신 로키와 두 개의 투망

란<sup>Rán</sup>의 투망은 해신 **에기르**<sup>Ægir</sup>의 아내 란의 물건으로, 바다에 빠진 것을 끌어올릴 수 있는 마법의 그물이다. 그녀는 이것을 써서 바다에서 죽은 이들과 그들이 가졌던 보물들을 끌어올려 자신의 소유로 삼았다. 『스노리 에다』의 「시어법」에 의하면, 아스가르드의 신들은 에기르가 잔치를 베풀었을 때 처음으로 이 그물을 보았다고 한다. 그러나 그 이전부터 그물의 존재를 알고 있는 자도 있었다. 악신 **로키**<sup>Loki</sup>이다. 『시<sup>詩</sup> 에다』의 「레긴의 말<sup>Reginsmál</sup>」에 의하면, 흐레이드마르의 아들 오트르를 살해한 배상금을 요구받았을 때 로키는 드베르그(소인족) 안드바리가 갖고 있는 황금을 빼앗아낼 궁리를 한다. 안드바리가 꼬치고기의 모습으로 폭포 밑에 살고 있는 것을 안 로키는 란에게서 이 그물을 빌려 그를 통째로 낚아 올렸던 것이다.

그러나 아이러니하게도 그가 신들에게 유폐되는 계기가 된 것도 그물이었다. 로키는 에기르의 잔치에서 신들을 모욕하고는 도망쳐 나와 자신의 은신처로 숨었다. 잔뜩 화가 난 신들이 쫓아오자, 로키는 그들이 무슨 수단으로 자신을 잡으려들지 궁금했다. 그러다 시험적으로 만든 것이 그물이었던 것이다. 막 그물이 완성되었을 무렵 마침 신들이 로키의 은신처를 발견했다. 다급해진 로키는 갓 완성된 투망을 불에 던져 넣고, 자신은 연어로 변신해 강을 헤엄쳐 갔다. 하지만 신들과 동행했던 현자 크바시르<sup>Kvasir</sup>가 불속에서 타고 남은 그물을 건져 복구했고, 신들은 그 그물을 던졌다. 결국 로키는 신들의 추적을 피하지 못했다. 그물을 뛰어넘으려던 찰나 뇌신 **토르**의 손에 잡혀버렸던 것이다.

이렇듯 그물과 관계가 깊다보니 로키가 거미의 화신이 아닐까 하는 설도 존재하고 있다.

## 두 개의 그물

### 란의 그물

해신 에기르의 아내 란이 갖고 있는 마법의 그물. 바다에서 익사한 사람들과, 그들이 갖고 있던 보물을 긁어모으는데 쓴다. 드베르그 안드바리의 황금을 빼앗기 위해 악신 로키가 빌려 쓴 바 있다.

### 로키의 그물

신들에게서 도망쳐 사방에 창문이 있는 은신처로 숨은 로키가 만든 그물. 신들이 자신을 어떤 방법으로 잡을까 궁리하다가 만든 것으로, 리넨으로 짜였으며 현재 인간이 사용하는 그물과 구조가 매우 비슷하다고 한다. 신들이 습격해왔을 때 황급히 불에 던져 넣었지만 신들과 동행한 현자 크바시르의 손에 복원되어, 신들의 손에 넘어가고 말았다.

## 로키와 그물을 둘러싼 관계

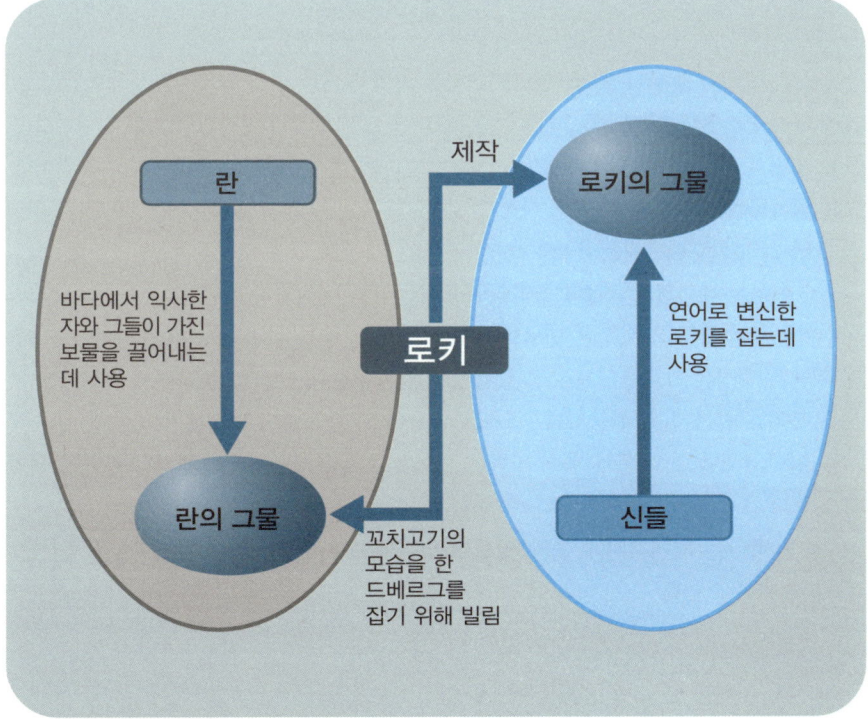

란

제작

로키의 그물

바다에서 익사한 자와 그들이 가진 보물을 끌어내는 데 사용

로키

연어로 변신한 로키를 잡는데 사용

란의 그물

꼬치고기의 모습을 한 드베르그를 잡기 위해 빌림

신들

관련항목

● 토르 → No.023　　　　　　● 로키 → No.057
● 에기르 → No.056

# 그로티의 맷돌

Grótta

빨는 자의 소원을 들어주는 그로티의 맷돌. 그러나 한 없이 이루어지는 욕망은 결국 소유자를 멸망하게 한다.

## ● 인간의 욕망을 부추기는 마법의 맷돌

그로티Grótti의 맷돌은 『시詩 에다』의 「그로티의 노래Gróttasǫngr」 등에 등장하는 마법의 맷돌이다. 이 맷돌은 그것을 빨는 자가 원하는 것을 만들어낼 수가 있다. 그러나 너무 무거웠기 때문에 보통 인간은 돌릴 수가 없었다고 한다. 『스노리 에다』의 「시어법」에 의하면, 헹기쿄프트Hengikjǫptr라는 인물이 덴마크의 왕 프로디Fróði에게 이 맷돌을 주었다고 나온다. 하지만 이 마법의 맷돌은 효과가 절대적이라 소유자의 욕망을 크게 부추겼다. 그 때문에 이 맷돌은 바다 밑에 가라앉게 되는 것이다.

어느 날, 프로디는 페냐Fenja와 메냐Menja라는 거인 자매를 손에 넣고는 그녀들에게 이 맷돌을 돌리도록 했다. 그녀들은 처음에는 프로디를 위해 황금과 나라의 평화를 기원하며 맷돌을 돌린다. 그러나 욕심이 과했던 프로디는 그녀들에게 「뻐꾸기가 침묵하는 동안이나, 시를 낭독하는 시간보다 더 오래 자선 안 된다」며 맷돌을 계속 돌릴 것을 강요했다. 이에 화가 난 그녀들은 이번에는 프로디를 멸망시킬 군대를 바라며 맷돌을 돌렸다. 그날 밤 뮈싱Mysing이라는 해적왕의 군세가 몰려와 프로디의 나라는 멸망하고 만다.

이 맷돌을 손에 넣은 뮈싱은 페냐와 메냐를 데리고 자신의 나라로 귀환했다. 돌아가는 배 위에서 뮈싱은 그녀들에게 소금을 만들도록 명령한다. 그녀들은 뮈싱의 요구대로 맷돌을 돌려 소금을 잔뜩 만들었다. 그러나 뮈싱은 더 만들라고 명령했기 때문에 배는 무게를 견디지 못하고 맷돌과 함께 바다에 가라앉고 말았다. 이후로 세계의 바다가 짜졌다고 한다.

이러한 설화는 세계각지에 남아 있으며 일본에도 비슷한 옛날이야기 「소금 빚는 맷돌」이 존재하고 있다.

## 욕망을 부추기는 맷돌

### 그로티의 맷돌

덴마크 왕 프로디가 헨기쾨프트라는 인물한테서 받은 마법의 맷돌. 빠는 자가 원하는 것을 끌어내 준다. 하지만 그 효과가 절대적이다 보니 사람들의 욕망을 부추겨, 결국 바다에 가라앉고 만다.

맷돌은 괴력의 소유자인 거인 자매가 아니면 돌릴 수 없을 정도로 무겁다.

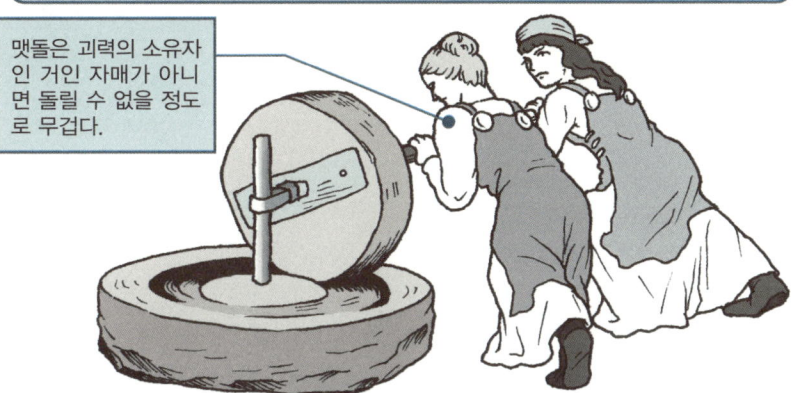

## 그로티의 맷돌이 옮겨 간 경로

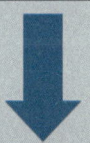

**헨기쾨프트**

프로디에게 그로티의 맷돌을 준 인물. 어떠한 인물이었는지 어떠한 목적으로 그에게 맷돌을 주었는지에 대해서는 드러난 바가 없다.

**프로디**

덴마크 왕. 스웨덴에서 손에 넣은 거인 자매, 페냐와 메냐에게 맷돌을 돌리게 해 평화로운 나라를 이룩한다. 그러나 노동조건이 나쁜 데에 앙심을 품은 그녀들이 불러낸 군대에 의해 나라는 멸망하고 그 자신도 죽고 만다.

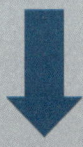

**뮈싱**

거인 자매 페냐, 메냐가 불러들인 해적왕. 맷돌을 손에 넣고 돌아가는 길에 배위에서 그 능력을 시험해보는데, 욕심이 지나쳐 배의 적재량을 넘는 소금을 만들어내는 바람에 맷돌째 바다에 가라앉고 만다.

# 시구르드의 보물

용을 죽인 영웅으로 이름 높은 시구르드. 그의 모험을 가능케 해준 것은 명검 그람과 애마 그라니와 같은 보물이었다.

## ● 시구르드를 도와준 보물

용을 죽인 영웅 **시구르드**<sup>Sigurðr</sup>의 활약은 『시詩 에다』나 사가<sup>Saga</sup> 등 여러 문헌에 남아 있다. 그러나 그 위업은 그의 실력만으로 이루어진 것이 아니다. 그를 받쳐준 여러 보물의 활약이 있었던 것이다.

시구르드의 검으로 유명한 그람<sup>Gram</sup>은 본래 그의 아버지 **시그문드**<sup>Sigmund</sup>가 쓰던 것이었다. 시그문드의 여동생 시그뉘<sup>Signý</sup>의 혼례 때 주신 **오딘**<sup>Óðinn</sup>이 홀연히 나타나 성 가운데 있는 큰 나무에 검을 꽂았는데, 그 자리에 있던 자들 중에서 이 오딘의 검을 뽑을 수 있었던 것은 시그문드뿐이었다. 그 후 시그문드는 이 칼의 도움을 받아 수많은 위업을 달성했다. 그러나 그의 두 번째 아내 효르디스를 둘러싼 싸움 중에 갑자기 나타난 오딘 자신의 손에 검이 부러지면서 시그문드는 목숨을 잃고 만다. 그는 죽을 때 이 검의 잔해를 아내에게 맡기며 나중에 태어날 아들을 위해 이 검을 고쳐두도록 명했다. 그 후 성장한 시구르드를 위해 그의 양부 레긴이 다시 담금질해서 만들어낸 것이 그람이다. 날이 무섭게 날카로워서, 강물에 세워두고 천을 띄우면 물처럼 갈라졌고 모루를 치면 두 동강이 났다.

한편 시구르드의 애마 그라니<sup>Grani</sup>는 오딘의 애마 **슬레이프니르**<sup>Sleipnir</sup>의 피를 이은 회색 말이다. 그 혈통 덕분에 두려움 하나 없이 불을 뛰어 넘는 용기를 가졌다. 시구르드는 그의 어머니가 몸을 의탁하고 있던 햐르프레크 왕의 사육장에서 오딘의 조언에 따라 이 명마를 손에 넣었다.

이 외에도 시구르드는, 사람들에게 공포를 심어주는 마력을 가진 악룡 **파프니르**<sup>Fáfnir</sup>가 갖고 있던 에기르<sup>Ægir</sup>의 투구와 흐로티<sup>Hrotti</sup>라는 칼, 양부 레긴이 벼른 검 리딜<sup>Ridill</sup>, 그리고 먹으면 동물의 말을 알아듣게 되는 파프니르의 심장 등을 갖고 있었다고 한다.

## 『시(詩) 에다』와 사가에 등장하는 시구르드의 주요 소유물

### 그람 / Gram

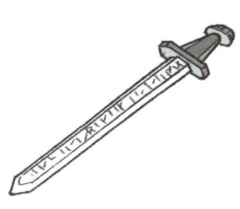

레긴이 시구르드를 위해 벼린 명검. 본래 주신 오딘이 볼숭 성의 나무에 박아놓은 검으로, 시구르드의 아버지 시그문드의 소유물이다. 그러나 시그문드의 최후의 싸움에서 오딘의 손에 부러진 후 시구르드의 어머니 손에 보관되어 있었다. 모루를 두 조각 낼 정도의 날을 갖고 있으며, 그 검신에는 룬 문자가 새겨져 있다고 한다.

### 그라니 / Grani

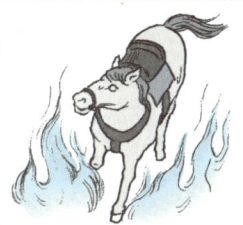

시구르드의 애마. 불을 두려워않고 뛰어넘는 용기와 슬레이프니르의 새끼라는 것을 증명하는 회색 몸을 갖고 있다. 레긴이 시구르드에게 말(馬)이 없음을 지적하자 당시 신세지고 있던 햐르프레크 왕의 사육장에서 고른 말이다. 그 때 오딘이 마부로 둔갑해 충고를 해주었다고 전한다.

### 에기르의 투구 / Ægishjálm

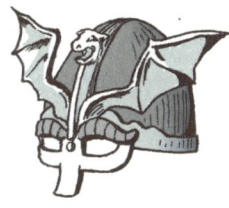

파프니르가 쓰고 있던 투구. 사람들에게 공포를 주는 마력이 있어 「공포의 투구」라 불린다. 파프니르를 퇴치한 시구르드가 전리품으로 갖고 돌아왔는데 이후로는 특별한 기록이 없다. 파프니르가 용의 모습이 된 것도 이 투구의 마력으로 추정된다.

### 흐로티 / Hrotti

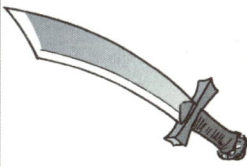

에기르의 투구와 마찬가지로 파프니르의 물건 중 하나. 이것도 시구르드의 전리품이 되었다. 레긴이 벼린 칼 리딜과 한 쌍으로 취급된다. 아마도 대장장이였던 파프니르, 레긴 형제가 담금질한 칼이었을 것이다.

# 다인슬레이프
Dáinslief

한번 칼집에서 나오면 반드시 사람을 해친다고 하는 마검 다인슬레이프(Dáinslief). 살육은 인간이 원한 것인가, 검이 원한 것인가.

## ● 피에 굶주린 마검

『스노리 에다』의 「시어법」에 그 이름이 등장하는, 덴마크 왕 호그니<sup>Hogni</sup>의 마검이다. 드베르그(소인족)가 만든 검으로, 「칼집을 벗어날 때마다 사람을 해치며, 칼끝이 목표를 벗어나는 법이 없고, 그로 인해 생긴 상처는 절대 낫지 않는다」고 하는 저주받은 물건이다. 이러한 검은 보통 여러 소유자의 손을 거치게 된다. 하지만 다인슬레이프는 세계의 종말까지 호그니의 손에서 계속 싸웠다고 한다.

사건은 여신 **프레이야**<sup>Freyja</sup>가 **브리싱가멘**<sup>Brisingamen</sup>을 손에 넣은 일로부터 시작되었다. 그 경위를 듣고 격분한 주신 **오딘**<sup>Odinn</sup>은 징벌로 프레이야에게 두 왕을 이간질시켜 싸우게 하라고 명령했다. 그 표적이 된 것이 **호그니**와 그 친구인 세르크란드<sup>Serkland</sup>의 왕 헤딘<sup>Heðinn</sup>이다. 어느 날, 알 수 없는 악심에 휩싸인 헤딘은 호그니의 영토를 습격해 그의 아내를 죽이고, 그의 딸이자 **발키리에**<sup>Valkyrje</sup>인 힐드<sup>Hildr</sup>와 보물을 약탈해 사라진다. 호그니는 복수를 맹세하고, 헤딘을 추적한다. 헤딘에게 크게 증오를 느끼지 않았던 힐드는 둘의 화해를 바라고 아버지를 설득하지만 잘 되지 않았다. 헤딘 자신도 보상을 하겠노라고 했지만 호그니는 한번 뽑은 검을 칼집으로 돌릴 수가 없었다. 이렇게 해 양측 군대는 호이<sup>Háey</sup> 섬에서 격렬한 전투를 벌이게 되지만 끝내 승부는 나지 않았다고 한다. 실은 전쟁터에서 죽은 전사들을 힐드가 마법으로 계속 소생시켰기 때문에 양측의 전력은 어느 한쪽으로 기울어지는 일 없이 싸움이 계속되었던 것이다. 「햐드닝 전투<sup>Hjaðningavíg</sup>」라 불리는 이 전쟁은 최종전쟁 라그나로크<sup>Ragnarök</sup>가 도래할 때까지 이어졌다. 또한, 『소를리의 이야기, 헤딘과 호그니의 사가』에 의하면, 헤딘을 부추긴 것은 곤두르<sup>Gondur</sup>라는 프레이야의 분신이었다. 이후 「햐드닝 전투」는 140년 후 노르웨이 왕 올라프 트뤼그바손<sup>Oláfr Tryggvason</sup>의 시종 이바르<sup>Ivarr</sup>가 그들을 전멸시키면서 종결된다.

## 호그니의 마검

### 다인슬레이프

「다인의 유산」이라는 뜻을 가진 덴마크 왕 호그니의 검. 다인이라는 드베르
그가 존재하는 것으로 보아, 그가 만든 것이 아닐까 하는 설도 있다.
『스노리 에다』의 「시어법」에 그 이름이 등장한다.

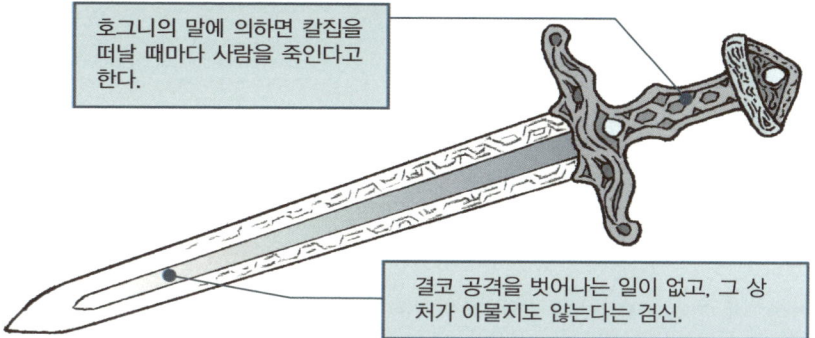

호그니의 말에 의하면 칼집을
떠날 때마다 사람을 죽인다고
한다.

결코 공격을 벗어나는 일이 없고, 그 상
처가 아물지도 않는다는 검신.

## 햐드닝 전투

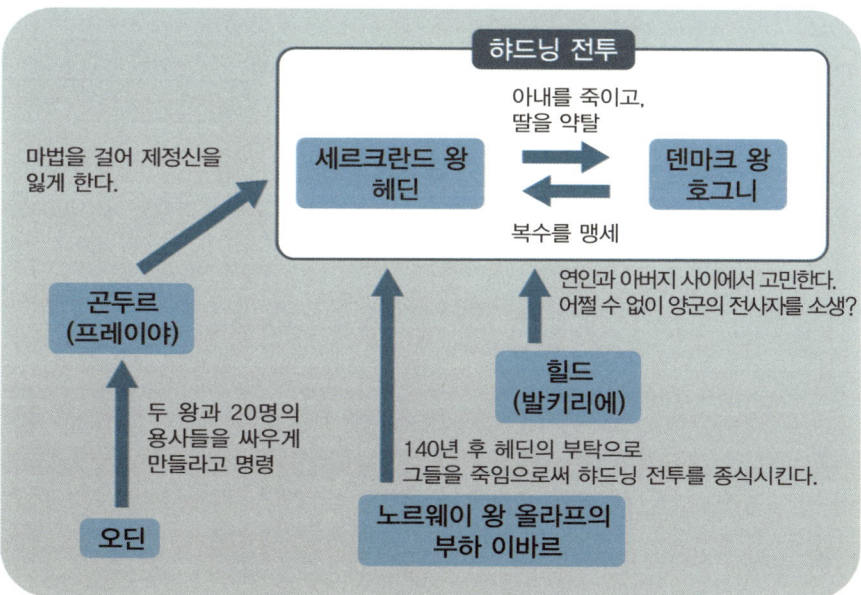

햐드닝 전투

아내를 죽이고,
딸을 약탈

세르크란드 왕
헤딘

덴마크 왕
호그니

복수를 맹세

마법을 걸어 제정신을
잃게 한다.

연인과 아버지 사이에서 고민한다.
어쩔 수 없이 양군의 전사자를 소생?

곤두르
(프레이야)

힐드
(발키리에)

두 왕과 20명의
용사들을 싸우게
만들라고 명령

140년 후 헤딘의 부탁으로
그들을 죽임으로써 햐드닝 전투를 종식시킨다.

오딘

노르웨이 왕 올라프의
부하 이바르

# 튀르핑

Tyrfingr

왕의 변덕으로 드베르그에게 만들게 한 검. 그것은 인간들에게 영광을 가져다주는 동시에 파멸을 초래하는 마검이었다.

## ● 승리와 파멸을 초래하는 존재

튀르핑Tyrfingr은, 스바프를라미Svafrlami 왕이 **드베르그(소인족)**인 드발린Dvalinn과 두린Durin에게 만들게 한 마검이다. 그들은 왕의 책략으로 자신들이 살던 바위산으로 돌아갈 수 없게 되어, 어쩔 수 없이 왕이 시키는 대로 칼을 만들지 않으면 안 되었다. 왕은 「손잡이는 금으로 하고, 쇠든 천이든 똑같이 쉽게 잘라지고, 절대로 녹슬지 말 것, 그리고 소유자가 누구이든 그를 반드시 승리하게 만들 것」이라는 무리한 주문을 붙였다. 드베르그들은 왕의 주문대로 칼을 완성해놓고는 분풀이로 「칼이 한번 뽑힐 때마다 반드시 인간 하나를 죽인다」는 주문을 걸어놓고 바위산으로 돌아갔다.

드베르그의 저주는 절대적이었다. 왕은 튀르핑으로 수많은 승리를 거두지만 끝내 반거인인 바이킹, 아린그림Arngrim의 손에 죽고 만다. 그리고 검은 아린그림의 아들인 **베르세르크** 안강튀르Angantyr의 손에 넘어가는데, 그도 학정을 거듭한 끝에 히얄마르Hjalmar라는 전사와 싸우다 함께 죽는다. 그 후 검은 한 때 안강튀르를 묻은 무덤에 부장되었다가, 안강튀르의 딸로, 남장을 하고 다녔던 여바이킹 헤르보르Hervor의 손에 다시 세상 밖으로 나오게 된다.

그녀의 목숨은 빼앗지 않았지만, 튀르핑은 그 아들 헤이드레크Heiðrekr의 손에 넘어가자마자 다시 맹위를 떨치기 시작한다. 검은 그에게 영광을 가져다주는 대가로, 그의 친한 인간들의 목숨을 차례차례로 빼앗더니 기어이 그 자신의 목숨까지 빼앗고 말았다. 멈출 줄 모르는 튀르핑의 칼날에 오딘Óðinn마저도 상처를 입었다고 한다. 최종적으로 튀르핑을 손에 넣은 헤이드레크의 아들 안강튀르Angantyr는 다음과 같이 말했다. 「우리의 하늘에 불행이 있도다.」 이것이야말로 튀르핑의 본질이었을지도 모른다.

## 저주받은 마검

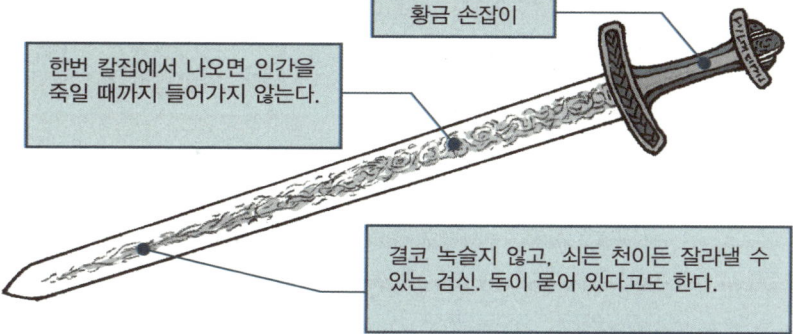

### 튀르핑

스바프를라미 왕이, 드베르그 대장장이 드발린과 두린을 잡아 놓고 억지로 만들게 한 마법 검. 드베르그의 저주에 의해 주인의 소원을 세 번 이루어준 후, 그의 목숨을 빼앗는다.

황금 손잡이

한번 칼집에서 나오면 인간을 죽일 때까지 들어가지 않는다.

결코 녹슬지 않고, 쇠든 천이든 잘라낼 수 있는 검신. 독이 묻어 있다고도 한다.

## 튀르핑의 주요 소유자들

| | |
|---|---|
| **스바프를라미** | 튀르핑에 의해 수많은 승리를 거두었지만 해적 아린그림에게 검을 빼앗기고 죽는다. |
| **안강튀르** | 아버지 아린그림으로부터 검을 물려받아 11명의 형제와 함께 바이킹을 나가지만, 어느 귀족의 딸을 둘러싸고 싸우다 죽는다. |
| **헤르보르** | 복수를 위해 아버지 안강튀르의 무덤을 파헤치고, 그 영혼으로부터 튀르핑을 물려받는 남장 여해적. 활약한 후 무사히 은퇴. |
| **헤이드레크** | 헤르보르의 아들. 쓸데 없는 장난으로 사람을 죽이고 집에서 쫓겨난다. 그 때 어머니로부터 튀르핑을 물려받는데, 이후 권력을 얻기 위해 형을 비롯해 가까운 자들을 차례차례로 죽이게 된다. 그의 지혜를 시험한 오딘을 상처입힘으로써 저주를 받아 전쟁터에서 목숨을 잃는다. |
| **안강튀르** | 헤이드레크의 아들. 유산상속 문제로 동생 흐레드와 교전, 그를 살해한다. |

---

관련항목

● 베르세르크 → No.021　　　　　● 드베르그(소인족) → No.063

# 튀르의 검

튀르(Týr)는 전신(戰神)으로 알려져 있지만, 『시(詩) 에다』나 『스노리 에다』 등 주요자료에는 그 소유물에 관한 기록이 거의 없다. 그러나 최근에 간행된 여러 자료에는 튀르가 가진 검이 소개되고 있다. 여기에서는 이러한 자료들 중 하나로 추정되는 마쓰무라 다케오(松村 武雄) 씨의 「북유럽 신화와 전설(北歐伝說と傳說, 1933)」에 수록된 튀르의 검에 관한 기술을 소개한다.

이 자료에 의하면, 튀르의 검은 이발디(Ívaldi)의 아들들이 벼린 것이었다. 마검 튀르핑(Tyrfingr)과 마찬가지로 그 주인은 인심을 얻고 천하를 다스릴 수가 있지만, 결국 그 칼날에 쓰러지고 마는 검이라고 한다.

일찍이 튀르는 한 여사제를 찾아가, 「이 칼을 손에 넣는 자는 모든 적에게 이길 수 있으니 엄중히 보관해 달라」며 자신의 칼을 그녀에게 맡겼다. 여사제는 검을 신전 가운데에 매달고 아침 햇살을 받아 빛나도록 모셨다고 하는데, 어느 날 밤 칼이 홀연히 모습을 감추고 말았다. 튀르의 추궁을 두려워 하는 사람들에게, 여사제는 「노른의 말에 의하면, 그 칼을 손에 넣는 이는 천하를 다스리지만 결국은 그 칼에 몸을 망치게 된다고 합니다. 튀르도 그 운명을 감당할 사람을 찾고 있을 것입니다.」하고 말했다. 이 말을 들은 사람들이 몰려들어 그녀에게 칼의 행방을 캐묻지만 그녀는 끝내 그 물음에 대답하지 않았다고 한다.

그로부터 한참 후, 코로뉘라는 마을을 다스리고 있던 지방장관 비텔리우스(Vitellius)를 찾아온 사내가 있었다. 그는 비텔리우스에게 튀르의 검을 주면서 로마의 황제가 되라고 부추겼다. 그 말에 홀딱 넘어간 비텔리우스는 군대를 이끌고 로마로 향하는데, 행군 도중 독일인 부하가 칼을 바꿔치기 하고 말았다.

당시 로마에는 그와 마찬가지로 황제가 되고자 하는 베스파시안(Vespasianus)의 군대가 주둔해 있었다. 비텔리우스는 튀르의 검의 가호로 틀림없는 승리를 자부했지만, 도중에 칼이 뒤바뀌어진 것을 알고는 지휘봉을 버리고 도망쳐버린다. 그러나 배신자인 독일인의 손에 잡혀 튀르의 검에 목이 잘리고 만다.

그 후 독일인은 검의 가호를 얻어 베시파시안의 군대를 흡수해 매우 넓은 영토를 다스리게 되었다. 하지만 검의 마력을 눈치 챈 그는 숲에 은둔하였고 검을 지중해에 묻었다. 그는 천수를 다하지만 그의 사후 검은 여러 소유자의 손을 전전하게 된다. 그리고 기독교의 도래와 함께 그 안에 흡수되어 대천사 미카엘의 소유물로 정착되었다고 한다.

이 이야기는 오래된 민화라고도, 20세기 초엽에 쓰인 해외의 소설이라고도 일컬어지고 있다. 진상은 알 수 없지만 최종적으로 소유자를 배신하는 칼은 성실한 전신인 튀르에게는 어울리지 않았을 것이다.

# 제 4 장
# 북유럽 잡학

# 북유럽의 신들을 신봉한 사람들

북유럽 신화의 신들을 추앙했던 사람들은 대체 어떤 사람들이고 어떤 철학을 가진 이들이었을까.

## ● 이교의 신들을 믿은 바이킹

북유럽 신화의 신들에게 신앙을 바쳤던 이들은 북유럽 중에서도 게르만계에 속하는 4국, 즉 덴마크, 스웨덴, 노르웨이, 아이슬란드인들이다. 아시아계에 속하는 핀란드 등은 약간의 영향이 보이긴 하지만 전혀 다르다고 해도 좋을 신들을 모시고 있었다.

하지만 이들 북유럽 신화의 신들이 가장 열심히 추앙되었던 것은 AD 1000년 경까지이며, 가장 오래 그 신앙의 형태를 남기고 있던 스웨덴도 1100년을 경계로 기독교화되었다. 그리고 현재, 그 이전의 시대를 현재의 신앙과는 다른 시대, 즉 이교시대異教時代로 구분하고 있다.

우리가 이교시대의 북유럽 사람들을 떠올릴 때 가장 친숙한 것이 바이킹Vikingr일 것이다. 800년경 유럽의 역사에 등장해 이후 1100년경까지 맹위를 떨쳤던 그들의 활약은 우리 현대인의 눈에는 폭력 일변도의 야만스러운 것으로 보이기 쉽다. 그러나 약탈자의 얼굴을 가지면서도, 실제의 바이킹은 빈틈없는 무역상이었고 고도의 항해기술을 가진 이주자이기도 했다. 또한 고향에서는 농업과 목축, 어업에 열성을 기울이는 생산자였으며, 우수한 세공기술자이기도 했다. 왕족, 자유민, 노예 세 계급으로 나뉜 사회는 고도로 법률화되어 있었다. 결코 북방의 야만족이 아니었던 것이다.

바이킹에게 있어 신들에 대한 신앙은 생활과 밀접하게 관련되어 있었다. 직업적인 사제는 없었고, 지역의 대표자와 가장이 매일 제사를 집행했다. 사람들은 집집마다 의지하는 신을 갖고 있었으며, 소원이 있을 때마다 제물을 바쳤다. 동지에는 율Jól 대제를 지냈고, 사람들이 모여 일을 결정하는 민회는 신에 대한 기도로 시작되었다고 한다. 많은 사가Saga에 그런 모습들이 남아 있어 당시의 신앙을 아는데 큰 실마리가 되고 있다.

## 북유럽 신화의 신들의 주요 신앙지역

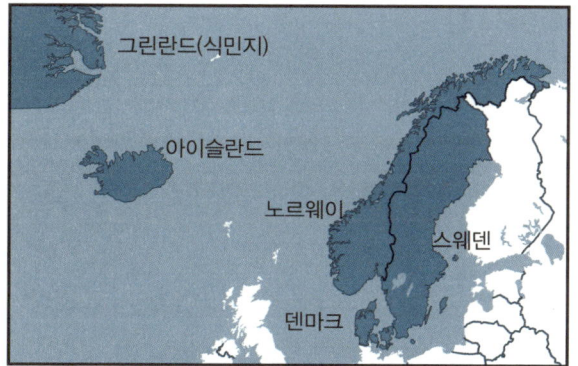

그린란드(식민지)

아이슬란드

노르웨이

스웨덴

덴마크

같은 북유럽이라도 핀란드는 다른 문화권이라 신앙하는 신들이 달랐다.

## 이교를 신봉한 시대의 북유럽 사람들

### 정치형태

**중앙집권화 되어가는 봉건사회**

| 노르웨이 | 스웨덴 |
| 덴마크 | 그린란드 |

**왕이 없는 공화제 사회**

아이슬란드

### 주요 경제활동

| 바이킹 | 목축 |
| 모피 등의 특산품 무역 | 어업 |
| 노예무역 | |

### 신분제도

왕족

왕
Konr

제후
Jarl

자유민
(자유농민)
Bóndi

노예
þrell

고

저

201

# 북유럽의 주거형태

여름에도 추위가 심한 북유럽. 그곳 사람들은 어떤 집에서 살고 있었을까.

## ● 지토(芝土) 지붕을 가진 집

이교시대 북유럽에는, 전 지역에 공통적으로 보이는 일정한 주거형태는 없다. 북유럽이라는 땅은 자원 산출량에 있어 지역차가 커서, 삼림자원이 풍부한 지역에서는 목조주택이, 그렇지 못한 지역에서는 돌과 토벽을 이용하는 등, 사는 지역에 따라 상당한 차이가 있는 것이다. 그러한 북유럽의 주거환경으로서 가장 많이 지어진 것이 롱하우스longhouse 라는 형태의 주택이었다.

일반적인 롱하우스는 돌로 쌓은 축대 위에 지토로 지붕을 엮어 올린 형태의 집이다. 가장 초기에는 배를 뒤집어 지붕을 씌웠는데, 그 습관 때문인지 지붕이 배밑창처럼 완곡한 형태를 띠고 있는 것이 많다. 창문이나 굴뚝 등은 거의 없고, 있다고 해도 짐승의 방광 등으로 막은 쪽창 정도였다. 그래서 실내는 늘 매캐하고 매우 어두컴컴했다고 한다. 하지만 이것은 추위를 견디기 위한 지혜였다.

초기 롱하우스에는 방이 거의 없고 실질적으로 스칼리(Skali 혹은 스투바)라 불리는 거실이 생활공간의 전부였다. 가족과 노예는 물론 가축까지도 모두 같은 공간에서 살았는데, 점차 거실, 현관, 부엌, 가축우리, 대장간, 그리고 증기를 이용한 욕탕 등 공간이 구분되기 시작했으며, 이윽고 본채와 별채로 나뉘어 갔다. 그래도 사람들의 생활의 중심은 스칼리였다.

스칼리의 양쪽 벽끝에는 벤치가 쭉 놓였다. 벤치 중앙에는 고좌가 놓였으며 여기에는 가장이나 손님이 앉았다. 고좌 양측에는 기둥이 있는데, 이 기둥에는 뇌신 **토르** 등의 신상이 새겨져 있다. 스칼리의 벽은 가늘고 긴 양탄자로 장식돼 있는 경우가 많다. 창문이 없어 살풍경하기 쉬운 집안을 화려하게 하기 위한 연구였다. 사람들은 이 공간에서 잠자고 손님을 초대해 연회를 즐기곤 했다.

## 이교시대 북유럽의 일반적인 주거

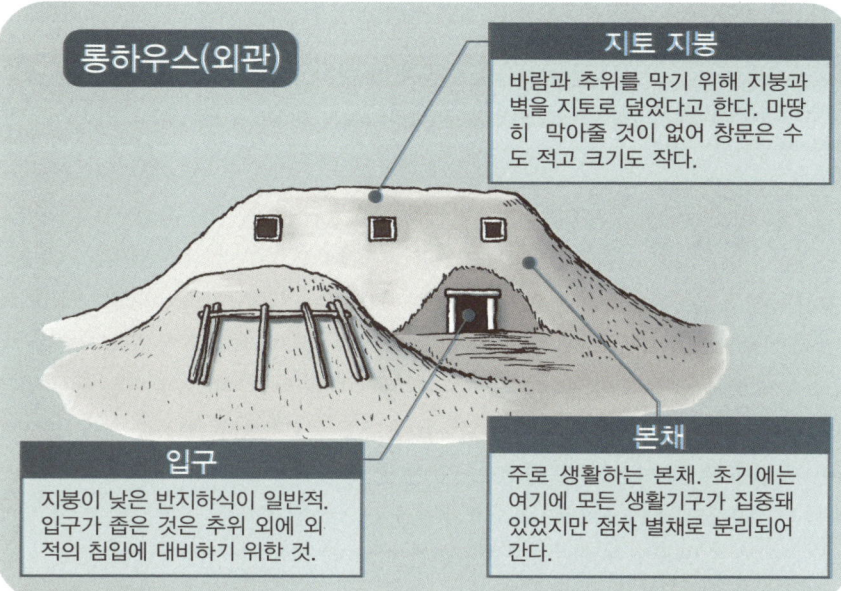

### 롱하우스(외관)

**지토 지붕**

바람과 추위를 막기 위해 지붕과 벽을 지토로 덮었다고 한다. 마땅히 막아줄 것이 없어 창문은 수도 적고 크기도 작다.

**입구**

지붕이 낮은 반지하식이 일반적. 입구가 좁은 것은 추위 외에 외적의 침입에 대비하기 위한 것.

**본채**

주로 생활하는 본채. 초기에는 여기에 모든 생활기구가 집중돼 있었지만 점차 별채로 분리되어 간다.

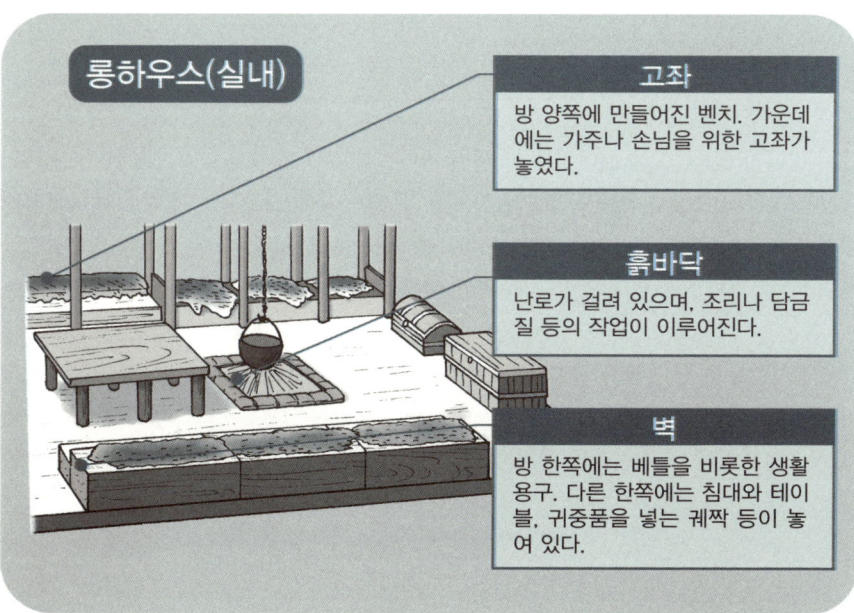

### 롱하우스(실내)

**고좌**

방 양쪽에 만들어진 벤치. 가운데에는 가주나 손님을 위한 고좌가 놓였다.

**흙바닥**

난로가 걸려 있으며, 조리나 담금질 등의 작업이 이루어진다.

**벽**

방 한쪽에는 베틀을 비롯한 생활용구. 다른 한쪽에는 침대와 테이블, 귀중품을 넣는 궤짝 등이 놓여 있다.

---

관련항목

● 토르 → No.023

# 북유럽의 복장

바이킹의 이미지로 인해 야만인으로 생각되기 쉬운 이교시대 사람들. 그러나 그들은 복장에 신경을 쓰며 살던 멋쟁이들이었다.

## ● 멋을 부릴 줄 알았던 사람들

당시 남성의 일반적인 상의는 정강이 중간쯤까지 오는 긴 튜닉이다. 이것을 걸치고 허리춤을 가죽 벨트로 묶었으며, 벨트에는 신화를 모티브로 한 버클을 붙였다. 바지는 여러 종류가 있어서, 몸에 딱 붙는 가늘고 긴 것부터 무릎 밑을 각반으로 감는 통이 넓은 바지 등이 기록에 남아 있다. 모자는 무두질한 가죽 등으로 만든 뾰족한 것과, 펠트로 만든 챙 넓은 것 등 여러 가지가 있다. 구두는 한 장의 무두질한 가죽을 주머니처럼 접어 남은 부분을 잘라낸 것으로, 복사뼈 부근을 끈으로 동여맸다. 또한 그들은 자락 양 끝이 뾰족한 긴 망토를 어깨에 두르고 오른쪽 어깨 위에서 장식 핀으로 고정했다. 자유로이 칼을 뽑을 수 있도록 오른쪽을 열어두었던 것이다.

한편 여성의 복장은 소매가 없는 긴 옷이 일반적이었으며 어깨끈으로 연결한 두 장의 천을 앞뒤로 늘어뜨리고, 그것을 가슴에 댄 한 쌍의 청동제 거북이형 브로치로 고정했다. 이 브로치에는 가는 사슬이 달려 있고 그 사슬에 가위와, 반짇고리, 나이프, 열쇠 등이 매달려 있다. 또한 그녀들은 그 위에 케이프를 두르고 브로치로 고정하기도 했다. 일상적인 동작에 따라 케이프 밑으로 보이는 두 팔이 당시 남성들에게 매우 매력적으로 보였다고 한다. 헤어스타일은 포니테일이나, 묶은 머리, 쪽진 머리 등 여러 가지가 있으며, 주로 스카프로 덮고 있었다. 하지만 여성의 복장이 딱히 정해져 있던 것은 아니어서, 젊은 여성의 미니스커트에 부츠 같은 러프한 차림도 기록에 남아 있다.

당시 사람들은 남녀 모두 장식품에 신경을 많이 썼다. 남성은 귀금속으로 만든 팔찌나, 흘라드라 불리는 머리띠로 몸을 장식했다. 여성은 보다 호화롭게 재산이나 신분에 어울리는 많은 목걸이를 몸에 지녔다.

## 이교시대 남성의 복장

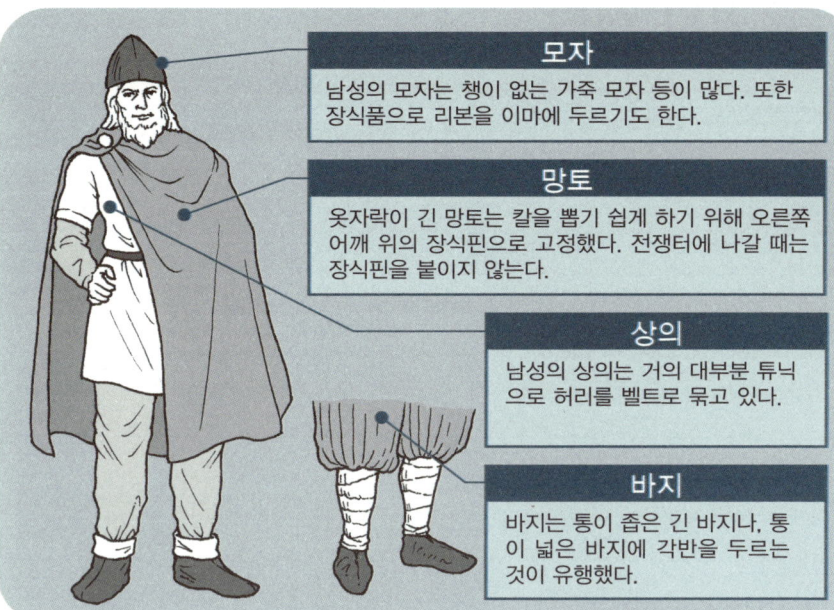

### 모자

남성의 모자는 챙이 없는 가죽 모자 등이 많다. 또한 장식품으로 리본을 이마에 두르기도 한다.

### 망토

옷자락이 긴 망토는 칼을 뽑기 쉽게 하기 위해 오른쪽 어깨 위의 장식핀으로 고정했다. 전쟁터에 나갈 때는 장식핀을 붙이지 않는다.

### 상의

남성의 상의는 거의 대부분 튜닉으로 허리를 벨트로 묶고 있다.

### 바지

바지는 통이 좁은 긴 바지나, 통이 넓은 바지에 각반을 두르는 것이 유행했다.

## 이교시대 여성의 복장

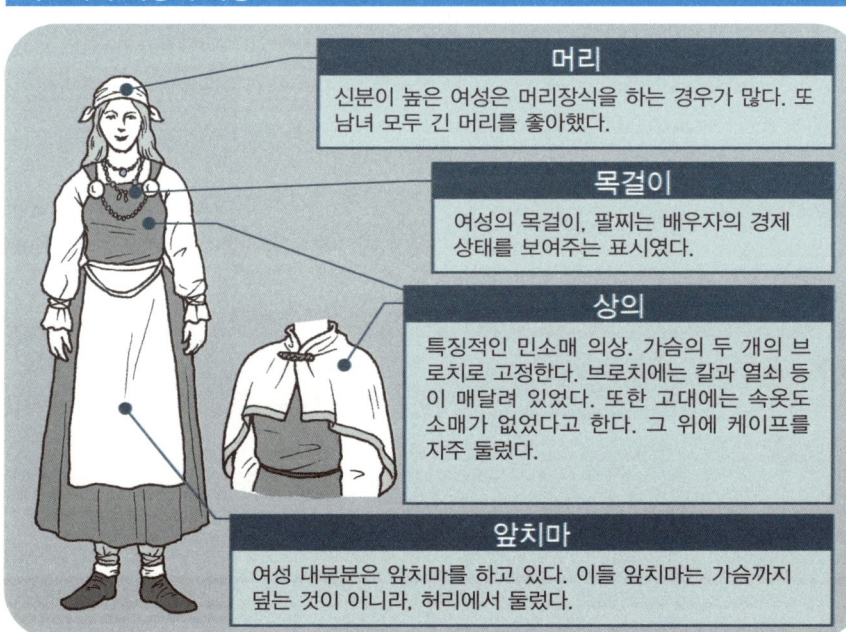

### 머리

신분이 높은 여성은 머리장식을 하는 경우가 많다. 또 남녀 모두 긴 머리를 좋아했다.

### 목걸이

여성의 목걸이, 팔찌는 배우자의 경제 상태를 보여주는 표시였다.

### 상의

특징적인 민소매 의상. 가슴의 두 개의 브로치로 고정한다. 브로치에는 칼과 열쇠 등이 매달려 있었다. 또한 고대에는 속옷도 소매가 없었다고 한다. 그 위에 케이프를 자주 둘렀다.

### 앞치마

여성 대부분은 앞치마를 하고 있다. 이들 앞치마는 가슴까지 덮는 것이 아니라, 허리에서 둘렀다.

# 북유럽의 식탁

신화자료나 사가(Saga)에는 식사 풍경이 자주 등장한다. 이교시대 북유럽의 식탁 모습을 둘러보자.

## ● 이교시대 북유럽의 식탁을 채운 식재료들

당시 사람들의 식사는 하루에 두 번, 아침 아홉 시경의 「점심 식사」와 밤 아홉시 경의 「저녁 식사」로 나뉘어 있었다. 밤보다 낮의 식사에 중점을 두고 있었으며, 밤은 야식 같은 느낌이었던 듯하다.

메뉴는 빵과 오트밀이 중심이었고, 여기에 육류와 해산물, 유제품, 그리고 소량의 채소와 음료가 붙었다. 빵이라 해도 계급에 따라 먹는 빵이 달랐는데, 왕족이나 귀족들은 부드러운 하얀 빵, 자유민이나 노예계급으로 내려가면서 보리 껍질이 섞인 버석버석한 빵을 먹었다. 다소 신기한 것은 바이킹 원정 등을 위해 만들어진 보존용 빵인데, 매우 딱딱하고 오래 가는데다 소나무 껍질 등이 섞여 있어 괴혈병 대책이 되어 있었다고 한다.

육류요리는 주로 연회에 나오는 만찬이었다. 식료는 양이나 산양, 소, 돼지 등의 가축과 가금류이다. 일부에서는 말 등도 먹었지만 기독교가 퍼지면서 그러한 습관은 없어졌다. 고기 조리법은 극히 단순해서, 조리용 홈에 찌거나, 불에 그슬려 굽기, 솥에 끓이기가 주였다. 해산물도 자주 식탁에 올랐다. 청어나 연어가 일반적이며 오래 두고 먹을 수 있도록 말려 보존하곤 했다. 또한 해안에 표착하는 고래 고기나 바다표범 등의 고기를 먹었다는 기록도 여러 사가에 등장한다.

그러나 추운 날씨 때문에 채소나 과일은 그다지 많지 않았다. 기록에 남아 있는 것은, 양파와 해조류, 김류 정도이다. 사과나 호두, 개암나무 열매가 있었지만 서민의 입에 들어올 수 있는 것이 아니었다.

음료수로는 맥주와 유장乳漿, 봉밀주, 와인이 있었으며, 봉밀주나 와인도 부유한 인간만이 접할 수 있었다.

## 이교시대 북유럽의 식탁을 장식한 주요 식재료

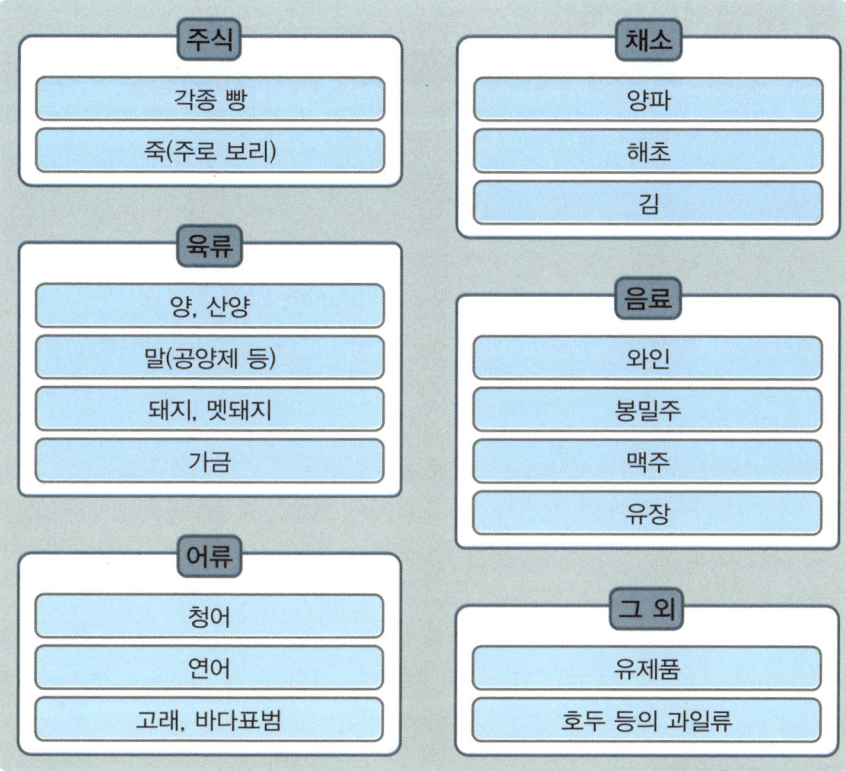

**주식**
- 각종 빵
- 죽(주로 보리)

**육류**
- 양, 산양
- 말(공양제 등)
- 돼지, 멧돼지
- 가금

**어류**
- 청어
- 연어
- 고래, 바다표범

**채소**
- 양파
- 해초
- 김

**음료**
- 와인
- 봉밀주
- 맥주
- 유장

**그 외**
- 유제품
- 호두 등의 과일류

## 신화에 등장하는 식품

| | |
|---|---|
| **청어와 죽** | 「하르바르드의 노래」에 나오는 토르의 식사. 토르는 이것을 「만찬」이라 불렀다. |
| **삶은 돼지** | 에인헤리아르들에게 제공된 세흐림니르라는 암퇘지 찌개. 『스노리 에다』에 기록이 나온다. |
| **삶은 산양** | 토르의 수레를 끄는 두 마리의 산양을 끓인 것. 가난한 농가에서는 좀처럼 볼 수 없는 만찬. 『스노리 에다』에 기록이 나온다. |
| **연어, 소** | 「트림의 노래」에서, 신부차림을 한 토르가 게걸스럽게 먹은 음식. 소는 「휘미르의 노래」 등 여러 신화에 자주 등장한다. |
| **그 외** | 「리그의 노래(Rígsþula)」에는, 각 계층 각 가정의 식사 내용이 기록돼 있다. 당연히 신분이 높은 집일수록 식사 내용이 풍성하다. |

# 북유럽의 오락

당시 북유럽 사람들이 열중한 여러 오락. 그 중 일부는 신들의 세계에도 널리 유행했다.

## ● 사람들이 열중한 경주

이교시대 북유럽 사람들은 실로 많은 오락을 즐기고 있었다.

야외의 오락으로 남자들이 열중한 것이 구기와 투마鬪馬이다. 구기는 규칙은 남아 있지 않지만 당시 일반적인 오락의 하나였다. 상당히 거친 것이었던 모양으로 경기 중에 다쳐 죽는 사람도 있었다고 한다.

투마는 서로가 가진 말을 막대기로 조종해 싸우게 하는 것으로, 뛰어난 말을 갖는 것은 남자들의 권위의 상징이었다. 그 외에도 씨름과 수영, 흙덩이 던지기 등 여러 오락이 있었는데, 기본적으로 서로의 힘을 경쟁하는 것이 많다. 그 때문에 승부 결과에 수긍하지 못한 자들이 살육전을 벌이는 일도 적지 않았다.

한편 실내 오락의 최고봉은 손님을 초대해 벌이는 잔치이다. 당시 집들은 서로 멀리 떨어져 있어서 겨울이라도 되면 거의 왕래가 끊어지는 탓에 사람들은 정보에 굶주려 있었다. 연회는 그러한 사람들에게 좋은 정보교환의 자리를 마련해주는 것이었다. 이 연회가 흥이 오르면 시작되는 것이 시의 낭독이었다. 멋진 시를 읊는 것은 훌륭한 사내의 조건이어서, 신화에 근거한 케닝(비유법)을 구사한 시들이 다수 지어졌다고 한다. 또한 먹고 남은 뼈나 술잔을 사람에게 던지는 놀이도 있었다고 한다. 이러한 장면은 뇌신 **토르**가 거인 휘미르를 찾아간 에피소드와, **발드르**Baldr의 신화에도 그려져 있다.

이것들과 별도로 장기 같은 보드게임류도 인기가 있었다. 역시 승패를 겨루는 것이라 이런 저런 사건의 발단이 되곤 했는데, 이쪽은 바깥의 오락과 달리 여성들도 탐닉하는 이가 많았던 모양이다. 또한 신들도 이들 놀이에 열중했던 모양으로 『시詩 에다』의 「무녀의 예언」에는 그들이 사용한 황금 장기판에 대한 기록이 남아 있다.

## 이교시대 북유럽의 주요 오락

**야외**

### 투마
이교시대 북유럽에서 성행했던 오락의 하나. 말을 막대기로 조종하면서 싸우게 했다.

### 구기
공과 막대기를 이용해 치르는 거친 경기로 많은 사상자를 냈다. 룰은 불명.

### 씨름
남자들의 힘겨루기. 민회 등에서도 널리 열렸다. 격투기처럼 확립된 기술체계가 있었는지 어떤지는 불명.

### 스키, 스케이트
남녀를 불문하고 인기가 있었던 야외 오락. 눈이 많은 북유럽에서는 생활과 끊으려야 끊을 수 없는 기술이기도 하다.

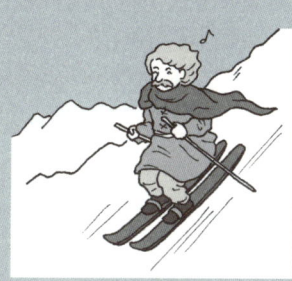

**경기**

**비경기**

### 보드게임
신분이 높은 사람들에게 인기가 있었던 오락. 남녀를 불문하고 여러 보드게임을 즐겼다.

### 연회
사이좋은 사람들끼리 날짜를 정해 서로를 초대하곤 했다. 귀중한 정보교환의 자리이기도 하다.

### 시 낭독
당시 남성의 필수교양 중 하나. 옛부터 내려온 신화 영웅전설 외에 신작시 등을 발표했다.

### 물건 던지기
하인들이나 서로 마주앉은 사람한테 술잔이나 먹고 남은 뼈 등을 던진다. 당연히 싸움으로 발전하는 일이 많다.

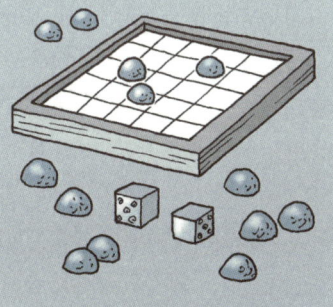

**실내**

관련항목
● 토르 → No.023　　● 발드르 → No.026

# 북유럽의 배

바다로 둘러싸인 북유럽에서 배는 생활과 떼려야 뗄 수 없는 소중한 것이었다.

## ● 북유럽의 파도를 건너는 말

　당시 북유럽에서 사용되었던 배는 매우 특징적인 모습을 갖고 있다. 선체는 한 개의 통나무로 된 용골에 의해 지탱되고 있으며, 선수와 선미가 같은 높이로 솟아오른 좌우대칭 형태이다. 갑판 한 가운데에는 돛대가 하나 서 있는데, 이 돛대는 상황에 따라 접었다 세웠다 할 수 있었다. 돛은 양털로 짠 거친 천으로, 사각형이다. 배의 몸통 측면은 판자를 겹쳐 대어 견고성을 높였으며, 노를 끼워 넣기 위한 구멍이 뚫려 있어 필요에 따라 돛과 노 양쪽을 이용해 항해할 수 있었다. 또한 전후가 대칭인 덕분에 어느 쪽 방향으로도 진행이 가능하다. 선수에는 무서운 얼굴을 한 신상을 붙여 놓는 경우가 많다. 이것은 위협의 목적인 동시에, 배를 악령과 토지의 수호령 등으로부터 지키기 위해서였다. 그 때문에 우호적인 항구에 들를 때에는 선수에서 떼어냈다. 이들 배에는 승무원들을 위한 좌석은 준비되어 있지 않다. 그래서 그들은 자신들의 소지품을 넣은 상자에 걸터앉아 항해를 했다고 한다.

　하지만 이러한 배의 특징은 어디까지나 유형적인 것에 지나지 않으며 실제로는 여러 종류의 배가 사용되었다. 예를 들어 전투용으로 사용된 배는 폭이 좁고 흘수가 낮다. 그래서 속도가 빠르고 방향전환이 쉽지만 적재량이 적어 오랜 항해에는 적합지 않았다. 한편 무역용 배는 폭이 넓고 흘수가 높다. 선체의 노 구멍을 없애고 적재 공간으로 활용해 많은 화물을 운반할 수가 있었다. 그 전 시대에는 가죽배나 통나무배 등도 이용되었다.

　그러나 바이킹이나 무역에 필수적인 것이라 해도, 배를 건조하는 데는 비용이 무척 많이 들었다. 그래서 배는 개인소유가 아니라, 여럿이 비용을 분담해 구입하는 일이 많았다고 한다.

## 이교시대 북유럽 배의 특징

### 용골
선체가 전후대칭으로 한 개의 용골에 의해 지탱되고 있다. 용골을 씀으로써 속도가 이전보다 훨씬 빨라졌다고 한다.

### 돛대
노로 항행할 때는 옆으로 뉘일 수가 있다.

### 돛
양털 등으로 거칠게 짠 천. 사각형이다.

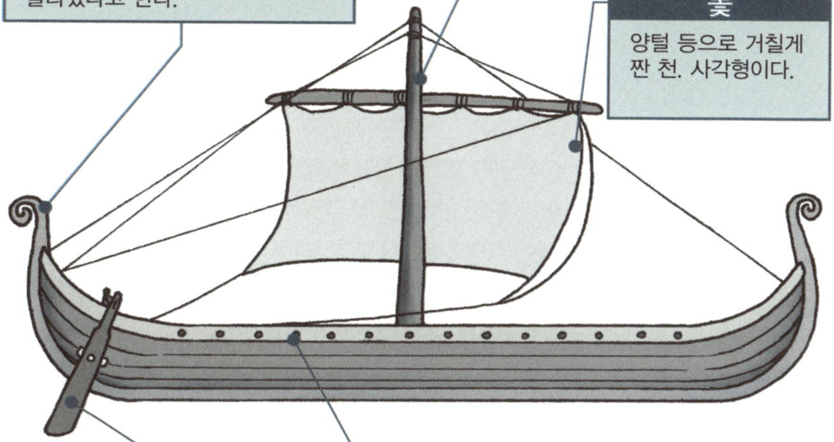

### 키
키는 좌우에 하나씩 붙어 있다. 이것으로 인해 섬세한 조선이 가능했다.

### 노 구멍
판자를 이어 댄 측면에는 노 구멍이 일렬로 뚫려 있다. 노는 고정되어 있지 않았으며 필요에 따라 돛과 노, 두 종류의 항해가 가능했다.

## 당시 북유럽의 일반적인 배

### 전투선 / Longship

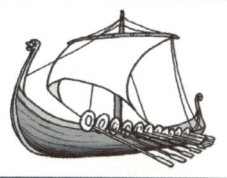

당시 북유럽에서 사용되었던 전투용 배. 선체가 짧고 선폭이 좁아, 속도가 빠르고 방향전환이 쉽다. 노 구멍이 측면 전체에 뚫려 있어 노 항해도 주특기였다. 배의 몸통에는 대체로 방패가 쭈욱 붙어 있다.

### 상업선 / Kaupship

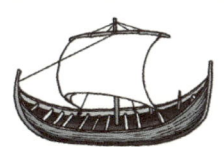

당시 북유럽에서 사용되었던 상업용 배. 전투선에 비해 선체가 길고 선폭이 넓다. 배의 측면 중앙은 물건을 쌓기 위해 노 구멍을 없앴다. 적재량이 커서 이주할 때에도 사용되곤 했다.

# 북유럽 사람들의 싸움

여러 상황에서 목숨의 거래를 했던 이교시대 북유럽 사람들. 그들에게 있어 싸움이란 어떤 것이었을까.

## ● 무기는 여행의 벗

모욕을 참고 넘기지 않고, 또한 바이킹 행위를 경제활동의 일환으로 삼았던 이교시대 북유럽 사람들에게 있어 싸움은 익숙한 행위의 하나였다. 그것은 주신 **오딘**<sup>Óðinn</sup>의 격언으로 알려진 『시詩 에다』의 「고귀한 자의 말 Hávamál」에 무기에 관한 기록이 많은 것을 봐도 알 수 있다.

그들의 무기로써 대표적인 것은 검, 도끼, 창, 활이다. 특히 검과 도끼는 일종의 권위와도 이어지는 것으로, 조각이나 상감으로 아름답게 장식되어 있다. 그들의 몸을 지키는 것은 커다란 목제 방패이다. 모양은 원형이며 가운데는 철제로 보강되어 있다. 갑옷은 사슬을 엮은 것과 가죽으로 된 것이 있는데, 유복한 자 외에는 대부분 가죽 갑옷을 입었다. 머리에 쓰는 투구는 물방울 형태에 코 보호대가 붙은 것으로, 가죽제와 금속제 두 종류가 존재했다. 뿔이 돋은 투구도 존재했는데 그것은 의례에서만 사용되었다.

싸움에 있어서 남자들이 지녀야 할 덕목은 무엇보다 두둑한 배짱과 용기이다. 싸움 중에 물러서거나 동요를 보이는 등의 행위는 비난의 대상이 되었다. 또한 살인 자체는 배상과 복수의 대상이 되긴 해도 중대한 죄로 인식되지는 않았다. 그러나 살인을 했음을 공표하지 않거나, 밤에 몰래 암살을 하는 짓은 용서받을 수 없는 비열한 행위로 간주되었다.

육상에서나 바다에서나 집단전의 핵심은 지휘자였다. 그 때문에 방패로 벽을 쌓는 등 해서 지휘자를 지켰다. 전투 개시 신호는 화살과 투석, 투창이었다. 특히 투창은 싸움의 승리를 기원하는 주술적인 의미도 있어서, 지휘자가 적의 군세에 창을 던지면서 싸움이 시작되곤 했다. 이러한 풍습은 신화에도 반영되어 있어, 『시詩 에다』의 「무녀의 예언」에는, 오딘이 전쟁에 앞서 창을 던지는 모습이 그려져 있다.

## 이교시대의 주요 무기

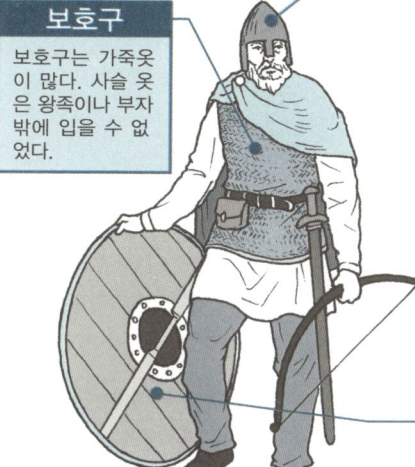

### 투구

물방울형 투구. 금속제와 가죽제가 있다. 뿔이 돋은 투구도 있지만 의례 목적으로 밖에 사용되지 않았다.

### 보호구

보호구는 가죽옷이 많다. 사슬 옷은 왕족이나 부자밖에 입을 수 없었다.

**검** 당시 주요 무기의 하나. 검신은 독일(플랑드르)산 재료를 선호했다.

**도끼** 당시 북유럽 이외의 지역에선 점차 사라졌다. 여성의 이름을 붙이는 경우가 많다.

**창** 주로 던질 때 사용한다. 적의 방패에 꽂아 움직임을 봉쇄하는 의미도 있었다.

**활** 원거리용 무기로 위력도 세다. 활줄에는 여성의 머리칼이 사용되었다고도 한다.

### 방패

방패는 중요한 보호구의 하나. 갑옷보다도 더 중요시되었다.

## 이교시대 전투의 순서와 주요 관습

### 당시의 전투 수단

적군에게 창을 투척

집단전

활, 투석에 의한 원거리 전투

창에 의한 중거리 전투

개인전

검, 도끼에 의한 근거리 전투

### 전투시의 주요 관습

살인을 범한 경우, 그 내용을 바로 발표하지 않으면 암살로 취급된다.

밤에 사람을 죽이는 것은 비열한 짓이다.

집단전투는 지휘자가 죽으면 종료된다.

결투는 방해가 없는 작은 섬 등에서 하며 서로 번갈아 공격을 한다.

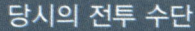
관련항목

● 오딘 → No.017

# 민회와 법률

## þing & Laws

이교시대의 북유럽 사람들은 민회를 매우 중요시했다. 그러면 민회란 어떠한 것이었을까.

## ● 민회

이교시대 북유럽에서 가장 중시된 것 중 하나가 민회 팅[þing]이다. 팅은 무장한 자유민 성인 남자로 구성된 집회를 말하며, 법의 제정과 재판, 생활을 함에 있어 여러 가지 결정이 이루어졌다. 민회의 중심이 된 것은 각 지방의 유력자였던 수장들이다. 그 때문에 민회는 왕조차 무시할 수 없는 힘을 갖고 있었던 듯하다. 또한 아이슬란드에서는 최고 권력자인 「법의 선언자[Lögsögumaður]」를 수장들 중에서 선출했다. 이러한 집회는 신화 세계에도 반영되어 있으며, 『시詩 에다』의 「무녀의 예언」에는 집회를 열어 여러 가지를 결정하는 신들의 모습이 그려져 있다.

민회에는 크고 작은 여러 단계가 있으며, 지역별로는 한 달에 두세 번, 지방별로는 일 년에 여러 번씩 열렸던 듯하다. 기간은 2주일 정도로 제사터 옆에 있는 신성한 광장에서 개최되었다. 사람들은 개최지에 모이면 각 혈족별로 임시 오두막(부스)을 짓고, 민회가 개최되는 동안 그 곳에서 지냈다. 좀처럼 만나기 힘든 사람들과의 귀중한 커뮤니케이션의 기회이기도 해서, 그 중요성에 대해서는 『시詩 에다』의 「고귀한 자의 말」에도 언급되고 있다.

## ● 법률

당시 북유럽의 법률은 민회를 통해 제정된 것과 일종의 관습법에 의한 것으로 구성돼 있었다. 이들 법률은 성문화되어 있지 않았기 때문에, 두운을 갖춘 정형구의 형태로 정리되어, 장로들의 기억으로 저장되었다. 내용은 일상생활의 미세한 부분까지 미쳐 있었으며 사람들의 생활은 법률을 중심으로 이루어졌다.

또한 이들 법률은 신앙과도 깊이 관련돼 있었다. 법이란 곧 신들의 엄중한 감시와 가호 아래 집행되는 것이라고 여겨졌던 것이다.

## 민회의 기능과 구성요소

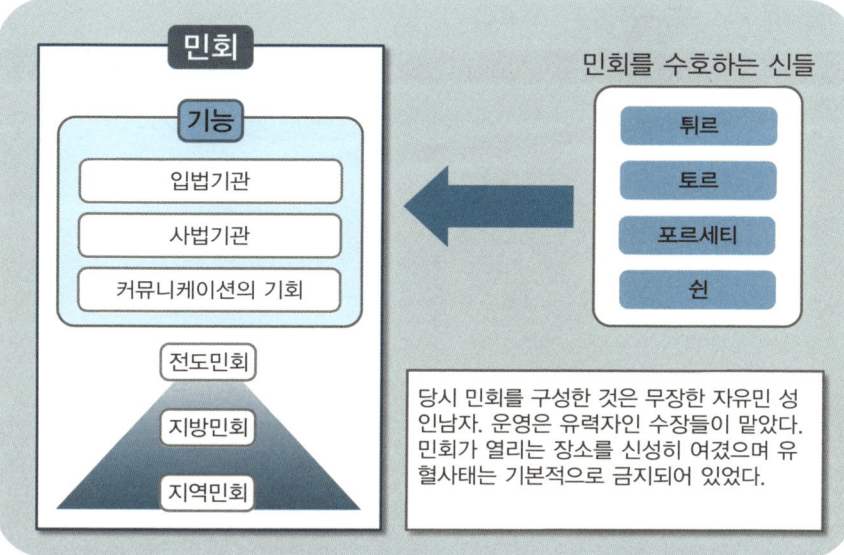

민회

기능

입법기관

사법기관

커뮤니케이션의 기회

전도민회

지방민회

지역민회

민회를 수호하는 신들

튀르

토르

포르세티

쉰

당시 민회를 구성한 것은 무장한 자유민 성인남자. 운영은 유력자인 수장들이 맡았다. 민회가 열리는 장소를 신성히 여겼으며 유혈사태는 기본적으로 금지되어 있었다.

## 이교시대의 북유럽의 법률의 특징과 입법

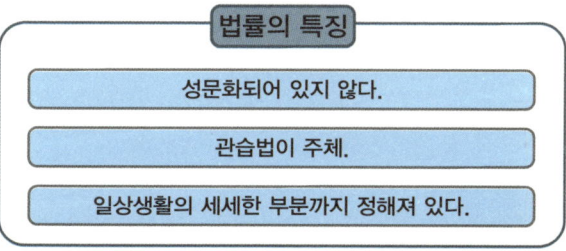

법률의 특징

성문화되어 있지 않다.

관습법이 주체.

일상생활의 세세한 부분까지 정해져 있다.

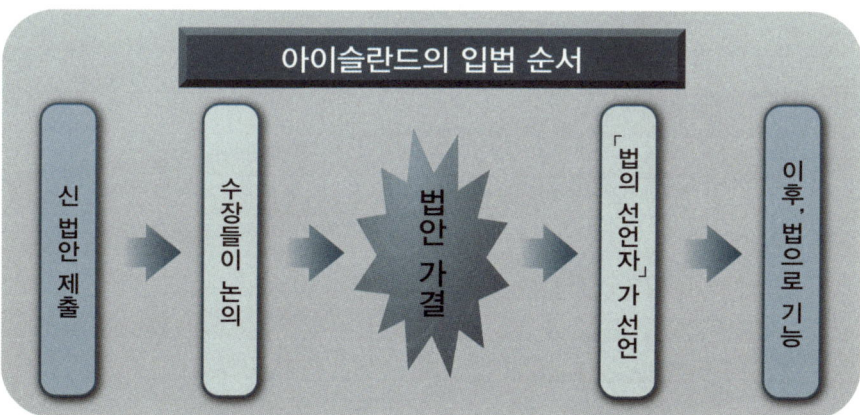

아이슬란드의 입법 순서

신법안 제출 → 수장들이 논의 → 법안 가결 → 「법의 선언자」가 선언 → 이후, 법으로 기능

# 화해와 복수와 고소

일족과 명예를 중시하는 이교시대 북유럽에서는 자주 다양한 분쟁이 일어났다. 당시 사람들은 그것들을 어떻게 해결했을까.

## ● 다양한 분쟁해결법

이교시대 북유럽에는 분쟁을 해결하기 위한 여러 방법이 존재했다.

그 중에서도 화해는 가장 무난한 수단이었다. 대부분 양심적인 제3자가 조정자로 나서 서로가 수긍할 수 있는 형태로의 보상을 이끌어내며 해결되었다.

그러나 당시 사람들이 가장 선호하고 명예롭게 여겼던 해결방법은 상대를 살해하는 피의 복수였다. 특히 일족이 살해나 모욕을 당했을 경우 그 이외의 방법을 취하는 것은 남자답지 못한 짓으로 여겼다. 하지만 이 방법은 복수가 복수를 부르는 악순환이 되는 경우가 많았기에 이로 인해 일족이 전멸해버리는 사태도 적지 않았다. 그 때문에 일반적으로는 이후 언급할 민회에서의 고소가 분쟁의 해결방법으로 널리 채택되었다.

민회에 고소하는데 있어 필요한 것은 인맥과 화술이었다. 민회에 출석한 이들의 공감과 지지를 얻어내는 자가 보다 자신에게 유리한 판결을 얻을 수 있었던 것이다. 그 때문에 사람들은 재판이 시작되기 전에 열심히 물밑작업을 했으며, 자신의 주장이야말로 정당하다는 것을 거창하게 호소했다. 이걸로 결론이 나지 않으면, 홀름강<sup>hólmgang</sup>이라 불리는 외딴 섬에서 결투를 하거나, 판결을 신에게 맡기는 신명재판이 열렸다.

판결이 결정되면 처벌이 행해졌다. 처벌은 배상금을 지불하거나 추방형이 일반적이었다. 배상금은 관습법으로 정해져 있었으며 상대에게 끼친 손해나 모욕의 정도에 따라 금액이 결정되었다. 막대한 금액이 청구되어 일족이 파산하는 경우도 있었다. 한편 추방형은 기간이 정해진 것과 영구추방 두 종류가 있었다. 어느 쪽이든 전 재산이 몰수되고 모든 사회적인 보호를 박탈당했다. 추방자를 보호하는 것은 그 누구라도 용서받지 못했으며 반대로 누구든 추방자를 공격할 수 있었다. 이러한 사람들은 「숲의 사람」, 「늑대」라 불리며 경멸을 당했다. 그 때문에 살아남는 경우도 극히 드물었다고 한다.

## 이교시대 북유럽의 분쟁 해결방법

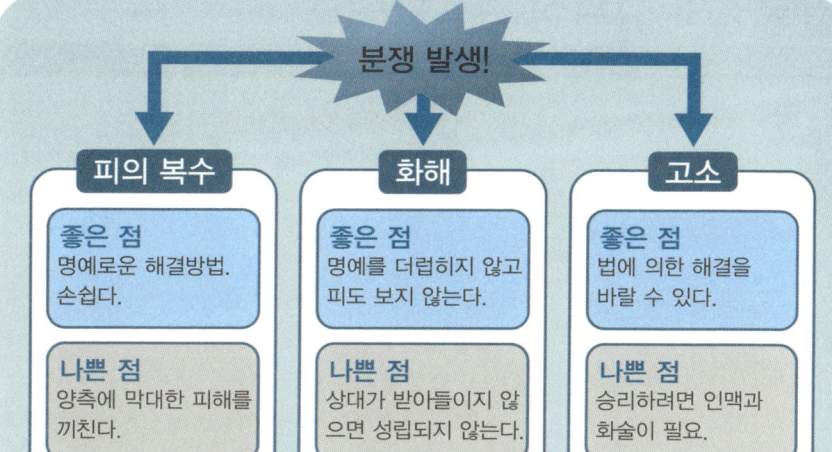

**분쟁 발생!**

### 피의 복수

**좋은 점**
명예로운 해결방법.
손쉽다.

**나쁜 점**
양측에 막대한 피해를
끼친다.

### 화해

**좋은 점**
명예를 더럽히지 않고
피도 보지 않는다.

**나쁜 점**
상대가 받아들이지 않
으면 성립되지 않는다.

### 고소

**좋은 점**
법에 의한 해결을
바랄 수 있다.

**나쁜 점**
승리하려면 인맥과
화술이 필요.

## 신화에 등장하는 분쟁과 그 해결 사례

### 흐레이드마르 일가의 오딘 포박

| 이유 | 피해자 측의 요구 | 해결방법 |
|---|---|---|
| 흐레이드마르의 아들 오트르를 살해 | 피의 복수 | 신들이 배상을 함으로써 화해 성립 |

### 스카디의 아스가르드 방문

| 이유 | 피해자 측의 요구 | 해결방법 |
|---|---|---|
| 스카디의 아버지 티아치를 살해 | 피의 복수 또는 배상 | 신들이 배상을 함으로써 화해 성립 |

### 발드르 살해와 그 복수

| 이유 | 피해자 측의 요구 | 해결방법 |
|---|---|---|
| 오딘의 아들 발드르 살해 | 피의 복수 | 발리가 호드에게 피의 복수 |

# 혈맹형제 결의식

Fóstbrœðra-lag

피와 계약에 의해 맺어진 의형제는 혈족관계에 지지 않는 강한 힘을 갖고 있었다.

## ● 남자들을 맺어주는 의형제의 굴레

당시 북유럽 남성들에게 있어 사람과의 연결고리는 매우 중요한 것이었다. 『시詩 에다』의 「고귀한 자의 말」에도 친구가 없는 인생의 허망함이 강하게 표현되어 있다. 그러한 연결고리 중에서도 특히 숭앙된 것이 피로 맹세한 의형제 의식 포스트브레드라 라그 Fóstbrœðra-lag이다. 이 결의를 맺은 사람들은 일종의 혈족관계로 간주되며 가족과 똑같이 서로를 도왔다. 혈맹형제인 누군가가 살해되면 복수를 하는 것은 당연했다. 예를 들어 북유럽 신화에 등장하는 주신 **오딘**Óðinn과 악신 **로키**는 혈맹의 형제 관계였다. 그 때문에 『시詩에다』의 「로키의 말싸움Lokasenna」에서는 불청객인 악신 로키에게 오딘이 투덜거리면서도 자리를 내주는 장면이 나온다.

그 정도로 강한 구속력을 가진 혈맹형제 의식은 실제로 어떠한 형태로 치러졌을까. 『기슬리의 사가Gísla saga Súrssonar』는, 이 혈맹형제 의식에 대해 다음과 같이 전하고 있다.

의식을 치르고자 하는 자들은 먼저 풀이 자라 있는 땅을 반원형으로 두 개 떼어내, 둥근 쪽을 서로 맞대고 땅에 비스듬히 세운다. 그리고 창끝에 물결 모양이 있는 창을 그 가운데에 놓는다. 이어 의식에 참가하는 자들이 그 반원형 흙판 아래 들어가, 각자의 몸을 상처 내 피를 내어 땅 위에서 섞는다. 그 후 신들에게 선서를 하고, 그 혈맹형제의 약속에 이견이 없으면 서로 악수를 함으로써 비로소 혈맹형제가 되는 것이다. 이러한 의식을 위한 터는 일종의 모태로 보인다. 즉 맞대 놓은 아치는 여자의 성기, 그 안에 놓인 창은 남자의 성기를 상징했던 것이다.

하지만 이 방법은 시대가 흐른 뒤에 생긴 복잡한 형태이고, 그 이전에는 단순히 땅위에 피를 섞거나, 서로의 손을 동물의 피로 적시는 것, 서로의 피를 핥는 등 대체로 단순하게 치러졌다.

## 혈맹형제 결의식의 흐름

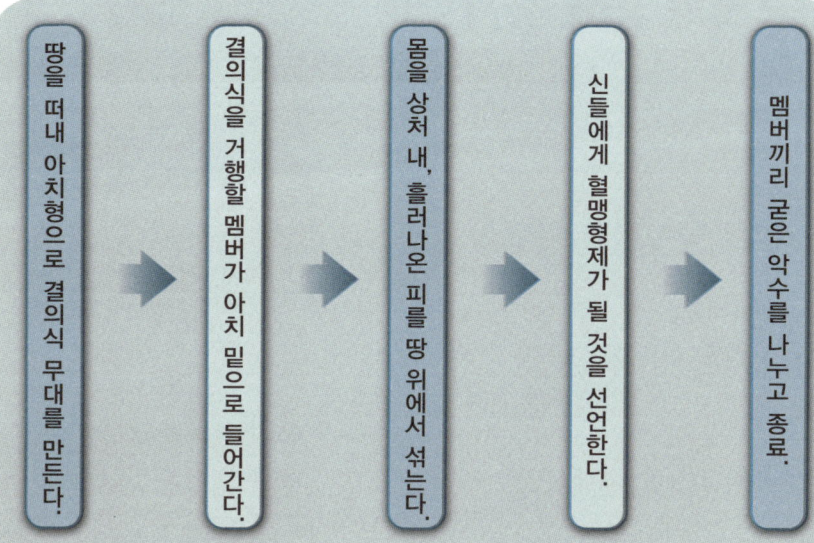

땅을 떠내 아치형으로 결의식 무대를 만든다. → 결의식을 거행할 멤버가 아치 밑으로 들어간다. → 몸을 상처 내, 흘러나온 피를 땅 위에서 섞는다. → 신들에게 혈맹형제가 될 것을 선언한다. → 멤버끼리 굵은 악수를 나누고 종료.

결의식이 끝나면 그들은 실제의 가족, 또는 그 이상의 강한 굴레로 맺어지게 된다. 그 때문에 멤버간의 원조는 물론, 상대가 모욕당했을 때는 가족과 똑같이 피의 복수를 하는 일도 있었다.

## 혈맹형제 결의식의 무대

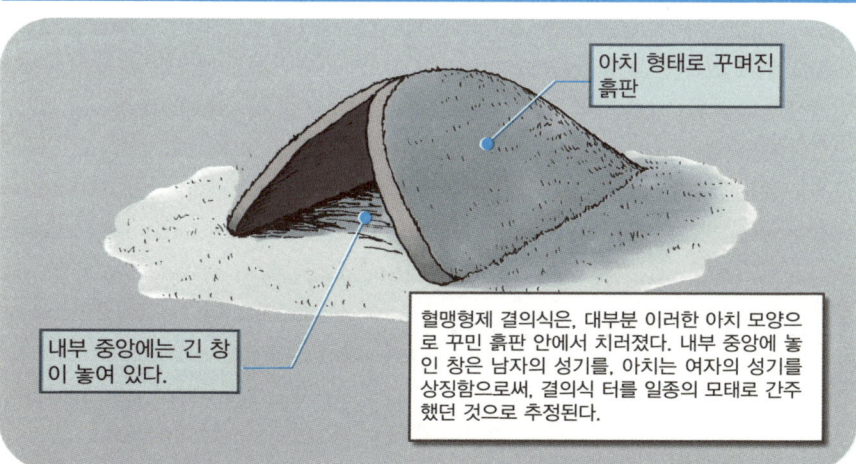

아치 형태로 꾸며진 흙판

내부 중앙에는 긴 창이 놓여 있다.

혈맹형제 결의식은, 대부분 이러한 아치 모양으로 꾸민 흙판 안에서 치러졌다. 내부 중앙에 놓인 창은 남자의 성기를, 아치는 여자의 성기를 상징함으로써, 결의식 터를 일종의 모태로 간주했던 것으로 추정된다.

관련항목

● 오딘 → No.017　　● 로키 → No.057

# 약혼식과 혼례 잔치

## Festarmál, Brúðveizla

북유럽 사회의 결혼은 극도로 정치적인 것이었다. 그런 까닭에 그를 위한 복잡한 의식과 제도가 마련되어 있었다고 한다.

## ● 신부를 맞이하기 위해

결혼을 할 때 먼저 치러지는 것이, 약혼 의식 페스타르말<sup>Festarmál</sup>이다. 당시 결혼은 정치적인 측면이 강해 연애감정만으로 할 수 있는 것이 아니었다. 그 때문에 여기서 서로의 지위와 재력, 그리고 집안 내력 등을 꼼꼼히 검토하게 된다. 특히 집안을 아주 중요시해서, 신분을 넘는 결혼을 하려면 그만한 재력과 명성을 갖지 않으면 안 되었다. 또한 여기에서는 결혼 생활 중 둘의 공유재산이 될 지참금, 헤이만필기아<sup>Heimanfylgja</sup>도 제시되는데, 결혼을 신청하는 남성은 그에 걸맞은 사례금을 신부 측에 지불해야 한다. 또한 신부가 과부가 되었을 때를 위해 문드<sup>Mundr</sup>라는 생활보장 비용도 마련해줘야 했다. 이러한 과정은 모두 증인들 앞에서 치러졌다. 당시 사회에서는 무슨 일이든 증인과 법적인 근거를 중시했다.

혼례 잔치 브루드베이즐라<sup>Brúðveizla</sup>는 1년에서 3년 정도의 대기기간을 거쳐 신랑 집 거실에서 치러진다. 신부는 아름다운 의상과 목걸이 등 장신구로 몸을 치장하고 주부의 증거인 열쇠다발을 몸에 지니고, 베일로 얼굴을 가린 채 신랑 집으로 향한다. 거실에는 쌍방이 초대한 손님들이 앉는 의자가 늘어서고 거기에서 성대한 잔치가 벌어진다. 『시詩 에다』의 「트륌의 노래」에 의하면, 결혼식에 앞서 신부는 **토르**의 망치로 부정을 털어낸 후 신랑과 신부가 같이 맹세의 여신 바르<sup>Vár</sup>에게 혼례의 기도를 올린다. 또한 여신 **프리그**나 풍요신 **프레이르** 등에게 기도를 바치기도 했다.

무사히 혼례 잔치가 끝나면 그제야 신부는 주부 후스프레이야<sup>Húsfreyja</sup>가 된다. 그녀들에게 법적인 권리는 없었지만, 가정에서의 지위는 절대적인 것이었다. 나이를 먹고 노쇠해짐에 따라 그 지위를 잃어가는 남성과 달리, 주부는 죽음이 찾아올 때까지 존경받으며 가정에서 힘을 발휘했던 것이다.

## 약혼식까지의 흐름

### 이교시대 북유럽에서의 결혼의 의미

· 정치적인 힘을 늘리기 위해
· 재력을 늘리기 위해
· 혈족간 굴레를 강화하기 위해
· 혈족간 분쟁 조정을 위해

그 결과

양가의 신분과 재력이 매우 중요! 균형이 맞지 않는 경우는, 개인의 명성과 재력으로 보충하지 않으면 안 된다!!

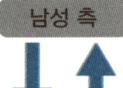
남성 측

신부에게 증여금과 여성이 과부가 되었을 경우의 생활 보장금(문드)제시

여성 측

여성 측이 지참하고, 결혼 생활 중에는 공유재산으로 취급되는 지참금을 제시

서로의 조건 등등에 합의

약혼 성립

법적으로 보증

증인

## 혼례식의 주요 흐름

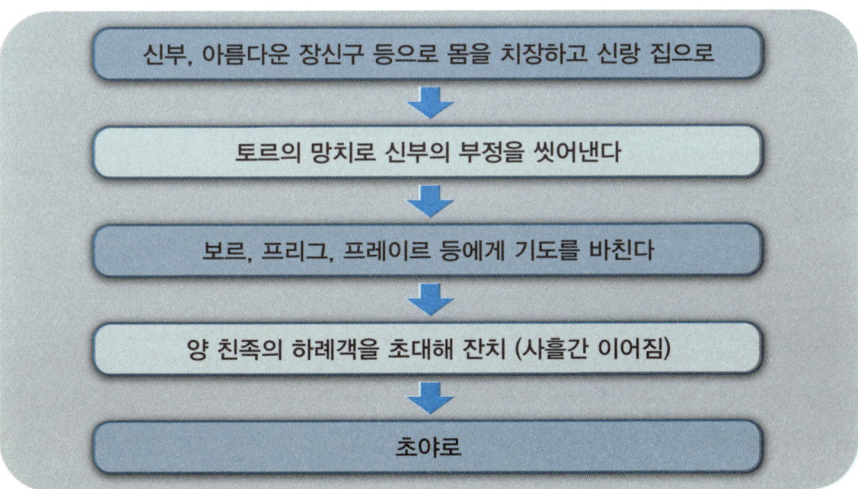

신부, 아름다운 장신구 등으로 몸을 치장하고 신랑 집으로

토르의 망치로 신부의 부정을 씻어낸다

보르, 프리그, 프레이르 등에게 기도를 바친다

양 친족의 하례객을 초대해 잔치 (사흘간 이어짐)

초야로

관련항목
● 토르 → No.023
● 프리그 → No.033
● 프레이르 → No.042

# 망자의 매장

이교시대 북유럽의 매장법에는 여러 가지가 있다. 이러한 풍속은 당시의 세계관을 반영하는 신화세계에도 다양한 영향을 끼쳤다.

## ● 다양한 매장 방식

이교시대의 매장 방식은 실로 다양해서, 그 모습은 신화에도 많이 반영되어 있다. 일반적으로 그들은 망자에 대한 경외심을 갖고 있었으며 그들을 대하는데 세심한 주의를 기울였다. 올바로 매장되지 못한 망자나, 원한을 갖고 죽은 자는 괴물이 되어 많은 사람들에게 재앙을 초래했던 것이다.

그러면 당시 실제로 행해졌던 매장 방식에 대해 알아보자. 당시의 매장법에는 주로 세 가지 방식이 존재했다. 화장火葬, 토장土葬, 선장船葬이다.

화장은 시신을 불에 태우면 망자의 혼이 하늘로 오른다는 신앙에 근거한 것으로, 주로 스웨덴이나 노르웨이에서 치러졌다. 그 때 부장품은 많으면 많을수록 좋다고 한다. 『헤임스크링라Heimskringla』에 나오는 주신 **오딘**Óðinn이나 **뇨르드**Njǫrðr, 용을 죽인 **시구르드**Sigurðr 등은 이 방법으로 매장되었다. 화장 후 재는 바다에 뿌리거나 항아리에 담아 무덤에 묻는 것이 일반적이었다.

한편, 토장은 덴마크나 아이슬란드에서 주로 치러진 방식으로, 망자는 부장품과 함께 무덤에 매장되었다. 무덤 속에서 그들은 계속 살아 있는 것으로 믿었으며, 『헤임스크링라Heimskringla』에 등장하는 **프레이르**Freyr처럼 신앙의 대상이 되곤 했다. 그 후 세월이 흘러 무덤의 주인을 알 수 없게 되자 그들은 요정으로 화했다.

마지막 선장船葬은 스웨덴, 노르웨이에 주로 보이는 매장 방식으로, 배에 시신을 실어 물 위에서 태우는 화장, 배째로 땅속에 묻는 토장 등, 두 종류가 있었다. 둘 다 초기엔 진짜 배를 사용했지만 시대와 함께 배를 본뜬 돌제단으로 바뀌어갔다. 『시詩 에다』에 나오는 **발드르**Baldr의 장례 방식이다.

또한 범죄자나 원수의 시체는 제대로 매장하지 않았다. 그들은 돌더미 밑에 대충 버려져 방치되곤 했다.

## 매장까지의 순서

뒤로 다가가 천 등으로 시선을 가린다.

↓

목과 손을 씻고, 머리를 빗기고 손톱을 깎는다.

↓

구두를 신기고 금화 등을 쥐어준다.

→

거적 위에 안치한 후 성대하게 장례를 거행한다.

↓

일반 출입구와 다른 문으로 시체를 내온다.

· 망자의 시선은 위험한 것으로 여겨졌다.
· 라그나로크 때 무스펠이 탈 배의 완성을 지연시켰기 때문에 망자의 손톱을 깎는다.
· 망자가 돌아올 수 없도록 시신을 일반 출입구랑 다른 문으로 반출한다.

## 주요 매장 방식

### 화 장

스웨덴, 노르웨이에 많은 매장법. 불에 태우면 망자의 혼이 하늘에 오른다는 신앙에 의거. 『헤임스크링라』의 오딘이나 뇨르드 등의 매장법.

### 토 장

덴마크, 아이슬란드의 일반적인 매장법. 망자가 무덤 속에서 계속 살아간다고 여겼다. 도굴자와 망자의 격투를 전하는 사가도 많다. 『헤임스크링라』의 프레이르의 매장법.

### 선 장

배째로 땅속에 묻는 토장과 배째로 물위에서 태우는 화장, 두 가지가 존재. 초기엔 진짜 배를 사용했지만 훗날엔 배 모양을 한 돌제단으로 대치. 『시(詩) 에다』에 나오는 발드르의 매장법.

범죄자 등, 상관하고 싶지 않은 상대의 시신은 돌더미 밑에 버려 방치하는 경우가 많다.

---

관련항목
● 오딘 → No.017
● 발드르 → No.026
● 뇨르드 → No.041
● 프레이르 → No.042
● 시구르드 → No.069

# 스칼드 시와 케닝

## Skáld & Kenning

북유럽 신화에 자주 등장하는 스칼드 시(詩)와 케닝. 이것들은 대체 어떠한 것이었을까.

## ● 복잡한 시작 기법

 북유럽 신화를 이해하는데 있어 빠뜨릴 수 없는 요소의 하나로 스칼드Skáld 시詩를 들 수 있다. 북유럽 신화의 중요한 문헌 중 하나인 『스노리 에다』가 본래 젊은 스칼드 시인의 교육을 위해 쓰인 것이라 하면 그 관계의 밀접함을 알 수 있을 것이다.

 스칼드 시는 8세기 북유럽에 처음으로 모습을 드러낸다. 『시詩 에다』 등에 수록된 그 이전의 북유럽의 시는 전통적인 두운시(행앞에 운을 두는 시)로, 비교적 단순한 형태를 띠고 있었다. 소재는 주로 신화나 영웅담, 격언 등이었다. 반면 스칼드 시는 특별한 훈련을 필요로 할 만큼 복잡한 형식으로 제작된다. 내용도 신화나 이야기가 아닌 현실, 특히 왕족들을 찬미하는 드라파drápa라는 장르가 많았다. 초기 스칼드 시인은 주로 노르웨이 인이었는데, 이윽고 아이슬란드 시인들이 그 자리를 차지하면서 당시의 북유럽 문학은 아이슬란드 시인들이 주도해 나가게 된다. 그들은 왕족의 보호를 받았으며 기독교 전파 이후에도 쇠퇴하지 않았다.

 그렇다고 스칼드 시가 신화와 전혀 관계없는 것은 아니었다. 스칼드 시에서 사용되는 케닝Kenning이나 헤이티Heiti 등의 기법은 신화와 떼려야 뗄 수 없는 것이었다. 케닝은 비유적인 표현에 의해, 헤이티는 별명을 써서 사물을 표현하는 기법을 가리킨다. 본시 이러한 기법은 스칼드 시인이 앵글로색슨 시인에게서 배운 것인데, 북유럽에 들어와서는 북유럽 신화에 등장하는 에피소드를 이용한 독자적인 것으로 진화해갔다. 그 때문에 제대로 이들 기법을 구사하려면 북유럽 신화에 관한 막대한 지식이 필요했다. 이후 케닝과 헤이티는, 스칼드 시인의 영향을 받은 기존의 시인들에게도 전파되어 갔다.

## 스칼드 시의 특징과 형식

| 스칼드 시 | 북유럽에서 8세기경부터 나타난 시의 형식. 종래의 시보다 복잡한 기법이 사용되었다. |

한 행의 음절은 기본적으로 6개. 하지만 시인에 따라서는 3~4음절이나, 8음절로 하는 경우도 있다.

스칼드 시는 8행을 1연이라는 단위로 끊는다. 장문인 경우, 각 연의 4행마다 중간 마디를 두고 의미적으로도 구분을 지었다.

Þél høggr stórt fyr stáli
stafnkvígs á veg jafnan
út með éla meitli
andœrr jotunn vandar,
중간 마디
en svalbúinn selju
sverfr eirar vanr þeiri
Gestils olpt með gustum
gandr of stáli ok brandi.

연(連)

## 주요 케닝의 예

| 케닝 | 스칼드 시에서 사용된 단어 치환기법. 하나의 단어를 비유적인 표현으로 치환한다. |

| 오딘 | 승리의 튀르, 목 매달린 튀르, 만물의 아버지, 까마귀 신, 프리그의 외눈박이 남편, 미미르의 친구, 강한 여행자 |
|---|---|
| 토르 | 오딘과 요르드의 아이, 시프의 남편, 울르의 계부, 아스가르드와 미드가르드의 수호자, 거인의 적, 미드가르드뱀의 적 |
| 프레이르 | 뇨르드의 아이, 프레이야의 오빠, 반 신, 풍요신, 재산 분여자 |
| 황금 | 에기르의 불, 시프의 머리칼, 프레이야의 눈물, 수달의 대가 |
| 남성(전사) | 남신의 이름, 싸움의 나무, 검의 나무 |
| 여성 | 여신의 이름, 보리수, 버드나무 |
| 무기 | 오딘의 불(검), 그리드의 투구(도끼), 흑룡(창) |
| 보호구 | 흐룬그니르의 다리(방패), 오딘의 모자(투구), 속옷(갑옷) |

# 북유럽 신화를 전하는 주요 자료1

북유럽 신화의 근간을 이룬다고 해도 과언이 아닌 두 개의 에다(Edda). 그러면 이 기록물은 대체 어떠한 것들이 었을까.

## ● 스노리 에다

『스노리 에다Snorra Edda』는 13세기 초엽에 아이슬란드의 시인 스노리 스투를루손(Snorri Sturluson, 1178~1241)이 쓴 시학 입문서이다. 처음에는 그저 『에다Edda』라 불렸지만, 이후 발견된 『왕의 사본Konungsbók』과 구별하기 위해 『스노리 에다』, 『신 에다』, 『산문 에다』 등으로 불리게 되었다.

이 책은 젊은 시인들을 위한 교본으로 쓰인 것으로, 제1부 「길피의 속임수Gylfaginning」는 신화의 개요, 제2부 「시어법Skáldskaparmál」은 케닝과 헤이티 등을 이용한 시작법의 실례, 그리고 제3부 「운율일람Háttatal」에서는 자작시 두 편을 들어 구체적인 시작방법을 해설하는, 세 가지 부분으로 구성되어 있다. 원래는 3부의 내용만 구성되었는데, 신화적 부분의 이해를 깊이하기 위해 제1부와 2부가 보충되었다고 한다. 이 외에 「서문」도 존재하고 있는데 스노리의 글인지 아닌지 의견이 분분하다.

## ● 시(詩) 에다

한편, 『시詩 에다』, 『고古 에다』, 『운문 에다』 등으로 불리며, 9~13세기의 고시를 모은 시집이다.

1643년 아이슬란드의 사교 브뤼놀푸르 스벤슨Brynjólfur Sveinsson이 『스노리 에다』의 인용문으로 추정되는 사본을 발견했다. 당시 사람들은 아이슬란드의 학자 새문드 시그푸손(Sæmundr Sigfússon, 1056~1133)의 작품으로 오해해, 이것을 『새문드의 에다Sæmundaredda』라 불렀다. 그 후 이 사본은 코펜하겐의 왕립도서관에 소장되어, 『왕의 사본』이라 불리게 되었다. 이것에 유사한 고시를 추가해 편찬한 것이 현재의 『시詩 에다Ljóðaedda』이다.

그 내용은 신화, 영웅시, 격언시 등 세 가지로 이루어져 있으며, 각각의 작자나 성립연도에 관해서는 확실히 밝혀진 바가 없다.

## 신화의 근간을 이루는 두 개의 에다

### 스노리 에다(신 에다) / Snorri's Edda(Younger Edda)

| 장르 | 시학 입문서 |
|---|---|
| 저자 | 스노리 스투를루손 |
| 성립연대 | 1220년경 |
| 언어 | 고대 아이슬란드어 |

**해설**

중세 아일랜드를 대표하는 시인 스노리 스투를 루손이, 시인 지망생을 위해 교과서로 정리한 것. 복잡한 케닝 용법과 그 기원이 된 신화, 실용례 등을 3부 구성으로 해설하고 있다.

— 주요 내용 —

#### 제1부 길피의 속임수 / Gylfaginning
스웨덴 왕 길피가, 나그네 강글레리로 변장하고 신들을 찾아가는 이야기. 그의 질문에 신들이 대답하는 과정에서 케닝의 근저를 이루는 신화가 언급되고 있다.

#### 제2부 시어법 / Skáldskaparmál
자신의 성에서 개최한 술잔치의 답례로 아스가르드에 초대받은 해신 에기르가, 브라기에게 다양한 질문을 하는 과정에서 케닝의 실례와 용법이 설명되고 있다.

#### 제3부 운율일람 / Háttatal
스노리 자작시에 해설을 붙인 것.

### 시(詩) 에다(고 에다) / Poetic Edda (Elder Edda)

| 장르 | 북유럽 고시집 |
|---|---|
| 저자 | 불명 |
| 성립연대 | 800~1100년 |
| 언어 | 고대 아이슬란드어 |

**해설**

17세기에 아이슬란드에서 발견된 고시집. 발견자인 아이슬란드의 사교 브뤼뇰푸르가 스노리 『에다』의 원전으로 판단한 데서 지금의 이름이 붙었다. 현재 『시(詩) 에다』로 불리는 이 책의 내용은, 이 때 발견된 『왕의 사본』 29편에, 「발드르의 꿈」, 「흰들라의 노래」, 「리그의 노래 (Rígsþula)」 등 다른 사본에서 비슷한 내용의 고시를 첨가한 것.

— 주요 내용 —

무녀의 예언 / Völuspá
고귀한 자의 말 / Hávamál
바프트루드니르의 말 / Vafþrúðnismál
그림니르의 말 / Grímnismál
스키르니르의 여행 / Skírnismál
하르바르드의 노래 / Hárbarðsljóð
휘미르의 노래 / Hymiskviða

로키의 말싸움 / Lokasenna
트륌의 노래 / Þrymskviða
볼룬드의 노래 / Vǫlundarkviða
알비스의 말 / Alvíssmál
파프니르의 말 / Fáfnismál
시그르드리파의 말 / Sigrdrífumál
외

# 북유럽 신화를 전하는 주요 자료2

이교시대 사람들의 생활과 신앙을 아는 데 있어 빠뜨릴 수 없는 자료「사가」. 이것들은 대체 어떠한 문학이었을까.

## ● 북유럽이 자랑하는 독창적인 문학「사가」

사가<sup>Saga</sup>는 12세기 후반부터 14세기에 걸쳐 발견된 산문형식의 장편문학이다. 쇠퇴하는 스칼드 시의 뒤를 이어 노르웨이와 아이슬란드에 등장했으며 아이슬란드에서 독창적인 문학으로서 눈부신 발전을 이루었다. 일설에 의하면 아이슬란드가 많은 시인을 배출했고, 또 노르웨이 등과 달리 모국어를 중시한 것이 그 토대가 되었다고 한다. 그러나 15세기 이후, 영국과 프랑스, 독일의 기사도 이야기가 섞여드는 등 독자성이 희미해지면서 점차 쇠퇴해간다. 사가는「이야기」라는 의미이며, 이보다 짧은 단편은「일부분」이라는 의미를 가진 타트르<sup>páttr</sup>라 한다.

사가의 기원에 대해서는 여러 설이 있는데, 대대로 전해 내려온 산문이야기가 후일 기독교 성직자 등의 손에 의해 기록된 것이라는 설과, 후대의 작가들이 역사적 사실에 근거한 창작이라는 설, 두 가지가 일반적이다.

사가는 크게 나누어「종교적, 학문적 사가」,「왕의 사가」,「아이슬란드 인의 사가」,「전설적 사가」등 네 가지 장르가 존재한다. 이들 대부분이 신화적인 내용보다는 주로 역사적인 사건과 영웅전설, 사람들의 일상 등을 소재로 하고 있다. 그러나 이교시대 사람들의 신앙과 생활양식을 아는데 있어 결코 빠뜨려서는 안 될 중요한 자료이다.

한편「왕의 사가」에 포함된『파그르스킨나<sup>Fagrskinna</sup>』와 다른 항목에서 다룰『헤임스크링라<sup>Heimskringla</sup>』처럼,『시<sup>詩</sup> 에다』나『스노리 에다』에 빠져 있는 기록을 보충해주는 것도 적지 않다. 용을 죽인 영웅 **시구르드**의 일족을 다룬「전설적 사가」의『볼숭가 사가』등,『시<sup>詩</sup> 에다』와 내용을 같이 하는 것도 있는 것이다.

## 주요 사가와 그 분류

### 종교적, 학문적 사가

**해설**

종교적, 학문적 기록을 목적으로 한 사가. 아이슬란드 이민과, 기독교 개종에 대한 역사적 자료로 취급되는 경우도 많다.

**주요 작품**

| | |
|---|---|
| 『기독교의 사가』 | Kristni saga |
| 『식민의 서』 | Landnámabók |
| 『아이슬란드인의 서』 | Íslendingabók |
| 외 | |

### 왕의 사가

**해설**

주로 9~13세기의 노르웨이와 덴마크의 왕족을 중심으로 그린 사가. 『헤임스크링라』도 왕의 사가 중 하나이다.

**주요 작품**

| | |
|---|---|
| 『욤바이킹의 사가』 | Jómsvíkinga saga |
| 『빨간 머리 에이리크의 사가』 | Eiríks saga rauða |
| 『그린란드인의 사가』 | Grœnlendinga saga |
| 외 | |

### 아이슬란드 인의 사가

**해설**

역사적 사실과 허구를 섞어 아이슬란드 인의 생활을 그린 사가. 내용이 세련되어 있어 문학적 가치도 높다.

**주요 작품**

| | |
|---|---|
| 『에기르의 사가』 | Egils saga Skalla-Grímssonar |
| 『그레티르의 사가』 | Grettis saga Ásmundarsonar |
| 『냐르의 사가』 | Brennu-Njáls saga |
| 외 | |

### 전설적 사가

**해설**

이교시대 영웅들의 모습을 그린 사가. 성립연대는 비교적 최근이며 역사적으로 정확하지 못한 부분도 많다. 「거짓말 사가」라는 별명을 갖고 있다.

**주요 작품**

| | |
|---|---|
| 『볼숭가 사가』 | Völsunga saga |
| 『흐롤프 크라키 사가』 | Hrólfr Kraki's saga |
| 『라그나르 로드브로크 사가』 | Ragnars saga loðbrókar |
| 외 | |

**관련항목**

● **시구르드** → No.069

# 북유럽 신화를 전하는 주요 자료3

신화의 세계와 역사를 잇는 수법 유히메리즘. 이 수법으로 쓰인 두 개의 작품은 귀중한 정보를 우리에게도 전해 주고 있다.

## ● 헤임스크링라

『헤임스크링라 Heimskringla』는 아이슬란드의 시인 스노리 스투를루손이 쓴 노르웨이 왕조 사로, 16편의 사가 Saga로 구성되어 있다. 본래는 「왕의 사가」로 분류되어야 하지만 그 서 장인 「윙링가 사가 Ynglinga saga」의 존재로 인해 다른 사가 자료와 뚜렷이 구분된다. 「윙링 가 사가」는 신화를 역사로 푸는 유히메리즘(Euhemerism : 신화 사실설史實說, 신화의 신 들을, 뛰어난 업적을 이룬 옛 인물들의 신격화로 보는 유히메로스의 학설) 수법으로 기록 된 것으로, 『시詩 에다』와 『스노리 에다』에 빠져 있는 부분을 채워주는 기록이 많다. 현대 에 전해지고 있는 **아스 신족**과 **반 신족**의 전쟁과 강화, 주신 **오딘**이 썼던 마술 등에 관한 이 미지는 대부분 이 자료에 의거한다. 또한, 「하콘 선왕의 사가」나 「성 올라프 왕의 사가」 등, 당시의 종교적 상황을 알려주는 자료도 적지 않다.

## ● 덴마크인의 사적

『덴마크인의 사적 Gesta Danorum』은 덴마크의 역사가 사쿠소 그라마티쿠스(Saxo Grammaticus, 1150~1220)에 의해 라틴어로 쓰인 덴마크 왕조사이다. 『헤임스크링라』와 마찬가지로 유히 메리즘 수법으로 쓰였으며, 덴마크 인들이 본 신들의 모습을 아는 데 중요한 자료라 할 수 있다. 그 중에는 두 개의 에다와는 다른 **발드르**상이나, 두 에다에 빠져 있는 수렵의 신 **울르** 에 관한 기록, 또한 두 에다에 언급된 신화의 후일담이랄 수 있는 내용도 볼 수 있다. 한편 이교시대의 풍습에 관한 기록도 많다. 전체는 16개의 서로 되어 있으며 신비적 기술은 제 1서~제9서에 집중돼 있다.

『덴마크인의 사적』에는 『햄릿』의 원형인 암레트 Amleth의 전설 등도 다루어져 있어 문학 적으로도 귀중한 자료라 할 수 있다.

## 신화와 역사를 이어주는 자료

### 헤임스크링라 / Heimskringla

| 장르 | 역사서 |
|------|--------|
| 저자 | 스노리 스투를루손 |
| 성립연대 | 1230년경 |
| 언어 | 고대 아이슬란드어 |

**해설**

아이슬란드의 시인 스노리 스투를루손이 쓴 노르웨이 왕조사. 신화시대를 다룬 「윙링가 사가」부터 1177년의 「마그누스 엘링슨의 사가」까지를 수록했다. 하랄드 미발왕 이후는 역사상 실존하는 인물이지만 그 이전의 왕에 관해서는 불명. 『시(詩) 에다』 등에는 없는 기록이 다수 포함되어 있다.

#### 주요 내용

윙링가 사가／
Ynglinga saga

검은 할프단 왕의 사가／
Hálfdanar saga svarta

미발왕 하랄드 사가／
Haraldar saga hárfagra

하콘 선왕의 사가 ／
Hákonar saga Aðalsteinsfóstra

회색 외투왕 하랄드 사가／
Haralds saga gráfeldar

올라프 트뤼그바손의 사가／
Ólafs saga Tryggvasonar

올라프 성왕의 사가／
Ólafs saga helga

외

### 덴마크인의 사적／Gesta Danorum

| 장르 | 역사서 |
|------|--------|
| 저자 | 사쿠소 그라마티쿠스 |
| 성립연대 | 13세기경 |
| 언어 | 라틴어 |

**해설**

덴마크의 역사가 사쿠소 그라마티쿠스가 쓴 덴마크 왕조사. 『헤임스크링라』와 마찬가지로 두 개의 에다에 없는 기록이 가득하다. 내용과 어조가 매우 까다롭고 난해하다.

#### 주요 내용

**제1의 서~제9의 서**

단 왕부터 고름 왕까지의 이교시대를 그린다. 오딘과 발드르 등, 신화 속의 인물도 많이 등장하는데, 신이 아닌 어디까지나 마술을 쓰는 인간으로 취급하고 있다.

**제10의 서~제13의 서**

하랄드 블루투스부터 닐스 왕까지, 저자인 사쿠소 이전의 과거 시대를 그린다.

**제14의 서~제16의 서**

주로 저자인 사쿠소의 시대를 그린다.

**관련항목**

- 아스 신족 →No.016
- 오딘 →No.017
- 발드르 →No.026
- 울르 →No.030
- 반 신족 →No.040

# 스노리 스투를루손

Snorri Sturluson

에다를 남긴 위대한 시인 스노리. 그의 인생도 그가 남긴 작품에 뒤지지 않는 피란만장한 것이었다.

## ● 야심에 찬 대시인

『스노리 에다』와 『헤임스크링라』의 작자로 알려진 스노리 스투를루손(Snorri Sturluson, 1178~1241)은 아이슬란드가 자랑하는 대시인이자 대정치가이다. 세 살 때 아버지의 정적이었던 수장 욘 로프트손Jón Loftsson의 양자가 되어 아이슬란드의 오디Oddi에서 자랐다. 욘은 대학자인 새문드Sæmundr의 손자에 해당하며, 그가 다스렸던 오디는 당시 아이슬란드 문화의 중심지였다. 스노리가 시인으로서 대성할 수 있었던 것도 이곳에서의 생활의 영향이 큰 것으로 알려졌다.

1202년 스노리는 첫 아내의 생가에 들어가 살다가 재산문제로 별거. 그 후 수도 레이크홀트Reykholt에서 교회의 지배인으로 두각을 나타낸 후 아이슬란드의 최고 권력자 「법의 선언자Lögsögumaður」에 등극했다.

1218년 노르웨이로 건너간 스노리는, 노르웨이 왕 호콘4세(Hákon Hákonarson, 1204~1263)로부터 아이슬란드를 지배하기 위한 협력을 강요받는다. 하지만 그는 그 약속을 지킬 마음이 없었으며, 오로지 자신의 영토 확대와 아이슬란드의 독립 유지에만 관심이 있을 뿐이었다.

스노리는 아이슬란드의 최고 권력자인 「법의 선언자」의 지위에 두 번이나 선출될 정도로 뛰어난 인물이었다. 그러나 재산에 대한 집착이 강해, 자신의 일족 중에 많은 적을 만들었다.

1237년 재산문제로 사이가 나빴던 조카와의 싸움에 패한 스노리는 노르웨이로 호송된다. 예전에 약속을 지키지 않았던 기억 때문에 왕은 그에 대한 신뢰를 잃고 있었지만 그래도 자신의 수하에 두고자 했다. 하지만 스노리는 정적이었던 조카가 죽었다는 말을 듣고 권력을 되찾기 위해 노르웨이를 떠나버린다. 분노한 왕은 그를 데려오도록 호족 기투르를 보냈으나 실패, 결국 1241년 레이크홀트의 자택에서 기투르의 칼날에 그 생을 접는다. 그의 저작에 결코 뒤지지 않는 파란만장한 인생이었다.

## 스노리 스투를루손(1178~1241)

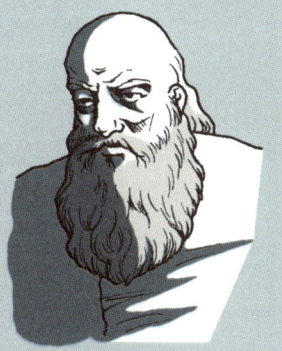

아이슬란드가 자랑하는 대시인이자 대정치가.
『에다』, 『헤임스크링라』등의 저자로도 알려졌다.
야심가로 정치수완이 뛰어났지만, 탐욕이 지나쳐 신뢰를 잃었고 결국 일족에게 배신을 당하는 형태로 목숨을 잃고 만다.

| 1178년 | 아이슬란드 서구 최고의 유력자 스트를라 토르드손의 막내로 태어남. |
|---|---|
| 1181년 | 아버지의 정적인 오디의 수장, 욘 로프트손에게 입양. |
| 1199년 | 형 토르드의 중매로 보르그의 자산가 베르시의 딸 헬디스와 결혼. |
| 1202년 | 아내 헬디스가 베르시의 유산을 물려받자 보르그로 이주. |
| 1206년 | 재산을 노리다가 아내의 일족과 관계가 틀어져 별거. 레이크홀트로 이주. |
| 1215년 | 아이슬란드의 최고 권력자 「법의 선언자」로 선출. |
| 1218년 | 「법의 선언자」의 임기를 마치고, 노르웨이를 방문. 호콘4세와 그 후견인 스크레 백작의 환대를 받는다. |
| 1220년 | 호콘4세, 아이슬란드에 선단 파견을 결정. 스노리, 왕에게 협력하겠다고 거짓말을 하고 아이슬란드로 귀국. |
| 1222년 | 두 번째로 「법의 선언자」에 선출. 이때부터 『에다』의 저술을 시작한 것으로 추정된다. |
| 1237년 | 호콘4세의 새로운 협력자로 선택된 조카 스트를라와 교전, 포로가 되어 노르웨이로 후송. |
| 1238년 | 형 시그바트와 조카 스트를라가 전사. 스노리, 지위를 회복할 기회를 찾아 아이슬란드로 귀국. |
| 1240년 | 호콘4세, 호족 기투르에게 스노리를 불러오도록 명령하나 실패. |
| 1241년 | 아내의 유산상속 문제에 얽힌 기투르가 재차 스노리를 습격, 죽임을 당한다. |

# 색인

### 〈하〉

# 참고문헌 · 자료일람

에다 고대북유럽 가요
무녀의 예언 에다 시 교정본
아이슬란드 사가
빨간 털의 에리크기 고대 북유럽 사가집
게르마니아
에다와 사가 북유럽 고전 안내
스칸디나비아 전승문학의 연구
신화학 입문
총해설 세계의 종교와 경전
증보개정판 세계의 신들과 신화의 수수께끼
북유럽 신화와 전설
북유럽 신화 구전
역사독본 월드 1993년 11월호 특집: 세계의 신화전설
바이킹 세계사를 바꾼 바다의 전사
바이킹
바이킹의 생활과 문화
이와나미강좌 세계역사12
도설 세계문화지리 대백과 바이킹의 세계
세계의 박물관14 스웨덴 덴마크 야외역사박물관
대영박물관 쌍서 잃어버린 문자를 읽는다7 룬 문자
북유럽 문학의 세계
세계의 민화3 북유럽

세계문학대계66
덴마크인의 사적
수르의 아들 기슬리 이야기 아이슬란드 사가
사가 선집
Truth in Fantasy6 허공의 신들
지크프리트 전설 바그너 「반지」의 원류
유리이카 시와 평론 1980년 3월호 특집 : 북유럽 신화
고대북유럽 종교와 신화
총해설 세계의 신화전설
북유럽 신화
북유럽 신화와 요정들
북유럽 신화 이야기
바이킹 바다의 왕과 그 신화
바이킹 사가
바이킹의 세계
사가의 사회사 중세 아이슬란드의 자유국가
조우와 발견—이문화를 보는 시야
구리야가와 후미오 저작집 상권 「중세영문학사」
배의 역사 사전
북유럽 초기사회의 연구
북유럽 문학사
세계의 민화3 북유럽

오사카 외국어대학 학보 29호 「스노리 『에다』 서문에 나타난 이교 신화관」
오사카 외국어대학 학보 41호 「소를리의 신화 헤딘과 호그니의 사가」
오사카 외국어대학 학보 73호 〈프레이신 고디〉 흐라분켈의 사가(개역 1)」
오사카 외국어대학 학보 74호 〈프레이신 고디〉 흐라분켈의 사가(개역 2)」
세계구승문예연구 8호 「노르나 = 게스트의 사가」
히로시마대학 문학부 기요 32호 게르만 인의 장제와 죽음의 관념
히로시마대학 문학부 기요 30호 특집호1 룬문학 연구서설
히로시마대학 문학부 기요 43호 특집호3 스노리 「에다」「시어법」 역주
일본아이슬란드학회 학보 14호 중세 노르웨이의 「왕의 사가」와 페데 「헤임스크링라」를 둘러싼 내셔널리즘의 문제
HEIMSKRINGLA or The Lives of the Norse Kings
        Snorre Sturlason  DOVER PUBLICATIONS
THE POETIC EDDA
        OXFORD WORLD'S CLASSICS
The Haustlong of Thjodolf of Hvin
        Richard North Hisarlik Press

# AK Trivia Book No.13

# 도해 북유럽 신화

초판 1쇄 인쇄 2012년 1월 20일
초판 2쇄 발행 2017년 8월 15일

저자 : 이케가미 료타
펴낸이 : 이동섭
번역 : 김문광
편집 : 이민규
디자인 : 스페이스 와이
디자인·DTP : 주식회사 메이쇼도(株式会社明昌堂)
커버·본문 일러스트 : 후쿠치 타카코
한국어판 디자인·DTP : 신연수
마케팅 : 송정환, 홍인표
관리 : 이윤미

펴낸곳 : (주)에이케이커뮤니케이션즈
등록 : 1996년 7월 9일 (제302-1996-00026호)
한국어판 ⓒ(주) 에이케이커뮤니케이션즈 2012
주소 : 04002 서울 마포구 동교로 17안길 28, 2층
TEL : 02-702-7963~5
FAX : 02-702-7988
www.amusementkorea.co.kr

ISBN  978-89-6407-238-7

図解 北欧神話
"ZUKAI HOKUOU SHINWA" by Ryota Ikegami
Text ⓒ Ryota Ikegami 2007.
Illustration ⓒ Takako Fukuchi 2007.
All rights reserved.
Originally published in Japan by Shinkigensha Co Ltd Tokyo.

This Korean edition published by arrangement with Shinkigensha Co.,Ltd.,Tokyo
in care of Tuttle-Mori Agency, Inc., Tokyo